文
景

Horizon

社科新知　文艺新潮

The Berlin Diaries

柏林记忆

逃离悲恸之地

1940—1945

[俄]玛丽·瓦西里奇科夫 著
唐嘉慧 译

上海人民出版社

玛丽（“蜜丝”）· 瓦西里奇科夫——以后的彼得 · 哈恩登夫人——1917 年出生于圣彼得堡，是伊拉瑞恩 · 瓦西里奇科夫公爵与公爵夫人的第四个孩子。他们全家在 1919 年离开俄国，蜜丝成长于德国、法国和立陶宛，大革命前蜜丝的父族在立陶宛拥有产业。“二战”后，她生活在法国、西班牙和英国，1978 年在伦敦逝世。

她仿佛具有传奇动物的特质，永远让人猜不透……自由地高高翱翔在所有人和事物之上。当然，其实这有点悲哀，也近乎神秘……

——亚当·冯·特罗特·祖·佐尔兹

在写给妻子克拉瑞塔的信中这样描写蜜丝

在不智之举发生的那些时代

最杰出的头颅被利斧砍下……

——阿尔布雷希特·豪斯霍费尔

《莫阿比特十四行诗·同道者》

目 录

译 序

我个人本来对历史不甚热衷，若涉及战争及军武，更是兴趣缺缺，不过却觉得这份对第二次世界大战（欧战部分）的第一手目击记录可读性极高。因为这本书把历史与战争还原到最原始、最真实，也是最吸引我的“个人层次”上，将所有历史人物“人性化”，所有历史事件“私人化”，因此，读来“人味儿”十足，同时又像研读了第二次世界大战史，对那次影响现代文明最重要的全球性事件之一印象深刻。

本书最特别之处，要数作者“蜜丝”的观察角度。首先，她的身份是一位落难的白俄女爵，因此，她的日记等于在侧写整个欧洲贵族文化／文明的死亡，叙述了这个荣衣锦食的社会阶级不仅在战争中丧失世袭的产业，其人口也因男性参战后大量阵亡、被俘而受到严重损失，同时，年轻一代亦在“质”的方面（诸如素养、风度等）显著退步。富贵浮云，曾经显赫的，不可避免地式微，读来难免要与优秀贵族的女主角一同替这批朱门人物的家道中落慨叹；然而以大时代的角度来看，这个从“特权”到“民主”的过渡，却是必然的世界潮流走向，或许这也是两次欧战对欧洲唯一的好处吧！

其次，大战期间，蜜丝生活在纳粹德国首都柏林的上流社会——外交界及国际大都会知识分子圈内，因此，她看得到许多轴心国内一些可爱，甚至高贵的人物，也看得到同盟国许多不公平，甚至冷酷不仁的作为，更目睹、亲身经历了一般德国人民因为战争所面对的恐惧以及所忍受的痛苦。德国各大城市遭受盟军轰炸，死伤人数与物质损失远甚于同盟国。战争末期，经苏军及盟军反攻占领后，百姓痛失家园，大量难民颠沛流离。逃难途中，妇女遭强暴及死亡人数以百万计。为战争付出最惨痛代价的总是人民；德国人也苦，也可怜，却因为他们是战争发起国的国民，便无权诉苦，无权得到同情。透过本书，让我们这些持有受害者心态的战胜国国民换个角度，看到同样是人类同胞的轴心国国民曾经受过的苦，这一点弥足珍贵。

此外，作者另有一项特出之处，即她叙事的声音、语气，也就是她个人的性格特质。书评人加尔布雷斯说得好：“……我们再也找不到另一份文献，能以这般无与伦比的平静及优雅，面对如此残酷又丑陋的现实。”蜜丝似乎是个典型的摩羯座：长相与个性都讨人喜欢，喜欢交游广阔的生活，交际手段也十分灵活；生性保守踏实、冷静沉着，能保持超然，内心却承载深沉的怜悯，而且很能吃苦。不过，我觉得她最重要的一项生存利器，亦即这本书最吸引人的特质，却是她个人低调、含蓄却极犀利的幽默感。面对种种人性的扭曲、邪恶以及这么多巨大的伤恸，我想这份幽默感不仅是她个人，也是阅读这本书的读者唯一的救赎。

接着，我想提醒读者一点，虽然本书可读性极高，也很容易阅读，但必须先克服一件事：浩繁的欧洲地名及人名！我想象大部分读者都跟我一样，对欧洲（尤其是东欧）的地名，不如对亚洲及北美洲来得熟悉，因此，看到层出不穷的陌生地名时，脑袋里多半一片空白，若您手边能准备一份原文（或英文）的欧洲地图（包括俄国）会更好。

至于书中的人名，更是令人眼花缭乱。欧洲贵族经过数世纪的交叉联姻，似乎形成了一个不分国籍的独立社会阶级，一旦生在这个阶级之中，整个欧洲的贵族体系立即自动跟你产生了关联。蜜丝在书中提及的数量惊人的亲朋好友，几乎全来自权贵家族，不仅每个人都有头衔，如王子、公主、伯爵……而且姓名都极复杂冗长，名字、教名有两三个不说，就连姓氏都常用破折号附带家族的封邑（地）名。英国人讥嘲贵族常有“双枪管的复姓”（double-barreled last name），本书中的贵族扛着“多枪管复姓”的大有人在。幸好蜜丝极少使用全名，多半只直呼小名（昵称）及单姓，将袭位及类似冯、祖、德等后面拖拉的家族封地全省了。若能搞清楚蜜丝的周围人物和彼此的关系，读起来肯定较能进入情况，增加许多乐趣。

最后，我要再次坦承自己对战争史及军武少有研究，同时亦不懂欧洲语系，翻译时，多蒙谙德、法语的朋友协助，不过，相信仍在翻译专有名词上犯下不少错误，在此先请各方专家包涵，不吝指正。

唐嘉慧

关于《柏林记忆》

这本日记的作者，玛丽（“蜜丝”）·瓦西里奇科夫*于1917年1月11日生于俄国圣彼得堡，1978年8月12日因白血病病逝于伦敦。

她在家里五个小孩中排行老四（第三个女儿），父母为伊拉瑞恩公爵及莉蒂亚女爵**。1919年春天，他们夫妇离开俄国，蜜丝以难民

---

* 这个姓氏用英文通常拼作“Vassiltchikov”，蜜丝自己使用德国拼法“Wassiltchikoff”。——原注（俄国姓氏依规则是区别阴阳性的，但本书依照名从主人原则，并未将“夫”改为“娃”。——编辑注，全书以下注释若非特别注明，均为中文版编辑注，不再一一说明）

** 经查证，伊拉瑞恩公爵（Illarion Sergeyevich Vassilchikov，1881—1969）曾是末代沙皇尼古拉二世的国家杜马成员，是出身于俄国基辅地区的贵族，其家族是俄国最古老的贵族之一。莉蒂亚女爵（Lydia Leonidovna Vyazemsky Vassilchikova，1886—1948）的父亲是俄国大公，曾是俄国上议院成员。莉蒂亚精通多种欧洲语言，“一战”期间曾在国际红十字会担任护士。

身份在德国长大，赴法国读书。因为俄国大革命之前，父亲的家族在立陶宛（1918—1940年间为独立共和国）拥有产业，蜜丝于20世纪30年代末期曾在该地的英国公使馆做过一段时间的秘书。

1939年9月，第二次世界大战爆发时，蜜丝和二姐塔蒂阿娜（后为梅特涅公爵夫人）身在德国。她们到母亲童年玩伴奥尔加·皮克勒伯爵夫人位于西里西亚的乡间别墅“弗里德兰城堡”过暑假，其他的家人则分散世界各地——父母及弟弟乔治（“乔吉”）住在立陶宛，姐姐伊连娜住在罗马，27岁的长兄亚历山大则因肺结核于该年早些时候死于瑞士。

20世纪30年代早期，全球经济萧条，外国人几乎不可能在西方民主国家申请到工作证，唯独法西斯意大利和（更有甚者）纳粹德国因大规模营造公共土木事业及重整军备，才能让（像瓦氏姐妹这样）具有特殊工作技能却无国籍的人谋职活口。1940年1月，两姐妹遂迁往柏林求职。蜜丝的日记从她俩抵达德国首都后开始。开战后的第一个冬天，除了停电与食物配给吃紧之外，生活出奇地“正常”，只有在4月德国入侵丹麦及挪威之后，随战争而来的恐怖及道德困境才逐渐渗透每个人的日常生活，终至主宰一切。

因为德国缺乏语言人才，蜜丝虽不是公民，却很快先在德国广播电台找到了一份工作，后转至外交部情报司上班；在那里和一群后来积极参与著名“七月密谋”*的反纳粹核心人士共事。蜜丝对于施陶芬贝格伯爵暗杀希特勒失败，以及接下来的恐怖统治（她有好几位密友及同事因此身亡）的详细日记，成为至今对该次事件唯一的一份目击记录。待她终于逃出遭轰炸的柏林荒城之后，又在盟军轰炸下的维也纳医院里担任护士，度过大战的最后几个月。

蜜丝极爱写日记，每天都用打字机将一天大事打出来，只有几

* 因为此次密谋的基地是纳粹德国陆军总司令部，所以也借其所在地佐森之名，被称作“佐森密谋”。

篇较长的事件描述，如 1943 年 11 月的柏林轰炸，是她随后补上的。她用自小熟悉的英文写作，打好后逐页保存在她办公室的档案柜内，就藏在公文之间，每当页数积得太厚，便带回家找个地方藏起来。偶尔也会藏在她正巧去度假的乡村别墅里。刚开始一切都很公开，她的老板会说："好了，蜜丝，把你的日记收起来，干点儿正经事！"经过"七月密谋"之后，她才变得比较谨慎：那个时期的日记全用一种私人的速记法写成，战后她才转写出来。

尽管因为轰炸连续搬了几次家，且在战争结束时仓促逃离围城维也纳，但她的大部分日记，包括最重要的几个历史片段，竟然都保存了下来；残缺的只有 1941 年、1942 年及 1943 年初这几个部分——有些被刻意摧毁，有些则遗失了。

大战结束后不久，蜜丝打出了速记部分的全文，并将其余日记重打一份。这一份日记保存了 25 年，直到 1976 年，蜜丝在亲友鼓励下，经过再三考虑，终于决定将它公之于世。原文删减更动处极少，修改的部分多因语言或编辑问题，或是替姓名缩写加上全名，因为她坚信，倘若自己的日记果真具有任何价值，乃因记载的当时原无意出版，所以每个字都发自内心，全无掩饰虚矫。她觉得日记中的目击记录及当下的情绪反应才是最真实的，若为了顾全自己的颜面或其他人的感觉，以后明显可看出掺假，甚至筛检，那就失去意义了。

定稿后的第三份日记，是蜜丝在她临终前几个星期才完成的。

出版整理我姐姐蜜丝的稿件期间，最让我感到欣慰的，便是在搜集与查证背景资料、消息来源及照片时，不论向谁求助，不论对方是否认识蜜丝本人，都立刻得到全力的配合（有时也包括热忱的款待）。对某些人来说，这意味着必须勾起某些回忆，无论这些人在那个黑暗时代所坚持的政治立场及所作所为多么令人景仰，回忆仍令人伤痛，在此我要特别感谢他们的宽宏大度。

对我帮助最大的人，首推伊丽莎白（“西西”）·安德拉西伯爵夫人（原维尔切克女伯爵）。她告诉我大战尾声最后那几个星期与蜜丝共度生活的细节，替姐姐的回忆录做了最重要的补遗。接着我要感谢克拉瑞塔·冯·特罗特·祖·佐尔兹博士，她是蜜丝的密友，也是在蜜丝临终前几周唯一看过整份完稿的人。之后，她不遗余力地协助我，并允许我摘录其先夫亚当写给她的信件。然后我要感谢哈索·冯·埃茨多夫博士给我的鼓励，他写的介绍和个人回忆都对我帮助极大。

感谢康登霍维伯爵钜细靡遗地审稿，他的出版经验丰富，对现代史博学多闻，又与许多书中人物有私交，对本书贡献极大。住在波恩的布莱修斯博士，则是第二次世界大战期间德国及盟军政策专家，对德国反纳粹运动尤其了若指掌，对我所加的历史注解多所指正。

在此同时要特别感谢布鲁克–谢泼德及《星期日电报》的编辑们，是他们率先将蜜丝及她的日记介绍给英国读者。

感谢蜜丝的女儿，亚历山德拉·哈恩登不惮其烦准备完整的人名索引。

感谢埃利斯太太及凯恩太太耐心替我们打字。

感谢以下机构职员给我的协助：伦敦歌德学院、日内瓦联合国图书馆（我的研究工作大多在该馆完成）、伦敦威纳图书馆、波恩德国外交部情报司、科布伦茨联邦参议院资料馆以及柏林美国资料中心。

乔治·瓦西里奇科夫

1985 年 4 月记于伦敦

战争之初的蜜丝

1940年

1月至12月

弗里德兰城堡　1月1日，星期一 1

奥尔加·皮克勒、塔蒂阿娜和我待在弗里德兰城堡度过一个安静的新年。我们打开装饰圣诞树的小灯，往一碗水里滴熔蜡和熔铅算命。我们期望母亲和乔吉随时可能从立陶宛搬来，他们已经讲了好几次，却没有行动。午夜时分，全村钟声一齐鸣响。我们探出窗外聆听——这是新世界大战爆发后的第一个新年。

第二次世界大战于1939年9月1日开战时，立陶宛——当时蜜丝的父母及弟弟乔治仍住在那里——仍是个独立的共和国，不过，却在9月28日签订的“苏德友好和边界条约”（此为莫洛托夫与里宾特洛甫于8月23日签订之互不侵犯条约之续约）中被秘密划入苏联势力范围。苏联红军自10月10日开始进驻几个重要城市及空军机场。从那时开始，蜜丝的家人就一直准备逃往西欧。

柏林　1月3日，星期三

我们带着11件行李，包括一台留声机，前往柏林。早晨5点出发时，天色仍一片漆黑，别墅管家开车送我们到奥珀伦*。奥尔加·皮克勒借给我们足够维持三个星期的生活费，在这段时期内我们必须找到工作。塔蒂阿娜已经写信给杰克·比姆——去年春天她在美国大使馆认识的男孩。我们在考纳斯英国公使馆工作过的资历或许有用。

直到日本偷袭珍珠港，紧接着1941年12月11日，希特勒向美国宣战之后，美国大使馆才撤出柏林。

2 火车拥挤不堪，我们站在列车通廊里。幸好有两名士兵替我们抬行李，否则绝对挤不上车。抵达柏林时已迟了三个小时。塔蒂阿

* Oppeln，波兰奥波莱（Opole）的旧称。

娜一踏进皮克勒夫妇好心借给我们暂住的公寓，就开始打电话给朋友，这让我们俩都觉得安心一点。位于利岑贝格街与库达姆大街*交叉口的这栋公寓极大，但奥尔加要求我们别请外人来打扫，因为屋内有许多贵重物品，所以我们只用一间卧室、一间浴室和厨房，其他部分都用床单罩起来。

1 月 4 日，星期四

白天大部分时间都花在涂黑窗户上，因为从去年 9 月开战，这栋房子就没人住过。

1 月 6 日，星期六

穿好衣服后，我们大胆钻进屋外的黑夜中，很幸运在库达姆大街上拦到计程车，愿意载我们去蒂尔加滕区**外围的智利大使馆参加舞会。主人莫尔拉在西班牙内战爆发时，曾派驻马德里担任大使，尽管智利政府亲共和派，大使馆却收容了 3000 多名会遭到枪决的人，有些人藏在使馆里长达三年，睡在地板上、楼梯上，挤得到处都是。莫尔拉不理会来自共和政府的压力，没有交出一个人。同一时期，斯图亚特王族的后裔，阿尔巴公爵的兄弟向英国大使馆寻求庇护，却遭到礼貌的拒绝，随后被捕处决。相较之下，莫尔拉的表现更令人钦佩。

舞会成功极了，仿佛战前一般。刚开始我还担心认识的人不多，很快却发现很多人去年冬天就见过面（蜜丝曾在 1938—1939 年冬天来柏林探望塔蒂阿娜）。初次见面的包括维尔切克姐妹，两人都非

* Kurfürstendamm，一译“选帝侯大街”。

** Tiergarten，原是古代波斯皇族猎场，区内有著名的蒂尔加滕公园、动物园及胜利纪念柱。——译者注

常漂亮，而且装扮入时。她们的父亲是德国派驻巴黎的最后一任大使；哥哥汉西和他可爱的新娘西吉·冯·拉费特也在场。还有很多朋友，像是罗尼·克拉里——非常英俊，刚从鲁汶大学毕业，一口地道的英语。这对我来说是一大解脱，因为我的德文还不太溜。在场的年轻男士多半来自柏林市郊的克拉普尼兹军官学校。稍晚，智利红歌星罗西塔·塞拉诺献唱，对着年仅 19 岁的小埃迪·弗雷德猛叫“俊美的朋友”，让他好不受用！我们好久没跳舞了，一直玩到凌晨 5 点
3 才回家，一票人全挤进一位名叫卡蒂埃的比利时外交官的车里，他是维尔切克家族的朋友。

1 月 7 日，星期日

我们仍在费力找工作，并决定不求助朋友而直接找在商业界的熟人。

1 月 8 日，星期一

下午去美国大使馆和领事面谈。他颇友善，而且立刻让我们考试，因为没有心理准备，我们很紧张。他唤人推出两台打字机，还送来速记本，然后用极重的口音、极快的速度口述了一长串，我们根本听不懂他在说什么；最糟糕的是，我们俩最后交出来的信，内容居然不一致！他表示一有空缺就会打电话给我们，但我们不能等太久，这段时间内若找得到别的工作，非接不可。很不幸，大部分国际贸易都已停摆，柏林没有一家公司需要会说法语或英语的秘书。

1 月 11 日，星期四

今天是我的 23 岁生日。汉西·维尔切克的未婚妻，西吉·拉费

特来家里喝茶；她真是个窈窕淑女，很多人都说她是“典型的德国美女”。晚上赖因哈德·施皮兹带我们去看电影，然后去一家名叫“西罗”的夜总会喝香槟、听现场演奏，现在公共场所已禁止跳舞。

1 月 13 日，星期六

母亲和乔吉在天蒙蒙亮时抵达。已经一年多没看到乔吉了，他还是老样子，非常迷人，对母亲很体贴。母亲看起来疲惫不堪，身体很差。立陶宛逐渐苏维埃化，他们经历了些很可怕的事，早就该离开了。父亲决定暂时留下，因为他在等着做一笔很大的生意。

1 月 14 日，星期日

我们把母亲和乔吉安置在皮克勒家的公寓里，省下住旅馆的钱——他俩身上加起来只有 40 元！我们又尚未找到工作，财务状况凄惨。他们想留在这里，无疑大错特错：这里天气寒冷，食物不够，政治状况又极不稳定。我们试着劝他们去罗马，母亲在那儿有很多朋友，城里又有大群白俄移民；她若待在这里一定会很寂寞，因为除了随战争范围如油渍般扩大，数目不断锐减的各大使馆驻派人员 4
之外，柏林毫无家庭生活情趣可言。现在城内全是年轻单身汉，年龄都和我们差不多，不是军人，便是上班族，每天晚上泡夜总会。伊连娜已在罗马安定下来，就算只考虑气候这一项因素，生活也会舒服很多，况且一等到我们找到工作，便可定期寄钱过去。

1 月 15 日，星期一

政府新法令：只有星期六及星期日才准洗澡！真糟糕，住在大城市里这么脏，而且泡澡是少数几种保暖的方法。

1月17日，星期三

我们大部分时间都待在家里陪家人。母亲的精神很脆弱，亚历山大死后，她受了不少苦，现在症状陆续出现。

1月18日，星期四

乔吉胃口奇大，食粮（我们从弗里德兰带来的一些牛油和香肠）正迅速消失，令我们更加觉得他们应该去罗马。他若留在这里一定很快就会营养不良。感谢老天，至少意大利尚未参战，也还没实施食物配给。

1月19日，星期五

凯蒂娅·克莱因米歇尔在德国新闻广播电台英语部门上班，或许能帮我找份工作。我们现在愈来愈焦急，美国大使馆一直没下文，又不能去烦人家。家人来投奔后，我们已濒临破产，仅剩的钱也在迅速消失中。我们去见过法本化学工业公司的一个人，可惜他们需要一个德文速记很强的人，这方面我们俩都不拿手。

德国新闻广播电台等于是德国的BBC。蜜丝进去之后，曾经在未来的联邦德国总理基辛格手下工作过一段时间。

1月22日，星期一

今天我去凯蒂娅·克莱因米歇尔在腓特烈街的办公室，花一个早上听英文口述打字。这是我第一次接受测验，非常简单，只测验速度。他们说会再通知我。那个地方像个疯人院，为了配合新闻播报时间，每个人做事都像火烧屁股。我碰到在捷克出生的前世界网球冠军罗德里克·门策尔，他可能成为我未来的同事。

1月27日，星期六

塔蒂阿娜在弗雷德双胞胎姐妹家认识一名男士，建议她去他的办公室上班——德国外交部的一个部门，他们需要法文流利的人。这里的朋友大多劝我们别去美国大使馆工作，身为外国人，我们或许早已受到盖世太保的监视。德国现在又和苏联友好，我们是白俄人，已经够糟了，而且以前我们还替英国公使馆工作过。现在我们这么穷，不论找到的第一份工作是什么，都非接不可。美国大使馆仍毫无音讯。

前几天在朋友家，有人介绍我认识柏林最有名的女主人，冯·德克森太太。她用手撩过我的头发——令我生厌——然后问我们是白俄还是赤俄，如果是后者，“你们便是我们的敌人！”令我颇为惊讶，德国和苏联现在不是亲热得很吗?!

1月29日，星期一

今天我们俩都开始正式上班：我进德国广播电台，塔蒂阿娜进外交部情报司。我的办公室群龙无首，每个人都在发号施令，不过听说帝国宣传部部长戈培尔博士是最后做决策的人。我们俩的薪水都是300马克：扣掉110马克的税，还剩下190马克。必须凑合着过。

1月30日，星期二

我的第一项工作是抄录有关英国经济战大臣*罗尼·克罗斯的冗长故事；战前塔蒂阿娜去英国时正好住他家。我的直属上司E先生蓄了一撮非常巨大的仁丹胡，似乎大半辈子都住在英国，他太太也和我们在同一间办公室内工作，两人都是中年人，显然是个大麻烦。他整天口述文件，多半是诽谤文章，错综复杂，到最后常变得无法理解。德国人若外国语文学得好，通常就会变成这样。我从早上7点一直打字打到下午5点，纸一抽出打字机，E先生便对着纸猛敲，纠正错误。这份工作还有人上夜班，日以继夜地进行。

6 蜜丝为了顾念某些人物的生还家属，少数情况下人名只用缩写，不过这些人都不具政治色彩。

今天美国大使馆终于打电话通知有工作了，两份薪水都比我们现在拿得多，可惜太迟了。

2月13日，星期二

母亲和乔吉今早离开，去西里西亚探望奥尔加·皮克勒。我们希望他们能在那里待久一点，恢复元气后再前往罗马。

2月14日，星期三

最近很少看到塔蒂阿娜，我每天早上5:30起床，下午6点左

* British Minister of Economic Warfare，“二战”期间的英国政府职位，主管英国特别行动处和经济作战部。

右才回家。每天通车进城的时间十分漫长。塔蒂阿娜从早上 10 点工作到晚上 8 点，还经常加班。

2 月 22 日，星期四

经过两天的煎熬，今天收到一个已付费的包裹，在没有收入的情况下真是非常幸运。

3 月 2 日，星期六

今晚巴西人举办一场盛大的鸡尾酒会。大使住在城郊。我不喜欢看到美丽的俄国圣像挂在留声机上，这些外国人着迷于搜藏圣像，随处乱挂，令我们这些东正教教徒大为震惊。我提早离开，结果在回家的路上迷了路。

艾许文·祖尔·利珀–比斯特费尔德从齐格菲防线（盟军替德国在 1938—1940 年间所修筑，大致与法国著名的马其诺防线平行的碉堡及据点网的名字。后来因为一首英国通俗歌曲《我们将在齐格菲防线上晒衣服》而声名大噪）归来。

3 月 3 日，星期日

早上俄国教堂内的圣诗唱得美极了。通常星期天我仍需上班，做完礼拜待在家里弹钢琴，四周围绕奥尔加·皮克勒鬼气森森、覆罩家具的床单。

3 月 4 日，星期一

我感冒严重，决定这几天晚上都待在家里。塔蒂阿娜每天晚上都出去，认识了一大票西线上的男孩。

3月12日，星期二

正从西里西亚赴罗马途中的母亲从维也纳打电话来，说乔吉不
7 见了。火车停进小站时他去检查行李，没想到工作人员趁他不注意，把行李车厢卸下来挂到另一截火车上，现在他正随行李驶往华沙。两个人的车票都在他身上，他没有护照，口袋里只有五马克。母亲只好满怀希望地在维也纳等他。

3月13日，星期三

去参加弗雷德家的派对。我到的时候，只有双胞胎姐妹埃达（“迪基”）和卡门（“西塔”）在，她们陪我在浴室里整理头发、聊天，很骄傲地拿西班牙内战时期雅各将军及莫斯卡多将军的信给我看；那时她们替驻守西班牙的德国秃鹰军团担任护士。现今世界名流她俩全认识，包括教宗本人。这是她们的嗜好。

德国秃鹰军团是德国空军的一支单位，加上一些地面部队于1936年组成，使命为帮助西班牙内战的民族主义者，其中还包括专业的医护人员。

3月14日，星期四

下午陪艾拉·皮克勒去埃琳娜·柏纳索家。她虽在俄国出生，却完全不懂俄文，父母看起来倒像百分之百的俄国人。她的丈夫阿戈斯蒂诺在这里的意大利大使馆工作。稍后，一大群意大利女士来串门，显然每个人都在为戈林元帅的新生宝宝织小衣服，有点太肉麻了吧！

3月16日，星期六

海伦·比龙来喝茶，我们在弗里德兰及这里的男主人卡尔-弗里德里希·皮克勒也来了。他一如往常，非常乐观，认为战争将在圣灵降临节前结束。虽然他对我们一直很好，但我总觉得在他面前就是不太自在。

后来，大家移师到邻居阿加·冯·菲尔斯滕贝格家里，她开了香槟。

3月18日，星期一

今天放假，睡到11点，然后去塔蒂阿娜办公室找她，一起吃午餐。午后，我们走到仍是一片冬日景致的蒂尔加滕区内散步。傍晚去参加丹麦大使德·威特夫妇开的盛大派对。

3月20日，星期三

今晚我们俩都很早上床。法国总理达拉第辞职了。

达拉第曾三度出任法国总理，最后一任的任期为 8
1938—1940年（同时兼任陆军部长），曾在慕尼黑协定中扮演关键性角色。继任者为其政敌雷诺（1878—1966）。

3月22日，星期五

今天是复活节前的星期五，我却仍得上班，忙得头昏脑胀，连续打字九个小时。我的老板E先生见我快昏倒了，拿出一瓶荷兰杜松子酒，虽然能够提神，却非常难喝。他和他老婆整天吵架。看他们这样，我坚决反对夫妻共事。我不喜欢他，与他保持距离。不过有一次他俩刚吵完一架，他探出窗口去透气，我却有股想把他推下去的冲动。现在凯蒂娅·克莱因米歇尔和我上同一个班次，经常打照面，每次觉得快受不了他们夫妻时，我们便轮流躲到打字机后面。办公室已迁到夏洛特街上的另一栋建筑内，老板们因此不必整天听戈培尔唠叨。以前部长先生每隔一个钟头就会召见他们一次，现在只能在电话里口沫横飞……

回家时已精疲力竭。

3 月 25 日，星期一

今天放一整天假。塔蒂阿娜和我去波茨坦玩。天气好极了，我从来没去过那个可爱的驻防小城，柏林完全缺乏那种魅力。回柏林时，正好赶上一场白俄哥萨克“黑海”演奏会，极为成功。德国人很喜欢这类玩意儿。

3 月 26 日，星期二

和凯蒂娅·克莱因米歇尔一起吃午餐。她非常风趣，办公室里有她真好。通常在街上或餐厅里，我们都用英语交谈，从来没有人反对。

3 月 28 日，星期四

罗马来信，报告母亲与乔吉平安抵达，只是有些东西在威尼斯被偷了，包括母亲一直保存的俄国沙皇时代艺术品，像是法贝热*的

* 法贝热（Karl Gustavovich Fabergé，1846—1920），俄国著名金匠、珠宝首饰匠人，工艺美术设计家。他的作品被欧洲各国皇家争相购买，尤其他的作坊制作的复活节彩蛋，十分精巧，被称为“俄罗斯彩蛋”，俄国和各皇室视之为珍品。

珐琅相框等。此外，乔吉装衣服的行李被人用空箱掉了包。他们的冒险经历似乎永无止境。

3 月 29 日，星期五

到克莱道夫的绍姆堡-利珀府邸吃晚餐，客人只有几位。餐后，
普鲁士奥古斯特-威廉王子——他已 60 多岁，是前普鲁士皇帝的第 9
四个儿子——在炉火前讲了许多过去有趣的故事。

3 月 31 日，星期日

与朋友到“罗马”吃晚餐，现在意大利餐厅极受欢迎，因为意大利面有营养，又不需要用粮票。

4 月 1 日，星期一

今天放假，逛街购物。这年头“购物”基本上就是购买食物。每样东西都需配给，而且每家店都大排长龙。晚上和塔蒂阿娜去汉斯·冯·弗洛托家晚餐。汉斯因为经营一间防御武器工厂，至今未被征召，仍是平民身份。

4 月 2 日，星期二

和意大利使馆空军武官马里奥·加斯佩里去看电影，然后去罗马餐厅。他有一辆全新的菲亚特跑车，就跟一台无线电报机一样小，昵称“托波里诺”*！太久没坐小汽车，感觉好怪。

---

* Topolino，这是意大利语中对米老鼠的称呼。

4月3日，星期三

10点才进办公室。现在工作时数不再那么长，因为换班次数较频繁。今天拿到第一份独立翻译的稿件——或许是因为老板度假去了——主题为经济。上早班的人有凯蒂娅·克莱因米歇尔、我和一位外交部调来的年轻人。他脾气很好，英文说得不太顺，所以我们得带着他。这点他心里明白，所以对我们很尊重。大家相处融洽，更让我意识到跟E先生共事的压力。听说他度假回来将升任新闻总编辑，想让我做他的私人秘书。我宁愿辞职！

4月4日，星期四

每天我们都会接到一份BBC及其他外国广播电台新闻报道的逐字监听记录，全盖有“最高机密”（*streng geheim*）的戳记；每份的颜色又因“机密”程度不同而异，粉红色最机密。读起来很有意思。住在德国的人除了报上登的消息（实在有限），对世界其他地方发生的事浑然不觉，我们电台却是例外。今天下午从外交部调来的那位同事，午餐后进办公室脸色惨白，原来他把这样的一份文件忘在餐厅里了。这个罪名可不小，要砍头的——用斧头砍！（咱们领袖的最新发明）——这把他吓坏了，忙不迭奔回外交部去“坦白”。

10 纳粹德国的处决方式一般都用迷你断头台，但碰上特殊案件（如叛国罪），希特勒命令仿效中世纪用斧头砍头。

4月9日，星期二

今天德军占领丹麦并入侵挪威，害我们忙得要死，因为必须想些正当理由向世界其他国家交代。无数备忘录因此在办公室内往返，讨论该怎么处理。回家时我发高烧。马里奥·加斯佩里打电话来，他和其他武官才刚从齐格菲防线视察回来。

占领丹麦及挪威的这场“西线战争”原本不在希特勒计划之内，但德国必须仰赖瑞典的铁矿，且须经由挪威北部纳尔维克港输出；而且也想防止盟军参战后，效法第一次世界大战通过丹麦、挪威两国控制大西洋，对德国进行经济封锁。盟军为了同样的理由，自1939年秋天便公开喊话，将先发制人，进击北欧，协助遭受苏联攻击的芬兰。德军突袭时，盟军正前往挪威途中。

丹麦在一天之内便被攻占，直到战争结束，一直是德国的保护国。挪威则抵抗到6月，其间盟军数度企图守住挪威北部的据点，都没有成功。德军对西欧发动攻势之后，盟军撤出，挪威被占领，国王哈康七世（Haakon Ⅶ）逃到英国，成立流亡政府。

这场战争是希特勒在占领波兰后的第二次重要胜利；他因此保住了瑞典的铁矿资源（持续到战争结束），波罗的海则成为德国的内陆湖。德军现在站稳脚跟，蠢蠢欲动，觊觎从北角到阿尔卑斯山脉的整个欧洲。

4月10日，星期三

今天早上我发烧烧到39.5℃。

4月11日，星期四

塔蒂阿娜也被传染了！早上她被盖世太保盘问了很久——他们对我们跟罗马通信感到好奇——中午便从办公室回家，立刻上床休息。两边办公室都不断有人打电话来；他们既担心，又焦躁、生气。

11 4月12日，星期五

继续感冒！两人都觉得很虚弱。

4月13日，星期六

医生要我再休息五天，让我大松一口气！像我们这样营养不良的人，一旦感冒对心脏很不好。

4月14日，星期日

英军登陆挪威。

4月16日，星期二

在卢茨·哈德根家晚餐；又是男孩比女孩多出许多，这似乎已成了常态。维提·沙夫戈奇突然出现，本来他正打算经俄国赴美国，但盖世太保却驳回他的外交任务，老远把他从莫斯科召回来。现在他准备入伍。

4月17日，星期三

复活节采购。替乔吉买了一条抢眼的领带，不需配给票。

认识一位名叫哈索·冯·埃茨多夫的人，听说他既聪明又可靠，我倒觉得他有点呆板，不过普鲁士人通常都需要一段时间才会放松。目前他在外交部担任国防军陆军总司令部的联络官。

埃茨多夫博士在第一次世界大战期间受重伤，退役后于1928年进入外交界服务，连续派驻东京及罗马。蜜丝认识他时，他正担任外交部与参谋长哈尔德（他反对希特勒的侵略计划）上将之间的联络官及大使馆顾问。埃茨多夫与多位立场同哈尔德一致的高级将领亲近，企图说服他们采取行动。然而西欧各国在大战爆发前采取姑息政策，加上大战刚开始希特勒连连奏捷，这两项因素有效地削弱了所有反希特勒派的势力。

4月20日，星期六，棕树节

早上我们半正式地去晋见普鲁士的路易-斐迪南王子的妻子基拉。他是皇储的次子，她则是罗曼诺夫家族少数生还者的大家长，基里尔·弗拉基米罗维奇大公爵的女儿。她有两个小宝宝。

4 月 22 日，星期一

母亲得了腿部血栓症，卧病在床，令人忧心。

12 我们彻底断食。教会顾及战时营养不良的情况普遍存在，准许我们不断食，但我们的食物本来就少，又想多存点粮票过复活节。

4 月 23 日，星期二

上教堂。

4 月 24 日，星期三

上教堂。

4 月 25 日，星期四

今晚在教堂里，依惯例阅读“十二福音书”。

4 月 26 日，星期五

刻意断食到今天，我们俩都处于半饿死状态。

4 月 27 日，星期六

两边办公室都特准我们上教堂告解及领受圣餐。晨间弥撒持续到 2 点。午夜弥撒在俄国大教堂内举行，但人太多，我们被挤到街上。然后我们到迪基 · 埃尔茨家和一群朋友聚会，玩到早上 5 点才散。我们已经好久没出去玩了。埃氏兄弟是奥地利人，产业在南斯拉夫。迪基是唯一没被动员的人。

4 月 28 日，星期日

复活节。我们去波茨坦，巧遇普鲁士布尔夏德王子的父亲，奥斯卡王子；他也是先皇帝的儿子之一，是位身穿红金俊挺制服的老绅士。

我们做了一道复活节奶渣糕*，可口极了，非常得意，因为材料缺得厉害。

战争开始后许多必需品几乎完全消失，我的办公室内因此出现一个极滑稽的现象：近来老板们不停抱怨卫生纸消耗量神秘大增，起先他们认为职员一定得了某种新型的传染性痢疾，但几星期下来，耗损量不见下降，他们才恍然大悟，原来每个人上厕所时都撕下十倍的卫生纸，偷偷带回家。于是上面发布了一道新规定：所有职员必须到“中央核发处”领取每天所需的卫生纸！

5 月 2 日，星期四

英国首相张伯伦宣布弃守挪威；情势急转直下，令这里的人大为震惊，因为很多德国人其实私底下还是挺佩服英国人的。

5 月 4 日，星期六

参加了一个盛大的外交官接待会。外交部的职员现在都得穿一 13
套很难看的制服——深蓝色，加上一条白色宽皮带。自助餐宴席极丰盛，但没人敢露出馋相，率先去拿。

广播电台现在来了一位非常怪异的同事，姓伊利恩，每天都穿得破破烂烂，戴副厚眼镜。他持美国护照，在芬兰出生，大半辈子待在西藏，和喇嘛住在一起——他吹嘘说他从来不洗澡——

* Paskha，俄国人用奶酪、奶油及杏仁做的复活节甜点。

虽然他薪水领得不少，但他现在也从不洗澡，对其他人来说是个酷刑！偶尔他会教凯蒂娅·克莱因米歇尔和我讲几句简单的藏语。

5 月 7 日，星期二

刚拿到一份机密新闻——莫洛托夫要求德国政府别支持柏林的俄国教会，因为教会领导人对苏维埃不友善！

胡乱吃完一顿晚餐——小圆面包、酸乳酪、热茶和果酱。现在买酸乳酪尚不需受限制，于是成为我们在家里的主食，偶尔配上水煮燕麦粥。每个人每月大约分到一罐果酱，牛油太珍贵，根本维持不了多久。塔蒂阿娜提议在厨房餐桌上轮流挂上“早餐”、“午餐”、“晚餐”牌，加以辨识，因为食物内容基本上完全一样。我有一位荷兰籍送牛奶的朋友，偶尔他会从“孕妇”存货中留一瓶牛奶给我。可惜他马上就要回荷兰了。有时下班后还得大排长龙，只为买一小块跟指头差不多大的乳酪，令我绝望。幸好店里的人态度都很友善，还有笑容。

5 月 9 日，星期四

晚上加班，然后去阿加·菲尔斯滕贝格家，认识一位大家都叫他 C.C. 的冯·普菲尔先生。派对是为荷兰大使美丽的夫人尼尼·德·威特举行的。

5 月 10 日，星期五

德军进驻比利时及荷兰。但昨晚尼尼·德·威特在派对里却一副浑然不觉的样子！我从办公室打电话给塔蒂阿娜，决定一起吃午餐，讨论事情。情势发展令人震惊，这意味着“假战”已结束。安特卫普已遭德军轰炸，盟军则炸了布莱斯高地区的弗莱堡，两地死伤人数都很多。巴黎弃守，张伯伦辞职，现在首相是丘吉尔，和盟军达成和平协议可能完全没指望了。

去阿托利科（即将离开的意大利大使）宅邸参加送别晚会。每 14
人都一副苦瓜脸。

战争结束后，大家才知道轰炸布莱斯高地区的弗莱堡的不是盟军，而是纳粹空军；后者将该城错认为莱茵河另一岸的法国城市。

希特勒一直不相信法国，尤其是英国，会为波兰参战。维持“假战”（盟军对开战后西线无战事、头一个冬季的称呼）的那几个月，盟军由于缺乏明确的参战策略（主要因为英法之间的歧见），加上德国大众天真的想法（大多数人根本不希望开战），德国境内一直存在一种错觉——蜜丝亦不能免俗：只要流血不太多，达成和平协议仍有可能。1939—1940年间的冬天，对峙双方的确有许多具有影响力的集团纷纷进行试探，企图找出彼此都能接受的停战方法。

但德军从5月9日、10日的夜间开始，对中立国荷兰及比利时进行大规模部队空降。5月15日，大批德国武装部队已穿越阿登高地森林，进入比利时南部，接着突破法国国界，很快向西抵达海边，将盟军部队一切为二，逼迫北方的驻军（包括英国远征军）撤出比利时，退回英吉利海峡。荷兰军队于5月15日投降；5月27日，比利时亦然。6月3日，最后一艘英国战舰离开敦刻尔克。6月14日，巴黎沦陷；6月25日，法国签署休战协议，将三分之二的国土交由德国控制，剩下三分之一由贝当元帅统治，形成所谓“维希政府”。

5月11日，星期六

安托瓦内特·冯·克罗伊及卢卢·冯·克罗伊来看我们，两姐妹都非常漂亮。她们的母亲是丹麦及美国混血，父亲则是法国、比利时、德国混血的公爵。这年头有这样的背景可不好过。

5月13日，星期一

我已经好几个星期没休假了，想把所有的假存起来，去波希米亚特普利茨探望克拉里家族。自从在威尼斯分手后，一直没见面。想让塔蒂阿娜也认识他们。

普鲁士布尔夏德王子从科隆写信给她，他正奔赴前线途中。

5月16日，星期四

昨天德军发动大规模攻势，令人失眠。

15 5月17日，星期五

我不断提醒现在的老板我打算去特普利茨，祈祷在我的努力渗透下，他终将接受这个事实。

5月19日，星期日

晚上在弗雷德双胞胎姐妹的厨房里吃意大利面。瑞士大使馆新任武官提诺·索达提不断来电话，他说德军随时可能入侵瑞士。

5月20日，星期一

我的上司E先生今天回来上班，皮肤晒伤，怒气冲天，只见他气急败坏地转来转去，不停吼叫："猪！一群猪猡！"——想必指的是我们。因为我们趁他不在时，发动了一次"宫廷革命"——越级报告。大老板冯·维茨莱本先生甚至把我叫去，问我是否真的"到处下最后通牒"?！幸好E先生人缘极差，我们胜利了！

塔蒂阿娜加薪了。我的薪水继续封冻，令人气恼。

5月22日，星期三

新任意大利大使阿尔菲耶里办了一场招待会。马克斯·绍姆堡-利珀突然出现；他刚从那慕尔回来，带回前线的第一手消息。弗里德里希·冯·施图姆已阵亡，他母亲也来参加招待会，却没人敢告诉她。

5月25日，星期六

塔蒂阿娜和我早晨7点出发，前往特普利茨，克拉里家族在波希米亚的城堡。坐在计程车上，我突然不确定自己是否关了厨房的电炉，但立刻就忘了这回事儿。迎接我们的人是阿尔菲·克拉里（他是母亲的远房表兄弟）和他的姐妹伊莉莎莱克斯·德·贝耶-拉图尔；她先生是国际奥林匹克委员会的比利时主席。随后我们去探望阿尔菲的母亲泰瑞斯——非常美的一位老太太，原为金斯基女伯爵；萨金特曾经替她画过肖像，那幅画现在就挂在她后方。

特普利茨　5月26日，星期日

基督圣体节。大家都去教堂，祈祷游行队伍由阿尔菲·克拉里率领，他走在神父的后面。我们在窗户后面观看。他们一直没有在法国作战的两个大儿子罗尼及马库斯的消息，现在留在家里的只有16岁的小儿子查理。他看起来像极了哈罗德·劳埃德[*]。他把地毯卷起来，并表演踢踏舞给我们看，他的舞跳得极好。（后来查理·克拉里被征召入伍，1944年在南斯拉夫战场上阵亡。）

16 5月27日，星期一

莉蒂·克拉里从来不提她的两个儿子，但她昨天在教堂里哭了。艾菲看起来满腹忧思。今天我们一起玩桥牌，晚上塔蒂阿娜先行离开，我要再待几天。我们去城里观光。彼得大帝曾经来此地治过一次病，因为特普利茨的矿泉温泉浴非常有名。

普鲁士皇储的长子，威廉王子，今天在布鲁塞尔一家医院去世，死因是他13日肺部、胃部所受的伤。

5月28日，星期二

比利时国王利奥波德今天宣布投降。伊莉莎莱克斯·德·贝耶-拉图尔很高兴，因为她希望因此能拯救许多比利时人的性命。

莉蒂的两个大儿子终于来信。罗尼的军团俘虏了他们的法国表弟。阿尔菲已决定该如何通知他的家人。阿尔菲仍固守19世纪式的理想爱国主义，似乎跟现实脱了节。

今天我们看了一段轰炸鹿特丹的新闻纪录片，好惨！让人替巴

* 与卓别林齐名的美国无声喜剧片演员。

黎不寒而栗。

德国在与荷兰进行投降协商期间，纳粹空军竟轰炸鹿特丹，犯下德国在第二次世界大战中最昂贵的错误。轰炸机队没有看到德国陆军发射的警告照明弹，几乎将大半个城市夷为平地，不过死伤人数（盟军宣传部宣称高达2.5万至3万）其实只有814人。即使如此，轰炸鹿特丹仍成为纳粹残酷不仁的典型例证，加上后来对英国各城镇的轰炸，逐渐改变了英国大众的想法，开始赞成对德国城市进行无差别轰炸，造成远胜过盟国阵营的受害人数。

柏林　5月29日，星期三

塔蒂阿娜回家时我已上床。她对我大发脾气，因为她从特普利茨回来时，发现炉子插头没拔，结果铁圈烧穿了台架，幸好掉在了铁炉上。可是三天后，塔蒂阿娜进门时，一道火焰已窜上墙壁。我惭愧得无地自容。万一皮克勒家的公寓着火，我真的不知道该怎么办。

今天威廉王子的葬礼在波茨坦举行，听说王室安排了大规模的示威活动。

5月30日，星期四 17

在柏纳索家吃了一顿安静丰盛的晚餐。奥古斯汀诺强烈反对法西斯主义，而且不像他的很多同事，他是最勇于直言的。他预言整个欧洲都将面对悲惨的命运。

6月2日，星期日

昨天领薪水，我们去逛街。每到月底，我们似乎都穷得一毛不剩；薪水少得可怜，也难怪！我们俩现在加起来总共赚450马克，100马克寄给罗马的家人，另外100马克还债；200马克买食物、付交通费等，最后剩下50马克做我们俩的个人花费、买衣服、付邮资等等。不过这个月我省下足够的钱，可以买下我几个月前看上的一件连衣裙。同时，我也省下足够的衣服配给票，但店主人居然忘了跟我要！

今晚洗了个澡。现在盆浴也受限制，所以这是大事一桩。

6月3日，星期一

巴黎今天首次遭到轰炸。德军正式宣布他们在西线上的损失——1万人死亡、8000人失踪（可能已死亡）。目前盟军俘虏已多达120万人。

6月6日，星期四

阿加·菲尔斯滕贝格的兄弟葛菲拿到一个英勇荣誉假，被送去军官学校受训。虽然他从未服过兵役，却显然表现得像位英雄，获颁铁十字勋章及肩章。然而他却痛恨战争，战前大部分时间都住在巴黎。

6月9日，星期日

佩勒姆·G. 伍德豪斯在阿布维尔附近打高尔夫球时被俘。国防军最高统帅部要他为英国战俘编一份报纸，所以把他带来柏林。

大战爆发时，伍德豪斯（英国国民，却长期住在美国）
及其妻住在勒图凯的房子里，正准备逃往西欧，却被德军捉
住。他以敌方外国居民的身份被拘留，后来在美国官方（当
时尚未参战）要求下被释放。柏林的美国广播电台说服他为
美国听众制作五集录音，描述自己的经历，内容机智俏皮，
隐隐嘲讽德国人，但完全不具政治色彩。然而，因为他使用
了德国的广播频道，已犯了技术上的通敌罪，在英国造成极 18
大的骚动，英国方面因此建议他最好永远不要回国。

下午下班后，几位匈牙利朋友开车来接我去海尔格-李·绍姆堡家里，大家躺在太阳下。葛菲·菲尔斯滕贝格也在场，看起来形容枯槁，仿佛疲累不堪，几乎无法参与谈话。艾许文·利珀已被军方撤职，因为他哥哥，即荷兰女王威廉明娜之夫伯恩哈德亲王，也与女王一起逃往了英国。其实或许这样反而救了艾许文一命，但他仍然很气愤；他很爱他的部下，和他们一起经历过波兰及法国战役，现在他觉得自己遭到驱逐，无家可归。更糟的是，他们家族的产业都在他哥哥名下，肯定会被没收。

6月10日，星期一

普鲁士布尔夏德王子非常愤怒，他表兄弟威廉阵亡之后，所有德国男性皇族都被调离前线，“勉强留下”担任参谋工作。这些人全是出色的军人，希特勒不希望他们战功彪炳，获得“不健康的声望”。

昨天盟军弃守纳尔维克，挪威投降。今天下午墨索里尼宣布意大利参战，此举不仅愚蠢，而且极不漂亮——赶在法国战役最后关头，“凯旋”进驻法国南部！

6月12日，星期三

谣传巴黎将抗战，但愿不是真的，因为这样并不能改变任何事。

6月13日，星期四

和C.C.普菲尔去戏院看格林德根斯演的《菲耶斯科》。这是难得的享受，现在戏票难求，总是全部卖光，不然就保留给休假的军人。散场后，我们到一家小餐厅吃点心，讨论战事。C.C.很聪明，不认为战争很快就会结束，基本上颇悲观。

6月14日，星期五

巴黎今天投降，怪的是柏林的反应出奇冷淡，毫无庆祝的气氛。

6月15日，星期六

谣传法国签订了投降协定。

晚上我们与西吉·拉费特和朋友去格林瓦尔德公园划船，然后
19 围坐在花园旁。奥古斯汀诺·柏纳索突然出现，把我们拉到一旁耳
语道："苏联刚刚吞并了立陶宛！"但父亲仍在那里！我们立刻回
家，花一整个晚上与外交部可能帮得上忙的人联络。结果每个人都
再三推托，生怕破坏了他们和苏维埃的"和谐关系"。

6月16日，星期日

塔蒂阿娜再一次尝试向外交部求援，普鲁士布尔夏德王子则陪我上教堂。他也在设法及时拯救我父亲。

6月17日，星期一

连续几晚无法入眠。传闻立陶宛总统斯梅托纳及大部分内阁部长已越过德国边境逃跑。

自1926年起便以温和独裁姿态统治立陶宛的斯梅托纳总统，成功逃到美国，死于1944年。

虽然德苏在1939年9月28日签订的秘密协约里，将立陶宛划入苏联的“势力范围”，但希特勒并未同意苏联直接吞并立陶宛。莫斯科紧跟着拿下罗马尼亚占领的比萨拉比亚及布科维纳北部（苏联空军因此可以就近攻击德国的主要油田普洛耶什蒂）。希特勒认为此乃背信之举，因此他只有一个选择：实现他长久的梦想——征服苏联。

艾伯特·埃尔茨刚打电话来说，贝当元帅代表法国签订了投降协定；法国内阁似乎已树倒猢狲散。经过两个月的抵抗，这个结果令人不敢置信。

6月18日，星期二

德国神速占领了法国。C.C.普菲尔和普鲁士布尔夏德王子已通过“德国军事情报局”的奥斯特上校打听我父亲的消息，但至今仍无下文。

出生于阿尔萨斯的奥斯特上校（1888—1945，后升少将）是一位出色且勇敢的将领，并坚决反对纳粹。他在军事情报局局长卡纳里斯海军上将授权下，使该局成为反纳粹人士的庇护地。大战初期，他曾（可能在卡纳里斯默许下）将希特勒的入侵计划泄露给丹麦、挪威、荷兰及比利
20 时的情报局。1943 年，几名受他保护的人纷纷被捕，他遭撤职；军中反抗势力由奥尔布里希特上将及冯·施陶芬贝格上校重组。“七月密谋”发生后，奥斯特被逮捕处决，主要因为德国人对留记录有狂热。奥斯特的司机泄露了他们的藏身之处，盖世太保便迅速地处决了他。1945 年 4 月 9 日，他和卡纳里斯一起在弗洛森比格集中营内被绞死。

6 月 19 日，星期三

蒂尔曼斯一家从立陶宛抵达柏林。德籍俄裔的他们是立陶宛的重量级工业家族。苏联入侵前两小时，德国公使策希林和我以前的上司——英国公使普雷斯顿同时警告他们，劝他们立刻离开。但他们持有德国护照的儿子决定留下，希望能保住一些产业。

6 月 20 日，星期四

今晚回家时，发现父亲从东普鲁士的提尔西特寄来一封电报，上面写着“安全抵达”，并要求汇给他来柏林的路费。

6 月 21 日，星期五

和路易莎·维尔切克与普鲁士布尔夏德王子去 C.C. 普菲尔家吃螯虾大餐，然后布尔夏德违法地开他的车送我们回家。正准备睡觉

时，空袭警报响起，我们下楼坐在阶梯上和门房聊天，他同时兼任空袭守卫。后来听说炸弹都投在波茨坦附近，柏林是安全的。

6 月 22 日，星期六

晚上在提诺·索达提家度过。广播宣布西线休战，然后播放“让我们一齐祷告……”那首歌。在场每个人都严厉批评意大利在“生米煮成熟饭”后，才对法国发动攻击。

6 月 24 日，星期一

和一群意大利朋友去加托夫晚餐。我提早回家，其他人赶赴某意大利外交官美籍妻子开的派对。我觉得大家面对法国目前的情势却这样享乐，似乎不太成体统。

6 月 25 日，星期二

回家后发现父亲居然到了。经过这番波折，他看起来精神仍然很好。现在他全部的家当只剩下刮胡用具、两条脏手帕和一件衬衫。
感谢奥斯特上校预先安排，父亲在抵达德国国境后受到边防警察的 21
礼遇，他甚至被给了路费。不过在那之前很惊险，他躲藏在旧产业的树林内，靠着过去常来偷猎的村人帮助，趁夜深人静越过边境线。整段路非常辛苦，因为现在是盛夏，林下灌木丛极干燥，踩上去会发出很大的声响。

苏联军队占领立陶宛时，蜜丝的父亲在旧都维尔纽斯；1939 年秋天波兰解体时，该城才由苏联归还立陶宛。

他赶搭头一班火车返回居住的考纳斯，当晚寄住朋友家，然后连家都没回，便搭乘蒸汽船沿尼曼河而下，抵达瓦西里奇科夫家族旧产业所在的尤尔巴尔卡斯。瓦氏家族一直受到当地居民的爱戴，他很快便找到愿偷偷带他越过德国边界的向导，而且几名向导正好以前经常在他的树林内“打猎”。抵达德国后，他本想付钱酬谢那些人，他们却一口回绝说：“以前你还住在这里的时候，我们就已经领过很多次酬劳了！”

7 月 1 日，星期一

下班后，到路易莎·维尔切克与塔蒂阿娜位于劳赫街上、曾是捷克公使馆的办公室去找她们。路易莎的上司乔赛亚斯·冯·兰曹是位外交官，人很好，以前被派驻过丹麦及美国。他很有幽默感，这点对他帮助很大，因为路易莎擅长写打油诗取笑办公室内的同事，常戏弄他。他请我们喝烈酒，气氛非常轻松自在。

7 月 2 日，星期二

和奥托·冯·俾斯麦、柏纳索夫妇、海伦·比龙及一位来自瑞典公使馆的年轻外交官冯·海尔格共进晚餐，然后在他靠近蒂尔加滕区的公寓里消磨了一整个晚上。他家摆满了玮致活装饰品，这种时候岂不危险？

奥托·冯·俾斯麦王子（1897—1975）是“铁血宰相”俾斯麦的长孙，初出道时是国会的右派议员（弟弟戈特弗里德则是纳粹党代表），后来转而从事外交，驻派斯德哥尔摩及伦敦，于1940年至1943年达到事业巅峰，担任罗马德国大使馆的公使顾问。战后他重返政坛，在波恩联邦政府任职了一段时间。

7月7日，星期日

塔蒂阿娜、路易莎·维尔切克和我，应邀到意大利大使位于柏 22
林近郊万湖的宅邸内“游泳”；原来这是为迎接外交部长齐亚诺特别办的派对。他来柏林参加甫在利比亚空难身亡的巴尔博空军元帅的追悼会。

为了这个派对，大使馆似乎把柏林最漂亮的女孩全请来了，男士却没有一位是我们认识的。齐亚诺的随从都不起眼，唯独顾问团长德艾耶塔例外。整件事非常可疑，滂沱大雨中一群人乘坐汽艇在万湖城里兜来兜去。回宅邸后，我们三人决定一叫到车就回家，可是等到该向主人致谢及道别时，却发现他和齐亚诺关在黑暗的房间里，和柏林城内最轻浮的两位女士跳贴面舞，而今天竟然是政府规定的哀悼日！离开时我们都觉得很恶心，路易莎甚至向父亲抱怨。

7月11日，星期四

办公室那位外交部来的年轻同事开派对，邀请凯蒂娅·克莱因米歇尔和我去。凯蒂娅相信他也邀请了贝利-斯图尔特。他是一名英国军官，几年前泄露了一些情报给德国，被关进伦敦塔一阵子，现在住在柏林。我请凯蒂娅转告那位同事我不想去，因为我不想认识那个人。结果他非常生气，表示贝利-斯图尔特是他见过的“最正直的英国人”！我忍不住回嘴说，可能他认识的英国人不多，而且如果他说的没错，那么上帝得救救英国国王了！他因为“我的愚蠢”，威胁将取消派对。我最后还是去了，整晚看别人玩扑克牌。其他时候我们的关系倒还好。

我们的老板 E 先生被分派到一间属于他自己的小办公室里，从此再没出现过。

7 月 12 日，星期五

今晚比伦贝格夫妇在达勒姆办了一个小型的派对。比伦贝格是
汉堡来的律师，身高超过两米，极英俊，肤色像一位印度大君。他
娶了一位迷人的英国女孩，克丽斯特贝尔，好像是诺思克利夫爵士
的侄女。他们有两个男孩，大的 7 岁，因为学校老师骂英国人都是
23 “猪”，愤而抗议，竟然被开除了。他们夫妇想避免类似情况再发生，
决定让她带小孩去阿尔卑斯山的提洛尔住，等战争结束。这对夫妇
人很好。比伦贝格的大学同学亚当·冯·特罗特·祖·佐尔兹也在
场；我只在兰曹的办公室见过他一面。他的眼睛非常特别。

亚当·冯·特罗特·祖·佐尔兹（1909—1944）的父亲是前普鲁士教育部长，祖母为美国人，亦是美国第一任司法部长约翰·杰伊的曾孙女。特罗特先后在慕尼黑大学、哥廷根大学及柏林大学就读，接着获得牛津大学贝利奥尔学院的罗德奖学金。毕业后在德国当了一段时间的律师，1937—1938 年间赴美国及中国各地旅行。1939 年，他回到英国，在阿斯特家族及洛锡安爵士推荐下，与张伯伦首相及外交部长哈里法克斯会面。1939 年 9 月（欧战已开始），他接受“太平洋国际学会”的邀请，重返美国。无论他去哪里，见任何外交家，都会提倡某些人认为立场模棱

两可的主张，即反对希特勒，鼓励反纳粹运动，但尊重德国的国家利益。当时，任何有关德国爱国主义的表态（特罗特也和所有反纳粹人士一样，非常爱国）都会招来怀疑，某些盟国集团因此厌恶特罗特。1940 年他途经西伯利亚返回德国，加入纳粹党作为掩护，进入外交部工作。该机构有一大群反纳粹积极人士，以两位资深官员——科尔特兄弟——为首脑。后来特罗特的同事海夫腾终于将他带进毛奇伯爵所主持的“克莱稍集团”，即反纳粹运动及策划德国未来前途最重要的智囊团。每次出国他都代表该集团传话（他出国次数相当频繁），一直与盟国朋友保持联络。

战后，克丽斯特贝尔·比伦贝格亦出书描述她自己的经历，见畅销书《逝去的自我》（*The Past is Myself*, London: Chatto & Windus, 1968）。

7 月 13 日，星期六

我陪塔蒂阿娜去见盖世太保，见我们的人非常可憎。我们的身份问题愈来愈棘手，德国人认为我们的立陶宛护照已失效，因为苏联已兼并波罗的海东岸诸国，现在要求这些国家的国民一律重新申请苏联公民身份，我们当然不可能照办！

7 月 14 日，星期日

今晚爸爸的一位前俄国海军英雄（1904—1905 年的日俄战争） 24
朋友克洛特男爵和米夏·布特涅夫来家里。后者是一位非常聪明的俄国青年，逃出俄国占领的波兰东部之后，和兄弟姐妹躲在华沙的一个地窖里整整一个冬天。他的父亲被遣送回苏联，具有讽刺意味的是，20 年前他才因为俄国大革命逃离俄国！米夏带着他姐妹 7 岁的孪生小孩。孩子们倒颇受礼遇，因为他们是在美国出生的。

7 月 16 日，星期二

保罗·默茨在飞经比利时上空时阵亡。他是我们去年夏天在西里西亚认识的一位年轻德国空军军官，入伍前把他的狗“雪莉”交给了我们。来柏林不可能带狗，所以我们把雪莉送到一个农场里。

今天在办公室有人误送一张印有黄条纹的空白纸张给我，通常这种纸专为发布特别重要的新闻。我正好没事干，便在上面打了一则有关伦敦暴动的谣传，最后说英国国王被吊死在白金汉宫的大门上。然后交给一个笨女孩，她立刻翻译，还把它并入对南非广播的新闻内容。因为文稿上有些德文文法错误，负责调查所有对外新闻的老板查出是我搞的鬼，幸好他今天心情不错，宽容地没责罚我。

7 月 17 日，星期三

今晚在提诺·索达提家和哈索·冯·埃茨多夫长谈，讨论法国情势。大家都称赞他是个好人，但德国人对于公开批评常采取防卫态度，就算再好的人也会先自我保护，同时每个人和他们自己的国家元首及他所采取的行动划清界限，让我觉得有点可怕。他们若不坚持自己的信仰，这一切何时能了？

直到“七月密谋”失败之后，蜜丝才知道哈索·冯·埃茨多夫原来在反纳粹运动中扮演关键性的角色，初期他故意对政治一片漠然，乃谨慎使然。

7月22日，星期一

在家里听收音机广播柏林爱乐交响乐团，一场极优美的演奏会。

黛露西雅·葛契可夫从瑞士寄来一份参与法国战役的白俄移民 25
失踪名单；其中包括我们的表兄弟吉姆·维耶曾斯基、米夏·卡塔库山和阿利欧夏·塔季谢夫。他们至今仍下落不明。

7月23日，星期二

已找到米夏·卡塔库山，但仍替吉姆·维耶曾斯基担忧；他最后一次出现是在佛兰德斯。我们住在巴黎，姓谢尔巴托夫的表姐妹也仍无音讯。

7月25日，星期四

去霍斯特曼家晚餐，庆祝弗雷迪的生日。这是我们自从那场智利使馆舞会之后第一次穿长礼服。话题围绕在防毒面具上，我们并未准备，令大家有点吃惊，因为传闻最近在被击落的一架英军飞机残骸里发现了毒气弹。

“弗雷迪”·霍斯特曼是战时柏林城内最有趣的人物之一，他热衷搜藏艺术品，且极富有。希特勒得势之后，原为出色外交官的霍斯特曼因为妻子莱莉是犹太人，被迫辞职。根据蜜丝的描述，霍斯特曼位于施泰因广场上虽小却极精致的公寓，好比战时野蛮汪洋中的文明小岛。一群经过精挑细选的朋友（总是包括几位欧洲美女）定期聚会，由弗雷迪搜藏的艺术品围绕，置身典雅、自在及知性的氛围。虽然这群人绝口不谈政治，但霍斯特曼沙龙的存在及其雅客共同的兴趣（和憎恶），都极微妙地在对抗纳粹主义。

7月26日，星期五

艾伯特·埃尔茨今晚来访，带蛋糕和考利诺斯牌牙膏*给我们；牙膏非常珍贵，现在我们只能去西门子城才买得到。他在工厂屋顶上担任高射炮炮手，最近刚被关了一阵子，因为被人发现不侦察英军轰炸机，反而在偷懒读英文小说。

7月29日，星期一

我现在星期一晚上一定留在家里，因为收音机每星期一都会播放爱乐交响乐团的演奏会。

塔蒂阿娜又加薪了，我仍然原地踏步，好悲惨。

8月1日，星期四

26 我现在跟塔蒂阿娜的上司乔赛亚斯·兰曹比较熟了，很喜欢他——像只懒洋洋的猎犬，极具幽默感。

8月3日，星期六

终于通过第三中立国听到玛拉·谢尔巴托夫的消息。所有表亲都已回到巴黎，却都没工作。她们的老友安德烈·伊格纳季耶夫在

* 英国国际化工公司的一种牙膏产品，20世纪20年代《申报》已有该品牌广告，中译名为“固龄玉牙膏”。

与法军作战时失去了一条腿。

8月4日，星期日

做完礼拜和一群朋友去伊甸旅馆。路易莎·维尔切克在那里和叫保罗·梅特涅的男孩吃午餐；他是梅特涅首相的曾孙，有一半西班牙血统。餐后所有人都应邀到绍姆堡夫妇位于克莱道夫的宅邸玩，大家分乘几辆车，保罗·梅特涅和塔蒂阿娜、纳吉与我挤在汽车后座的敞篷折叠座位上。保罗真可怜，几乎像个光头，发根好短，因为他只是个士兵。因为突然加上了一个人，可怜的普鲁士布尔夏德王子只好去搭火车。保罗显然为塔蒂阿娜倾倒。

8月8日，星期四

去路易莎·维尔切克的办公室和她及兰曹喝咖啡，后来亚当·特罗特也加入我们；我觉得他的长相特别极了，或许因为他有股出奇的能量吧。晚上和塔蒂阿娜、普鲁士布尔夏德王子及兰曹到路易莎住的旅馆（施泰因广场）内晚餐。路易莎换了服装表演弗拉门戈舞，跳得极好。

8月13日，星期二

今晚我和C.C.普菲尔及另外两位客人一起吃掉了120只螯虾。11点时，塔蒂阿娜打电话来，说父亲走夜路摔了一跤，头撞到人行道，血流不止，家里又没绷带，我们只好跑出去找药房。还没包扎好伤口，空袭警报又响了，我们费尽唇舌才说服父亲下地窖（公寓在四楼）——他怕邻居以为他跟人打架！高射炮震天响，警报直到凌晨3点才解除。现在德军猛烈轰炸英国，或许这是报复行动。

法国沦陷后，希特勒希望英国求和，于7月19日休
战，并在帝国国会里发表胜利演说，提议讲和，丘吉尔却要
27 求德国立刻撤回到1938年的防线。希特勒于是展开“海狮
行动”（征服英国的暗号）第一阶段；8月15日德国空军对
英国领空展开全面攻击，即历史上有名的“不列颠之战”。

8月16日，星期五

兰曹送我们四个女孩各种高级法国香水，名字都相当浪漫诱人：蝴蝶夫人、玛姬、我归来……我都从来没听过。

8月20日，星期二

塔蒂阿娜与我和瑞士公使馆的几个人谈过，想设法和表哥吉姆·维耶曾斯基联络。我们已知道他没受伤，被关在德国某战俘营中。

8月25日，星期日

今晚又有空袭警报。塔蒂阿娜出去了，我本来待在床上，后来炮声实在太响，有时整个房间都被照亮了，最后只好下地窖，也强迫父亲跟我一起下去。

虽然德军在大战初期曾轰炸过华沙及鹿特丹等城市，但他们和英军一样，一直不愿以对方的城市住宅区为轰炸目标。就连“不列颠之战”刚开始也只是一连串争夺制空

权的空战而已。但在8月24日的晚上，德国空军对伦敦误投了几枚炸弹，隔夜（见蜜丝上述）英国皇家空军即派出80架轰炸机报复柏林。希特勒一怒之下，命令德国空军停止轰炸英国空军基地，集中轰炸伦敦。这个决定让他输掉了“不列颠之战”，因为本来英国空中防御已不堪一击，德军胜利在望，而英国空军正好利用这个机会稍事喘息，恢复元气。此后，轰炸平民区的顾虑及禁忌全面解除。

8月26日，星期一

又传空袭警报。虽然每栋建筑的门房都奉命强迫所有人躲进地窖，我们仍待在床上。后来我们的门房也来了，敲着锅子要我们起来。还好这次空袭只闹了半个钟头。

8月27日，星期二

下班后顺道去塔蒂阿娜的办公室。她办公室隔壁是间浴室，水声哗啦哗啦响。显然因为政府机关不限制热水，她的老板正在尽量利用。

和几位朋友吃晚餐，包括凯克布希两兄弟，两人都在作战时受 28
重伤；马克斯钦瘫痪了三个月，克劳斯被弹出飞机时身上着火，脸部严重灼伤，幸好复原理想，看不太出来，算是不幸中的大幸，因为他对自己的长相非常自豪。不过他的两名组员死了。

8月28日，星期三

今天坐巴士经过威廉皇帝纪念教堂时空袭警报响了。巴士停车，每个人都被赶到纪念教堂商店的地下室里。阳光耀眼，接下来什么事都没发生。可是今晚去格林瓦尔德晚餐时，却一阵扰攘。我们站在花园里，看着许多红绿相间的“圣诞树”被投进城里，但很快便不得不避入屋内，因为高射炮的碎片到处乱飞。这次空袭受难人数显然不少，我们直到凌晨4点才回家。

9月2日，星期一

尽管我们预料将有空袭，但仍待在家中，企图补眠。我们的地窖布置得挺周全，小娃娃们躺在小床里吮大拇指，塔蒂阿娜和我通常下棋打发时间。她每次都赢我。

9月3日，星期二

半夜空袭，但因为塔蒂阿娜有一点发烧，我们就留在了楼上。我俩的床分据房间两个角落，塔蒂阿娜生怕房子被炸中时，我会被震入太空，而她却停留在半空中，我只好钻进她床上，两人抱得紧紧地挨过两个钟头。爆炸声吓死人了！屋外的火光不断照亮房间。轰炸机低飞掠过，听得一清二楚，有时就像从头顶上飞过似的，令人感到非常不安。就连父亲也有点害怕，跑进来找我们聊天。

9月6日，星期五

每晚空袭让人精疲力竭，因为每天都只能睡三四个钟头。下周我们将前往莱茵兰拜访哈茨费尔特家族。别人都笑我们居然选择去莱因兰“避炸弹”，但德国乡间至今仍算平静，况且该地距离盟军轰炸的主要目标——鲁尔——很远。

9 月 7 日，星期六

今天我们从皮克勒家的公寓搬进狄狄·曼德尔斯洛的柏林“落
脚处”。他人在前线，不希望房子空着，怕被某国社党员征收。这栋
公寓位于哈登堡街上、动物园高架铁路站旁；就空袭来说，地点很 29
糟。但因为小，很实用。屋里甚至没有接待室，只有一个小客厅、
一间卧室、一间很好的浴室（可惜很少有热水）、一个小厨房和一条
贯穿整个公寓后侧的走廊。我们把走廊尽头改成爸爸的房间。整栋
公寓对着一座阴暗的花园，属于一幢办公大楼的一部分；大楼里晚
上没住人，只有一位女清洁工会来打扫。

9 月 8 日，星期日

我去看住在街角的莱莉·霍斯特曼，聊到英国及法国朋友们的前途。德军又开始轰炸英国，据说伦敦到处大火。

9 月 9 日，星期一

又有空袭。我从头睡到尾，既没听见警报，也没听见爆炸声，可见多累！

9 月 10 日，星期二

今晚很早上床。午夜时，空袭开始。这一次海德薇格医院被炸中，其中一枚炸弹落在安托瓦内特·克罗伊的病房里（她才刚动过手术），引起火灾，幸好她及时被抬下地窖。国会大厦也着了火，还有几枚炸弹掉在美国大使馆的花园里。

9 月 11 日，星期三

空袭。一位美国朋友迪克·梅茨送我去看安托瓦内特·克罗伊；她洋洋得意地给我看她刚被炸过的房间。迪克和安托瓦内特的姐姐卢卢已私定终身。

明天我们便将离城去哈茨费尔特家住十天。

9 月 12 日，星期四

我们坐卧铺火车到科隆。车速极快，我一直害怕会出车祸。我们经过很多地方时，都见到天空一片火红，还有一个小镇着了大火。抵达科隆之后，我们和巴利·哈茨费尔特一起吃早餐；我们坐同一班火车，不知怎地在车上竟然走散了。然后去看大教堂，许多著名的彩色玻璃都已移往安全地带。我们很想买点东西，随便什么都好，最后买了几条手绢了事。中午搭上一班慢如牛车的火车到维森，哈茨费尔特家派专车来接我们。

克拉托夫城堡　9 月 14 日，星期六

30 克拉托夫城堡非常美，和许多威斯特伐利亚地区的城堡一样，四周环绕两条盈满的护城河，外观看起来门禁森严，堡内却非常舒适，摆满了精致的画、高级家具和数不清的书册，堡外则由地势高低起伏的林地围绕。现在住在堡内的是哈茨费尔特家族的长女拉拉和她父母。家中独子贝臣现年 19 岁，在陆军服役。

9 月 19 日，星期四

山中无甲子！我们早上 10 点起床，和哈家女孩一起早餐，然后写信直到午餐时间。饭后陪公爵夫人聊天，下午 3 点到 5 点这段时间各自回房看书或睡觉。5 点喝下午茶。雨下个不停，但到了傍晚天气通常会短暂放晴，大家出去散步、采蘑菇。我们在柏林认识的那位巴利——典型的花蝴蝶——突然不见了，她在这里整天穿一双厚底鞋，戴一副摩托车骑士护目镜，不过她的睫毛仍是我见过最长、最卷的。有时觉得精力特别旺盛，大家会玩鬼捉人游戏。晚上 7 点，大家洗好澡，换上长礼服，围坐炉火旁直到 10 点，这才“精疲力竭”地上床休息。公爵要到晚餐后才醒来，虽然年事已高，有时却十分风趣机智。食物永远那么可口，让我们一想到柏林的伙食就丧气。

9 月 20 日，星期五

吉姆·维耶曾斯基从德国战俘营写信给我们，要食物、烟草及衣服，说他把所有家当都留在了车上，车停在博韦市政厅前面，仿佛指望我们去那里取回他的东西似的。他有好几个朋友都关在同一个营里，他们准他散长步。

9 月 23 日，星期一

塔蒂阿娜觉得不对劲，我们怕她得了阑尾炎。她身体一直很弱。

9 月 24 日，星期二

塔蒂阿娜去维森看了医生。诊断结果：阑尾炎加上败血症，医生诊断得立刻开刀，并安排她星期四住院，星期五我必须赶回柏林，希望能在离开之前陪她开完刀。

9 月 26 日，星期四

手术成功，医生很满意，塔蒂阿娜却很自怜。她必须住院十天，然后回克拉托夫休养。我陪了她一整天，再从科隆搭卧铺夜车赶回柏林。

31 柏林　9 月 27 日，星期五

回到家时，父亲正在吃早餐。现在显然每天晚上都有空袭警报。今天德、意、日宣布结盟成为轴心国。

日本虽然从 1936 年 11 月，便和德国及意大利一起支持“反共产国际协定”，却一直不愿与德、意两国走得太近，但希特勒连续在西线奏捷，日本终于停止观望，与这两个欧洲侵略国家结盟。日本在“轴心国协定”中承认德、意在欧洲“新秩序”的领导地位，而德、意两国则承认日本在“大东亚”地区的地位。三国并同意若任何一国受到第三强权（暗指美国）的攻击，另两国将予以援助。

9 月 29 日，星期日

空袭。现在我们住一楼，不必下地窖，我干脆待在床上。不过那时人们也已经开始怀疑地窖的安全性。前几个晚上，一枚炸弹落在了附近的一栋房子上，击中了它的侧面，房子虽然没倒，地窖里的水管却全爆了，躲在里面的人全部被淹死了。

9月30日，星期一

古斯蒂·比龙去伦敦碰上空袭，至今没回来，他姐姐海伦急坏了。

今晚空袭从晚上11点持续到凌晨4点。我都躺在床上看书，结果警报还没解除就睡着了。

10月1日，星期二

和朋友去达勒姆吃晚餐，结果在动物园车站里碰上空袭警报。及时逃出来，一口气跑回家。我极不愿意躲进某不知名的陌生地窖，不过迟早会碰到这样的情况，因为一旦警报响起，任何人都不准留在街上。

10月2日，星期三

待在家里时都由父亲下厨；他手艺挺好，就是每道菜都放太多胡椒。他已开始教俄文。

今晚空袭为时很短。

10月6日，星期日

和巴伐利亚的康斯坦丁王子及贝臣·哈茨费尔特一起吃晚餐。贝臣因为没向隔桌一位上校敬礼，被狠狠训斥了一顿，令在座每个人都极为尴尬！

10月8日，星期二 32

今晚空袭破纪录，持续了五个小时，高射炮响个不停，落下来的炸弹也不少，然后是火灾。我们一直待在床上。

10月10日，星期四

凯蒂娅·加利齐纳姨妈在伦敦被炸死了，炸弹击中她坐的巴士。今天早上我们在柏林替她举行追思会。

我正在读索洛维约夫的预言，令人绝望。

> 索洛维约夫（1853—1900）是陀思妥耶夫斯基的朋友及信徒，亦是俄国著名诗人、哲学家及神秘主义者。蜜丝指的是他写的《假基督故事》；他相信假基督即将来临，带来大灾难。他所预言的现代极权主义（无论左派或右派）所带来的恐怖都十分准确，令人寒栗。

今晚警报响时，我正参加一个派对。高射炮的声音非常刺耳，可怜的马克斯钦·凯克布希，自从在法国脊椎受伤之后，神经便极端脆弱。他倒在地上打滚，不断呻吟道："我听不下去了！"我离开后，其他人继续玩。一个酩酊大醉的瑞士人开了一枪，只差一点就打中马克斯钦。

10月18日，星期五

塔蒂阿娜回家了，显得苍白又虚弱。

10月20日，星期日

罗尼·克拉里来柏林停留一天。他绝对是我们这一代最迷人又最有才华的青年，刚刚订婚。

晚上去瓦利·萨尔登在格林瓦尔德的家。他正在休假，和家人住。他们的房子里塞满了好书及好音乐。我们刚坐进齐奇的车准备回家，警报就响了。由于只有外交官才能在警报响后留在街上，齐奇只好送我们回瓦利家。在瓦利家，我们听唱片，一直到深夜2点。然后我跟巴伐利亚康斯坦丁王子一起走路回家,距离超过3英里*。刚穿过哈伦塞**桥，警报又开始呼啸。因为没人出来阻止我们，我们继续走，但很快炮声愈来愈激烈，在库达姆大街碰到一名警察，把我们赶进一个地窖，我们坐
在地上三个小时，冷得直打哆嗦。我没有穿大衣，只好和康斯坦丁躲在 33
他的雨衣下缩成一团。大部分时间我们要么打瞌睡，要么听别人讲话。柏林人碰到危机时表现特佳，经常很风趣。警报在早上6点解除，当然既无电车，也叫不到计程车，我们只好沿着库达姆大街狂奔，借以取暖，后来终于叫到一辆计程车送我们回家。快到我家时还必须绕道：两辆救护车在从我们家隔壁的房子里掘出几个人之后撞在一起，现在那栋房子已被炸得粉碎，三名炸弹生还者也在车祸中死亡。

回家后发现塔蒂阿娜非常担心我，因为那枚炸弹差一点就炸到我们这栋楼。我套上毛衣，躺了半小时，立刻得赶去公司上班。但我实在太累了，无法工作，便听从凯蒂娅·克莱因米歇尔的建议，拉出（为紧急情况准备的）行军床躺下，三个小时之后才醒来，发现老板正极不满意地盯着我看。一整天都有人打电话来问我们是否还活着，因为我们那一区显然灾情惨重，好几枚炸弹落在路易莎·维尔切克住的医院和我们家之间。

10月26日，星期六

下班后和塔蒂阿娜搭提诺·索达提的车去C.C.普菲尔家。先围坐炉火旁，然后洗澡、睡觉，试着别去想空袭。

---

* 1英里= 1.609344千米。

** Halensee，一译“瀚蓝湖”。

10 月 28 日，星期一

今天意军进攻希腊。希特勒与墨索里尼会面，收音机里一阵嚷嚷。

墨索里尼在进军阿比西尼亚及利比亚之后，仍不愿让希特勒独自重画欧洲地图。他在轻而易举拿下法国的尼斯与科西嘉岛之后，开始往东觊觎巴尔干半岛。1939 年 4 月，意大利已吞并阿尔巴尼亚；10 月 28 日，意军越过边境，进入希腊。

希特勒不仅毫无准备，而且他老早明确劝阻墨索里尼不要这么做，因为他深知意军的能耐；而且此刻他正专注于自己最伟大的计划——征服苏联！——不愿英军介入，逼近正往东欧大量集结的德国陆军南侧，但如果希腊向英国求援，这个情况就不可避免。再加上希腊当时的独裁者梅塔克萨斯
34 将军亲德，因此意军发动攻势之前的准备完全瞒着德军。10 月 28 日希特勒和墨索里尼在佛罗伦萨会面（据说是他们争吵最激烈的一次会面），希特勒只好接受现实。

10 月 29 日，星期二

英军登陆克里特岛。

11 月 1 日，星期五

今晚发生两次空袭，一次从晚上 9 : 30 持续到深夜 1 点，一次从深夜 2 : 30 持续到早上 6 点。感谢上苍，让我们住在一楼！

11月3日，星期日

英军登陆希腊本岛。

11月4日，星期一

我一直缺乏运动，决定开始上体操课，已经感觉好多了，不过身体仍有点僵硬。只因为我又高又瘦，老师似乎觉得可以把我训练成运动健将。

11月6日，星期三

保罗·梅特涅在城里待了六天，塔蒂阿娜几乎天天跟他出去。

11月8日，星期五

保罗·梅特涅今天离开，塔蒂阿娜待在家里，好不寻常。

11月10日，星期日

和路易莎·维尔切克、塔蒂阿娜及兰曹开车到亚当·特罗特位于达勒姆的家。他最近才和克拉瑞塔·蒂芬巴赫结婚；拿过罗德奖学金，是非常特别的人。希特勒的私人秘书及外交部联络官瓦尔特·黑韦尔也在那里。黑韦尔有一次让比利时外交官卡蒂埃非常窘，竟然问他路易莎和她的朋友们对现今政府观感如何。黑韦尔有点笨拙，不过据说人不坏，而且是“当权集团”里唯一偶尔会出现在其他社交圈里的人。很多人似乎想通过他得些好处。

11 月 11 日，星期一

我们隔壁的邻居、以前做过立陶宛警政署长的席德瑞维西斯告诉我们，他在肉店外面排队时，看见一头死驴被抬进后门，因为从防水布下面伸出了驴蹄和驴耳朵，所以他才认了出来。原来我们每周吃的炸肉排就是这样来的！

11 月 14 日，星期四

保罗·梅特涅回来了，塔蒂阿娜每天都跟他见面。

11 月 27 日，星期三

和塔蒂阿娜、保罗·梅特涅及迪基·埃尔茨去萨瓦林餐厅晚餐，
35 吃龙虾和其他不用配给、富豪吃的珍馐。塔蒂阿娜每天晚上跟保罗出去，半夜他通常还会打电话来，两人叽里呱啦讲个不停。幸好电话线很长，我可以把她赶到客厅去，否则我根本别想睡觉。

德国占领的欧洲，日常生活常有出其不意之处，食物配给制度亦然。深海渔船因为近海海域布有水雷及大西洋海战停止作业，鱼类因此极难买到，或严格配给；但甲壳类，像是过去豪富才吃得起的龙虾及蚝等，却一直很多，直到 1944 年盟军登陆为止。同样的，德国境内很快就找不到像样的啤酒，但法国境内需要配给的法国葡萄酒及香槟，却在帝国内泛滥。

12月1日，星期日

巴伐利亚的康斯坦丁王子陪我上俄国教堂，因为他很感兴趣。然后我们去动物园及水族馆；有好多恶心的水蛇在那儿游来游去，还有很多爬虫类。现在空袭情况越来越糟，还养这些动物，真奇怪。

12月2日，星期一

大家开始对保罗·梅特涅和塔蒂阿娜闲言闲语。我必须不断否认他们已订婚的事，真烦。他们现在还不想宣布，因为计划明年夏末再结婚。

希腊人正把意大利人赶出阿尔巴尼亚，不过后者仍占有都拉斯及发罗拉。柏林人现在流行一句俏皮话：法国人在里维埃拉（蓝色海岸）*挂起告示："希腊人止步！这里是法国！"

12月3日，星期二

前巴黎警察署长夏普在飞往叙利亚途中，座机被击落，接着两名埃及部长也遭到同样的命运。德国宣传部门针对"背信弃义的英格兰"不断轰炸外国政客的尴尬事件大做文章。

前巴黎警察署长让·夏普（1878—1940）是右翼政客，贝当指派他出任叙利亚行政长官，但叙利亚很快被英法盟军占领。

* 世界上有两个较为著名的海岸均名为里维埃拉（Riviera），一处为法属，也被称为蓝色海岸，另一处为意大利属，中文常称为利古里亚海岸。这里在用这个重名揶揄法国人。

36 12月5日，星期四

许久没有罗马的消息。意军总司令巴多格里奥元帅已辞职；海军司令卡瓦纳里上将亦然。意军似乎在毫无准备下草率进攻希腊，败得一塌糊涂。

> 意大利进攻希腊很快演变成一次大灾难。希腊人在帕帕戈斯将军睿智的领导下，顽强抵抗，在数周之内不仅驱退敌军，还进占了阿尔巴尼亚。同时不出希特勒所料，英国部队及补给大量涌进希腊本岛及外围群岛。

12月7日，星期六

晚祷。塔蒂阿娜和保罗·梅特涅先送我去教堂，再去戏院。稍后我去歌剧院看卡拉扬指挥。他非常时髦，有些人认为他胜过富特文格勒，真是胡说。卡拉扬当然是个天才，而且热情洋溢，不过却很自负。

12月8日，星期日

和塔蒂阿娜、保罗·梅特涅及奥亚尔萨瓦尔夫妇（西班牙大使馆外交官）到阿德隆旅馆午餐。本想饱餐一顿，不巧碰上“一菜餐日”——政府规定每家餐厅每周必须供应一次的无味炖菜。大家很失望地开车去C.C.普菲尔家。

12 月 11 日，星期三

现在意大利在非洲也吃了败仗。英军开始发动攻势，已经死了一名意大利将军。

意军于 9 月 12 日开始在北非发动攻势，不到一周便占领塞卢姆和西迪巴拉尼，但后继无力。12 月 9 日，英军反扑，将意军赶出西部沙漠，拿下托布鲁克，占领大部分的昔兰尼加并俘虏了大约 12 万意军。1941 年 2 月初，韦维尔将军抵达欧盖莱一线，六周后，隆美尔将会发起他著名的反攻，将轴心国军队带到亚历山大港的城门下。

12 月 12 日，星期四

英国宣称已占领西迪巴拉尼。意军正逐渐被驱出阿尔巴尼亚半
岛。尽管如此，还是会替很多爱国的意大利好人感到难过。 37

12 月 16 日，星期一

昨晚炸弹落在柏林的一条主要购物街陶恩沁恩大街上，大部分玻璃都被震碎了。整条街全是碎玻璃。

12 月 17 日，星期二

昨天在圣马蒂诺餐厅吃晚餐，大部分意大利客人都忙着跳舞，疯得很，似乎完全不在意祖国军事上的败绩。

12月18日，星期三

亚当·特罗特向塔蒂阿娜建议，要我去外交部当他的私人秘书。他是极优秀的知识分子，我必须非常努力才能达到他的标准；不过外交部的工作气氛比我们广播电台好太多了，他的同事大多在国外住过一段时间，眼界较开阔，不只盯着第三帝国。而我现在这份工作也变得公式化，非常琐碎。但我的合约要到3月才到期，必须找个正当理由离职。战时想换工作很麻烦。

前几天我们替办公室餐厅开了一份菜单，非常简短且缺乏创意：

星期一：紫甘蓝菜淋肉汁。

星期二：无肉。鳕鱼淋芥末酱。

星期三：石头鱼排（名副其实）。

星期四：素什锦（紫甘蓝菜、白甘蓝菜、土豆、紫甘蓝菜、白甘蓝菜……）。

星期五：葡萄酒烩淡菜（这道菜很“特别”，通常一转眼就会被抢光，只能吃酒汁土豆馄饨凑合凑合）。

星期六：以上任选一项。

星期日：以上任选另一项。

每日甜点：香草布丁淋覆盆子酱。

12月23日，星期一

下班后和亚当·特罗特晤谈。新工作似乎很有意思，但内容并不明确。他显然想把我变成一名信得过的杂役。他自己是多头马车，但正式职务只有一项：“解放印度”！

第二次世界大战爆发前不久，印度民族主义运动产生

意见分歧，苏巴斯·钱德拉·鲍斯（1897—1945）所领导的激进派主张以武力推翻英国殖民政权，甘地和尼赫鲁则 38
继续坚持非暴力政策。鲍斯认为纳粹德国是理想的盟友，便于1941年1月逃到柏林，立刻由德国外交部印度司保护。挂名该司主管的虽是纳粹文人即副国务秘书威廉·开普勒尔，实际负责公务的却是两名坚决反纳粹人士：亚当·特罗特及亚历山大·韦特博士。

不久，鲍斯获准成立“解放印度中心”，并享有外交特权，开始以不同的印度语言广播反英国的谈话，甚至“以解放印度之名”对英国宣战。但他对于“印度军团”（征用北非俘虏到的印度战俘）的计划却因缺乏志愿工作者而成为泡影。反讽的是，最后成为鲍斯计划最大阻力的，竟是希特勒本人，因为他生来厌恶有色人种，私底下其实很仰慕英国的帝国主义角色。

1943年2月，一艘德国潜水艇在马达加斯加岛外海将鲍斯运送到一艘日本潜水艇上。之后，一支印度兵团在日本援助下在缅甸对抗英军，直到1945年8月日本战败为止。鲍斯欲前往伪满洲国向苏联求助，结果专机在8月18日坠入中国海。

12月25日，星期三

和保罗·梅特涅做午夜弥撒。我们很辛苦地在积雪中跋涉，走到教堂，却听说因为可能有空袭，礼拜将延期到明天早上举行。

12月30日，星期一

保罗·梅特涅今早离城回部队。

12月31日，星期二

和提诺·索达提及一帮朋友在侯切尔餐厅一间小房间内晚餐。饭后去提诺家，高朋满座，大家为新年举杯。他请了一个很棒的乐团，可惜在午夜时分竟演奏德国国歌，令所有人既惊愕又狼狈。幸好提诺早已溜出去，到瑞士公使馆跟他上司拜年去了。

1941年

1月至6月

1月2日，星期四 39

今早我向广播公司递出辞呈。他们表示只要我找得到接替人手，就同意让我走。这可能有点困难。

1月5日，星期日

弗雷迪·霍斯特曼带塔蒂阿娜和我去听卡拉扬的演奏会。天气好冷。入冬以来，这是我第三次生病。

1 月 7 日，星期二

俄国圣诞节。我们去做晚间礼拜，棒极了。

1 月 17 日，星期五

早上大部分时间都在和办公室的同事道别，辞职成功。离开广播电台令我高兴，附近景色一片阴森灰暗。塔蒂阿娜得了感冒，卧床休息。

1 月 18 日，星期六

今晚在霍斯特曼家觉得很无聊。有时候，我真不知道我们晚上为什么那么爱出来玩，肯定是心神不定的一种形式。

1 月 20 日，星期一

和巴利及贝臣·哈茨费尔特姐弟吃晚餐。他俩住在靠近蒂尔加滕区的一间巨大公寓里。我走进贝臣的房间整理头发，看见有个衣橱间没扣上，被里面琳琅满目挂着的西装和数目相同的鞋子吓了一跳，忍不住想到乔吉和亚历山大若能拥有两套就不知多高兴了！我们一贫如洗的移民生活跌至谷底时，他们正好满 18 岁；装扮对这个年龄的男孩来说，经常和对女孩一样重要。

1 月 22 日，星期三

第一天到外交部情报司上班，感觉很沮丧，因为每件事都好陌生。亚当·特罗特暂时把我安插在一个附属在他印度司下，类似研究机构的部门里，怕他顶头上司发现我们不仅政治立场相同，还一起 40
工作，会起疑心。我的直属上司是一位年长的女性新闻工作者，也是印度事务专家。亚当似乎期望我在熟悉工作内容后，能够逐渐影响她，让她替他做事；恐怕他高估了我的能力。德国女人一旦坐上大部门主管的位子，通常都会变得颇难相处，因为她们的女性特质都不见了。

托布鲁克被澳大利亚人占领。意大利败得很惨。

1月24日，星期五

和亚当·特罗特午餐，觉得他实在很特别。他有数不清的建设性的点子和计划。我却感到十分丧气，又不敢让他知道。

1月25日，星期六

有人送我们一只野鸡，送父亲两套西装。

1月26日，星期日

上教堂，然后和塔蒂阿娜散了一个很长的步，仔细观赏蒂尔加滕区内的新大使馆；全都极为巨大又极尽夸示，典型的新纳粹柏林建筑风格——大理石、廊柱，大得畸形，一点儿也不人性化。他们甚至开始兴建新的英国大使馆，因为据说靠近勃兰登堡门的旧使馆太小了。难道他们真的相信英国迟早会投降？

1月31日，星期五

办公室里的新同事对我似乎都很满意。

2月1日，星期六

在罗卡莫拉夫妇家午餐（他是西班牙使馆的武官）。他们就住在我的新办公室对面。我现在比较习惯了。可惜办公室太冷，而且灯光太暗。大部分的研究文件字都很小，眼睛常感觉疲劳。亚当·特罗特和他的一位朋友亚历克斯·韦特博士一起过来。他们开了一个小型会议，并叫我参加，我坐在那儿听他们的高论。

> 韦特博士是亚当·特罗特在哥廷根大学的好友。1934年回来后，在一个纳粹集中营内待了一阵子，然后到伦敦开业当高等法院的出庭律师，直到开战前夕才返回德国。进陆军极短时间后，奉派到外交部任职。

2月2日，星期日

今天下午马库斯·克拉里来家里串门子。他是阿尔菲的次子，
41 长相酷似父亲。他一直在前线打仗，一只手臂还严重受伤，想找乐子快想疯了。现在他在柏林附近一所军校受训。我们带他去参加一个派对。

卢卢·克罗伊正打算不顾父亲反对，逃到葡萄牙跟她的美国男朋友迪克·梅茨结婚。

2月11日，星期二

到霍斯特曼家喝茶，认识了“卢卢”·德·维耳莫，目前嫁给了一位匈牙利要人——“汤米”·埃斯特哈齐伯爵。她虽然不年轻，

却非常优雅迷人。

2月17日，星期一

从上周开始，亚当·特罗特把我转进他的部门。我很高兴，因为那里的气氛自在多了。亚当自己有一个房间；我和另外两位秘书合用一间办公室；再来是亚历克斯·韦特和一位叫汉斯·里克特、外号“法官”的人合用的大房间；最后墙里还有个小洞，给沃尔夫先生（外号为“沃尔夫钦”）和他的秘书罗拉·沃尔夫用。沃尔夫钦经常微醺，不过人很好，又聪明。塔蒂阿娜在楼下一间车库改建的办公室里和兰曹及路易塞特·夸特一起工作。路易莎·维尔切克最近辞职离城，因为她家人担心空袭情况，决定搬去维也纳，我们都很想念她。目前亚当交给我一大堆翻译及书评，现在就得赶出一篇，两天后交稿。有时，我也必须听德文口述速记。同事都觉得我的德文文法非常恐怖。

2月18日，星期二

所有外交部新增部门都设在形形色色已撤离柏林的外国使馆内，因此设备齐全，有浴室、厨房等。我很喜欢这里的工作气氛，感觉快乐多了。不过上班时间不太规律，照理应从早上9点开始，一直工作到下午6点左右，可是每到午餐时间老板们便销声匿迹；我们也一样，不过这当然不合规定。男士们很少下午4点以前回来，有时更晚；所以我们常得加班赶工，有时会待到晚上10点。大老板本来是阿尔滕堡全权公使，人很好，大家都很尊敬他，但最近换了一个完全不同的角色——一名党卫军准将，姓施塔勒克，很年轻、气势汹汹，每天穿着高筒靴，挥舞皮鞭、踱来踱去，旁边还跟着一条德国牧羊犬。这个人事变动令每个人都很忧心。

42 党卫军准将施塔勒克和恶名昭彰的艾希曼都参与过纳粹“处理”犹太人的早期计划，本来只打算将他们遣送到东欧，尚未想到处决。他虽是独揽大权的帝国中央安全局头子海德里希的政敌，却仍在对苏战争初期奉命率领驻波罗的海东岸诸国的特别行动队。这批特别行动队乃由党卫军、盖世太保及德国与当地的警察组成，每队约500—1000人，专门负责消灭犹太人、共产党及德军后方疑似游击队的可疑分子。施塔勒克曾夸口，他的分队在战役开始四个月内，便已处决了13.5万人。1942年3月，他在爱沙尼亚遭游击队埋伏身亡。

2月20日，星期四

塔蒂阿娜发高烧。我去霍斯特曼家晚餐，大家庆祝C.C.普菲尔与布兰奇订婚；她是一位著名装甲部队将军的女儿，非常漂亮。

罗卡莫拉夫妇刚从罗马回来，带回家人写的一包信。塔蒂阿娜最近才向他们透露她已与保罗·梅特涅订婚，他们很惊讶，但都很兴奋。

2月22日，星期六

参加C.C.普菲尔的婚礼，他请我做伴娘。整个婚礼非常典雅，在凯瑟霍夫酒店举行，却苦了我们，因为必须介绍每一位宾客和双方家长认识；他们都刚从乡间入城，不认识任何人。C.C.一副烦不胜烦的模样。最后我累昏头了，甚至和送我回家的计程车司机握手，结果他吻了我的手。

2 月 25 日，星期二

和兰曹晚餐，讨论塔蒂阿娜的订婚事宜，他赞成这门婚事。他就像我们的守护天使和良师。

2 月 26 日，星期三

塔蒂阿娜和我与父亲的朋友阿德尔曼伯爵午餐。他刚从立陶宛被调回来，本来是德国公使馆的公使顾问，曾经发给许多非德国人德国护照。

苏德在 1939 年 9 月 28 日签订“友好和边界条约”，
根据这一秘密协定的第二条（瓜分了波兰，并将立陶宛划 43
入苏联的势力范围），居住在苏联境内的德国少数人种都
将被送回德国。理论上只有具德国血统的人才够资格，但
整个行动由党卫军负责执行，后来便强行征召许多归国者。
当地的德国外交使节却宽容许多，帮助 75 万人，包括上万
的非德国人，逃离被苏维埃政府处决或囚禁的命运。

谣传西班牙国王阿方索已死，他是保罗·梅特涅的教父。如果这个传闻属实，将对保罗及他母亲造成一大打击。国王自从 1931 年退位后，经常住在梅特涅家族在捷克乡间柯尼希斯瓦特的别墅。

共和政府在 1931 年大选中获得压倒性胜利后，阿方索十三世离开西班牙，开始流亡。

2 月 27 日，星期四

保罗·梅特涅、兰曹、塔蒂阿娜和我一起到侯切尔餐厅午餐，大家狼吞虎咽。侯切尔是柏林最好的餐厅，非常瞧不起粮票。

3 月 5 日，星期三

家里的一位老友，以前是立陶宛境内的波兰籍地主潘·麦德夏来吃晚餐。他最近才逃出来，没带出任何东西。以前他那幢年代久远的木造豪宅是典型的“名门世族之窝”——慷慨好客、食物供应不断、广大蓬乱的花园、杂草丛生的池塘、肖像艺廊……可怜！六十出头还得从头开始，一定很辛苦。

德军进驻保加利亚。

英军在意大利入侵希腊后进行军事干预，英国皇家空
军因而逼近罗马尼亚的普洛耶什蒂油田——德国最主要的油
源。希特勒于是下令征服希腊，但他必须先保住军队横越匈
牙利、罗马尼亚及保加利亚的运输权。于是，他将这三国纳
入轴心国协定中；匈牙利与罗马尼亚于 1940 年 11 月 23 日
加入，保加利亚皇帝鲍里斯三世却不太情愿。但自从罗马尼
亚在 1940 年 6 月被迫将比萨拉比亚及布科维纳北部割让给
苏联后，保加利亚亦想分一杯羹。德国因此志愿“调停”。
44 1940 年 8 月，罗马尼亚将多布罗加南部让给保加利亚；从
此，德国的影响力及压力便正式进入保加利亚。1941 年
3 月 1 日，保加利亚亦加入轴心国。隔天，李斯特陆军元帅
所率领、奉命征服希腊的第十二军团，便进驻该国。

3 月 6 日，星期四

我们终于有了一点积蓄，计划去意大利度假；能与家人团聚一定很棒。保罗·梅特涅去基茨比厄尔滑雪。现在很多人都离城去滑雪，柏林的生活平静许多。

看来塞尔维亚危机即将爆发。

3 月 9 日，星期日

今天晚上艾伯特·埃尔茨、阿加·菲尔斯滕贝格、克劳斯·阿勒费尔特和普鲁士的布尔夏德一同来访。爸爸看见克劳斯用手臂圈着阿加坐在那儿，好不震惊：“在我那个年代……”

1941 年 3 月 11 日，美国通过“租借法案”，意味着即使不被迫迎战，美国也已成为“民主世界的兵工厂”。直到第二次世界大战结束为止，美国对各盟国支援价值达 500 亿美元的军武和补给品。

3 月 15 日，星期六

最近常待在家里，生活平静。塔蒂阿娜尤其感到疲累不堪，我们俩都盼望着罗马之行。

3 月 24 日，星期一

办公室所有职员都忙着准备一项日本特展，唯独亚当·特罗特置身事外，得意地嘲笑我们每天像钉在打字机前一样工作到深夜。沃尔夫钦是我们的救星，因为他和新老板施塔勒克保持尚称友好的关系，可以保护大家不受侵扰。其他人都尽量躲着施塔勒克，他这个人有点阴险。

今晚，夏可夫斯克神父来家里和我们一起晚餐。

夏可夫斯克神父（公爵）是俄国移民教会中最著名的神职人员，战后成为旧金山俄国东正教总主教。

3 月 27 日，星期四

有一则令人兴奋的消息：最近才在维也纳和德国签订协约的一
45 群南斯拉夫政府部长，在返回贝尔格莱德时，竟遭一群亲盟国军人逮捕。新地方政府成立，摄政王保罗逃往希腊。可能意味着德国也将出战南斯拉夫。真是一团糟！

南斯拉夫一直处在德国的压力下，然而继希腊成功击退意军，英国部队抵达巴尔干半岛及英国在北非奏捷，诸事一再鼓励南斯拉夫起来反抗。该国直到 1941 年 3 月 25 日才加入轴心国，但两天后军方便发动革命，罢黜摄政王保罗，拥戴 17 岁的皇储彼得王子为王，成立亲同盟国政府。

德国入侵苏联的计划已成熟，希特勒面对希腊及南斯拉夫突然在英国支助下在南边造成威胁，遂下令德军“毫不宽待”地摧毁南斯拉夫。

3月29日，星期六

和保罗·梅特涅（他刚做了一套新西装，还不太自在）去西班牙外交官埃斯皮诺萨家，听他珍藏的俄国唱片。保罗的衣装的确亟需更新；他每天都打一条黑色的针织细领带，穿一件老旧的绿呢外套和一件法兰绒衬衫。我从来没见过他穿制服以外的衣服——而他的制服看起来也很旧了。他从18岁开始，生活里就只有战争；最早是西班牙内战，他志愿加入法西斯派军队。

迪基·埃尔茨带我去波茨坦见奥托·俾斯麦的弟弟戈特弗里德，他是波茨坦的地方首长。我非常喜欢他。他太太是奥法混血的梅勒妮·霍约斯。他的奥地利表妹罗玛莉·舍恩贝格也在场。大家很晚才一起回柏林。

戈特弗里德·冯·俾斯麦-舍恩豪森伯爵（1901—1949）是“铁血宰相”的孙子。刚开始他赞成纳粹运动，相信它能使德国再生，他甚至接受党卫军荣誉上校的官阶，并加入纳粹党多年，同时担任波茨坦地方首长。但到了1941年，他已变得坚决反纳粹，后来成为最早参与“七月密谋”的人士，也是其中最活跃的平民成员之一。

4月3日，星期四 46

和兰曹到达勒姆的特罗特夫妇家早餐。美术史学家、舞台设计师及中国专家比勒陀利乌斯教授也在场。亚当·特罗特对中国极感兴趣，曾在那里待过一段时间，并成为彼得·弗莱明的好友。大家的话题都围着远东转。

谣传匈牙利首相泰莱基伯爵已自杀。

泰莱基伯爵1939年出任首相，企图阻止德国主宰匈牙利而未果。他之前拒绝服从德国，不肯交出逃到匈牙利的波兰士兵及百姓；南斯拉夫亲盟国革命成功后，德国对匈牙利施加更大的压力，泰莱基不愿屈服，举枪自尽。

4月4日，星期五

与海克·切尔宁夫妇晚餐，在场只有奥地利人，包括迪基·埃尔茨及约瑟夫·施瓦岑贝格。他们回忆昔日维也纳与萨尔斯堡的辉煌年代，讲了许多20年代“纨绔子弟”（*jeunesse dorée*）的逸闻，令我咋舌。

4月6日，星期日

今天早上，德军入侵南斯拉夫及希腊。

4月11日，星期五

昨天下班后我赶去斯泰丁纳车站；迪基·埃尔茨已在那儿等我，带我一起去波美拉尼亚的戈特弗里德·俾斯麦的别墅赖因费尔特城堡过复活节长周末。本来三个钟头的车程，却坐了七个小时。俾斯麦家族的马车来车站接我们，在月光下载我们抵达赖因费尔特。半夜3点进门，发现戈特弗里德还在等我们，准备了简单的晚餐和大量新鲜牛奶。好幸福！

今天早上吃了一顿真正的早餐，再洗个热水澡。赖因费尔特是小型农场及乡间别墅的混合，极迷人——白色粉墙、舒适的家具、藏书极多。我们到树林里散步，迪基·埃尔茨射中一只松鸦。下午出去骑马。这是我头一次骑马，幸好后来肌肉并不酸痛，可能要感谢我的体操课。

赖因费尔特　4月12日，星期六

又和戈特弗里德·俾斯麦出去骑马，之后去猎鹿。

贝尔格莱德今天沦陷，克罗地亚宣布独立。

4月13日，西式复活节，星期日 47

喝完茶后，我们在客厅窗子后面练习打靶；靶子钉在一棵树上。以前我从未打过靶，刚开始连眼睛都闭错了，结果我的成绩居然最好——初学者的运气！换用手枪之后，我的表现却一塌糊涂，因枪太重，后坐力太强。我们替孩子们藏了复活节彩蛋，可惜他们年纪太小不懂。他们显然都吃得很好，老实讲，有点太胖了。才1岁多的小男孩安德里亚斯个性鲜活，红发碧眼，像极了他的曾祖父“铁血宰相”。

4月14日，星期一

天气转坏，虽然和暖，却不见阳光。迪基·埃尔茨返回柏林，他替里特银行工作，因此至今仍不用入伍。我再停留一天。今天下午又出去骑马；断续有阵雨，雨势很大。回家途中，戈特弗里德看见几个小孩正在偷一间谷仓屋顶上的干草，便疾驰跟了上去，我的马也跟在后面跑，可怜的我只好死命抓着马鬃。

柏林　4 月 17 日，星期四

晚上到俄国教堂读“十二福音”。这个礼拜才是我们的复活节礼拜。礼拜太长，我双脚开始发痛。塔蒂阿娜计划 5 月 6 日启程赴罗马，我却不能跟她一起去，哎！因为我才刚换工作。

南斯拉夫沦陷。

4 月 19 日，星期六

工作两小时，然后上教堂做礼拜及领受圣餐。保罗 · 梅特涅在城里，即将回西班牙，再去罗马。整趟旅程（算是出差）都由沃尔夫钦一手安排，沃尔夫钦特别喜欢保罗和塔蒂阿娜。午夜弥撒因为怕空袭改在晚上 7 点举行，地点也改在立陶宛教堂，因为参加的人数总是太多，而我们的教堂太小。我们带保罗 · 梅特涅和罗玛莉 · 舍恩贝格一起去。

4 月 20 日，星期日

俄国复活节。爸爸坚持要我们陪他循惯例拜访城内整个俄国移民区。

刚听说贝尔格莱德革命期间，可怜的南斯拉夫小国王彼得半夜被人从床上拉起来，目睹一位将军，也是他的导师被处决（后经证实为谣言）。

4 月 22 日，星期二

48 我仍忙着翻译。亚当 · 特罗特希望我能接管他所有的例行公事，好让他退隐到奥林匹亚山的更高峰，不必面对任何官僚虚文。我利用他外出午餐的时间，先从整理他的办公桌开始，坐在地板上掏出一抽屉接一抽屉乱糟糟的东西，差点没哭出来。他那位死忠的小秘书进来安慰我说:“冯·特罗特先生是天才，你不可能要求天才同时有条有理的！”

等他回来时，我复述给他听，他显然大受感动。他拿罗德奖学金在英国待了好几年，又在中国和美国待过，通常我们俩都用英语交谈。他一说德文就变得咬文嚼字，有时我听不懂，听他口述时更不可能全懂。每句话他会先起一个头，停顿一秒钟，然后噼里啪啦讲出一大串。稍后等我面对自己的象形文字时，通常都会发现忘记了一半。我的德文就是还不够好。法官里克特和韦特也常对我讲英文（法官在澳大利亚住了大半辈子）。同事有时谑称我们是“英国上议院”。

4 月 23 日，星期三

伊内丝·维尔切克现在波茨坦的汉娜·布雷多家当“乡间义务女工”（Landjahr-Mädchen）。汉娜是俾斯麦的姐姐，有八个孩子。三个小的现在由伊内丝照顾，替他们盥洗穿衣，送他们上学。基本上她过得挺轻松，否则很可能会被派到农地里工作或去挤牛奶。我们去“艺术家工作室”（Atelier）替她庆生；保罗·梅特涅和西班牙大使坐在另一个角落里，直对我们眨眼睛。

4 月 25 日，星期五

和塔蒂阿娜去霍约斯夫妇家晚餐。主人让-乔治是梅勒妮·俾斯麦的哥哥。戈特弗里德·俾斯麦、海伦·比龙和切尔宁夫妇都在场。我们现在逐渐婉拒大型派对，只到十多个熟朋友家聚会，所以总是挺挤的。

今晚又有空袭。我们的公寓就在最近刚用钢筋水泥建好的动物园掩蔽壕附近。掩蔽壕地上部分很高，布满高射炮炮口，据说是本区最坚固的空袭掩体。每次一开炮，地面就开始震动，那声音就连躲在公寓里都震耳欲聋。

49 4月26日，星期六

昨天只落下两枚炸弹，但每一枚都重达500公斤。我们发现了一扇可以通往后院的门，万一起火，可作为紧急逃生口。后院当然有围墙，或许体操课可以帮助我翻墙！

去看从罗马来访的意大利歌剧团表演尚多奈所写的《罗密欧与朱丽叶》。以前我从没听过这个戏码，唱得很好。

4月27日，星期日

做完礼拜和丹麦代理大使斯蒂恩森午餐。他年纪蛮老的，有五个年幼小孩，太太很迷人。

希腊战役等于已经结束。

征服巴尔干半岛是希特勒最后的重大胜利，该战役以另一项刻意的残暴行动结束：德国空军摧毁贝尔格莱德，炸死1.7万人。南斯拉夫军队于4月17日投降后，该国灭亡。克罗地亚宣布独立；达尔马提亚遭意大利并吞；塞尔维亚剩下来的部分则由德国傀儡政府统治。残余的反抗军在中部山区活动，直到大战结束——刚开始为米哈伊洛维奇将军率领、拥护君主政权的“切特尼克”(Chetniks)游击队；后来则是铁托带领的共产党游击队。希腊抵抗到

4 月 29 日，残余部队及大部分英国远征军撤退到克里特岛。南斯拉夫与希腊英雄式的抵抗虽如昙花一现，却对希特勒造成致命的影响：这是他发动战争 18 个月以来，首次遭挫。整个欧洲几乎已默许他的“新秩序”，然而这两个小国却敢向他挑战。更重要的是，巴尔干战役迫使他对苏联发动装甲部队攻势的计划推迟了六个星期。

5 月 1 日，星期四

今天是希特勒当权后新增的国定假日——他想抢共产党的威风！*坐在蒂尔加滕区内读家书。

5 月 4 日，星期日

去位于法森能街上的新俄国小教堂。唱诗班因为有一位苏联前歌剧院男低音助阵，演唱得美极了。

5 月 5 日，星期一

经过一阵忙乱的准备工作，塔蒂阿娜今天启程去罗马。海
伦·比龙打电话告诉我，她会交给她的公寓门童一封信，请塔蒂阿
娜亲自带去罗马。等我去拿信时，门童说刚才有一位男士报上我的
名字，把信拿走了。我吓坏了，因为我知道信中写了海伦非法通过 50
她服务的红十字会所取得的波兰战俘下落。我们竟然忘了办公室里
的电话都可能被窃听！开始为被盖世太保传讯做心理准备。

* 5 月 1 日是苏联的阅兵庆典日。——译者注

滂沱大雨！

5月8日，星期四

空袭。现在我愈来愈容易紧张，每次警报一响，我的心就开始乱跳。兰曹还嘲笑我。

5月9日，星期五

迪基的小弟艾伯特·埃尔茨来办公室看我。他没通过军官学校的考试，很沮丧。

5月12日，星期一

今天下午去店里试戴帽子。现在衣服都需要配给票，帽子却不必，因此大受欢迎。选帽子成了解闷的娱乐，我们都开始慢慢累积，至少可以变一下花样。

今晚在小型晚宴席间，BBC竟广播说赫斯已在英国落地！大家对他的动机议论纷纷。

赫斯很早便加入纳粹党，曾是希特勒最亲信的人之一，亦担任纳粹党代理元首，并继戈林出任帝国首相。当入侵苏联的计划即将定案之际，赫斯于1941年5月10日独自驾驶一架梅塞施米特110型飞机，紧急降落在苏格兰汉密尔顿公爵的产业内。他们曾在1936年的奥运会中会面，赫斯希望在公爵的协助下，与具有影响力却反对丘吉尔及共产党的英国政客联络，说服英国最好尽快结束战争，放手让德国征服东欧。否则，他表示，英国将丧失已建立的帝国，而欧洲的大部分地方将受苏联统治至少一个世纪。令他惊讶的是，他竟受到一般战俘的待遇，遭拘留直到第二次世界大战结束，然后送回纽伦堡受审，被判终身监禁，被关在柏林施潘道监狱里，直到今天。*德国及英国处理这次怪异事件的秘密方式——他的口供一直没有对外公布——立刻引起众多猜忌，当时罗斯福和斯大林都怀疑英德有意妥协，达成和平协议。

5月13日，星期二 51

到意大利大使馆外交官兰萨斯夫妇家。我和哈索·埃茨多夫坐在角落里讨论赫斯事件及未来发展，每个人都觉得这件事很滑稽。

5月14日，星期三

和保罗·梅特涅到“艺术家工作室”午餐。他刚从罗马回来，详细叙述他与家人会面的经过，挺好笑的，不过想必他一直很紧张。

午餐后，我们本想买一张印有赫斯照片的明信片，却发现它们似乎在一夜之间全部消失了，无论花多少钱都买不到。其中一家店里的女店员凶巴巴地说：“你们还要他干什么？他明明已经疯掉了！……”这是官方的说法。为了让她冷静下来，我们假装对每个人都感兴趣，买了一张戈培尔，一张戈林。

塔蒂阿娜虽然不在，保罗仍阴魂不散。他痛恨柏林，在城内没有任何亲近的朋友。我们办公室也和广播电台一样，每天都会接到

* 1987年8月17日去世。

一大沓印有“最高机密”的粉红色文件，全是最新的国际新闻及外国报纸摘录。除了少数人之外，不准任何人阅读，可是信差送件时从来不封口，令嗜读新闻的保罗爱不释手，因为现在的德国报纸内容贫乏得可怜。若被人撞见，我们就惨了，幸好塔蒂阿娜的办公室（我暂时在那里工作）是间车库，通常我们都和其他部门用电话联络。唯一的例外是在楼下工作的兰曹和路易塞特·夸特，他们才不在乎咧！

午餐后，我和埃德加·冯·乌克斯库尔见面，他是一位年长的波罗的海男爵，1914 年前曾在俄国外交部工作；对父亲赞誉有加，说他以前是全俄国最有前途的年轻人之一，本来一定可以当上首相。可怜的父亲！

传闻斯大林已同意将乌克兰割让给德国 99 年。我非常生气！（这也是谣言，可能由天真的德国民众传出，因为盼望即将爆发的德苏之战能因最后一刻的“交易”而避免。）

5 月 18 日，星期日

夙以机智闻名的柏林人已针对赫斯的逃脱事件发明了好几个笑
52 话。如：“奥格斯堡（他起飞的城市）——德国登高之城！”

“BBC 广播：‘星期日晚，目前没有更多的德国部长飞进来！’”

“国防军最高统帅部官报：‘戈林及戈培尔仍在德军掌握中。’”

“千岁的德意志帝国已变成百岁帝国——因为少了一个零！”

“我们的政府已疯狂，是长久以来大家都明白的事实；但他们居然愿意承认，这倒新鲜。”

“丘吉尔问赫斯：‘原来你就是那个疯子？’‘不，我只是他的代理人。’”

嘴巴刻薄又犀利的阿加·菲尔斯滕贝格最后还加一句：“这个情况再继续下去，我们不久就都可以回去过舒服的老日子了。”

5 月 24 日，星期六

保罗·梅特涅被调回柏林，将进入国防军最高统帅部工作，让大家都松了一口气。听说愈来愈多的部队陆续集中到俄国边境，我们认识的男士几乎全从西边被调往东边，这只代表一件事！

> 征服东欧及苏联，建立殖民帝国，其实是希特勒自从出版《我的奋斗》以来最主要的梦想，其他的政治动作全是通往这个目的的踏脚石。西欧战役刚结束，1940 年 7 月 21 日，斯大林吞并波罗的海东岸诸国隔日，希特勒便向手下将领宣布他计划“尽快”摧毁苏联，没有人反对。那年夏天，德军的第一个师被调回东欧。1940 年 12 月 18 日，希特勒核准最后的作战计划，代号为“巴巴罗萨”；原本预定 1941 年 5 月发动攻势，并在四五周内完成任务，结果却拖了四年，最后造成纳粹德军的彻底毁灭。

“胡德号”与“俾斯麦号”展开大规模海战。胡德号仅被一枚炸 53
弹击中，掉入弹药舱中，舰上几乎全员阵亡。真可怕！俾斯麦号现在到处躲藏，但情势不妙，因为英国所有舰队都在追它。

5 月 26 日，星期一

到霍约斯夫妇家晚餐，认识美国的乔治·凯南夫妇。他在俄国的美国大使馆任职多年，现在暂时派驻这里。他的双眼极有智慧，讲话却多有保留。当然因为目前情势不明朗，德国与苏联仍是盟友，于是大家闭口不谈正经话题，由克劳斯·阿勒费尔特及文奇·温迪施-格雷茨分别示范匈牙利文及丹麦文。大家一致认为匈牙利文较迷人。不过我却觉得两者其实都不太悦耳。

5月27日，星期二

俾斯麦号今天被击沉；德国海军上将吕特晏斯随舰阵亡。

排水量4.2万吨的俾斯麦号于1941年建造完成，是大战期间最大、最快、威力最强的战斗舰。5月18日，它与“欧根亲王号”巡洋战舰一起突袭大西洋上的英国船只。很快被英国侦察机发现，派出舰队拦截。两军首度在冰岛外海遭遇，才不过几分钟，由兰斯洛特·霍兰副帅指挥、英国海军著名的战斗巡洋舰胡德号便被炸沉，全船400将士只有三人生还。但俾斯麦号也被击中。随后两艘德国战舰分开，欧根亲王号溜回布雷斯特，被击中的俾斯麦号失踪了31个小时。伦敦海军总部下令，从纽芬兰到直布罗陀海峡所有的战舰全部集中“追击”俾斯麦号。英国所有战舰在锲而不舍的追踪下，终于在比斯开湾内发现了它，接着被“皇家方舟号”航空母舰派出的飞机发射鱼雷击中，经过一场实力悬殊、英雄式的对抗，俾斯麦号终于沉没，全船仅一人生还。

5月30日，星期五

待在家里洗、烫、补衣服。光做这件事就够忙的了，因为凡事都得亲自动手。真正的肥皂已买不到，只能用臭兮兮的合成肥皂代替，那也需要配给！

6月3日，星期二

亚当给我一大堆书，要我先读。如果觉得不错，再交给他读， 54
否则这些书都会上架，从此再也无人问津。最近在英美出版的书，他几乎都拿得到。有些书内容轻松，像是彼得·弗莱明的《短暂的访问》，传阅之后，让每个人都笑不可遏。抢书竞争颇激烈，不过我的战绩通常不错。

6月5日，星期四

自1918年逊位的前德皇威廉二世在他流亡的荷兰多伦去世了，德国国内新闻报道很少，令人惊讶。

6月8日，星期日

俄国圣灵降临节。保罗·梅特涅和我开着向西班牙人借来的车去车站接塔蒂阿娜。她穿戴一身新行头，看起来容光焕发，显然换个环境后享受了充分的休息。看到她这样真高兴。我们一起吃晚餐。

6月9日，星期一

保罗·梅特涅和塔蒂阿娜终于决定正式对外宣布订婚，不过不会有任何人感到惊讶。父亲希望保罗正式拜访他，请求他的准许。我们嘲笑保罗，叫他那天别忘了戴白手套来。塔蒂阿娜对这件事比保罗还紧张。

6 月 10 日，星期二

和兰曹、路易塞特·夸特和曾驻派罗马十年的前德国大使乌尔里希·冯·哈塞尔先生一起晚餐。他非常迷人，又博学多闻。

稍晚到阿加·菲尔斯滕贝格家，她替正准备前往希腊的艾伯特·埃尔茨开饯行派对。

似乎大部分德国陆军都往俄国边境集结。

> 资深外交官乌尔里希·冯·哈塞尔（1881—1944）曾在第一次世界大战西线上负重伤，1919 年返回外交部，1932—1938 年任驻意大利大使，为其事业巅峰。他属于老派的自由保守人士，强烈反对纳粹，是参与推翻希特勒密谋最积极的平民之一。蜜丝认识他时，他在学院内任职，因此仍可在战时到国外出差，以此为借口，多次与盟军及中立国集团内具有影响力者接触。

6 月 11 日，星期三

艾伯特和迪基·埃尔茨来家里串门子。竟然在回家途中看到路
55 上有个死人。想必是被巴士撞死的，却因为停电，没人注意。艾伯特就会碰上这种怪事！

6 月 14 日，星期六

罗玛莉来借衣服参加派对。她正在学戏剧表演，本来将在莎士比亚的某剧中初次登台，结果男主角在排演时从梯子上摔下来，整

出戏因此取消。谁知道呢？可能大好的星运就此断送了！

6 月 20 日，星期五

亚当·特罗特打电话来。他是少数我认识的喜欢在电话里聊天的男人。他想到一件工作，可以让我“分心别去想别的事”——指的是眼看即将爆发的对俄战役。

6 月 22 日，星期日

德国陆军沿整条东部边境发动攻击！海克·切尔宁一早把我吵醒，通知我这个消息。战争的另一个新阶段又开始了，这老早就在我们预料中，但仍让人震惊！

虽然我几乎每天都写日记，但从这一天开始，我的日记缺失了将近两年。一部分被我自己销毁，其余藏在一个朋友位于现今东欧地区的乡村别墅里，可能至今仍在原处；或者被人发现，移入当地档案保管处，更可能被当成垃圾烧掉了。

接下来那几年如此混乱，我的日记能保存这么多，已经算是奇迹了。

——蜜丝注（1945 年 9 月）

1941年

7月至1943年7月断章

56 接下来我仍几乎每天都写日记，因此，欲复现日记内容，回忆从1941年6月22日到1943年7月20日，我所经历的每件琐事是不可能的，但我会尝试扼要叙述对我们生活发生重大及深远影响的事件，以及家人、朋友和我自己在那段时期的变化，好让读者能够顺利衔接下一段日记。

——蜜丝注（写于1978年春天，她去世的那一年）

可惜蜜丝体力不支，只写下了两件事：一是她姐姐塔蒂阿娜的婚礼，一是她母亲企图援助苏联战俘的活动。

幸好瓦西里奇科夫一家都极爱写信，而且许多家书（包括蜜丝写的或收到的）都保存了下来。借着这些信件，以及她过世之后自她的文件中陆续发现的零星日记，我们才能拼凑出从1941年6月到1943年7月，她的日记断章时期的生活内容。

不足之处，则由本注解者简短补充蜜丝及其家人在这段时期的生活发展，以及当时的历史背景概要。

蜜丝从柏林给在罗马的乔吉写信　1941年7月1日

普鲁士的布尔夏德在城里，因为他是“皇族”，刚从俄国前线调回来。他说战况惨不忍睹，双方几乎都不留俘虏。俄国人打起仗和折磨起人来完全不像军人，倒像罪犯，会举双手佯装投降，待德国人接近，再从近距离射击，甚至从背后射击想帮助俄军伤患的德国医护兵。不过他们的确很勇敢，各地战况都很激烈。现在克拉里家三个儿子全在那里，他们的父母肯定忧心如焚。 57

和弗雷德姐妹碰面，她们刚获悉弟弟埃迪已阵亡，他才20岁，向来精力充沛。基本上，现在人员的伤亡比起战争初期来说，惨重许多。即使如此，德军仍不出所料，稳定前进……

希特勒入侵苏联，可能是有史以来规模最大的一次军事行动。德军派出153个师——约为纳粹三军四分之三的阵容——陆续再由芬兰18个师、罗马尼亚16个师、意大利三个师、斯洛伐克三个师、西班牙一个师、匈牙利三个旅，一些克罗地亚士兵，以及后来由德国占领之欧洲各地征调来、不计其数的武装党卫军支援，总数逾 300 万人。交战初期，苏联共派出 178 个师，约 470 万人抵达。德军后援有限，苏联却还能调动 1200 万人，因此德军若想战胜，必须靠闪电奇袭策略。希特勒却信心满满：“我们只需将门撞开，整栋腐朽的建筑便将立刻倒塌。”许多西欧专家也这么预测。刚开始，斯大林的确慌了手脚。

“巴巴罗萨”计划同时对莫斯科、列宁格勒及基辅展开攻势。一开始循惯例，运用装甲部队先行深入，摧毁苏联陆军防御，并在冬季来临前达成最后作战目标：形成一道从阿尔汉格尔斯克直到阿斯特拉罕的壁垒。德军在红场胜利游行后，便将莫斯科夷成平地，成为“文明人”眼中的历史陈迹。这场战争打着“反布尔什维克”的旗子，其实纯粹为了侵占苏联的土地，掠夺其自然资源，并集体消灭苏联人民。生还者将被逐出乌拉尔山脉，或成为前来殖民的德国人的奴隶。

希特勒在发动攻击前夕坦然承认，这将是一场非比寻常的战争。俄国人基本上是“次人类”，交锋时根本不必讲道义，德军在苏联境内即使犯下最凶残的犯罪行为，亦不会遭到起诉，更不必接受惩罚。所有被俘的人民委员及共产党党员，全部就地枪决！换句话说，该计划不但默许，甚至指示德军肆无忌惮地杀戮。虽然有些德国将领私下大感骇然，当时大家却连眼皮都没眨一下。不过一旦上了战场，仍有许多保有荣誉心的德军将领漠视以上不人道的军令，其中许多人都参与了 1944 年 7 月 20 日的密谋。

58 作战一开始，一切按照计划进行。尽管德军准备期长达数月，斯大林又从各消息来源接到各种暗示，但苏军仍毫无防备，驻派西部前线的苏军一方面装备老旧，亟须更新，一方面刚经过斯大林肃清，军官人才大量缺乏，德军因此在数周内便深入苏联疆土，经过几次大包围战役，歼灭并俘虏了苏军大部分的前线部队。然而，德军的挺进仍不断因遭遇苏联士兵顽强抵抗（虽然刚开始苏军阵营中有大量逃兵）而速度减缓或阻塞不前。苏联军人虽不擅运用策略，却出了名的剽悍，非经激烈战斗，绝不可能投降。德军轻易拿下波兰、西欧及巴尔干半岛后，不免轻敌，刚开始的反应是惊讶，接着是愤怒，很快不得不油然生出敬畏之心。

蜜丝1978年之回忆

塔蒂阿娜于1941年9月6日与保罗·梅特涅完婚。当天一片喜气，除了在前线作战或已阵亡或负重伤的朋友，所有好友都列席参加，就连母亲、伊连娜和乔吉也设法从罗马赶来。婚礼在罗卡莫拉宅邸内举行，宴席中的食物则是保罗和他母亲在柯尼希斯瓦特节省数月的结果。

当天晚上，柏林遭到直到当时最严重的一次轰炸，幸好多数炸弹都落在郊区。

那时，塔蒂阿娜与保罗已离城赴维也纳，随后前往西班牙，在那里待到隔年春天。伊连娜立刻返回罗马，母亲和乔吉却决定留下来住两个月，竟酿成大错，因为东线情势恶化，当局下令禁止外国人进出德国，家人由于仍持有立陶宛护照，因此滞留德国。母亲一直待到战争结束，乔吉待到隔年秋天，才设法溜到巴黎。

我非常思念塔蒂阿娜，因为我与她自襁褓时期便非常亲密，一起经历大部分困难阶段。幸好有乔吉搬进哈登堡街的公寓与我做伴，直到隔年春天……（蜜丝就此停笔）

59 1941年11月，蜜丝去意大利度了几周假。这段时间，她写给母亲的信有三封保留了下来。

蜜丝从罗马给在柏林的母亲写信　1941年11月10日

我对这里的食物颇满意，远比柏林富于变化。看惯了柏林灰色的街景，这儿绿油油的树叶真令人神清气爽。

威尼托街挤满年轻男人，令我震惊，跟德国现下的景况迥然不同。

明天打算出去逛街购物，但并不抱太大希望，因为不需珍贵配给票的东西，交易时都必须出具身份证。就连已在意大利待了三年的伊连娜都还没拿到身份证，你可以想象我的希望有多渺茫。所以，我总是充满渴望地逛街，却一毛钱都花不掉。

蜜丝从罗马给在柏林的母亲写信　1941年11月13日

此地俄国移民群情激动。上个月本地报纸发表了一篇以假名投稿的文章，作者宣称大多数白俄对于德俄战役漠不关心，令他既惊讶又愤慨。既然如此，白俄人似乎应该迁居别国。大家立刻传言这篇文章是为“上面交代下来”而写的，当然令我们的同胞更为激动。于是有些人联名写了一篇文章反唇相讥，其他人则忙着调查那篇文章的作者。

两天前，洛尼·阿里瓦贝内请伊连娜和我去凯奇雅圆环*和他一位表兄弟晚餐，原来那人是名记者。不久，话题便转到那篇有

* Cirolo della Caccia，这是罗马年头颇久的一家会员制俱乐部。

名的文章上，那人竟承认他便是作者，而且跟“上面的人”完全无关，纯粹是他和一位住在本地的俄国人谈话后的“肺腑之言”！不由分说，我立刻好好反击了他一顿，可怜的洛尼，从头到尾都坐立难安。

蜜丝从卡普里岛给在柏林的母亲写信　1941年11月20日

星期一，我在罗马和雨果·温迪施-格雷茨及他一位朋友——塞 60
里尼亚诺王子——晚餐。后者听说我来此地的目的后，建议我去他家住，因为他将远行几个星期，房子反正空着。我现在就住在这里。

这是栋小平房，全部漆成白色，有个阳台，可以俯望整座岛和远处的海洋，面对一批大型别墅，独自站在一座小山丘上。屋内有两个房间及一间铺了绿瓷砖、很时髦的浴室，但必须用抽水机抽水，搞好几个小时，还有间厨房。屋外四周全是葡萄园和柏树。我一个人住在这里，还有一位名叫“贝蒂娜”的意大利小女佣，每天早上从村里过来打扫，替我准备早餐和放洗澡水。我打算看很多书，享受充分的睡眠，只要有阳光便出去散步、游泳，不见任何人。驻派德国大使馆担任公使的奥托·俾斯麦借我很多书。今天我准备出去购物，储备食粮，然后正式退隐。

最近几年，维苏威火山活动频繁，大家都说要不是正在打仗，居民一定会很担心。整夜你都可以看见红色熔岩从山口喷出，再顺着山侧往下流淌。好刺激！你还可以鸟瞰那不勒斯遭空袭——从这里看过去，似乎没什么可怕的。不过卡普里会全岛停电；我第一次碰上时很紧张，因为还没时间买蜡烛，空袭开始的时间又很早……

此时德国在东线上的攻势经过初期的大胜，开始遭遇困难。德军愈深入苏联境内，部队就愈分散，前线及补给线也愈拉愈长（游击战开始后更加危险）。每当他们摧毁或俘虏一个苏军师，必定有另一个训练更精良、装备更齐全的新苏军师不知从何处冒出来。德军渐渐发觉他们被吸进苏联无垠的领土中，而达成其主要军事目标——毁灭苏联全部军力——的希望愈来愈渺茫，人员伤亡亦远比所有早期的战役严重。蜜丝的社交圈中，除了埃迪·弗雷德（她曾在 1941 年底的日记中提及他的死讯），另外三位好友：罗尼·克拉里、贝臣·哈茨费尔特及葛菲·菲尔斯滕贝格，也都在开战后头几个星期内阵亡。

希特勒却仍然成竹在胸，并于 10 月 25 日在一连串战绩辉煌的大包围遭遇战后，宣布："苏联已经被击败了！"虽然此时苏联的确丧失了三分之一的工业生产量及二分之
61 一的农地，但许多工厂却撤退到乌拉尔山脉以东（并很快恢复生产），而且苏军在撤退时实施的残酷焦土政策，也开始对德军造成影响。同时，"冬将军"又如过去，前来拯救俄国。12 月 4 日，德军坦克车在可以远眺莫斯科克里姆林宫的地方，突遭暴风雪阻挡，困在烂泥堆中，不能动弹。隔天，来自西伯利亚新组成的苏军兵团发动第一次大反攻，结果收复不少失地。到了 1942 年春天，德军已损失 100 万人员。虽然苏军伤亡人数更多（死伤 500 万，被俘 450 万），但许多德军老将已心里有数，东方的战争大势已去！

12 月 7 日，日本偷袭珍珠港，美国参战。那年冬天，盟军虽在太平洋上饱尝败绩，让大部分的东南亚都落在日本手中，但此后，盟军将在美国这个"民主的兵工厂"的支援下，在物资装备上愈来愈占上风。

1942 年春天，新婚的梅特涅夫妇返回德国。保罗回军校，后来被调往列宁格勒前线，担任"西班牙蓝色

师团”的联络官。塔蒂阿娜大部分时间都住在梅特涅家族位于波希米亚北部的柯尼希斯瓦特城堡内，家人偶尔会去探望她。

这段时期有两封蜜丝写给母亲的信保存了下来，同时还有不少零星的日记。

蜜丝从柏林给住在柯尼希斯瓦特城堡的母亲写信　1942年7月17日

昨天乔吉和我应邀到智利大使馆，宾客中包括女演员詹妮·尤戈与著名的演员及制作人维克托·德·科瓦和他的日本太太。派对持续到深夜，跳很多舞。

此时德国全面禁止跳舞，违规者将接受严厉处分，只有外交界例外。

我和维克托·德·科瓦长谈了一番（我年轻时在立陶宛好迷他，
常为他叹息）。他现在因为近视，戴副大眼镜，原来他极害羞，却
很机智。他听到我抱怨现在几乎买不到戏票，便说只要打个电话给
他，便可享受整个包厢，不过就算我觉得戏码很无聊，也必须撑到
剧终，因为他会随时监视我。他坚持不肯跳舞，说他不会，但我仍 62
把他拖进舞池，他便面带殉难者表情，拖拉着脚步绕房间走。稍后
他和詹妮·尤戈与弗雷德双胞姐妹发生激烈口角，因为她们俩又攻
击我“漠不关心”（指对德苏战役）。

乔吉现在头发留好长，大家都叫我劝他理发。他已拥有全柏林最会跳舞的男士的美誉，令汉斯·弗洛托很伤心……

这时蜜丝还不知道维克托·德·科瓦（1904—1973）不仅是全德国最有名的舞台剧演员，同时他自1940年便开始积极参与反纳粹运动。战后，他成为世界知名的导演及老师，将其戏剧生涯与各种道德运动——如“道德重整运动”——的推展结合在一起。

蜜丝从柏林给住在柯尼希斯瓦特城堡的母亲写信　1942年7月30日

过去三个星期，我每天晚上都出去，已到精疲力竭的地步。然而这却是吃到像样食物的唯一办法，我们办公室餐厅的东西实在难以下咽。

安托瓦内特·克罗伊被她在巴黎的公司炒了鱿鱼，两天前才通知她，现在被遣送回德国，只因为她的贵族头衔和她认识很多外国人。法国占领区的德国代表阿贝茨大使特别准许她多待几周，去看她母亲，算是帮了她一个大忙。

星期日她和我去意大利大使阿尔菲耶里家，享受丰盛的下午茶，然后躺在可俯看湖面的阳台上休息。昨天阿尔菲耶里又约我，但我拒绝了。今天他再度请我吃晚餐，我接受了，因为艾莫斯夫妇也会去。

蜜丝死后发现的零星日记摘录

1942年8月11日，星期二

那个可恶的人事室官员不准我申请四周假期，只让我请16天。我会要求外交部医生开证明，让我这个冬天休息四个星期，然后去山里住。今天跟乔吉一起搭火车去波茨坦，和戈特弗里德·俾斯麦吃晚餐。

柯尼希斯瓦特　8 月 12 日，星期三 63

搭夜车半夜 1 点抵达埃格尔。保罗·梅特涅的秘书丹豪福来接我，载我去柯尼希斯瓦特。城堡内所有人都睡了，只有塔蒂阿娜坐在那儿打瞌睡等我，身旁摆着替我准备的冷晚餐。我很快洗了个澡，和她长聊，3 点才睡着。

8 月 13 日，星期四

今早母亲听村里的人谣传莱茵兰正遭受猛烈轰炸。美因茨几乎已被夷平，城里百分之八十都成了废墟。稍后保罗·梅特涅发来一封电报，说他去接他母亲。什么意思呢？她住的约翰尼斯贝格城堡不是距离美因茨还有一大段距离吗？

8 月 16 日，星期日

做完礼拜后，塔蒂阿娜接到柏林打来的电话，讲了一个钟头，我坐在花园里补丝袜。等她出来时，一张脸惨白；“约翰尼斯贝格已经不存在了！”她说的时候，差点噎住。

星期四晚上，保罗·梅特涅的母亲伊莎贝尔被一声极响的撞击声吵醒，原来一枚炸弹掉进城堡里。她和她的表姐妹马里萨·博尔科夫斯卡穿上睡袍和拖鞋，和女仆一起奔下楼梯，穿过中庭，躲进地窖里。这时炸弹已如雨点般落下，掉进房子、教堂和各库房内。投下的炸弹总共约 300 枚，各式各样都有，包括“空雷”、高爆弹、燃烧弹……

其中一枚空雷击中教堂，教堂立刻化成一片火海，一位年轻人冲进去，抱住圣饼跑出来，结果双手严重灼伤！前来投弹的飞机总共 50 架，持续轰炸两小时。一名飞行员在美因茨上空被射下来，身上带了一份清楚标示三个轰炸目标的地图：美因茨、约翰尼斯贝格城堡及阿斯曼斯豪森城堡。结果，三个地点都被成功夷平。等消防队抵达时，只能束手旁观。城堡内的人员，包括总管拉邦特先生，表现都可圈可点，大家不停冲进房内抢救各种画、瓷器、银器、亚麻布品等。住在隔壁的穆姆一家人看见火光后赶过来，奥莉莉·穆姆头上歪歪戴一顶呈 45 度角的钢盔，跳到椅子上用剪刀将
64 几幅画从画框中剪了下来。一楼的东西抢救出来不少，可是楼上的东西全毁，包括伊莎贝尔的衣服、毛皮大衣和个人财物。之前，她体谅塔蒂阿娜，识趣地坚持将所有私人物品从柯尼希斯瓦特搬去以后的家——约翰尼斯贝格。最后两箱东西两周前才运走，我们都希望它们现在仍在途中。幸好，她拿了一双鞋进村里修，现在就穿在脚上。

隔天，保罗从吕德斯海姆徒步上山，看见毛皮碎片散得满葡萄园都是，全是被爆炸所造成的空气压力老远吹过乡间至此。除了城堡入口旁的楼阁外，各个建筑现在都只剩下外墙，所有屋顶及二楼以上全部倒塌。大部分牛马都被赶到田野中，但仍有 12 头动物死亡。虽然五年前所有房间都换装了防火门，不过碰上轰炸当然无济于事。

8 月 18 日，星期二

今早和丹豪福开车到马林巴德去找一种我在别的地方都买不到的化妆品。

母亲有时充满活力，有时却极度消沉。

柏林　8月19日，星期三

今早和塔蒂阿娜一起回柏林。丹豪福及司机送我们到埃格尔，列队送行。能偶尔当一下富豪地主，感觉真棒，有人替你收拾行李，甚至还替你提行李！

到了柏林车站，等好几个钟头都叫不到计程车，乔吉来接我们，却没叫车。和他去施利希特餐厅吃晚餐，听他描述他的现任女友；他抱怨对方整天对他说肉麻话。回家后，我发现一封电报，不小心拆开："还在生气吗？吻你……"

明天我要去威斯特伐利亚都尔曼城堡和安托瓦内特·克罗伊住几天，然后可能直接去参加巴伐利亚康斯坦丁王子的婚礼，新娘是来自锡格马林根霍亨索伦家族的女孩。

都尔曼　8月20日，星期四

在动物园车站和安托瓦内特·克罗伊见面。火车通常都很挤，
我们一直站在通廊列车里，站到奥斯纳布吕克。实在太热，我们连
丝袜都脱了。因铁轨最近被炸坏多处，火车以蜗步经过奥斯纳布吕
克。整座城惨不忍睹，许多建筑被夷平，还有些只剩下空壳子。到 65
了都尔曼，来接我们的马车是由最近才驯化的野马（这是公爵的嗜
好之一）拉的，我们因此以骇人的速度飞驰到达城堡。公爵准备了
冷夜宵等我们，吃完后体力不支，倒头就睡。

8月21日，星期五

睡到早上11点，穿着晨衣在安托瓦内特房里吃早餐，下楼时正好赶上吃午餐。公爵态度冷淡，几乎到无话可说的地步，他的小孩显然都很怕他。虽然他管教严厉，但你看得出来，他非常爱他的小

孩，典型的法国旧式“大公爵”！

吃完可口的午餐，大家围坐在图书馆里闲聊，然后出去骑单车，回来时正好赶上在阳台上享受丰盛的下午茶。接着公爵驾车带我们到野生动物场里兜风。他除了豢养著名的野马之外，还养了各种鹿及一种极稀罕的漆黑色野绵羊。回家后洗个澡，再吃一顿可口的晚餐。然后再进图书馆里聊天，早早上床睡觉。

8 月 22 日，星期六

继续充分休息。今天我们去果园里逛，大快朵颐地吃葡萄、杏、桃、李和各种莓果。

8 月 23 日，星期日

早上 11 点上教堂。公爵、公爵夫人、安托瓦内特和我一脸严肃地坐在家族座位上。喝完茶后，大家去看建在一片泥田里的河狸鼠农场。

8 月 24 日，星期一

去逛车库，看到大约 25 辆各种车型的汽车，其中超过一半都属于克罗伊家族。

诺尔德基兴　8 月 26 日，星期三

吃完中餐，公爵开车带我们到阿伦贝格家族的“诺尔德基兴城堡”。他们和克罗伊家族是表亲，我们将在这里住几天。

诺尔德基兴其实不像乡间城堡，倒像座皇宫，周围围绕美丽的人工湖和法式花园。现在阿伦贝格家族住一边边厢，安排得极迷人，有鸟舍、室内游泳池、专为日光浴设计的封闭花园和其他各种豪华设备。餐点比都尔曼城堡更丰盛。喝茶时，我不停喝牛奶，然后与女主人瓦莱丽围坐聊天，公爵和王子则出去打猎。我的房间极迷人，浴室和安托瓦内特·克罗伊共用。

8月27日，星期四 66

早上9点起床。吃过丰盛可口的早餐后，安卡和瓦莱丽带我们绕宅邸散了一个长步。午餐后，换上短裤坐在花园里晒太阳，偶尔跳进游泳池里凉快一下。

晚餐后，我躺在床上看书，突然听见许多飞机从头顶上飞过，附近城市开始发射高射炮，顿时一阵混乱。一轮满月照亮护城河，探照灯在天空中逡巡，我探出窗外，有一刹那，竟觉得一切恐怖得美极了。然后我记起约翰尼斯贝格最近的遭遇，立刻冲出走道，和阿伦贝格一家撞个满怀，他们正打算来叫我。大家鱼贯下楼，走到大中庭里，坐在地窖楼梯上吃桃子、喝牛奶。安卡绕宅邸一周，将所有窗户打开（免得被爆炸形成的空气压缩震碎）。过了一个小时左右，慢慢安静下来，大家各自回房。安托瓦内特·克罗伊和我站在窗边聊天，突然传来一声巨响，我俩仿佛被门迎面打中，被震回房间内。后来才知道原来有一枚炸弹落在20千米外的地方，爆炸形成的气流之猛，竟将我们震得双脚离地。好奇异的感觉！附近有一座城堡在这次空袭中被毁。

8月28日，星期五

我仍然拿不定主意要不要参加婚礼，巴伐利亚的康斯坦丁从锡格马林根打电话来，说我“务必”要参加，如果我不去，情势会大乱。婚礼非常隆重，所有座位都已依照家族及宾客往返于教堂间的秩序指定妥当，而且已经找好护送我参与各种仪典的男伴……云云。于是晚上我和安卡·阿伦贝格及管家一起研究火车时刻表。最近空袭频繁，许多铁路线遭切断或损坏，就算火车发车，也常需减速慢行如蜗步，但是我最迟必须星期日赶到。

锡格马林根　8 月 29 日，星期六

我把大件行李留在都尔曼，必须先打电话请公爵差人送到车站。
67 阿伦贝格夫妇塞给我一大堆书、食物、葡萄酒、安卡的打火机兼闹表（我忘了带自己的闹钟）和一朵玫瑰（我后来才在小行李箱里发现）。装备齐全后，抵达都尔曼车站，跳下车，取回我的大行李及邮件，搭乘火车南行。

有一封信是罗玛莉·舍恩贝格写来的，轻描淡写地说雨果·温迪施-格雷茨死于空难（他在意大利空军服役）。我们从小就认识，战前在威尼斯常玩在一起。接下来的旅途，我都很难过，想到他母亲“洛蒂”以及和他形影不离的双胞胎兄弟“穆奇”。罗玛莉还报告了别的死讯：维提·沙夫戈奇和弗里茨·多恩伯格。不久前，肯特公爵在苏格兰坠机身亡；他太太玛丽娜才刚生下一个宝宝。匈牙利摄政王的儿子霍尔蒂海军上将也遭到同样的命运。你不禁要怀疑这一连串的空难，是否肇因于战时飞机制造业的疏失，还是一种诅咒，惩罚人类发明这些可恶的玩意儿？

水上之行刚开始很顺畅，船舱里居然没什么乘客。我们经过德国的工业心脏鲁尔区，只见好多城市绵延数里全是废墟。科隆城里唯独大教堂还没倒下。船继续上行莱茵河谷地，经过许多著名的中世纪城堡，那些废墟和今天人类造成的残破景象比起来，竟然蛮美的。有人指给我看约翰尼斯贝格城堡（到现在我还没去过）；远看似乎完好无缺，只不过屋顶全不见了。其实它只剩下一个空壳子。接着经过美因茨，据说百分之八十的建筑被毁。到法兰克福后再转火车，这段旅程不太舒服，和三个女孩挤进头等舱的洗手间里，两名意大利学生塞给我们一大堆李子、花生和英国香烟。再换两趟火车后，终于在今天早晨 8 : 30 抵达锡格马林根。

8 月 30 日，星期日

我打电话给巴伐利亚的康斯坦丁，他们派人到车站来替我提行李，然后一起步行走进城堡。城堡位于小城中央一块巨岩上，外观就和德国童话里的姜饼城堡一模一样，全是屋顶、尖塔和角楼。我们走进巨岩底下一台电梯内，上到十楼，一位管家领我去我的房间， 68
送来几个白煮蛋和一个桃子。我很快洗了个澡，钻进床里，希望趁着家族去城堡内的小教堂作弥撒时睡一会儿，可是管风琴的声音实在太响，令我无法合眼，只好坐起来读宾客名单，看起来似乎有数不清姓霍亨索伦和维特尔斯巴赫的人，大部分都很老。

中午起床，穿好衣服，一打开门便看见康斯坦丁在打领带，他的房间就在我房间对面。我们先叙了一会儿旧，然后，他带我穿过无止境的走道、上楼、下楼、再上楼，终于走进所谓的“子女边厢”去见他的新娘（我一直没见过）。许多看起来像图画书里小皇太子的青年——非常纤细、皮肤白皙、极有礼貌——不断从各个角落跳出来和我见面，全是新娘的兄弟及表兄弟。就这样，我们抵达新娘的起居室，大家从那里鱼贯穿越一间会客室（之前两家人在此集合），途中碰见新娘的母亲，我的女主人；她对我能够及时赶到似乎很惊讶，亦如释重负。

住进城堡的客人包括普鲁士路易-斐迪南王子和他的俄国太太，基拉；前萨克森统治家族全家；我们家远房表亲迪迪 · 托尔斯泰和他同母异父的弟弟和妹妹，乔吉 · 梅克伦堡及莱拉 · 梅克伦堡；哈塞尔夫妇、施尼茨勒夫妇；罗马尼亚部长博西和马克斯 · 菲尔斯滕贝格夫妇。

大家进“先祖厅”内围一张小桌坐下吃午餐。我坐在鲍比·霍亨索伦旁，他是女主人双胞胎兄弟的长子，21 岁左右，正在当兵，金发蓝眼，滔滔不绝，很习惯触摸别人，一直待在我身边没离开。与我们同桌的还有康斯坦丁的弟弟沙夏，极端害羞且拘谨，长相和奥地利皇帝弗兰茨-约瑟夫年轻时一模一样（也难怪，他是他的曾曾孙）。

霍亨索伦家族内，一位正在替罗马尼亚军队当联络官的阿尔布雷希特王子，跟我聊了很久，详细描述他刚去过的克里米亚。他去过阿鲁帕卡、加斯普拉和旧昔许多别的家族产业区，发现它们都维护得非常好。他很崇拜俄国人，尤其是俄国女性，说她们“勇气可嘉，坚毅又有尊严”。能听到这种话真好！

午餐后，大家到屋顶阳台上散步，接着，鲍比带我参观城堡，
69 感觉上地窖和阁楼的数量与房间一样多。每扇门都有人进出，整座城堡就像一座大旅馆，由一大群穿着神气制服、挂满勋章的男性仆役管理，极有效率。宾客如云，我开始慢慢认识大家；这样的气氛出现在这样的时代，实在不寻常！我们的男主人，霍亨索伦-锡格马林根王子和他的孪生弟弟弗兰茨-约瑟夫，各有三个儿子；其中四位差不多已成年，另外两位穿着伊顿制服，非常可爱；他俩将替新娘拉衣裙。这群男孩整天引导我进出房间。“你只要打电话到子女楼层叫我们，我们马上就会下来接你！”我的确常找他们，因为太容易迷路了。

然后大家去看结婚礼物。喝完茶后，年轻一代带着泳装冲过城中心，穿越几片田野，来到多瑙河畔；那段河很窄，水深尚不及肩。上了年纪的运动健将，巴伐利亚的卢伊特波尔德公爵（非巴伐利亚皇族）——他是他们家族最后一人——早已在那里。我们躺在草地上和他聊天，直聊得快吃晚餐时，才赶回去换衣服。

回去后，大家争先恐后抢浴室（我们那一层楼只有一间）。更

衣时，男士们不断跑进来要我们替他们打领带，替他们刚刮好胡子的下巴扑粉——完全是一家人的亲密气氛。我们终于把康斯坦丁送出去，然后各自打扮妥当；老一代的人已经在其中一间会客厅聚集，女士们一身珠光宝气，男士们大多穿制服，挂满勋章——有些制服可追溯到第一次世界大战前。男主人的弟弟穿海军上将制服；普鲁士的路易-斐迪南王子则穿空军军官制服，配黑鹰黄缎带。每个人看起来都极抢眼。

听到信号后，大家神情严肃地与指定护送者并肩走进不同的宴客厅：新郎与新娘、直系家属及各“要人”坐在“先祖厅”内的一张长桌周围，其他人坐隔壁“国王厅”内的几张小桌。我坐在鲍比的兄弟迈因拉德和哈塞尔大使之间。晚餐吃到一半，路易-斐迪南站起来代表他父亲——巴伐利亚皇储，讲了一段话，表示分别代表南部及北部的两个霍亨索伦家族世代关系亲密，然后转向我们房间的诸位年轻人说“在座年轻的一代”，便是南方家族将和北方家族一样继续繁荣昌盛的保证。 70

晚餐后，大家到另一个房间里听本地教堂唱诗班为新人唱夜曲，大部分客人陆续溜走，我留下来，因为觉得他们唱得极好，很动人。之后，康斯坦丁简短讲了一段谢词。接下来年轻一代，又到更远的一个厅里去跳舞（因为在战时，主人其实并不同意开舞会）。不过舞会散得很早，因为明天是大日子，会既漫长又累人。

8 月 31 日，星期一

康斯坦丁 7 点叫我起床，然后独自去告解及领受圣餐。匆忙吃过早餐后，大家跑上楼去戴帽子。所有人都穿短礼服；我穿上绿色的小礼服，配一顶极漂亮的帽子。男士们打白领带或穿制服，戴上所有勋章及缎带。早上 10 点，大家仍旧成双成对出发，我挽着迪迪·托尔斯泰的手臂。整个行列由宾客前导，新人及直系家属殿后，缓慢且庄严地走出城堡，穿越许多中庭，走下宽阔的斜坡，穿过小城，进入教堂。城里所有的人似乎都出来沿街观看，来采访的摄影师及新闻记者大概有十多位。典礼几乎长达两小时，因为主持仪式的主教讲了一段极冗长的话，主要在赞扬两个家族世代以来的诸多基督徒美德。接着司仪朗读教宗庇护十二世发来的电报，然后举行一场极美的大弥撒，演奏巴赫的托卡塔乐曲。做完弥撒，大家返回城堡；这一次前后秩序对调，由新人及家属前行，宾客殿后；这时照相机及摄影机才真正开始忙碌，我也离开队伍单独拍了几张照片。

回到城堡内，几间主要的接待室已挤满前来向新人道贺的人，每个房间宾客的身份都不同，像是本地官员在一间，职员在一间，外宾在第三间，我们这些住在城堡里的客人则在第四间。正式午餐是一场大筵席，在“葡萄牙厅”（因室内华美的壁毯而命名）内举行。菜都可口极了；前菜是蟹肉开胃菜和鱼子酱肉饼，佐餐的葡萄
71 酒全是极品。我坐在康斯坦丁的表兄弟弗兰西·泽弗里德和博西中间；博西穿着一身饰有金色穗带的外交官礼服，羽毛帽搁在座椅下。新娘的父亲先讲话，接着由康斯坦丁的父亲，阿德尔伯特王子（他声音迷人，态度可亲）应答，然后男主人年仅 18 岁的长子站起来说：“虽然你已经嫁出去了，但我们这些兄弟永远都会支持你（指他姐姐）！”他接着朗读了几十封电报。接下来，每个人请所有宾客在自己的菜单上签名，我的菜单传送到一半就走不动了（后来被我找回来，继续完成）。上面写满了“鲍比”、“弗瑞兹”、“沙夏”、“维利”、“艾伯特叔叔”等等；还有一个稚气十足的笔迹，大剌剌写着“霍亨索伦”四个大字，原来是新娘弟弟的杰作，他才 9 岁！

午餐后，大家奔去游泳。晚餐仍围坐几个小桌吃，但穿短礼服，而且新人不在；他们已前往沃尔特湖去度短暂蜜月了。我很早回房，累坏了。

结果才刚上床便听到敲门声，原来是所谓“萨克森世袭王子”与主人家的次子，他俩溜进来，一人拉把椅子，问我可不可以留

下来聊一会儿天。"真舒服！"那位世袭王子才16岁，名叫马利亚·伊曼纽尔；他求我替他找位新娘，因为觉得自己背负传递王朝香火的重责大任，必须及早成婚（但他们家族在1918年就被废除帝位了！）。我说他的理想对象现在可能都还在玩泥巴咧。他们很悲哀地同意，不久便离开了。

柏林　9月1日，星期二

今天大部分留宿宾客都已离去，所以大家围坐长桌吃午餐。我坐在普鲁士的路易-斐迪南旁边。他对俄国印象很好，说了很多中听的话，是个聪明伶俐的人。昨天我和他太太基拉聊了很久；她是罗马尼亚人，她父亲是基里尔大公爵，从小和父亲一家一起长大。

喝完茶后，再照最后一次相，然后由主人全家步行送我们到车站。迪迪·托尔斯泰、乔吉·梅克伦堡、弗兰西·泽弗里德和我一起搭夜车回柏林。

因为这样大规模的婚礼在战争结束前可能是最后一次（谁知道战后的欧洲又会变成什么模样？）我把节目表保存了下来：

霍亨索伦家族玛莉亚-阿德根德公主与巴伐利亚康斯坦丁王子

成婚大典 72

1942年8月31日，锡格马林根城堡

1942年8月30日，星期日

康斯坦丁王子及霍亨索伦家族之弗兰茨-约瑟夫王子生日

8 : 15　城堡教堂领受圣餐。

8 : 30　国王厅祝贺，先祖厅早餐。

9 : 30　城内教堂大弥撒，宫廷及地方首长至新郎起居室祝贺；

政府职员至水彩厅祝贺。

13:00　先祖厅及国王厅正式午餐。

16:00　民法婚礼在红接待室。

16:30　旧德意志厅下午茶。

20:00　先祖厅及国王厅晚餐。宾客请至绿接待室及黑接待室集合。(衣着　男士:白领带或全套制服佩戴勋章及绶带;女士:佩戴饰物,但不需绶带,不需小王冠。)

21:00　婚礼晚间舞会。

21:30　教堂圣诗班至法国厅献唱夜曲。

8月31日,星期一

成婚大典

8:15　城堡教堂领受圣餐。

8:30　先祖厅及国王厅早餐。

10:00　宾客请至绿接待室及黑接待室集合。

10:15　列队至城内教堂。

10:30　婚礼仪式及大弥撒。

婚礼后祝贺:

1. 政府职员——国王厅

2. 地方官员——先祖厅

3. 受邀外宾——法国接待室

73 4. 亲属及留宿宾客——绿接待室及黑接待室

13:30　葡萄牙艺廊婚礼筵席;宾客请至绿接待室及黑接待室集合。(衣着　男士:白领带或全套制服佩戴勋章及绶带;女士:短礼服、戴帽、佩戴饰物,但不需绶带。)

16:30　旧德意志厅下午茶。

17:30　新人乘车离开。

锡格马林根在大战最后阶段成为“法国政府乡间所在地”，出了一阵恶名。法国解放后，贝当元帅及一群通敌的乌合之众在此地集合，度过大战最后几个月。

9月2日，星期三

匆忙与塔蒂阿娜吃过早餐后赶去办公室；有点紧张，因为自己逾假不归长达三天。幸好现在铁路常遭轰炸，很容易交代过去。

9月4日，星期五

在办公室餐厅午餐后，和塔蒂阿娜去看电影《G.P.U》[*]。拍得很好。但戏院同时放了很长一段有关英军企图在迪耶普登陆的新闻影片，害我们俩差点都吐了！全是肢解尸体的近镜头！下次碰到那些负责发行新闻片的人，我一定要好好骂一顿。现在世界上这么多国家参战，几乎每个人都有失去兄弟、儿子、父亲或爱人的伤恸，他们竟然还这样公然炫耀恐怖画面，想借此提高德国人的士气，不仅令人震惊，而且奇蠢无比，因为肯定只会收到反效果。若把这段影片拿到外国去放，可能会更丢脸。那也是活该！

盟军为测试德军大西洋壁垒的防御能力以及自己的登陆
战略，于1942年8月19日对迪耶普城发动两栖作战攻势。参 74
与士兵6000人次，多为加拿大人，结果该次行动彻底失败。

* 德国导演卡尔·里特执导的一部关于苏联秘密警察的电影。

几乎没有一个德军目标被攻破，派出部队中有四分之三阵亡、受伤或被俘。德军虽利用这次胜利大作宣传，但盟军亦谨记迪耶普的可怕教训，对筹划1944年6月的诺曼底登陆计划帮助极大。

看完电影感到非常饥饿，慢慢走到伊甸旅馆，发现普鲁士的布尔夏德、汉诺威的格奥尔格-威廉和维尔切克夫妇也在那里，便和他们一起吃晚餐。然后去弗雷德双胞胎姐妹那儿喝咖啡。

德国在俄国南部推进的速度很快，看来他们想切断高加索山脉。

德军花了六个月时间才从前年冬季的挫败中恢复过来。1942年6月，以崭新的威力重新发动攻势，目标为北高加索的油田以及伏尔加河。9月中旬，德军抵达高加索山脉（但尚未到达苏军抵死保卫的油田），由保卢斯将军率领的第六军包围斯大林格勒，纳粹威权臻至巅峰。

但苏军防御能力逐渐增强，此时不仅战斗力提高，同时也学会了如何撤退。往后，德军再没有获得重大突破，也再没有俘虏上百万人的大规模包围战役，只打了些地区性及策略性的胜仗。但苏军防御愈来愈强，德军所面对的敌人在军阵及士气方面亦愈来愈具威胁性。同时游击队开始骚扰德军后方，战俘数目减少。由于德军战俘营内（到1942年3月已高达250万人！）因受虐及挨饿致死的人数极多，加上德军入侵后在占领区内滥杀平民，行为残暴，斯大林所提出的保卫祖国政策大受欢迎，外加红军对逃兵及不战者严格惩处，都使得俄国人民不论是否反共，皆愿服从领导阶级，全民团结。这时许多白俄移民的态度也开始转变，蜜丝的母亲便是其中之一。

9 月 5 日，星期六

母亲把伊连娜刚从罗马写给她的信念给我听，信中描述雨
果·温迪施-格雷茨的死亡过程，好可怕！显然当时他想试飞一种新 75
型飞机，结果飞机立刻解体，将他震到半空中。尸体被发现时彻底
肢解，少了一条腿。他的母亲洛蒂刚好赶上葬礼。幸好卡洛·罗比
兰德在那里帮他孪生兄弟穆奇不少忙；后者当然悲恸欲绝。他们俩
从小一直很亲密，就怕雨果一走，穆奇会做傻事。伊连娜写道：整
个葬礼过程中，穆奇都一直跪在棺材旁边抚摸棺木，和雨果讲话；
令人心痛。我哭了一整天，回家时，感觉精疲力竭。

晚上，我们去绍姆堡夫妇家晚餐，和一群最好的朋友们度过舒适的一晚，然而我的心已不在那里。如今我实在快乐不起来，几乎每天都会听到朋友的死讯，名单越来越长……

9 月底，蜜丝的弟弟乔吉去了巴黎。1942 年 10 月，蜜丝自己亦以前往巴黎的“德国照片档案保管处”做研究为名，去探望乔吉及与表亲联络。在下面两封写给母亲的信中，她归纳了这次旅行以及返回柏林后的印象。

蜜丝从柏林给住在柯尼希斯瓦特的母亲写信　1942 年 10 月 30 日

巴黎可爱极了，天气比柏林暖和许多，可惜没有暖气，结果我咳嗽得厉害，到现在还没全好。乔吉在我安排他搬进我住的旅馆后

（只有这样我们才能见面），隔天便发 40℃的高烧。

城内一如往昔，美不胜收，树叶已转红，秋天刚开始。办事时我尽量步行，好尽情欣赏美景。只要钱不紧，生活还是挺惬意的。这并不表示巴黎的东西特别贵；然而吃一顿像样的饭（如蚝、葡萄酒、奶酪、水果，再加上小费），一个人仍得花 100 法郎——不过也只合五马克……有很多精彩的舞台剧在上演，乔吉和我常去看戏。一般来说，整个巴黎就是比柏林“活泼”许多，也快乐、时髦许多。

76 乔吉在大学街一栋公寓里租了一个很好的房间，冬天有暖气（很稀奇！），他似乎适应得很好……

前几天，我和他去圣日耳曼昂莱查看战前你寄放在博伊德夫妇家的大箱子（就是内装从立陶宛带出来的 18 世纪家族藏书的那几个箱子）。那栋房子现在已变成隔壁德国军医院的一部分，一位松塔格博士出来接待我们——非常迷人的巴伐利亚人，负责管理法国占领区所有的医疗服务设施。碰巧他自己也是业余收藏家，表现得极友善又热心，借我们手套和围裙，免得重新打包时弄脏衣服，还派一位勤务兵来帮忙。等我们整理完后，他在炉火边请我们喝极可口的下午茶，接着带我们参观整栋房子（整理得一尘不染）。乔吉因此可以向博伊德老先生报告，让他安心；听说他就住在附近的养老院里。

然后，乔吉用绳子将提箱一一捆好，并盖上家族封印。松塔格博士答应将以“德国军方”的名义保护储放这些箱子的阁楼。一旦在巴黎找到适合的储藏处，便会派一辆德军卡车请乔吉送过去。

顺便提一下，乔吉要我们尽快向柏林有关单位申请一份证明，说明在他离开前并没有领到任何新粮票；没有这份证明，他在巴黎也领不到。这段时间，他必须去黑市买所有的东西，当然价钱要贵上十倍！

巴黎别后，蜜丝与乔吉一直等到大战结束后才再见面。

蜜丝从柏林给住在柯尼希斯瓦特的母亲写信 1942年11月3日

有个极不好的消息：最近我突然被降薪，再减去各种扣除额，现在只能领到310马克。因为大家都一样，所以我也不能抗议。但新公寓月租要付100，另外100得付家具分期付款，再加上暖气、电话费、电费、洗衣费、食物等，看来我非找人分租不可……

1942年11月19日，即蜜丝对该年最后一次记录的两周后，苏军反攻斯大林格勒，鏖战五天，便成功切断了保
卢斯将军第六军团20个师的后援。1943年2月2日，经 77
过现代战争史上最惨烈的战役之一，保卢斯率领仅剩的官兵（9.1万人）投降，其中只有6000人活着返乡。斯大林格勒之役的胜利是欧战的转折点，从此，苏军在众多年轻善战的后起之秀将领率领下，随时采取主动，所向披靡，德军终于在1945年5月投降。

远东及西欧的战场形势亦开始扭转。1942年6月4日，日本海军在中途岛外海首度遭遇大挫败，因此丧失了对太平洋的控制权。北非阿拉曼一战，造成隆美尔元帅著名的“非洲军”大溃逃；哀兵于隔年5月在突尼斯投降。11月8日，盟军登陆法属北非海岸，德军以占领维希政府统治的法国作为报复。1943年7月，盟军在西西里岛上岸，开始解放西欧，1944年6月完成。

大战开始那两年，英国皇家空军因人手装备及技术不足，无法大规模深入敌境。而且，白天在没有战斗机护航的情况下（长程轰炸机要到大战后期才出现）轰炸军事目标，耗损严重，因此，这项行动在1941年11月全面取消，改为不定期夜间袭击，让德国平民付出代价。到了

1942 年 2 月，哈里斯空军元帅升任英国皇军空军战时轰炸队司令，下令对德国各城市展开有系统的攻击，“以打击德国平民百姓，特别是德国工业劳工之士气为主要目标”。哈里斯相信（后来证明他是错的）只要对单一城市进行为期数周、持续每夜的轰炸，不断投掷重达 4000—8000 磅的新型炸弹，必定能逼迫敌人伏地投降。在接下来的两年内，德国及奥地利的所有主要大城市，以及欧洲其他占领区内的不少城市，都被夷成平地；平民死亡人数高达 60 万人（英国只死了 6.2 万人！）。随之而来的恐怖生活将逐渐占据蜜丝的日记，终致成为唯一的主题。

战况急转直下后，德国境内亦发生一连串变化，仅存的道德观荡然无存，取而代之的是彻底的残酷暴力。1941 年 9 月 1 日，纳粹政府下令，所有犹太人必须佩戴黄星。1942 年 1 月 20 日，政府高官在万湖举行秘密会议，研拟出所谓“犹太问题的最后解决方案”，接着便开始滥杀犹太人，然后是吉普赛人及其他所谓的“次人类”。这项杀戮行动后来发展成系统化、持续化、科学化的大规模屠杀，德军许多资源及人才不再专注于打赢战争，反而被调
78 来谋杀无辜。1942 年 8 月 26 日，纳粹傀儡国会投票通过一道法令，授予希特勒最高司法权；该条法令序文言：“目前德国无所谓权利，只有义务……”几天后，戈培尔在他主编的《帝国周刊》上宣布：“对人道主义抱持错误观念的布尔乔亚时代已成为过去……”野蛮的大门于焉大开！

这时，柏林的日常生活也起了极大的变化。美国参战后，拉丁美洲外交界人员大量撤退，首都仅存的社交圈亦随之消失。同时，东线上的严重损失开始影响德国每一个家庭，人们自然无心寻欢作乐。从现在开始，作者和她的朋友，或任何不在前线作战的人，都必须将精力集中在最

基本的生存（肉体及道德）问题上——专心对抗饥饿、盟军轰炸，以及愈演愈烈的独裁政治及政治迫害。

在这样的背景下，蜜丝从奥地利西部阿尔卑斯山区内的基茨比厄尔，写信给住在柯尼希斯瓦特城堡内的母亲，叙述她和塔蒂阿娜在 1943 年初度过的短暂假期。

蜜丝从基茨比厄尔给住在柯尼希斯瓦特的母亲写信　1943 年 2 月 8 日

塔蒂阿娜和我来此地已一个星期，感觉体力恢复不少。我们的生活非常健康：晚上 9 点上床，早上 8 : 30 起床。房间很棒，冷热水都有，但没有澡盆，必须自备早餐。中、晚餐通常都到城里一家名叫“奇索”的小餐厅吃。他们供应的食物很健康（炸肉饼、可口的奶酪、各种水果），分量也够。这个城其实是个大村庄：五颜六色的房舍、尖塔的屋顶、一条主要大街、人行道旁罗列可爱的咖啡厅和商店。

此地海拔仅 800 米，天气好时，我们搭缆车再上 900 米，然后躺在一个大阳台上晒太阳，其他人则滑雪下山谷（我们不滑雪）。但这里意外频繁，通常都是被滑雪杖戳到脸。我才开始上滑雪课，学得不错，虽然整天摔跤，却都伤得不重。

我们对政治情势浑然不知，因为此地罕见报纸，而且一送来就被抢光了。要不是弗雷德双胞胎姐妹不断寄剪报来，我们一定什么都不知道……

两个月后，德军宣布在卡廷森林（在苏联西部）内，发现埋有 4400 名波兰军官腐烂尸体的万人冢，全是 1939 79

年 10 月短暂波苏战役中的俘虏，清一色后脑中弹。蜜丝接下来的日记将针对这个事件做不同的说明。

德国境内亦有新发展——反纳粹活动的推展——将使她及许多好友的生活发生重大变化。

自从希特勒表明意欲发动战争，许多军中及平民阶级间具影响力的集团，便不断企图阻止这项罪行及愚行，甚至不惜推翻或谋刺希特勒。但随着德军持续奏捷，反叛者势力亦不断减弱——或变节，或降级，或遭逮捕，甚至遭处决。希特勒本人仿佛受到魔法保护般，逃过所有行刺他的行动。同时西欧盟军于 1943 年 1 月，在卡萨布兰卡会议上决定德国必须无条件投降，也令反抗运动难以自处。

直到德军在东线溃败，盟军成功登陆西欧，加上党卫军势力坐大，纳粹的政策及作战方法愈加残酷（令德军部队中优秀官兵由衷反对），谋反者数量才再度增加，并意识到展开行动的迫切性——其中一批谋反者，便是蜜丝每日接触的同事。

她的日记从这时重新开始——

1943年

7月至12月

柏林　7月20日，星期二 80

刚和弗雷德双胞胎姐妹见面，她们决定搬去拜罗伊特；想离开首都的人不只她们。况且，她们唯一的弟弟埃迪在对俄作战初期就已阵亡，她们待不住。她俩都是红十字会的护士，调职很容易。

“自由德国委员会”开始从莫斯科对此地广播。朋友的反应是：“我们一进入俄国就应该这么做了！”

1943年7月12日，“自由德国委员会”在苏联的克拉斯诺戈尔斯克战俘营中成立，一周后公布成立宣言，呼吁德国民众及国防军起来反抗希特勒。委员中除了几名共产党老将（如皮克及乌布利希）外，还包括几名在斯大林格勒被俘的资深将领，如保卢斯陆军元帅和冯·塞德利茨-库兹巴赫将军。但因德国士兵恐惧遭苏军俘虏，该委员会的成就极有限。委员们虽成为未来德意志民主共和国的建国元老，但在战后德国境内的苏联占领区政府组织内却不占任何席位。

7月22日，星期四

和普鲁士的布尔夏德午餐，他像所有王族王子一样，被踢出了军队，现在无所事事，很想在工业界找份工作，不过并不容易。他是旧式正派德国军官的典型代表，只受过军事训练，也只适合戎马生活。

继普鲁士王储的长子，威廉王子于1940年在西欧战
场上受到致命重伤后，所有过去统治德意志王朝的王族后
81 代都被调离前线，接着撤除军职。纳粹这项决定是为了避
免这类“光荣战死”事件促成君主复辟运动，结果，反而
救了不少纳粹最痛恨的这个阶级的人的性命。

7月25日，星期日

今天在往波茨坦途中，碰见现在德国境内工作的法国男孩之一

亨利（“嘟嘟”）· 德 · 旺德夫尔。他哥哥菲利普因维希政府的强迫劳动法被送来此地，嘟嘟为了保持联系，也跟来了。他俩将时间均匀分配在打扫“德意志出版公司”的走廊及“侦察德国一般情况”上。兄弟俩都极聪明，认为整件事非常荒谬。

1942 年 9 月 4 日，维希政府开始执行所谓“强迫劳动法”，所有达服役年龄、被纳入“援军”制的法国男性，都必须志愿到德国工作，作为交换，让年龄较老的战俘返国。这项政策当然遭到上万人的反抗，不过也使得反纳粹游击队人数大量增加，扩散至全德较偏远地区。

我去伊甸旅馆和塔蒂阿娜过夜，她将在这里停留数天。母亲打电话告诉我们墨索里尼遭免职及逮捕的消息，现在由巴多格里奥掌权。

7 月 10 日，盟军登陆西西里岛。两周后，即 7 月 24—25 日，法西斯大议会邀请国王维克托 · 伊曼纽尔三世复位，墨索里尼辞职，国王立刻下令予以逮捕，囚禁在阿布鲁齐山中。前参谋总司令及埃塞俄比亚总督巴多格里奥元帅则奉命重组政府。

7 月 27 日，星期二

塔蒂阿娜在玛莉亚 · 皮拉尔 · 奥亚尔萨瓦尔的陪同下，前往德累斯顿接受治疗。有人在去吃午餐的路上跟踪我们，从电车上跟到巴士上，搞得我们神经紧张。为了甩脱他，躲进一栋房子里，结果他在屋外一直等到我们出来。终于拦住我，说他反对我们讲法文。这
82 种事情以前从来没发生过，但不断的轰炸令一般人民心生怨恨。

7 月 28 日，星期三

汉堡现在每天都遭到轰炸，受害人数极多，满目疮痍，整座城几乎已经撤空了。听说有许多小孩子在街上乱走，哭喊着寻找父母。母亲们大概死了，父亲们在前线，所以无法识别他们的身份。人民福利会似乎已控制大局，不过情况想必仍极艰困。

> 经过 7 月 24、25、26、27 及 29 日与 8 月 2 日的轰炸，盟军在汉堡投下将近 9000 吨的炸弹，令 100 万人无家可归，死亡人数估计在 2.5 万—5 万人之间（德军针对英国考文垂市的闪电战仅炸死 554 人）。轰炸汉堡开了几项先例：首度由美军在白天出击，英军在晚间接替，进行日以继夜的“地毯式轰炸”；首度大量使用硫黄弹，造成“火风暴”，即在空袭发生后数小时才开始的飓风，杀伤力比炸弹更可怕；同时也是盟军首次使用“窗”式系统，投掷成捆的金属条，混淆敌人的雷达及高射炮系统。

7 月 29 日，星期四

我努力想说服母亲去柯尼希斯瓦特和塔蒂阿娜住，她不肯，说我可能需要她。若不必替父母的安全担忧，我会更快乐——尤其是

母亲，她留在这里真的很危险。

蜜丝 1978 年回忆

1942 年秋天，母亲去西里西亚和奥尔加·皮克勒住了一段时间；奥尔加的丈夫卡尔·腓特烈正好休假经过。盟军刚在北非登陆，母亲秉持她直言不讳的个性，到处预言德军若不改变对俄政策，下场将十分凄惨。

两周后，兰曹走进我办公室，关上门，一言不发地递给我一封由皮克勒伯爵签名、致盖世太保的信，大意为："吾妻幼时玩伴，瓦西里奇科夫公爵夫人，强烈反对我国之对俄政策，并抨击我方对待战俘的方式。她与盟国许多具有影响力的人士维持友好关系，所透露的消息很可能对德国不利，因此，绝对不可准许她出境。"盖世太保将这封信转寄给外交部，下令不准发给母亲离境签证。 83

在战时的德国，任何人遭到这样的指控，通常都会被关进集中营。兰曹告诉我母亲无论如何不可企图离开德国；最明智的做法，是让她暂时消失一段时间，譬如去柯尼希斯瓦特和塔蒂阿娜住。可同时，她又着手组织对苏联战俘进行支援，吸引更多人的注意。

母亲一向坚决反共——她的两个兄弟都在大革命早期丧命。这个立场她坚持了 20 年，甚至本着"敌人的敌人便是朋友"的原则，赞同希特勒。1941 年，她为了参加塔蒂阿娜的婚礼来到柏林时，仍然相信德军入侵俄国将造成俄国民众群起反抗共产体制；待重新建立俄国国民政府之后，再来对付德国人不迟。因为她从未在纳粹统治下住过德国，想说服她希特勒跟斯大林一样是恶魔，并不容易。塔蒂阿娜和我已在德国住了一段时间，目睹希特勒和斯大林为了毁灭波兰如何狼狈为奸，又握有德国人在波兰种种暴行的第一手资料，因此，我俩并不抱存任何幻想。

随着德军在俄国占领区内，种种残忍又愚蠢的政策被公诸世人，以及俄国境内及各地战俘营内受害人数不断增加，母亲对祖国的爱，加上她在第一次世界大战期间担任护士所产生、现在又再度复发的“恐德症”，终于取代了她早期的反苏维埃情结，她觉得自己有责任减轻同胞的痛苦，而且首先应从俄国战俘开始。

她不仅开始与许多在德军司令部里的老友联络，亦通过红十字会驻柏林代表马蒂博士，与日内瓦国际总部接上线。但苏维埃政府与革命之前的俄国政府做法不同，竟拒绝国际红十字会的协助，意味着俄国战俘在祖国政府的眼中，和叛国者并无不同，只能自生自灭，大部分人的下场是饿死——除非得到其他方面的援助。

84 母亲于是联络她的阿姨，也就是我的教母，在纽约托尔斯泰基金会工作的苏菲·帕宁伯爵夫人。在她牵线之下，两位世界闻名的俄裔飞机制造商，西科斯基与舍维尔斯基，以及北美暨南美洲俄国东正教教会相继介入。他们很快成立了一个特殊的救援机构，凑足几艘货轮的食物、毛毯、衣服及医疗用品等。此时美国已参战，因此这批物资都必须向中立国阿根廷购买。当这批货轮正打算启程，长途穿越到处都有德国潜水艇埋伏的大西洋时，整个计划却几乎流产：捐赠人提出一个条件，要求救援物资必须在国际红十字会的监督下在俘虏营内配发。德国军方已经同意，但最后需经希特勒亲自批准。

母亲去见陆军总部的一位上校，他带她走到隔壁的蒂尔加滕公园，避开监视的耳目，开口说：“我感到很羞愧，但元首说：‘不！绝不！’母亲答道：‘好，那我就写信给曼纳海姆陆军元帅，他绝不会说‘不！’”母亲说到做到。当时统帅芬兰陆军的曼纳海姆男爵，在1918年曾自红军手中解放芬兰，他亦是前俄国近卫军军官，和我们家是世交。由于他的影响力，芬兰军队（不像他们的德国战友）对苏联作战期间表现一直规矩正派，对待战俘亦完全遵守日内瓦协议的规定，因此他们的战俘大多生还。母亲很快接到曼纳海姆的回复，救援船只如期抵达瑞典，物资亦在国际红十字会的监督下，在芬兰的各战俘营内迅速发放。

8 月 1 日，星期日

汉堡的命运令柏林居民焦虑。昨晚盟军飞机投下大批传单，呼吁柏林城内的老弱妇孺立刻离城；他们在轰炸汉堡之前也这么做过。看来情况不妙，柏林很可能是下一个目标。

昨天我上夜班。搭的车在波茨坦堵塞了一下午，终于在晚上 11 点抵达办公室，正打算离开的同事神情严肃地过来跟我道别，因为他们听说今晚会有空袭。结果，我在沙发上一觉睡到早上 9 点，回家后先洗个澡，再吃早餐。明天我将搬去波茨坦俾斯麦夫妇的住处，85
晚上不再住在城里。

8 月 2 日，星期一

政府在每家外面贴了告示，命令所有未参与防御工作的妇孺立即撤离。车站里因此挤得水泄不通，一片混乱，因为很多汉堡人也必须经过柏林往别的地方去。还听说政府办公室都将迁出柏林，我们也接到打包的命令，不过我并不很在意。母亲现在晚上都去旺达 · 布吕歇尔的家住，而且也终于同意尽早搬去和塔蒂阿娜住。

与冯 · 哈塞尔大使午餐，他跟我讲了很多有关墨索里尼的趣事（他们俩很熟）。他现在已退休，常写些讨论经济学的文章，不断寄给我看。但我必须承认我看不太懂。

稍晚我拖了一个大皮箱到波茨坦，很早便上床，因为实在太累。可惜戈特弗里德 · 俾斯麦带着罗玛莉 · 舍恩贝格和海尔多夫伯爵——他是柏林的警察局局长——回家，我的睡眠只好往后延。海尔多夫伯爵经常来波茨坦，他们长谈到深夜，一副非常神秘的样子，不过也已搬来波茨坦住的罗玛莉会随时告诉我我称之为“密谋”的进展。罗玛莉非常狂热，总想把各形各色的异议人士撮合在一起，经常表现得任性又鲁莽；戈特弗里德却永远守口如瓶。

这是蜜丝第一次暗示所谓的“七月密谋”。

海尔多夫并不认为盟军会立刻开始对柏林进行密集轰炸。

冯·海尔多夫伯爵（1896—1944）和许多共同参与密谋的人不同，他早期是忠诚的纳粹党员，非常活跃。第一次世界大战（他担任中尉，英勇作战）之后，他加入声名狼藉的“罗斯巴赫兵团”——魏玛共和国时代初期由退伍军人组成、打击左派人士的横行霸道组织。1923 年卡普政变之后，他遭到放逐。后来返回德国加入纳粹党，在“褐衫军”中扶摇直上，成为国会议员之一。并自 1935 年开始担任柏林警察局局长。海尔多夫虽然有这样的背景，却似乎对许多纳粹政策持保守态度，如反犹太主义——特别
86 是 1938 年的反犹太人方案“水晶之夜”。他因为该方案与过去的同志逐渐疏离，终致成为反希特勒密谋的中心人物。

8 月 3 日，星期二

今天汉诺威的韦尔菲和格奥尔格-威廉来波茨坦吃晚餐，他们的母亲是前皇帝唯一的女儿。戈特弗里德·俾斯麦坚持要我们邀请朋

友——我猜想一来是想“评估他们”，二来也因为不希望我们晚上待在城里。天气极热，大家都把脚丫子泡在喷水池里。

柯尼希斯瓦特　8月9日，星期一

今天赶得很辛苦。我想到柯尼希斯瓦特和塔蒂阿娜住几天（感谢老天，母亲终于搬来了！），但因为除非持有特别许可证，任何人都不准离开首都，所以我必须先搭火车离城，在诺伊施塔特一个小站下车，买去马林巴德的票。罗玛莉·舍恩贝格帮我抬一个非常巨大的皮箱，里面装有我想带出城的东西——主要是照相簿。车上挤满衣服被烧破、想回家的汉堡人；他们宁愿回自己的废墟受苦，也不愿被其他城市的人欺负。他们的行为举止似乎都很狂野，口无遮拦，颇粗线条。而且火车的乘客通常都会毫无忌惮地说出对政府的感想。到了诺伊施塔特，我急急跳下车买票，又赶忙跳回返回柏林的列车上，再换车换站。回程车上的乘客仍多来自汉堡，其中一个小女孩手臂灼伤严重，全程歇斯底里笑个不停。半夜2点才到柯尼希斯瓦特！

8月10日，星期二

大部分时间我们都驾车在美丽的树林里兜风，讨论未来各种可能的计划。

8月14日，星期六

天气烂透了，雨下个不停。塔蒂阿娜已前往德累斯顿继续疗养；母亲常出门散长步，我留在家里休息。一旦住在乡下就变得不问世事了。

德累斯顿　8 月 15 日，星期日

吃过午餐，我也前往德累斯顿探望塔蒂阿娜及被关在附近战俘营里的表哥吉姆·维耶曾斯基。我带了一点葡萄酒，免得长达十小时的车程太无聊。塔蒂阿娜本来答应派车来车站接我，但等过了午
87 夜抵达车站时，却连个鬼影都没有，只好步行穿过整个城市，走到疗养院。城里发布了空袭警告，天上一轮满月，整个气氛非常诡谲。我从来没来过德累斯顿，很怕被困在某个小地窖里，幸好平安走到了疗养院。塔蒂阿娜看起来很憔悴，有位夜班护士在一旁照顾。她们安排我在一张快要散了的沙发上睡觉，再加两张不断分开的椅子，但我实在太累，很快就睡着了。

8 月 16 日，星期一

天一亮就去吉姆·维耶曾斯基的战俘营。本来不能上巴士，因为必须出示特别旅行证，后来总算摆平。每次我都亮出朋友冯·哈泽将军（柏林警备司令）给我的通行证。其实他跟战俘营毫无关系，但这张证件直到目前为止都无往不利，后来全家人都靠它轮流见到了吉姆。

我在一个小村庄下车，走了半个钟头，穿越田野，才看见四周围了铁丝网的战俘营。到了大门口，我再度亮出通行证，没问题！可惜营区司令跟我扯了将近一个钟头才派人带吉姆过来，为了讨好他，我只好陪他聊。不过他看起来人不错，吉姆后来也说他对待战俘非常公平。他其实是位军医，整个营区就像一座野战医院，来自各国的战俘来此等待调度，转往永久性的营区。

趁着他的勤务兵准备野餐时，吉姆和我坐在司令办公室里聊天；司令很好心地把他的办公室让给我们用。然后我们离开营区，步行出去野餐。不断有德国军车经过，却似乎没有人介意一个女人和一

位身穿制服的法国军官在树林里散步，令我觉得非常怪异。

吉姆工作量很重，忙着翻译英文、俄文、德文、法文、波兰文及塞尔维亚文。因为这里非常需要他，所以他无暇去想逃跑的事。他从小便长了一对招风耳，现在正好闲着，决定动手术矫正。他看起来很健康，精神也很好。战俘们偷藏了一架收音机，消息很灵通。每天晚上，都有人在宿舍里大声报告盟军的战地新闻！

午餐我们吃腌碎牛肉、沙丁鱼、豌豆、牛油和咖啡，全是平民 88
好久没看到的东西。我带来塔蒂阿娜准备的烤鸡和香槟，吉姆送我茶叶和一张柴可夫斯基的曼弗雷德交响曲唱片。他在巴士站跟我吻别，一位乘客立刻问我是不是法国军官的未婚妻。

我在塔蒂阿娜的疗养院里又住了一晚。她进步得很快，不过每次我说了让她开心的笑话，她都会笑得直流眼泪。夜里我莫名地经常尖叫，护士只好给我吃镇静剂，她说是柏林空袭的后遗症。

柏林　8月17日，星期二

返回柏林和波茨坦的火车挤得不得了，我一直站着。

8月18日，星期三

今晚在俾斯麦家和海因里希·赛恩-维特根斯坦长谈；他从俄国调回来防御柏林，已经击落了63架敌方轰炸机，现在是全国坐第二把交椅的夜间战斗机飞行员。但因为他是个爵爷（拿破仑战争期间一位著名俄国陆军元帅的后代），信念不同，不受政府宠信，战果也不被重视。我很少碰到像他这样敏感又善良的男孩。他在瑞士长大，对德国不熟，所以我总是带他到处逛，每个朋友都喜欢他。

8月20日，星期五

天气热得可怕。下班后，我们开车去高尔夫俱乐部。罗玛莉、海因里希·维特根斯坦和我坐在绿茵上计划未来，讨论等政治彻底垮台，开始除去异议人士，我们该怎么做？跳上海因里希的飞机飞去哥伦比亚或某个国家是一个可能！但没有足够的油料飞越大西洋，这个问题一直无法解决。罗玛莉有个表哥住在波哥大，她可以嫁给他，如此一来，等于一石二鸟！

8月23日，星期一

我们没去上班。罗玛莉假装中暑，我正好也觉得很不舒服，便乘机骑自行车去韦尔德看看能不能买些水果。我们背了背包，骑了
89 很远，到那里碰见一个带篮子的男人，他说他也想买水果。后来终于缠上一名农夫，愿意卖给我们15磅苹果。我还在喃喃抱怨五角一磅太贵，我们那位男伴已替我把背包捆在单车上了。等我们离开果园，经过一片番茄田，他竟然亮出一张证件，说他其实在替物价控制委员会工作，宣称我们被坑了，他打算写份报告，我们必须上法庭作证，控告那位农夫。这令我们大吃一惊。他接着问我们的名字，我们不肯说，还表示不应该迫害那位可怜的农夫。他仍一再追问；我坚持拒答，罗玛莉却面无表情地报上汉斯·弗洛托的名字和地址。我忍不住偷笑，让那男人起了疑心。但因为我们没带身份证，他也不能证明什么。然后他又唠叨了一阵，建议我们将来替警方做饵，他们可以开车送我们去各地的农场……我们很不客气地拒绝了。

罗玛莉老是碰上警察找她麻烦。上次她在波茨坦辱骂一名警察，现在警局又要找她去做口供。

8月24日，星期二

昨天严重空袭。戈特弗里德·俾斯麦不在家，他的内兄让-乔治·霍约斯从头睡到尾。只有我觉得不对劲，不顾大家的抗议，把他和罗玛莉·舍恩贝格拉起来。整个柏林上空一片红雾。今早让-乔治打电话回来说他花了三个钟头（平常只要20分钟）才进城，因为所有街道都坍塌了。

晚上6点，我们也跟着进城，一方面去接戈特弗里德，一方面去察看各人的公寓。结果格斯多夫夫妇的厨子玛莎倒在我怀里啜泣；她被吓呆了，还好房子没事。罗玛莉的运气却没这么好，她那张床正上方的天花板被炸了一个大洞，令她觉得非比寻常，到处宣布她大难不死，必有后福，将来一定有大成就！我们去探望阿加·菲尔斯滕贝格，她受到极大的惊吓。她家附近库达姆大街上及周围所有房子的顶楼，包括皮克勒家在利岑贝格街上的公寓，也就是三年前我们刚搬来柏林住的那栋公寓，全部被烧毁。空袭结束后，戈培尔到灾情最严重的区域巡视，听说他想征召30名义务消防队员，市民的反应却非常冷淡。

蜜丝和她父亲因为空袭不断搬家，这时付钱借住在朋 90
友格斯多夫男爵及男爵夫人的别墅里。玛莉亚·冯·格斯
多夫男爵夫人聪慧正直，亲切又迷人，虽然住在战时遭猛
烈轰炸的城市里，却能够将自己位于沃伊什街的宅邸变成
知识分子圈内的沙龙，让志同道合的人在毫无禁忌的气氛
下相聚。因为她丈夫是权贵西门子家族的亲戚，又在柏林
军事总司令部内任职，因此他们家的宾客来自德国各个阶
层——从贵族地主（玛莉亚自己的背景）到工业界、商业
界、学术界、外交界及军界人士都有。

8月25日，星期三

今晚又有空袭，幸好损害不严重，而且开往波茨坦的火车不受影响。

8月26日，星期四

塔蒂阿娜从柯尼希斯瓦特打电话来，说柏林到莱比锡的铁路线被炸中，交通中断。

和罗玛莉·舍恩贝格及她来自汉堡的朋友，汉尼·耶尼施一起吃晚餐。汉尼不用入伍作战，因为他的两个哥哥都已阵亡。他开一辆极拉风的奔驰车到处逛，却没有牌照，警察因为不相信自己的眼睛，都放他一马。

8月27日，星期五

亚历克斯·韦特和办公室另一位官员，X教授，昨天房子被炸中，现在都无家可归。而且后者还失明了，因为他冲进一间着火的房子里救出一个女人。幸好那只是暂时的，感谢上帝！他来自巴登，对现在的政府深恶痛绝，一直说这全是德国女人的错，因为是她们投票让希特勒当选的。他说从现在开始，所有与军事沾边的玩具，像是喇叭、锡兵和剑，都应该被禁止。

8月28日，星期六

与维克托·德·科瓦的日本太太美智子见面。他不仅是德国最有才华、最吸引人的演员，还当导演。我们去看他排演正在演出的戏。

8 月 29 日，星期日

和戈特弗里德·俾斯麦及罗玛莉·舍恩贝格开车去乡间探望他母亲；非常迷人的老太太，有一半英国血统。她对她公公，即铁血宰相俾斯麦，印象仍然很深刻。回家时，罗玛莉坚持要在滂沱大雨 91
中开车，但因为她完全没有经验，我们都很紧张。

9 月 1 日，星期三

战争于四年前的今天开始，仿佛是不可能的事。昨晚盟军大肆“庆祝”，炸得柏林商店区灾情严重。

今晚我去参加维克托·德·科瓦新戏《Phline》* 的首演，然后大伙儿去他家。我和作曲家特奥·马克本谈了很久，他非常崇拜俄国。

9 月 3 日，星期五

盟军已登陆意大利本岛。

> 8 月 17 日，西西里岛完成解放，盟军伺机进攻意大利本岛。同时，在墨索里尼于 7 月 23 日免职及被捕后，意大利积极准备参加盟军阵容。8 月 19 日，巴多格里奥元帅开始与盟军秘密协商。盟军于 9 月 2 日开始登陆意大利南岸，更加速促成意大利叛离轴心国。

* 原文如此，疑为 Philine 之误。

9月4日，星期六

今晚我和匈牙利大使馆的纳吉和维克托·德·科瓦一起晚餐。后者出奇激动，含着眼泪说他再也忍受不了了，他家附近整个邻里（他家离滕珀尔霍夫机场不远）在昨晚被夷平。昨天的空袭真的很严重，就连远在波茨坦的我们都到楼下集合。自从汉堡遭轰炸之后，梅勒妮对燃烧弹特别恐惧，因为听说汉堡城内所有人行道变成一片火海。现在只要空袭一开始，她必然会在头上盖一条湿毛巾。

9月6日，星期一

据说霍斯特曼夫妇出事了。前一阵子他们为了安全问题搬去乡间，现在和他们住在一起的提诺·索达提昨晚本来应该参加一场正式晚宴，结果一直没出现，也没通知任何人。他是个很规矩的青年外交官，主人因此觉得事有蹊跷。

9月7日，星期二

今早罗玛莉·舍恩贝格和我第一次骑自行车进城。其实自行车是俾斯麦家的。刚开始差点撞上来往的电车和巴士。有一次罗玛莉还从车笼头前面跳出去，精彩透了。

92 我们和柏林警察局局长海尔多夫约了见面——罗玛莉为了某种神秘理由，我则去谈我的本行。外交部要我开始建立一个照片档案，但现在所有展现轰炸灾区的照片都必须经过监检，我希望海尔多夫能给我几张公布，他答应了。

不出所料，霍斯特曼夫妇的乡间别墅克尔岑多夫城堡，在前天晚上严重受创。我坐在格斯多夫家里和戈特弗里德·冯·克拉姆一起聆听菲亚·亨舍尔叙述整个灾难的细节；当时她住在那里。幸好没有人死亡。可是才刚把柏林城内公寓里无价的古董搬过去安置好的弗雷迪却失去了一切。我实在无法想象提诺·索达提——一位瑞士外交官——半夜2点穿着睡衣在密集的炸弹雨中飞奔穿过草坪的样子！

戈特弗里德·冯·克拉姆男爵是网球史上最优秀的球员之一，运气却一直很差：虽然每次都进入温布尔登网球锦标赛决赛，却一直与冠军杯无缘。一开始他便与纳粹反目，甚至被关进集中营一段时间，直到大战爆发。他大部分时间都住在国外。

下午大部分时间都待在亚当·特罗特的办公室里。我们的人事室主管海夫腾进来闲聊了一阵。他是亚当的好友，一张死白的脸，莫测高深，让我想起中世纪的墓碑。

海夫腾博士（1905—1944）和亚当·冯·特罗特一样，曾赴英国留学，早期是反纳粹的军人，1933年便批评希特勒具有“强盗头子心态”。该年他亦进入外交界。蜜丝认识他的时候，他是一名公使馆顾问。但他和许多同谋者有一点不同之处，即他基于基督教道德观，从未参加过纳粹党。他很早便成为毛奇伯爵“克莱稍集团”的一员，并为该集团招募了许多出色的团员，包括亚当·冯·特罗特本人。

我们讨论目前的大势，以及最近开始的动员手段。当局似乎刻意挑选出仍在外交部任职的异议人士，想全部换上自己人，绝大多

93 数是党卫军，像我们那位施塔勒克先生。但除非你志愿到前线作战，否则不准任何人辞职。这个做法当然使得目前正在进行中的秘密活动更加复杂。据说外交部长里宾特洛甫从来不离开他靠近萨尔斯堡、在弗斯尔的巢穴。最近他和副国务秘书卢瑟——另一名走狗——起内讧。当然，他们从来不会当我的面讨论这些事，但我猜得出一个大概。总而言之，现在外交部没有一个真正在做事的领导人。如果外人知道外交部其实只是一部上了很多润滑油的官僚机器，实际上毫无效率可言，一定会大感震惊。我们这一小群密谋者便是明证。

晚上我去汉斯·弗洛托家吃晚餐，然后四个人骑两辆没开车灯的自行车到波茨坦车站——好像在表演特技！

> 汉斯–格奥尔格·冯·施图德尼茨出版的日记对这一天的回忆如下："汉斯·弗洛托举行一个小型晚宴，参加的人包括蜜丝·瓦西里奇科夫、罗玛莉·舍恩贝格、阿加·菲尔斯滕贝格及贝恩德·穆姆*等。大家从头到尾都在谈论空袭；让我想起受迫害的基督徒在罗马地下墓窖里的集会！"（摘录自《柏林燃烧时：1943—1945 年日记》[*While Berlin Burns. Diaries 1943–5*, London：Weidenfeld & Nicolson, 1963]）

9 月 8 日，星期三

再次骑自行车进柏林，我回家拿那顶罗斯·瓦卢瓦设计的帽子——很大的绿色宽边帽、黑丝带——是别人从巴黎寄给塔蒂阿娜的。下班后，戈特弗里德·俾斯麦送我和罗玛莉·舍恩贝格到斯卡

* Bernd Mumm，引文原文如此。在蜜丝的日记中，该人名写为 Bernt Mumm（贝恩特·穆姆）。

皮尼家。晚餐吃到一半，一位秘书冲进来报告意大利已投降，我们立刻告辞，冲回去警告戈特弗里德的哥哥奥托。他刚从罗马回来（他一直在那儿的德国大使馆担任大使顾问），正和海尔多夫及戈特弗里德在侯切尔餐厅用餐，对这条大新闻浑然不知。他们在一个小房间里用餐，罗玛莉和我冲了进去，他们听到这个消息后都惊愕地说不出话来。斯卡皮尼也吓呆了；他来柏林担任代理法国大使，与当局协商用“志愿”劳工交换法国战俘的问题。他看起来很可怜，第一次世界大战期间瞎了眼睛，现在身边总带着一位阿拉伯仆人当他的眼睛，向他描述周围发生的一切。

9 月 9 日，星期四

进城时我带着报纸，坐在我对面的男士第一次看到意大利投降
的新闻，脸上的表情非常有意思。尽管做出了这么多牺牲，意大利 94
竟然这么虎头蛇尾！

9 月 10 日，星期五

艾伯特·埃尔茨和阿加·菲尔斯滕贝格赶在下班前来办公室，我们再赶去意大利大使馆，希望能趁着战争尚未结束、通讯尚未完全被切断前，找到一个即将返回罗马的人，替我带一封信给伊连娜。她一定担心死了。

结果发现使馆周围人潮汹涌，所有的意大利外侨全坐在自己的皮箱上，好多车子和救护车也等在那里。艾伯特说使馆可能会先替他们找个藏身处，再送他们去车站。我终于逮住奥兰多·科拉尔托，他答应传口信给伊连娜，却拒绝替我带任何文件。

然后我赶回波茨坦，带着一块昂贵的小地毯和艾伯特；他虽然在德国空军服役，却对盟军飞机充满敬意，不愿在城里过夜。晚上

希特勒就意大利人的“暗算”发表了好一通恶骂。

9月11日，星期六

德军占领了罗马，且让我们祈祷盟军别因此开始轰炸该城。

今天晚上罗玛莉·舍恩贝格邀请海尔多夫来晚餐及讨论政治。艾伯特·埃尔茨对后者的想法也很感兴趣。因为海尔多夫的名声并不好（他一直是纳粹党员，又是褐衫军中将，如今参与密谋活动，令许多不妥协立场较坚定的同道心存怀疑）。罗玛莉和艾伯特分别都在洗澡的时候，阿加·菲尔斯滕贝格突然不请自来。她是出了名的大嘴巴，所以我们全躲了起来，假装不在家。等她走后，我去找人，发现他们俩瑟缩在地窖里，身上只围着大毛巾！可惜费这么大工夫准备全是徒劳，因为海尔多夫来了以后，从头到尾只以单音节答话。艾伯特努力试探，他却严密防守；我睡着了。

9月12日，星期日

今晚收音机突然播放法西斯意大利的国歌《青年之歌》，接着宣布德国伞兵已将墨索里尼从阿布鲁齐山中的大萨索山牢狱里搭救出来，正在前往柏林途中。我们都惊呆了。

95 党卫军伞兵在斯科尔兹内中校的领导下，发动了一次大胆的突袭行动，驾滑翔机降落在大萨索山牢狱的屋顶上，救出墨索里尼，然后带着他飞回德国。墨索里尼召集残余分子在意大利北部设立新法西斯政府“意大利社会共和国”，首都设在萨罗。

9月15日，星期三

单独和奥托及戈特弗里德·俾斯麦晚餐；前者告诉我们许多罗马生活故事。安富索显然已表态支持墨索里尼（他是齐亚诺的前内阁总理），但大部分的法西斯权贵一见墨索里尼失势，纷纷背叛了他。

9月16日，星期四

乔吉从巴黎写信来，附上一束白穗——那是一枚炸弹落在他公寓附近后，他房内一扇窗仅剩下的残骸。

盟军于9月3日空袭巴黎，造成110人死亡。

稍晚我骑自行车去万湖见瑞士红十字会代表马蒂博士，他和母亲合作安排援助苏联战俘。我去的时间刚好，他正准备明天启程回瑞士。

墨索里尼在收音机里说了一大段话，我几乎全听得懂。

9月19日，星期日

“德国军官联合会”从莫斯科广播向德国公众求援的呼吁，连署人包括好几位在斯大林格勒被俘的将军。

柯尼希斯瓦特　9月28日，星期二

我决定度个小假，来探望父母和塔蒂阿娜。后者看起来好多了。

和母亲一起散长步，她坚持要我辞职，搬到乡间和他们一起住。她不懂为什么这个办法行不通，因为如果那样，我马上就会被分派去军需品工厂工作。连续两晚和塔蒂阿娜睡，聊个过瘾。

柏林　10 月 4 日，星期一

和兰曹、冯·哈塞尔大使及他的儿子午餐。回办公室时，兰曹接到“上级”警告——我们在办公时间外的聚会引起许多人不满！

10 月 5 日，星期二

96 和菲利普·德·旺德夫尔及另外一位法国男孩休伯特·诺尔一起去听一场匈牙利的演奏会。休伯特虽被派来德国劳动，却设法弄到一张医生证明，说他半聋。现在正准备回法国。

10 月 7 日，星期四

去高尔夫俱乐部和朋友吃午餐，再赶回来，因为我和菲利普·德·旺德夫尔约好，要陪他去安全局总部（盖世太保只是该局的一部分）。他刚听说他最好的朋友之一，一位法国银行家的儿子让·加亚尔在企图越过边境进入西班牙时，在佩皮尼昂附近被捕，结果被送到贡比涅的集中营里，身上还穿着被捕时的网球衫及短裤。他设法通知了未婚妻，但后来再也没有下文，只知道他被塞进一节密闭的货车车厢里，开往奥拉宁堡，那是柏林城外一个非常可怕的集中营。我们计划装傻，问些天真的问题，把安全局的官员当成普通机关的官员。我打算用外交部——真是讽刺——的关系去说情。我们甚至想好要求他们准许我们寄些食物和衣物给加亚尔。为了怕自己一去不返，我通知了罗玛莉·舍恩贝格我们的去处。

进入城外那栋四周围满铁丝网的巨大建筑后，他们先取走我不知发了什么疯随身带着的照相机，然后把我们交给一连串官员，像踢皮球似地把我们踢来踢去，每次都得重新仔细交代一遍身份。他们问我为什么对这个人感兴趣，我说菲利普是我表弟。我们在那里待了整整三个小时，却毫无斩获。他们甚至故意施恩似地去查最近抵达奥拉宁堡的名单，找不到加亚尔！最后建议菲利普亲自去奥拉宁堡询问。离开后我求他别去，因为他一定也会被关起来。安全局里的人不断记录我们的特征，这时突然有人打电话找我，原来是罗玛莉；“你还活着吗？”我很快说是，便挂了电话。离开时，我们俩都垂头丧气，连眼皮都不敢抬；到处只见枪杆、黑色制服和表情阴沉的脸孔。能再度走到外面被炸得一塌糊涂的街道上，感觉真好！

后来菲利普·德·旺德夫尔获悉他朋友拘禁处并非奥 97
拉宁堡，而是布痕瓦尔德。他不听从蜜丝的警告，亲自去查问，未果。1945年，进攻德国的美军解放了年轻的加亚尔，但因军队没有多余的运输工具，生还者必须步行跟在部队后方，许多人，包括加亚尔，因此死在途中。他的尸体一直没有被发现。

10月10日，星期日

今天大部分时间都在等来自巴黎的一位年长亲戚，维勒瑞恩·皮比科夫叔叔的电话，对俄战争初期他曾志愿替德国海军做口译，大概没想到是在自找麻烦！现在正准备返回巴黎，我打算交给他两封信，一封给乔吉，另一封是替菲利普·德·旺德夫尔带的。菲利普一直要我读他写的信，刚开始我拒绝，等他离开后我才打开来看。看得我大惊失色！原来是一位在德国集中营内工作、从事反抗活动的神父，写给穆兰总主教的详细报告。我经过好一番良心挣扎，既不愿让菲利普失望，又担心害了维勒瑞恩叔叔。最后我把所有东西全塞进一个密封的信封内，收信人写乔吉，请他从巴黎将那封信转寄穆兰，然后把这份临别礼物交给叔叔。他离开前，和我喝伏特加酒浇愁。我祈祷一切平安顺利。

> 那封信安全送到乔吉手中，并顺利转给收件人，但写信的人，吉拉德特神父却死了。

10 月 11 日，星期一

晚上去陪西格丽德·格尔茨。盖世太保逮捕了她犹太裔的母亲，冷酷地宣布将把她送往捷克的特莱西恩施塔特犹太人区。西格丽德的父亲（非犹太人）在一次世界大战中阵亡。她是个美丽高挑的金发女孩，目前她已设法弄到一张缓刑令，同时向各方紧急求援，但机会渺茫。安全局总部的人对她说：“可惜你父亲已不在世，否则这应该是可以避免的。算你们运气不好！”

10 月 12 日，星期二

罗玛莉和我决定在她城里的公寓开鸡尾酒派对，正努力把杂物
98 拖回去布置，好搬回去住。我们只有两瓶葡萄酒，半瓶苦艾酒，却乐观地希望客人都会有所贡献。

10月13日，星期三

虽然罗玛莉的阿姨葛蕾特·罗翰趁我出去买夹三明治的东西时喝掉了一整瓶葡萄酒，吓坏了我们，但派对仍十分成功！客人带冰块和香槟来，我们把所有的酒都倒在一起，虽然怪异，却没有人抱怨，喝得精光。正设法把旺德夫尔兄弟送到塔蒂阿娜那儿过一个周末，但当局禁止法国人离开工作地点。等大部分客人都离开后，我一边煎马铃薯，一边跟大家讨论这件事。

巴多格里奥成立的新政府已向德国宣战。

巴多格里奥在其停战宣言中，命令意大利军队停止任何对“敌军”的战争行为，但若受到攻击（指德军）则仍需反抗。虽然意大利从未热衷于与德国结成盟友，更不愿打仗，但这项突然背叛战友的举动仍令意大利军队颇感困惑，很多人因此拒绝服从命令。

10月14日，星期四

顺道去拜访冯·德·舒伦堡伯爵。他是最后一任驻莫斯科的德国大使，非常迷人的老先生，对俄国的一切印象都很好，讲话也很直爽。我想替凯蒂娅·克莱因米歇尔找份差事，她目前没工作。

冯·德·舒伦堡伯爵（1875—1944）是老派的外交官，坚决支持俾斯麦亲俄的传统外交政策，自1934年任驻莫斯科大使以来，一直在两国间努力调停。希特勒于1941

年6月攻击苏联，对他而言，不啻为国家将遭遇大劫数的先兆（他从未怀疑德国终将一败涂地），之后他更加疏离他本来就厌恶的纳粹体制。

10月18日，星期一

今天轮到我值夜班。晚上7点抵达办公室，另外两位跟我一起
值班的女孩还在听音乐会。我先写了几封信，正准备出门去隔壁找
99 迪基·弗雷德，门房却警告我可能会有空袭，我说我马上回来。

才刚走到迪基的前门口，就听见三声巨响。我猛按门铃，却没人出来应门，只好再冲回办公室，这才知道有三枚炸弹就落在我们附近。已经听到飞机从头上飞过去的嗡嗡声，又过了几分钟警报才响。解除警报之后我再去找迪基，她已回家；我们一起喝咖啡。在办公室里过夜极不舒服，我裹着一条毛毯，床却硬得像块木板。

10月24日，星期日

玛莉亚·格斯多夫的生日。现在买礼物很困难。我替她买了点香水。她的客人很多，包括亚当·特罗特。亚当后来跟父亲一起来罗玛莉·舍恩贝格的公寓，我们请他们吃面包、煎马铃薯，喝葡萄酒和咖啡。

我有一份紧急的新工作：翻译一大批照片的标题，内容是在斯摩棱斯克附近的卡廷森林内发现的4000多名被苏联杀害的波兰军官遗骸。简直令人不敢置信！

整件事保密得厉害。我已读过德国驻土耳其首都安卡拉大使冯·巴本寄来的机密报告。他授权让一位下属成为某驻土耳其波兰

外交官的密友，这位波兰外交官正好是罗斯福总统特派土耳其的代表——厄尔利。罗斯福表示他想知道整个事件的真相。但美国显然查不清楚，因为他的幕僚（摩根索？）会拦截所有不利于苏联的报告。

> 冯·巴本（1879—1969）于1932年短暂任职德国首相后，于1933年被任命为希特勒的副总理，希望借此争取保守派的支持。1934—1938年他担任德国驻奥地利大使，促成“德奥合并”；1939—1944年，他担任驻安卡拉大使，又成功阻止土耳其加入盟国。1946年纽伦堡大审判时，他被判无罪开释，可是德国法庭却在1947年判他八年劳改，全部财产充公。他于两年后假释，从此默默无闻度过晚年。

我必须在两天内全部译完。想到我的文字将在一周内抵达罗斯
福总统的桌上，感觉非常怪异；好重大的责任！而且也很难译，因 100
为那些被披露的详细证据读起来实在叫人痛心！

> 1943年4月13日，德国广播电台宣布，上千具波兰人——大部分为军官——的尸体在德国占领区斯摩棱斯克附近的卡廷森林一处万人冢中被发现，每一具都是后脑中弹——这是苏联的传统处决方式。德国立刻指控苏联，并指派由来自12个中立国或德国占领国家的医生所组成的委员会进行调查。随后又由来自德国占领波兰的专家，包括波兰地下情报人员，组成第二个委员会。4月17日，设在伦敦的波兰流亡政府（他们对实情老早便开始臆测）

在未经照会英国政府的情况下，宣布已要求国际红十字会着手调查，后者表示未经苏联政府同意，不可能采取行动。苏联方面当然不同意，并且莫斯科与伦敦的波兰政府断绝了关系，指控后者通敌；两个政府的关系一直没有恢复。

后来两个委员会都做出同样的结论，认为那4400多名受害者（全是军官），乃苏联于1939年入侵波兰后，所俘虏23万名波兰军事人员中的一部分。这23万人当中，后来有14.8万人（包括1.2万—1.5万名军官）神秘失踪。在发现万人冢之前，波兰流亡政府不断询问这批战俘的下落，斯大林的答复则千篇一律：他们已全部被“释放”或“逃走”。据说只有斯大林的警政署署长贝里亚曾经嗫嚅：“我们在那里犯下一个大错……”所有证据皆显示受害人乃在1940年，即德军占领该区的前一年春天遭到枪决。而且他们都来自同一个波兰军官俘虏营——靠近科泽利斯克的一座古老俄国东正教修道院。这批俘虏与亲属的通讯全在1940年4月中断。至于被关在另外两座军官俘虏营——旧别利斯克及奥斯塔什科夫——中的人，下落不明；他们的尸体可能都躺在某处“只有上帝才知道”的万人冢中。

待苏军收复该区后，莫斯科指派本国的调查委员会将罪过推在德国身上。并且这项指控在纽伦堡大审判中被盟军列入主要纳粹战犯的罪行中。但法庭的最后裁决对此不予置评，等于宣判了真正的凶手。

卡廷万人冢的发现，当然令盟军大失颜面；当时苏联仍在欧洲苦战，其友谊与战力对盟军阵营不可或缺。同时
101 有大批具有影响力的人士极同情“英勇的苏联盟友”，不肯相信莫斯科竟做得出这样的事，于是所有盟军领袖一致

保持缄默，刻意不再追究，直到战争结束。

1956年，赫鲁晓夫在苏共二十大上，公开抨击斯大林的各项罪行，并立刻根据战后东欧消息来源，促请波兰第一书记哥穆尔卡公布该事件真相，哥穆尔卡拒绝，生怕此举将对两国关系造成永久性的伤害。日后新证据陆续出土，不仅证实莫斯科为主事者，甚至披露了许多刽子手的身份。

因为卡廷大屠杀的受害者包括21名大学教授、300多名医生、200多位律师、300多位工程师、数百名教师，以及多位记者、作家和工业家，波兰方面认为苏联此举乃企图消灭可能在解放之后领导波兰建国的非共产党精英人士。

罗玛莉突然变得非常惧怕空袭。昨晚她睡在我家，在睡梦中捶了我眼睛一下。

大部分的南美洲外交官都在准备离城。

10月28日，星期四

现在每晚都有空袭，不过灾情并不严重，通常发生时我都坐在浴缸里。

柯尼希斯瓦特　10月30日，星期六

阿加·菲尔斯滕贝格和我一起来柯尼希斯瓦特度周末。旺德夫尔兄弟申请旅行证被拒。旅途很辛苦，因为车厢里挤满撤离人潮，多为妇孺，有一半车程都必须站着；乘客中还有许多伤患。剩下来

的车程我们挤到通廊列车里，坐在自己的行李上。我在这里常和母亲出去散长步，试着休息，忘记城里的生活。

10 月 31 日，星期日

昨天我们还在床上时，突然听见一声闷击巨响，原来一架飞机坠落在我们的树林里。驾驶员在飞往纽伦堡途中想跟住在附近村里的家人挥手打招呼，结果不知出了什么问题，飞机就像块石头似地掉了下来。驾驶员当场死亡，组员则多活了几小时。附近所有居民都出来救火，但火势蔓延很快，因为整片土地极干燥。

柏林　11 月 1 日，星期一

102 回程更糟。我跟阿加·菲尔斯滕贝格被挤散了，她摔了一跤，我可以听见她在车厢后面尖叫呻吟，大家在她身上踩来踩去。虽然塔蒂阿娜怕我们挤车辛苦，替我们准备了很多三明治和葡萄酒，回到柏林时仍已精疲力竭。

11 月 6 日，星期六

苏联已收复基辅。

11 月 10 日，星期三

俾斯麦家在波茨坦的房子现已挤满人，罗玛莉·舍恩贝格和我决定搬回城里，何况我们已打扰戈特弗里德和梅勒妮太久了。秋季来临，看来空袭情况不会太严重。我只带些生活必需品回家，这年头还是轻装简行比较明智。

11 月 11 日，星期四

和格斯多夫夫妇一起吃晚餐，接着发生小型空袭。我睡了 13 个钟头。

11 月 13 日，星期六

和西吉·维尔切克、赛车手曼弗雷德·冯·布劳希奇及女演员詹妮·尤戈一起在弗雷德双胞胎姐妹家喝咖啡。

一位著名的年轻男演员最近因“发表颠覆言论”遭到处决，令每个人都大为震惊——只因为他预测德国会战败！曼弗雷德·冯·布劳希奇（前陆军总司令的侄子）也为同样的理由惹了麻烦。

去听富特文格勒指挥的演奏会，然后回家练钢琴。颇有音乐细胞的厨子玛莎，坚持要把她最喜欢的“淘气两兄弟”小调全部唱一遍。玛莉亚·格斯多夫和父亲都出门了，又有空袭。我收拾了一个小包，但情势很快平息下来，我们留在屋里。

11 月 16 日，星期二

值夜班。隔天总是全身难受——像是肌肉的宿醉。在办公室洗了个澡（那似乎是唯一有热水的地方），过半个钟头回家。可悲，我和我的照片档案都被调去劳赫街的前捷克公使馆了。

每个人一听说那边的老板被革职后都目瞪口呆。盖世太保收到他写给住在鲁尔的前妻的一封信，警告她空袭即将开始。结果他前妻的现任丈夫竟去告密。一群贼！

今晚与亚当·特罗特、哈塞尔夫妇和富特文格勒一起去波茨坦 103
戈特弗里德·俾斯麦家晚餐。富特文格勒非常畏惧俄军入侵，令我失望。我总觉得这样一位音乐天才应该更有“格调”些。

亚当·特罗特在写给妻子的一封信中提到这次晚餐："开车送蜜丝回家，她再度令我感到惊异……她仿佛具有传奇动物的特质，永远让人猜不透……自由地高高翱翔在所有人和事物之上。当然，其实这有点悲哀，也近乎神秘……"

11 月 17 日，星期三

办公室全体职员奉命集合，与暂时调来劳赫街的新上司见面。他是一位姓布特纳的年轻人，刚刚从战场上回来，额头上还有道刀伤，走路一跛一跛的；发表了一段关于前线士兵英勇事迹及对我们大后方民众期望的演说。

晚上我带亚当·特罗特去霍斯特曼夫妇家。他们已搬回城内的小公寓，那栋公寓其实只有三个房间，不过仍然布置得十分雅致，而且他们仍和以前一样好客。

然后去罗玛莉·舍恩贝格家过夜，因为发生空袭，而我在沃伊什街的家太远了。罗玛莉麻烦大了；她和一位朋友去伊甸旅馆吃午餐，结果把一本"最高机密"的美国书《希特勒的女人、枪与土匪帮》忘在洗手间里。更糟的是，书上还盖有外交部的官印。她不敢承认，正拼命设法找回那本书，同时通知各要人朋友，以防自己突然失踪。甚至还打电话给一个她才见过两次面的人，那人在弗斯尔外交部长里宾特洛甫的藏匿处工作。结果那人回电时她又不在，我只好假装一问三不知。

11 月 18 日，星期四

我现在已渐渐习惯不吃午餐。我们的餐厅简直可怕透了，以他们所谓的“午餐”，拐骗我们一大堆粮票。

戈特弗里德·俾斯麦载我到城里办事。他觉得很不好意思，因为我和罗玛莉·舍恩贝格的家人都一直写信感谢他收容我们。现在
除了跟我一起住在格斯多夫家的父亲之外，没人知道我们已经搬回 104
柏林了。

下午大部分时间都花在看外国报纸和杂志上，它们摆在夏洛特街旧办公室的档案间里，我经常找各种借口回去。

晚上在家里和玛莉亚·格斯多夫及海因茨·格斯多夫夫妇一起用餐，吃到一半突然听见一阵猛烈炮击。因为家里没有地窖，只好躲进半地下室、窗口面对小花园的厨房，坐在里面长达两个小时。附近发生几起火灾，变得相当吵闹。后来听说几百架飞机飞抵柏林市郊，但只有大约 50 架通过高射炮网。

哈里斯空军元帅欲“炸得德国人跪倒在地”的行动，包括不少次以主要轰炸目标为名的大规模空战。第一次是“鲁尔空战”，发生在 1943 年春天，结果摧毁了德国的工业心脏地带，包括科隆、美因茨及法兰克福等城市。接着是 7 月及 8 月的“汉堡空战”。到了 1943 年秋天，哈里斯的轰炸机群已准备好对付最主要的目标：第三帝国的首都柏林。不知情的蜜丝在此描述了后来著名的“柏林空战”的序幕。

11 月 19 日，星期五

与瑞典公使馆的路格·冯·埃森和他太太赫米内一起晚餐。他们刚把我们家附近的一间公寓装潢好，摆满了丹麦玻璃器皿和瓷器，

其实这么做有欠考虑。我迟到了，因为电车现在时有时无。晚餐吃蚝——难得的享受！

11月21日，星期日

和父亲一起去靠近滕珀尔霍夫机场的俄国大教堂望弥撒。圣诗唱得美极了！罗玛莉·舍恩贝格与她一位负重伤的年轻军官朋友，托尼·绍尔马也去了，两人都觉得很棒；不过托尼有点儿分心，因为他忙着看俄国女人，有些甚至在教堂里哺乳。她们都来自俄国的德国占领区，现在数目不断增加。有些人在农场上做工，有些人在军需品工厂里做事。星期日的教堂是她们最喜欢的聚会场所，我猜
105 想思乡情绪远大于宗教热忱。罗玛莉看到一位她在维也纳认识的俄国钢琴家欧古兹，便邀请他去波茨坦。我们开了两辆车；托尼因为是负伤军官，也配了汽车。几杯白兰地下肚后，欧古兹弹琴给我们听——大部分都是俄国乐曲。他钢琴弹得很好，人却不怎么好。

快到午夜时，我终于说服托尼和罗玛莉该回家了。天气很坏，托尼迷路，错过了万湖上不限速高速公路的入口。往错的方向开了一阵子之后才发觉不对，才一调头就爆了一个轮胎，而且他的汽油也用完了。他开始换轮胎，罗玛莉和我则下车求助。等了好久，一辆大车从相反方向开过来，我们招手要它停车，结果一位穿便服的男士和一位党卫军司机跳了出来，同意给我们一点汽油。分油时我们钻进他们车里去听收音机。那位便衣问我们是不是女演员，来自哪一个国家，我们很狡猾地反问汽油应该还给谁。他说不必还了，还说他们刚从希特勒最高司令部回来，却不肯泄露身份。

这时德国为了补充在东线上的重大人力损失，以及将更多少数人种派上前线，开始从各欧洲占领地区吸收上

百万的男性及女性送往德国，在农业界、矿业界及工业界工作，重建被炸毁的工厂、铁路及营造海岸防御工事等。这批人潮到 1944 年高达 760 万人，形成四分之一的总劳工人口。其中至少有三分之一来自苏联，有些是战俘（否则便得面对在集中营里饿死的命运），有些是来自占领区的平民，称为“奥斯特”（Osts）。

11 月 22 日，星期一

经过昨晚的历险，我累坏了，决定今晚 7 点就上床。没吃午餐，加班到很晚，因为开了一个无聊的会议。外面倾盆大雨。

今天是乔吉的生日。

11 月 23 日，星期二

昨晚柏林城中心大部分被炸坏。

下午下大雨，我奉命离开办公室去取一份开会需要的文件。新老板布特纳对这类会议有狂热的劲头，几乎每天都开；可能只是想 106
“检阅麾下兵团”。我觉得完全是浪费时间。我在路上被淋得浑身湿透，开会也迟到了。会一直开到晚上 7 点多。我正奔下楼梯想回家，门房拦住我，说出那几个可怕的字：“15 级空袭！”意味着大批敌机正朝这边飞过来。我三步并作两步奔回楼上，警告那些住得比较远的同事最好留在办公室，否则可能会被困在路上。等我打算离开时，警报已响，外面雨势还很大。因为知道巴士一定马上就得停驶，我决定走路回家，然后在路上把我刚写给塔蒂阿娜的一封信投进转角的邮筒里。

街上挤满了人。很多人只是站在外面，因为雨势的关系，能见度很差，大家都认为空袭的时间不会很长，也不会造成太大的损害。回家后，玛莉亚·格斯多夫告诉我，她丈夫海因茨刚从柏林警备司令部的办公室打电话回家，警告她敌机数目比平常多出很多，这次空袭可能会很严重，然后说他会在办公室过夜。我因为没时间吃午餐，饿坏了。玛莉亚叫厨子老玛莎热点汤，我则上楼换上毛衣及长裤。同时一如往常，收拾了一个小提箱。父亲在他房间里替两个年轻人上语文课，吩咐我别去打扰他们。

我刚收拾完行李，高射炮就开火了，而且立刻变得非常剧烈。父亲带着他的两个学生出现了，我们都奔到厨房后面、平常躲空袭的那间半地下室里。才刚挤进去，便听到第一批飞来的敌机。他们飞得很低；这时高射炮的炮声突然被另外一种声音淹没——高爆弹！起先很远，后来愈传愈近，到最后仿佛就落在我们头顶上似的。每爆炸一声，整栋房子就摇晃一阵。空气压缩力可怕极了，噪音震耳欲聋。这是我第一次体会到什么叫作“地毯式轰炸”——盟军称之为“饱和轰炸”。有一刹那，一阵碎玻璃如雨点般落下，地下室三片门的铰链同时断裂，一齐朝室内飞来。我们把门压回去，靠在上
107 面，希望能把门固定住。我把外套忘在外面，却不敢出去拿。这时一串火星嘶嘶作响落在地下室入口处，几位男士爬出去把它扑灭了。大家这才意识到我们没有存灭火的水，赶紧把厨房里所有的水龙头都打开，外面的噪音因此被压下去几分钟，但马上又开始了……这次飞机不像往常一波一波来袭，而是不断密集地从头顶上飞过，持续了一个多小时。

正在一团乱的当儿，厨子把我的汤端来了。我觉得如果我开始吃的话，一定会吐；我甚至无法安静坐着，每传来一阵爆炸声，都吓得我跳起来。向来泰山崩于前而面不改色的父亲，从头到尾坐在一把藤制安乐椅上。后来有一声爆炸声特别响，我又跳起来，他很平静地对我说：“坐好！万一天花板坍了，距离你才会远些……”可是爆炸声接连不断，仿佛要把人的耳膜都震碎，碰到轰炸最密集的

时候，我干脆站在他后面，紧抓着他两个肩膀，算是自保。好一锅粥！——他的两个学生瑟缩在墙角里；玛莉亚紧贴着墙壁，面色凄惶地为丈夫祈祷。她不断叫我离家具远一点，怕我会被家具的碎片击中。炸弹如雨点般不停掉下来，隔壁一栋房子突然倒塌，父亲用俄文呢喃道："就让上帝的旨意实现吧！"当时的感觉是我们的末日真的到了。过了一个多小时之后，外面慢慢安静下来，父亲拿出一瓶杜松子酒，每个人都灌了几大口。然后，轰炸又开始……直到晚上9:30，头顶上飞机飞过的嗡嗡声才消失。这次来袭的飞机少说也有几百架吧。

就在那个时候，奇迹中的奇迹发生了，厨房里的电话铃响！原来是戈特弗里德·俾斯麦从波茨坦打电话来，问我们是否无恙。他们听到几百架飞机飞过头顶，但因为能见度低，看不清楚到底灾情有多严重。我答道："非常可怕！"他立刻表示要来接我，我跟他讲不用了，因为最糟的时刻似乎已经过去了。他答应找到罗玛莉·舍恩贝格之后再打过来。

等最后一架飞机飞走后，又过了半个钟头警报才解除。不过早
在那之前，一位不知名的海军军官已经把我们大家都叫出屋外。他
说本来一点风都没有，后来突然刮起来，火势因而开始蔓延。所有
人都站在屋外的小广场上，果然看见三面的天空均一片血红。那位 108
军官解释说，这才只是刚开始而已；最危险的情况要等到几小时后
才会来临，那时会燃起真正的火风暴。在我们走出屋子前，玛莉亚
已发给每个人一条湿毛巾覆盖住脸孔——非常明智的预防措施，因
为小广场早已烟尘弥漫，几乎无法呼吸。

大家回到屋内后，父亲的两个学生爬上屋顶监视附近的火势。这时住在隔壁的丹麦代理大使斯蒂恩森抱着一瓶白兰地出现，众人站在客厅里谈话，不时吞一口酒。后来电话铃又响了，仍是戈特弗里德，听起来似乎忧心如焚。他打电话去贝恩特·穆姆家，罗玛莉本来和阿加·菲尔斯滕贝格在那儿吃晚餐，但他们说警报一解除，

罗玛莉就不见了，没人知道她的去向。戈特弗里德认为她可能想来找我，可是我们这周围一片火海，我很怀疑她是否过得来。

怪的是，他一挂断，电话就坏了——别人还是可以打进来，我们却打不出去。而且水、电、煤气通通停了，大家得用手电筒和蜡烛照明。幸好之前我们已将所有澡盆、盥洗池、厨房水槽和水桶全部装满水。这时外面风势迅速变大，仿佛海上风暴般不断呼啸，窗外只见一阵阵火星像下雨似地落在我们家和附近房舍上，而且空气愈变愈污浊，也愈热，一股股浓烟不断从被震开的窗户涌进来。我们巡视屋内，发现除了窗子被震破、几扇门铰链脱裂外，幸好没有别的重大损害。

正在大家抽空吞咽三明治充饥时，警报又响。我们一声不吭地站在窗旁半个钟头，屏息等待空袭再度开始，结果却听到警报解除声；显然只是敌方侦察机前来察看轰炸后的破坏情况。本来一直保持镇静的玛莉亚，这时突然涕泗纵横，因为她先生仍无音讯。我虽然已困得要死，仍决定在电话机旁守夜，遂裹了一条毯子躺在沙发上，将电话机摆在身旁的地上。半夜 1 点左右，戈特弗里德和罗玛莉一起从波茨坦打电话来，但才刚接通电话就断了；不过至少大家不必再替她担心了。

109 将近 2 点，我决定去睡一会儿。父亲走进来替我拿手电筒，让我把鞋子脱掉清洗一下。3 点钟，玛莉亚也不支睡着了。然后我听见电话铃响，她高兴地大叫，显然海因茨没事。接着她很快入睡。后来不时有建筑物突然倒塌，或是定时炸弹延后爆炸，将人吵醒，让我心跳剧烈地突然从床上坐起来。这时火风暴的火势已达高峰，屋外的狂吼仿佛火车通过隧道一般可怕。

11 月 24 日，星期三

今早听到玛莉亚·格斯多夫不安地在和父亲讲话，附近一栋房子着火了。但我实在太累，立刻又睡着了，直到早上8点才爬起来。

那时父亲那两位在屋顶上待了一整夜的学生已经回家，玛莉亚出门去买面包，结果很快牵了一位头裹白围巾的老太太回来。她在街角撞见她，仔细一看，才发觉那正是自己80岁的母亲，老太太想来找她，已经在燃烧中的城里走了整个晚上。她母亲的公寓已全部烧毁，救火队来得很迟，决定集中人力拯救附近一家医院（感谢上帝，后来救成了！），可是同一条街上所有房舍全毁。不久海因茨·格斯多夫也回家了。他说因为他直接回家，所以对整个轰炸灾情只惊鸿一瞥，看来菩提树下大街区域受灾情况跟我们家附近一样严重；法国及英国大使馆、布里斯托尔饭店、军火库、威廉街及腓特烈街灾情都十分惨重。

到了早上11点，我决定出门，试着走去办公室，满心希望（当然乐观得可笑）一到那里就可以跳进澡缸里洗个热水澡。我穿着便裤，头上裹一条丝巾，再戴一副海因茨的毛边军用护目镜上路。一走出大门，立刻被烟雾包围，灰烬如雪片般落在我头上，要用手帕按住口鼻才能呼吸——幸好海因茨借我那副护目镜。

猛一看，沃伊什街的灾情似乎还好，可是一走到下一条和吕措大街交叉的街角，却看见所有房子全烧毁了。我继续沿着吕措大街走，
看见灾况愈来愈严重；很多房子仍在燃烧，我被迫走在马路中间，但 110
这也不容易，因为路上堆满了被炸坏了的电车，街上还挤满了人，大部分包着围巾，拼命咳嗽，小心翼翼穿过瓦砾堆。到了吕措大街街尾，距离办公室四条街左右，街道两旁的房子全部倒塌，想走到另一边，得爬过仍在冒烟的废墟，躲开正在漏水的水管和其他破碎物。之前我几乎没看见救火员，但在这一带却看到几位救火员正在设法将困在地窖内的人救出来。吕措大街上的房子全部烧毁，过施普雷河的那道桥虽然未遭破坏，但桥另一头的建筑已毁，只剩下一些空壳子。很多车子小心绕过废墟，不断猛按喇叭。一个女人突然揪住我臂膀，

大叫有面墙快倒了，我们俩一起拔脚狂奔。这时，我看见昨晚才将写给塔蒂阿娜的那封长信投进去的那个邮筒，它虽然没倒，却已被炸得粉碎。然后，我又看见平常买食物的店铺“克劳瑟”——应该说是它的废墟。之前玛莉亚请我回家时买些食物，因为她登记粮票的那家店已经毁了，但现在看来可怜的克劳瑟也帮不上什么忙了（德国的食物配给制度要求每个人都到一家特定的店铺去登记粮票，以后只能从那家店里买东西）。

我一直不能想象办公室也会被炸毁，可是当我走到转角时，却看见门房室和漂亮的大理石入口处正烧得不亦乐乎。施特伦佩尔（外交部的高官）和罗马尼亚参事维勒努就站在外面，旁边围了一群维勒努肤色黝黑的同胞。他一看见我便伸出双手抱住我颈子，用法文大叫道:“一切都毁了！双胞胎姐妹的公寓也毁了！我要带我那一小群属下去乡下，去布科！”——现在所有外国使馆在城外都设有紧急疏散处。果不其然，街尾的罗马尼亚使馆，还有芬兰使馆，也都已成一片正在冒烟的瓦砾堆。我问施特伦佩尔该怎么办，他咆哮道:“难道你们没有紧急命令吗？”“当然有，”我甜甜答道，“上级要我们不可惊惶，并到东西横贯线上的胜利纪念柱旁集合，然后就会有卡车来接我们出城！”他很气愤地耸耸肩，转过身背对着我。我决定回家。

111 这时极目所见尽是连绵不断的一排排已烧毁或仍在燃烧的建筑，我开始感到惊慌。这整个我如此熟悉的城市，竟然在一夜之间就被摧毁了！我开始奔跑，一直跑回吕措大街，结果有一栋建筑就在我经过的那一刹那倒塌。一位救火员口齿不清地对我和旁边一群人大叫；我们全往地上一扑，我用双臂抱住头。等另一面墙坍倒的轰隆声静下来后，大家身上已覆满了灰泥和尘土。我抬起头来，竟然看见 C.-K. 伯爵脏兮兮的脸搁在对面一滩污水上方。虽然过去四年来，塔蒂阿娜和我一直小心避开这位仁兄（他特别喜欢漂亮女孩，有时行为不太检点），但我心想这是民胞物与的非常时刻，便努力挤出一个友善的微笑，用英文打招呼说：“哈啰！”他极冷淡地瞄我一眼，用德文问道：“我认识你吗？”我决定这不是正式自我介绍的时候，便爬起来快步离开。

回家后发现厨房里还有热汤，父亲把我的护目镜拿去，换他出去勘察情势。接着戈特弗里德·俾斯麦打电话来，说他下午3点会过来接我。我告诉他该走哪一条街，免得受困。玛莉亚的妹妹，舒伦堡伯爵夫人（她嫁给舒伦堡大使的一位堂弟）骑自行车过来；她住在柏林城另一头，那区显然只受到轻微损害。今天早上三位工人才到她家去替她把八月里一次空袭震碎的窗户修好——尽管全柏林市中心的窗子在昨夜全毁，他们却把她的窗子修好了！

到目前我唯一的物质损失，是每月配给的哈尔茨奶酪；是我昨天才买的，因为它闻起来和看起来都很恐怖，我便把它放在屋外窗棂上，结果今早不翼而飞，可能因为爆炸后空气压缩，飞到某邻居屋顶上了。

等父亲回家后，我接过护目镜，走到库达姆路上的另一个办公室。街角上的前波兰领事馆，也就是塔蒂阿娜、路易莎·维尔切克和我曾在里面一起工作过很长一段时间的那栋建筑，正燃烧得像把大火炬，但隔壁的大使馆却仿佛毫发未伤。我很快冲过前者，奔入后者的大门，撞上一小群愁眉苦脸的人。亚当·特罗特和莱波尔特坐在楼梯上，两人的脸都被烟熏黑了。他俩在那儿待了一整夜，因 112
为空袭开始时他们还在工作。我们部门似乎毫无动静，大家决定约好明天早上11点在同一地点见面。

下午3点，戈特弗里德准时开车抵达，帮我将行李，加上几条毛毯和一个枕头，全堆到后座。戈特弗里德解释说，他在波茨坦的房子已挤满了其他由于轰炸而无家可归的朋友，所以我们必须打地铺。搬去住的人除了罗玛莉·舍恩贝格之外，还有埃森夫妇；他们也是昨天半夜才奔去投靠，抵达时全身湿透、精疲力竭，十分狼狈。

空袭开始时，路格·埃森正在我们办公室附近他的办公室里工作；赫米内在家里（她有身孕，即将临盆）。他打电话叫她赶快赶去公使馆，因为楼下几位瑞典工人刚建好一个极牢固的钢筋水泥掩蔽壕，墙壁厚达 2.5 米。直到昨夜，各大使馆及外交官的家都未遭到任何损害，他们大概觉得自己的外交豁免权也适用在轰炸上！赫米内安全抵达掩蔽壕；警报解除后，他们走出来，却发现整座公使馆烧得像把大火炬，便在接下来几个小时内，忙着救出最宝贵的资料，然后跳进车里开回家。后来发现家也没救了，只好跳回车内，驶过燃烧中的城市，直奔俾斯麦夫妇在波茨坦的家。

接到路格之后，我们将车开往仍在冒烟的瑞典公使馆，去取出他残存的财物。路格进去后，戈特弗里德和我下车重新安排行李，这时突然看见裹着一件昂贵毛皮大衣的著名柏林美女厄休拉·霍恩洛厄，趔趔趄趄朝我们走来，头发乱糟糟，脸上妆也花了。她走到我们面前，啜泣地说：“我失去了一切！一无所有！”她想去找一位答应载她去乡间的西班牙朋友，我们告诉她西班牙大使馆也被炸毁了，她听了一言不发便掉头朝蒂尔加滕区踉跄走去，大衣背后一大块毛皮已经被扯破了。

路格很快出来，我们迂回绕到布达佩斯街上，夹道零零落落走着推婴儿车、拖拉床垫和小件家具的人。塔蒂阿娜最喜欢的古董店“布兰德尔”仍在燃烧，火舌舔舐窗帘，拥抱着挂在店里的水晶吊灯。因为店内大部分货品皆为丝料及锦缎，粉红色的火焰看起来
113 像极了在举行庆典，既奢侈又豪华。整条布达佩斯街都被炸空了，唯独伊甸旅馆例外，我们因此约定隔天就在那儿会面。车子接着转上东西横贯线，几乎让我们看傻了眼，因为公路两旁没有一栋房子幸存。

到了波茨坦，刚开始接触到清凉新鲜的空气，我竟觉得头晕。踏进俾斯麦夫妇的官邸，看见戈特弗里德的太太梅勒妮正忙进忙出，忙着铺床。赫米内·埃森正直挺挺坐在她床上，头发刚洗干净，像个小女孩。我也洗了个澡，罗玛莉帮我刷污垢，水竟然变成黑色！每个

客人都带一大堆煤烟和尘土进来，搞得梅勒妮很难受，他们家本来纤尘不染的。

刚吃完晚餐，我们拨去柯尼希斯瓦特找塔蒂阿娜的电话就接通了，赶忙向她和母亲道了平安。她们试了一整天，想跟我们联络，都徒劳无功。才刚挂电话，戈特弗里德便接获通知，说又有大批敌机朝柏林飞去。我打电话去警告格斯多夫夫妇及父亲，心里觉得很愧疚，自己安全，却得告诉他们这个坏消息；不过至少可以让他们有时间穿好衣服。不久空袭警报果然响起，其他人都待在客厅里，但经过昨夜仍心有余悸的罗玛莉和我，跑到楼上让-乔治的房间去守望。飞机一波接一波飞过波茨坦，但这一次往较远的西边，向施潘道飞去，我们因此稍微放心一点。这次空袭持续了将近一小时，警报一解除，我们便累倒在床上。

11 月 25 日，星期四

早上罗玛莉·舍恩贝格和我很早便起床，赫米内将搭机返回斯德哥尔摩，埃森夫妇用他们那辆破车顺便送我们进城；车门卡死了，我们得从车窗钻进去，而且车窗玻璃全部震碎，许多碎玻璃仍嵌在窗框上，车子行进时不断朝脸上飞来，我们只好尽量蒙住脸。本来预定早上 11 点来到办公室，但因为路格想到哈伦塞附近一家车行去换一辆状况较好的车子，决定绕路先去那个方向。

我们很快便听说昨夜的空袭仍在城内造成很大的灾情。哈伦塞桥虽然还在，但四周的房子已全毁。路格说的那间车行被炸得一塌糊涂，空无一人。我们继续驶上巴黎街；那一带状况稍微好些，不
过也一副残破相。等我们抵达伊甸旅馆时，大吃一惊，时隔仅 24 小 114
时，变化竟如此大！旅馆外墙虽然还在，但所有窗户全不知去向，缺口塞满了床垫、破烂家具和其他残骸。后来我们听说有三枚空雷砸破屋顶，掉进去爆炸，除了外墙，建筑物内全毁。幸好平时兼做

掩蔽体的酒吧没事，因为当时里面挤满了人。对街的动物园灾情惨重；一枚空雷落在水族馆里，炸死了所有的鱼和蛇。其他野生动物都在今天早上被枪杀，因为兽笼全遭破坏，园方怕他们脱逃。结果鳄鱼们纷纷跳进施普雷河内，幸好及时被一一拖出来射杀，否则后果不堪设想！离开伊甸时，大家约好下午 5 点去瑞典公使馆碰面，再一起回波茨坦。

我们在吕措大街下车，用湿毛巾将脸裹紧（许多建筑仍在燃烧，空气中的烟尘令人窒息），往办公室走过去。抵达后发现那儿仍一片混乱，每个人都不知道该做什么，有些人说外交部会立即撤出柏林，搬去乡间的“紧急撤退营”。据说外交部长里宾特洛甫现在城内，甚至巡视了一些正在燃烧的外国使馆，并且亲自参加了决定威廉街残存外交部该“何去何从”的会议。我先跟好几位同事聊天（每个人的穿着都稀奇古怪，因为大部分的人都失去了全部家当），然后拦截到第一次空袭那天，也参加了最后那次会议的技术部门主管。他告诉我他发现我的自行车停在院子里，替我保住了，不过目前还不能还我，因为他没有别的交通工具。听起来很公平，我反正以为自行车已经遗失了；只不过不知戈特弗里德会怎么说，毕竟他才是真正的车主！最后上级交代明天早上 11 点再来，希望到时候会尘埃落定些。

正打算离开时，父亲突然出现；他看起来糟透了，头发倒竖，脸色发灰，似乎很气我没有先去格斯多夫家探视。我根本没想到家附近还会再遭到轰炸，本来只打算顺道去看看，可是昨晚一枚空雷
115 落在屋子后方，所有门窗、屋顶及几片墙壁全塌了，他们一直救火救到现在。这一次运气没这么好，小广场对面那栋房子已被夷成平地。

父亲、罗玛莉和我遂一同返回沃伊什街；眼前景象实在骇人。柏林城内的面包店不是被毁，便是已休业，我在波茨坦买了几条白面包，大家很快喝了点汤。罗玛莉接着去找几位失踪的朋友，我则

花一整个下午的时间，将硬纸板和地毯钉在窗洞上御寒及挡烟。玛莉亚八十高龄的老母亲保持她不屈不挠的一贯作风，坚持在一旁帮忙，替我递钉子，我一直站在梯子顶端。对面那栋被夷平的房屋的屋主，一位英国女士，也过来帮忙。她没时间抢救任何细软，决定尽快下乡。

从昨天开始，很多人陆续从城里其他区过来（大多必须步行）问我们是否无恙。几乎所有的人都同意，虽然全柏林都遭到轰炸，但就属我们这一区和蒂尔加滕附近的外交使馆区及菩提树下大街区灾情最惨重。就连格斯多夫中校（海因茨的亲戚）都驾驶军用卡车带来一批勤务兵帮忙加盖临时屋顶，用木板把破洞补好。

> 冯·格斯多夫中校很早便参与推翻纳粹政权的秘密活动（当然那个时候蜜丝并不知情）。1943年3月，在一次柏林军械库内举行的典礼上，他差一点就决定亲自暗杀希特勒。他是少数几名幸存的主要密谋者之一。

稍后我出门去找迪基·弗雷德。昨天开车经过劳赫街时，看见她的房子已烧毁，今天等我再去时，已经一个人影都没有了。不过我还是爬进她位于一楼的公寓里，希望能抢救一点东西。我站在穿堂里抬头看被烧毁的楼梯，突然一声巨响，一根烧焦的木椽哗啦一声垮下来，我飞身一跳，又跳回街上。之后我过街去艾伯特夫妇家，他们的房子还没倒。

艾伯特太太是美国人，嫁给一位德国工业家，在莱茵兰有好几
间化学工厂。大战爆发后，他们的儿子从美国回来加入德国陆军， 116
把他的美籍太太和小孩留在加州。艾伯特夫妇还有一个女儿艾琳，
是极有才华的吉他手及歌手，和我们认识很久了。

我发现她们母女俩站在大门口，一看见我就抱着我的脖子说，她们希望能赶快前往苏台德著名的温泉区马林巴德（距离梅特涅家族的柯尼希斯瓦特城堡很近），提议让父亲跟他们一起去。她们有一辆车，还有些汽油，就是没驾驶。不过她们家现在已由无家可归的瑞典外交人员接管，盼望瑞典人能派一位驾驶员给她们作为交换。她们力劝我也一起去，不过我觉得办公室不会放人。讽刺的是，她们昨天才从莱茵兰回来，空袭过程中一直躲在楼下地窖里。

我走回沃伊什街跟父亲讲这个新计划，但他拒绝一个人走，把我留在城内；他实在没有理由留在柏林，我因此决定向办公室请几天假。稍后我带父亲去瑞典公使馆，大家一起搭路格·埃森的车回波茨坦。父亲已两天没合眼，非常疲倦。俾斯麦夫妇热忱欢迎他；我们替他铺好一张床，而且先让他洗个热腾腾的澡。

才刚吃完晚餐，警报又响。幸好只是敌方侦察机再度来勘察轰炸灾情。

11 月 26 日，星期五

早上 8 点，父亲、罗玛莉·舍恩贝格和我返回柏林，本以为将和艾伯特母女一起前往马林巴德，便收拾了一点随身用品。我希望尽量轻装简行，把其他东西收在两个大皮箱里，放在俾斯麦府内的地下室里。路格·埃森的车子已挤满瑞典人，我们决定搭高架铁路到万湖转车，再在波茨坦广场下车。火车塞得满满的，每一站都有人潮拼命往上挤，因为这似乎是唯一仍畅通的一条线。波茨坦广场车站盖在地下，还保持得一尘不染，雪白的瓷砖……等一走上地面，对比实在太强烈，整个区像一片不断冒烟的废墟，广场周围所有大型建筑，除了艾斯布勒拿旅馆之外，全部倒塌。旅馆虽然残破，却还算完整，不过所有窗户当然都已经震破了。

117 我们出发去艾伯特家，拖着行李穿过蒂尔加滕区的泥巴和灰烬，四周房舍全被烧黑，仍在冒烟，公园内仿佛1914—1918年的法国战场，树木又秃又瘦，折断的枝丫散得满地，有时还得用爬才能通过。我突然想到著名的杜鹃花丛，不知它们下场如何？明年春天又会是什么样的景象？公共交通工具完全停摆，我们从头到尾都得步行。

其实这两天私家汽车如雨后春笋般冒出来，无疑都藏了很久，就等碰上这类紧急状况派上用场。虽然大多数都没有牌照，但也没人管束。相反的，政府反而下令所有车辆必须尽量让陌生人搭便车。因此尽管轰炸灾情惨重，柏林的交通却渐渐恢复到战前的样子。可惜我们运气不佳，所有经过的车辆都已挤满。有一次，我们被一位长相非常特别的士兵拦住——他大概刚入伍，之前可能是位颓废派的唯美主义者兼酒馆谐星——他极优雅地做手势建议我们别再往前走，因为炸弹已落在瑞典公使馆正前方五次。我们转进班德勒街，本来陆军总部的办公室就在那条街上，但也被炸毁了，几十名穿着灰绿色陆军制服的军官及士兵在瓦砾堆里爬来爬去，设法抢救档案。等我们往下走到海军总部时，发现两处景观几乎一模一样，只不过在瓦砾堆里表演特技的官兵穿的是蓝色的制服。好笑的是，唯一没被轰炸严重破坏的外国使馆竟是盟军的敌人：日本及意大利使馆！这两栋建筑最近才盖好，非常巨大，似乎是最佳目标才对！

希特勒在计划将柏林变成他“千年帝国”的首都时，选择曾是普鲁士历代国王狩猎场的蒂尔加滕区作为新的外交特区，并于1938年开始建筑一群新使馆，外观全是希特勒自己和他的总建筑师斯皮尔最喜欢的壮伟纪念碑式风格。日本和意大利因为是德国主要盟国，使馆又最大，皆于1942年竣工，但在大战最后几周历经盟军轰炸及巷战之后，损毁极严重。

118 走了将近一个钟头才到艾伯特家，却得知计划在最后一分钟受挫：瑞典人的确找到一名驾驶员，可是他已四天没进食，为了让他提神，他们不仅喂他食物，还给他喝了些白兰地，结果他醉得不省人事，现在毫无用处。我决定先去向办公室申请准假，下午再回去看情形。

罗玛莉和我慢慢沿着兰德格拉芬街走下去，因为我们听说基克·施图姆的房子也被炸了。虽然他唯一的兄弟已在法国阵亡，但他却仍被派往俄国。那条街上没有一栋房子幸存；等我们走近他家时，果然只见外墙还站在原地。我们问救火员住在房子里的人是否安全，他们说应该没事，不过隔壁的人仍困在地窖里。“至于那一栋，”他们指着对街一幢六层楼的大型建筑说，“里面的人全死了，总共 300 个人！”因为地窖被炸个正着。我们再走到库达姆路上，住在那里的每一家人几乎都是我们的朋友；大部分房子也都被炸中。奥亚尔萨瓦尔夫妇那栋巨大的花岗岩公寓大楼已成一堆瓦砾。和奈特贝克街相交的转角等于片瓦不存（包括我们最喜欢的小餐厅“小酒馆”），只剩下一小堆碎石堆。放眼望去，到处可见救火员及战俘——大部分都是所谓的“巴多格里奥的意大利人”——忙着朝废墟内灌空气，意味着还有人被困在那些坍塌的地窖里。

意大利在 1943 年 9 月投降之后，在德国占领区境内的所有意大利军人都被迫选择到萨罗为墨索里尼残余分子组成的共和国效忠，或被监禁，参与劳动；后者被称为“巴多格里奥的意大利人”。

另一栋被毁的建筑前聚集了一群人，正在围观一位年纪大约 16 岁的年轻女孩。她站在一堆碎砖上，逐一捡起砖头，仔细擦拭，然后再扔掉。据说她全家都死了，被埋在了废墟下面，所以她发疯了。这一区看起来真的很恐怖，有些地方甚至连街道都不见了，让我们不知身在何处。我们好不容易才走到劳赫街的办公室。

办公室居然没被毁，真是奇迹！我在楼下碰到一位人事室的长官，便对他说我有一位年长的父亲，我现在有机会带他下乡。起先 119
他并不乐意，后来听说我们是“轰炸灾民”——现在这个身份是救命的护身符！——他才准假。我向他保证司里一有需要，我便会尽快赶回来，然后给了他塔蒂阿娜的地址和电话号码，赶快趁着他改变主意之前开溜。

罗玛莉和我在格斯多夫家喝了一点热汤后，继续在城里沿户搜寻失去联络的朋友。

过去这几天，数不清的粉笔留言不断出现在被炸毁房舍的焦黑墙上:“最亲爱的B先生，你在哪里？我到处寻你不得，请来和我同住，我有空房。”或“躲在这间地窖里的人全部得救了！”或“我的小天使，你在哪里？我担心极了。你的弗里茨。”等等。许多人返家后看见这些留言，也用粉笔在每段话底下答复。我们就靠着这些留言找到好几位朋友。等走到被炸毁的那栋办公室前面，我们也在瓦砾堆里捡了几块粉笔，在大门旁边的石柱上写下一行大字:“蜜丝和罗玛莉没事，住在波茨坦俾（斯麦）府”。大老板看到了想必会很不高兴，但我们众多的男性朋友向来喜欢整天打电话，而且可能还会亲自来这里找我们。

这时西班牙大使馆的莫亚诺突然驾车出现，告诉我，他们的大使和许多西班牙人第一天晚上都在伊甸旅馆里吃晚餐，幸好玛莉亚·皮拉尔·奥亚尔萨瓦尔和她丈夫来不及赶回家，因为他们家塌了，所有躲在地窖里的人，包括他们的佣人，全死了。另外一位西班牙外交官费德里科·迭斯待在家里，结果他家跟附近所有房子一样，开始着火，街上挤满了人。他便找出家藏的陈年白兰地，传递着请大家喝。

下午 4 点左右，我回到艾伯特家等待后续发展。那栋房子简直像座冰库，因为玻璃屋顶及玻璃窗全被震碎，所有的门铰链也都断了，
120 我们穿着外套坐在厨房里直发抖。艾伯特家另外一位来自格鲁吉亚也准备跟我们一起去马林巴德的朋友，安德罗尼科夫公爵，则裹着数条围巾，头戴一顶压得低低的帽子，坐在客厅里弹了一下午钢琴，弹得极美。第一次空袭后，那可怜的家伙带着所有家当逃离正在燃烧中的旅馆，投奔伊甸旅馆，弄到一个房间。可是第二天晚上伊甸旅馆也被炸毁了，现在他的全部财产只剩下身上穿的那套衣服；失去的东西中包括四双全新的皮鞋，令他特别心痛！

等待之际，阿加·菲尔斯滕贝格突然冲进来搂住我的脖子尖叫道：“蜜丝，我以为你已经死了！”她在第一次空袭过后回家，发现她和迪基·弗雷德合住的那栋房子只剩下一堆瓦砾。直到第二天，她一直以为自己一无所有，失去一切；后来她碰到让-乔治·霍约斯，后者说替她抢救了一些东西，所以现在她非常开心。

阿加才刚离开，女演员詹妮·尤戈便驾车出现。先拥抱我，然后宣布迪基·弗雷德已搬去她在克莱道夫的房子里，她只是来帮她拿一点东西。就这样，我们逐渐得知朋友们的下落，但消息还是传得很慢，而且有时候很吓人。

第一次空袭后，父亲曾经出门企图寻找一家俄国朋友德费尔登夫妇。他们的房子倒塌，先生在地窖里被救了出来，还活着；可是几个小时之后才把他太太挖出来，头已经不见了。那可怜的女人一直极畏惧空袭，每次都坚持抱一大本《圣经》下地窖。虽然我的胆子也愈变愈小，不过我一直觉得我不会遭到那样的下场。

经过数小时的等待，瑞典人终于通知我们必须再延后 24 小时才能启程。

父亲先回波茨坦过夜，我转到格斯多夫家去喝茶，却发现网球冠军戈特弗里德·冯·克拉姆也在那里。他刚从瑞典回来，看见柏林城内的惨状，几度落泪。接着年长的乌克斯库尔男爵穿着他门房

的大衣，驾着一辆军车来到。他在他们家屋顶上救火直到黎明，终于不得不放弃。他的公寓在顶楼，本来有许多极好的藏书，却一样东西都来不及抢救。那栋建筑里还有一个女人被烧死了。结果我错过了路格·埃森的车，得自己搭火车回波茨坦，幸好乌克斯库尔男爵送我一程，让我在夏洛滕堡车站下车，路上竟面不改色地问我， 121
要不要下星期日卡拉扬演奏会的入场券。俾斯麦夫妇看到我回家似乎并不惊讶。

晚上又传空袭警报，但并不严重。

11 月 27 日，星期六

一早，罗玛莉·舍恩贝格、父亲、戈特弗里德·克拉姆（他也来波茨坦住）和我再一次挤进路格·埃森的车里。埃森即将返回瑞典。

城内各区房舍的后院大火仍在燃烧，显然无法扑灭，烧的全是最近才送来柏林的冬季存煤！我们经常停在火旁暖手，因为现在屋内总是比屋外冷。

接近中午时，我带着每天从波茨坦买来、不可或缺的白面包去格斯多夫家，却发现戈特弗里德·俾斯麦在那里。我们照例喝了热汤。虽然冷，又有过堂风，但格斯多夫家仍是城内唯一能让人稍微轻松一点的地方。

“午餐”吃到一半，罗玛莉及托尼·绍尔马走进来。那可怜的家伙吓坏了；前一天，他载办公室的属下去紧急撤退的小村庄，结果他的驾驶员在当天晚上的空袭中死了（我竟然在日记里说“不太严重”），他自己则被活埋在他家（房子倒塌）的地窖里，直到隔天早晨才爬出来。不过他立刻宣布——这年头非常典型的插曲——他刚买了 100 粒生蚝，罗玛莉和我马上跳进他车里，去他公寓拿。

我们经过自从密集轰炸开始后我一直没去过的维滕贝格广场，偌大的广场上堆满了烧焦的电车及巴士残骸——这里原是极重要的交通枢纽。炸弹到处掉，甚至落在地下车站上方；那家大百货公司K.D.W.，如今只剩下一副空壳子。路上我们还获见骑自行车的西格丽德·格尔茨，我向她道贺，因为她家是少数仍屹立不摇的房子之一，但她表示一枚燃烧弹击中她在顶楼的卧室，烧毁了她所有的衣服。她已搬到朋友在格林瓦尔德的家中——我还记得她有几件好漂亮的毛皮大衣！稍后我们被一位救火员拦下，要求我们载一位带着许多包袱
122 的女士去夏洛滕堡车站。我们照做，因此花了很长一段时间才抵达托尼的公寓。我们当场就吃了不少生蚝，用白兰地冲下肚去。以前我从不知道生蚝这么难打开，手被划破好几道伤口。剩下的我们带回去给玛莉亚，还带了些葡萄酒，开了一场流水席。很多人陆续来到，盛宴一直持续到深夜，许多人的拇指都划破了，原来没人是开蚝专家。

第一次空袭后，隔天早晨我抽空到附近一家小店去试戴一顶帽子，虽然附近房屋全在燃烧，我却十分渴望拥有那顶帽子。今天我决定去那家店按铃——奇迹中的奇迹！——居然有位面带微笑的女售货员出来开门：“殿下可以试戴看看！”我试了，可惜身上穿着脏兮兮的便裤，很难判定效果。托尼和罗玛莉接着载我去艾伯特家，等到下午 4 点，一辆卡车终于在门口出现。车上载了很多城外瑞典侨民的家具和大皮箱，但公使特准我们搭这辆车。出了柏林城界后，司机会让我们在最近的火车站下车，然后我们得自己想办法搭上南向火车。艾伯特太太爬上前座，坐在两位戴钢盔的瑞典驾驶员旁边，其他人——父亲、安德罗尼科夫公爵、艾琳·艾伯特和我——则钻进后车厢坐在行李上，周围堆满格子花呢的皮箱和篮子，我的新帽子则装在一个大纸袋里——只缺少一只民俗故事里的金丝雀！另一位瑞典人挤进后车厢后，外面的人把油布扣紧，我们立刻置身一片漆黑中，开始上路。

因为啥也看不见，所以我们并不知道车子往哪个方向开。在路况颇糟的路上颠簸一个小时后，抵达距离柏林 63 千米、一个名叫托伊皮茨的小村庄；司机请我们下车。

因为我们身上都戴着“轰炸灾民”的牌子，再加上司机介绍，当地整洁的小客栈以为我们是瑞典人，同意让我们留宿过夜。大家先在酒吧里集合等待房间准备好，行李堆放四周。主人请我们喝真正的茶，然后大伙儿吃离开之前就准备好的鲔鱼三明治，配上用大酒瓶装的香槟。这顿“晚餐”吃到一半，空袭警报突然响起——由客栈主人的儿子在后院里吹一种喇叭！老实说，我们很想跳上床去睡觉，可是当地人显然把空袭看得很严重，很不以为然地斜睨我们，我们只好待在原地。其实他们可能是对的，此地毕竟离柏林不远，123
而且根据托尼·绍尔马的经验，就连偏僻的乡村也不见得安全。高射炮很快开始发射，接着是机群飞过头顶、再熟悉不过的轰隆声响。艾伯特太太选在炮声特别密集的时刻，突然用浓重的美国腔说：“至少我们可以为一件事感到自豪……我们都亲眼目击了现代史上最大的灾难！”这句话似乎没有引起任何人的反感。

我承认这几个晚上令我神经紧张；即使隔这么远，也知道这又是一次严重的空袭。后来我们得知一枚空雷击中矗立在我们那片小广场入口处前方的房子，玛莉亚和海因茨·格斯多夫正好躲在那栋建筑的地窖里，因为他们觉得那里比自己家里的地下室安全。结果那栋房子塌了，把他们埋在瓦砾堆底下，幸好隔天早晨就被挖了出来，并未受伤。

我们这里的警报解除后，主人带我们去看房间。一间给我们三个女生住，另一间给父亲和安德罗尼科夫。床虽然有点潮，却很舒服，铺有厚厚的鸭绒被。艾伯特太太打了一整夜的鼾，声音奇大。但我们已觉得身在天堂，因为本来以为在抵达柯尼希斯瓦特之前都得睡地板的。

11月28日，星期日

一大早起床搭巴士去最近的火车站。火车挤得水泄不通，差一点儿上不了车。两个小时后，到达柏林南方的重要中转车站科特布斯。结果因为拖着行李来不及穿越铁轨，只好眼睁睁看着往莱比锡的火车开走。幸好有一群希特勒青年团员热心帮忙，替我们扛所有的东西，还带我们去一间特别为“轰炸灾民”准备的候车室。我们在那里等了几个小时，他们请我们吃涂了厚厚一层牛油、夹香肠的可口三明治和浓汤，全部免费。这都是“人民福利会”的德政，遇到紧急状况，他们的确非常有效率。第一天空袭后，人民福利会便在柏林所有灾情惨重的街上组织了户外厨房，整天随时供应往来路人可口的汤、浓咖啡和香烟，全是店里买不到的东西。

124 下午 1 点，我们终于挤上一辆开往莱比锡的慢车；大部分时间都得站着，6 点抵达。我们已在路上折腾了 24 个小时（平常只需要两个小时的车程！）。一路上艾伯特母女替我们找了不少麻烦，因为她们习惯不停大声讲英语，一个在车厢头、一个在车厢尾对吼：“甜心！”——“达令！你没事吧？”父亲直冒冷汗，其他的乘客却似乎并不介意，因此未生事端。

一到莱比锡，大家立刻冲进车站餐厅，先梳洗一番，再吃一顿丰富的晚餐，用葡萄酒配维也纳炸肉排。餐厅里甚至还请了一个乐团演奏舒伯特。半个钟头后，柏林特快列车驶进站，不消说，又是挤得人山人海，拳打脚踢一阵才挤上车。一个女人就在我面前被推到铁轨上，幸好在千钧一发之际被拖救起来。我们得知有几位乘客两个小时前才从柏林顺利上车，有点儿气恼。不过戈培尔最近下令所有年轻人都必须留在柏林，艾琳和我生怕到了车站会被挡下来。

本来希望梅特涅家族的车会到埃格尔来接我们，却不见车子的踪影，只好又等了两小时，搭上一辆慢车，清晨 5 点才抵达柯尼希斯瓦特。城堡内有冷晚餐等着我们，吃完后，我躺在塔蒂阿娜的床上和她聊到天亮。

柯尼希斯瓦特　11 月 29 日，星期一

花一整天时间描述我们的历险过程；现在很难让没经历过的人了解柏林城内的景况。晚餐后每个人都立刻上床睡觉。

我很不习惯这里全然的寂静。

我利用这段清闲时间将过去几天的经历写下来，却傻得在吃晚餐时将唯一的一份拷贝放在写字桌旁篮子里的一堆木柴上。回来后发觉日记已被过度认真的女佣喂给暖炉了。我立刻重新敲出整个历险，因为我知道以后绝对不会想做这件事。

——蜜丝注（写于当时）

从 1943 年 11 月 18 日柏林首次遭到密集攻击，直到 1944 年 3 月的大突击（期间该城不断遭遇间歇性轰炸，直到 1945 年 4 月被苏联军队占领为止），柏林总共被轰炸了 24 次。到这个阶段，每次前来攻击的机群都多达 1000 架，投下 1000—2000 吨的炸弹。尽管大部分建筑物都被夷为 125
平地，造成上万居民死亡或残废，150 万人无家可归（这个统计数目不包括上万名未经登记的战俘及外国劳工），德国的对空防御系统——严密之高射炮网及雷达导航的夜间侦察战斗机——效率却奇高，柏林大部分工业区因此得以继续生产作战物资，产量几乎未减。英国史学家黑斯廷斯写道："就作战的观点而论，柏林空战彻底失败……柏林胜利了，它牢不可摧！"（*Bomber Command*, London: Michael joseph, 1979）

一般说来，哈里斯空军元帅的"区域性轰炸"（盟军的正式用语）或"恐怖轰炸"（纳粹宣传部立刻为之冠上颇名副其实的称谓），从未达成目标。除了物质上的破坏，包括数不尽的世界文明瑰宝（纳粹因此又称之为贝德克大轰炸*！），以及大量平民死伤（多为未参与生产的老弱妇孺），许多主要目标，诸如兵工厂（这时多已分散或迁入地下）及铁路线（都在数小时内修复）直到战争结束仍运作不歇。至于德国大众，虽然因哀伤、体力耗竭及营养不良变得士气低落，却从未真正服输。必须等到盟军及苏联军队联合以传统战法攻占柏林之后，德国才终于投降。

11月30日，星期二

办公室发来一份电报："我们期待你立刻回来上班。"讨厌！同时父亲和我都开始严重咳嗽。医生认为是支气管炎；在柏林受寒受冻，加上吸入一大堆烟尘的结果。艾伯特母女一到马林巴德也病倒了。

12月1日，星期三

卧病在床，以防去年夏天感染的胸膜炎再犯。医生已开了一张证明。

* 1942年德国对英国历史胜迹和文化名城进行了一系列轰炸，这次盟军对柏林的空袭，可以看作是报复。贝德克（Karl Baedeker）是19世纪的德国出版商，他出版了一系列旅游导览手册。在1942年的对英轰炸中，德国外交部官员曾说："我们应将贝德克大不列颠导览手册上每一处标记了三星的建筑物都炸掉。"所以这次轰炸也被称为贝德克大轰炸。此处纳粹将这个说法反用在对柏林的突袭上。

12 月 2、3、4、5、6、7 日

都卧病在床，过着备受呵护的惬意生活。

12 月 8 日，星期三

安德罗尼科夫公爵已前往慕尼黑。他是个非常典型的格鲁吉亚人，想法很东方。我们谈到某人娶了阵亡兄弟的寡妇，他批评说：“这种事只有在欧洲才会发生；全是野蛮人！” 126

上个星期柏林又遭猛烈轰炸，连续四天了！星期五（12 月 3 日）我半夜醒来，听见外面断断续续传来呜咽的号角声。塔蒂阿娜说那就是这里的空袭警报。你可以听到远处的密集炮响，后来才知道是莱比锡遭到轰炸，几乎全城被毁。

今天下午保罗·梅特涅从波茨坦打电话回来，他住在俾斯麦家，说明天将和他的上校一起回家。听说他将远离前线一段时间，塔蒂阿娜乐得好比上了七重天！

12 月 10 日，星期五

保罗·梅特涅看到柏林之后，大为震惊。

收到伊连娜寄自罗马的信，和我们失去联络后她非常沮丧。家人仍在讨论她下一步该怎么办。父亲母亲对此事意见相左；母亲希望她留在意大利，父亲提议她来跟我们在一起，“全家一起”面对最后的大败局！

12 月 13 日，星期一

我们一起在雪中散步。保罗·梅特涅的上校人似乎很好，对俄

国及俄国人赞不绝口，令父母大人很高兴。

12 月 14 日，星期二

保罗·梅特涅与上校离开；虽然这次回来不算休假，保罗却觉得圣诞节他不可能再回来，只可能在返回前线途中回家停留两天。

12 月 16 日，星期四

罗玛莉·舍恩贝格发来一份电报（她现在维也纳），建议我去做海尔多夫伯爵的秘书（当然没有明讲，都用暗号）。一定是她从中牵线，因为他根本不认识我；但我知道他参与密谋活动，因此他可能需要一名亲信。这件事必须先和亚当·特罗特商量后再作答复。

和塔蒂阿娜到马林巴德度过一个下午，拜访了艾伯特母女，她们居然想回柏林！

12 月 20 日，星期一

又去马林巴德。塔蒂阿娜烫了头发，我剪了一个较简单的发型，比较适合空袭。

12 月 21 日，星期二

127 上个星期五柏林再遭猛烈轰炸。我们试着打电话给玛莉亚·格斯多夫，却无法接通，所以改发电报。今天收到回音：“大家平安。夜晚极恐怖。会写信。”

我已申请留在此地过完圣诞假期。

12 月 22 日，星期三

没事就打乒乓球，读很多垃圾书，令父母厌恶。我实在无法专心看别的东西，母亲却一直逼迫我读有关维也纳国会及拿破仑战役的现代回忆录。应付眼前这场战争已经够了，不想再去想别的事情。

因斯布鲁克不断遭到轰炸，奥地利人期望维也纳能够豁免，似乎非常天真。盟军占领意大利的速度并不快，这一连串骇人的轰炸，目的似乎是为了打击德国的士气，协助盟军的攻势。但我认为效果不彰，反而适得其反。因为面对这么多苦难，政治观点反而变得不重要了，大家忙着修补屋顶、撑墙、在熨斗上煎马铃薯（我自己就这样煎过一个蛋！），或融雪清洗东西。而且愈是碰到这样的非常时期，愈能激发出人性无私的一面，大家都变得出奇友善、乐于助人——真的是“患难见真情”！

盟军的确等了很久才开始攻击奥地利——希特勒企图统治欧洲的第一个受害国家；它因此被封为“帝国空袭掩体”，许多作战不可或缺的工业都迁往该地，因而决定了它的悲惨命运。1943 年 8 月 13 日，盟军对维也纳新城发动第一次空袭，结束了奥地利的轰炸豁免权；其他大城亦陆续被夷为平地。

12 月 24 日，星期五

圣诞夜。又下雪了，天气极冷。塔蒂阿娜和我花一整天时间替圣诞树做纸链，因为没别的东西可用。罗玛莉 · 舍恩贝格的阿姨葛蕾特 · 罗翰从波希米亚寄给我们两盒装饰品，可惜收到时全压得粉

碎。我们做了很多星星，还有一些彩带，所以圣诞树看起来还是很漂
亮。管家莉泽特又设法在村内买到12根蜡烛。现在晚上都和家人打
128 桥牌。稍晚去小教堂望午夜弥撒，很冷，却也很美。回家后喝香槟、
吃饼干。

12月26日，星期日

接到几封从办公室寄来的信，其中一封未署名，通知我外交部已撤退到山中（一点都不奇怪，我们分部的办公室已全被炸毁），然后补充说这对我的健康情况肯定有帮助，所以期望我早日回去报到。我决定不告诉家人，因为我想先回柏林，再做决定。也许我会决定留在活动最频繁的地方，那当然就是柏林！

收到玛莉亚·格斯多夫的来信。圣诞夜又发生空袭，她家附近连续被炸中，灾情惨重。我觉得实在可耻；就连在第一次世界大战期间（已经够野蛮的了）作战双方也在那个晚上休战。格斯多夫夫妇现在住在地下室里，希望能在厨房旁安排一间卧室，将那张大家轮流睡过、著名的双人床移进去。

12月31日，星期五

保罗·梅特涅打电话来，说他会在今天夜里2点抵达。我很高兴能在明天返回柏林之前见到他。

1944年

1月至7月18日

柯尼希斯瓦特　1944年1月1日，星期六 129

直到黎明，保罗·梅特涅才到家。圣诞树在塔蒂阿娜的房内点亮，我们以香槟及果酱馅饼庆祝新年及她的生日，烧掉写有新年愿望的小纸片，喂苏格兰犬“雪莉”吃很多点心——后果惨不忍睹！

现在我正在收拾行李，准备搭午夜列车回柏林。

柏林　1月2日，星期日

母亲陪我坐车到马林巴德车站，雪下得很大。火车照例迟到。我们在冰库似的车站里坐了一小时。正当火车驶进站时，空袭警报声响。本来搭夜车就是希望能够避开每晚几乎都会发生的空袭，还是逃不过；一大早抵达柏林。我在一片漆黑中走错了车厢，里面挤满从巴尔干半岛返国、东倒西歪的士兵，个个仪容不整，大多脸上蓄着几个星期没刮的大胡子。他们立刻开始整理头发，穿衣服。后来一位女性稽查员叫我换车厢，但因为飞机还在头顶上飞来飞去，我决定留在原地，接受母亲每次在信中讥称为“穿蓝衣的勇敢男孩”（可能是她在某廉价小说里读来的）的保护。她必须冒着空袭坐车赶回柯尼希斯瓦特，令我担心；我也替车上的乘客担心，因为火车在雪地上会非常显眼。不过盟军飞机显然有更重要的目标待炸，我们平安抵达莱比锡，正好赶上另一班火车。

到柏林城郊时，火车又受阻四个半小时。多处铁轨被炸坏，火车必须轮流等待通过。有些乘客变得歇斯底里，从窗口爬出去，决定步行。我留在车上，终于在下午3点抵达安哈尔特车站，接着发现一辆开往沃伊什街、仍在行驶的巴士。

130 据我观察，柏林和我在五周前离开时比较起来，变化不大，倒是整洁了些，街道上的残物多已清扫干净。我们家那一区比我经过的其他区域都糟，因为有两枚空雷分别落在吕措大街两边，第三枚正中屋前那片小广场，周围别墅全被炸毁。厨子老玛莎带我巡视整栋房子，眼前景象令人惊骇：窗子都成了大洞，雨飘进来打在钢琴上……我把从柯尼希斯瓦特带来的火鸡和葡萄酒放好，喝了点汤稍事休息，再搭火车去波茨坦。

波茨坦倒是很平静。厨子给我喝咖啡（路格·埃森留下来给职员的圣诞礼物）。虽然管家曾经对罗玛莉·舍恩贝格抱怨说，我们俩住在这里时，家里“简直跟美国西部一样闹哄哄的”，但看见我她似乎还是很高兴。

吃过晚餐，我只从行李中拿出一点东西就上床了，因为我觉得这次并不会住太久。深夜 2 点，警报开始响。波茨坦城里及附近射击声不断，因为家里只有我和女仆们，大家便乖乖到地窖里去躲避。我的神经衰弱显然没有改善，听见几枚炸弹咻咻飞进官邸附近，仍吓得直打哆嗦。每天晚上都得起床熬个几小时，也令人精疲力竭。

1 月 3 日，星期一

准时九点到办公室。以前情报司有好几个办公地点，现在只剩下前波兰大使馆一栋建筑，司内工作等于停摆，每个人都想赶在下午 4 点离开，好在天黑空袭开始前赶回家。有些人每天得花好几个小时进城，其中一位秘书来回车程需七小时，所以等于只工作一小时。换作是我，根本不来了。

我们八个人在同一个房间内上班，那是前波兰大使利普斯基的更衣室，除了豪华的衣橱、镜子和美丽的地毯之外，实在不太适合当办公室。每个人的神经似乎都拉得很紧，前几天楼下两位秘书才打了一架。我发觉人们不堪其扰的脸孔比残破的街景更令人沮丧。肯定是大家夜夜失眠，没机会从极度疲劳里恢复过来的结果。

法官里克特急坏了；前两次空袭中有几枚炸弹落在韦尔德村里， 131
而他的家人（太太和两个小孩，一个 1 岁，一个 2 岁）住的房子没有地窖。他即将前往意大利六周，与拉恩大使会合，我提议他带家人去跟塔蒂阿娜住。她现在收容了很多来自遭轰炸城市的难民，一定很乐意接纳她们。

我的直属上司布特纳显得既挑剔又焦躁，或许是因为头部受伤的关系。不过他已将罗玛莉·舍恩贝格和厄施·冯·德·格勒本调来我们部门，让我很开心。我很高兴看到除了他之外，司里所有的好人几乎都留在柏林，不过听说我们即将撤退到西里西亚与捷克边界上巨人山内的一个名叫“克鲁曼修柏”*的村庄；整个外交部都会迁过去，上级希望我能够重新建立一个新的照片档案（旧档案已在11月的空袭中被毁）。这份新工作不容易做，因为可用资料太少。

整个早上都和同事聊天，然后和罗玛莉、亚当·特罗特去玛莉亚·格斯多夫家吃便餐。一如往常，那里客人还是一大堆。

1月4日，星期二

前几天布特纳要求罗玛莉·舍恩贝格把所有星期一尚未回来上班的人列清单出来，结果她把司里所有职员全列了上去，无一例外。可想而知，他当然暴跳如雷！

幸好来了一位新同事，很年轻，担任我们人事处主管汉斯-贝恩德·冯·海夫腾（他也是外交部里最好的人才之一）的高级副官，人很和善，又懂得体谅别人，总是替大家打圆场。正是我们迫切需要的人。

有一次海夫腾要求罗玛莉赶紧去买些两角钱的邮票，她买不到，便拖拉一长串一分钱的邮票回来。他亦不计较的一笑置之。

1月5日，星期三

碰见新调来的情报司大主管西克斯博士，他说明天下午1点想见我。大家都尽量躲他，因为他是党卫军高官，人又讨厌，而且那个时间对我来说很不方便，明天是俄国东正教的圣诞节，我想上教堂。

---

* 此地即现波兰西南部小城卡尔帕奇，在1945年之前，此地一度属于德国，德语名即为“Krummhübel”。1945—1947年，德国人被强制迁出，波兰人迁居此地，并将之更名为卡尔帕奇。

西克斯博士暨教授（生于1906年）是一名“纳粹知识 132
分子”，曾担任柏林大学外国经济系的系主任，同时兼任国家安全局（R.S.H.A.）“科学研究”及“意识形态研究及分析”部门的主管。1940年他被任命为党卫军内“安全局”（S.D.）英国组组长，计划在德军占领英国后，“肃清”英国。后来该计划作废，希特勒将目标转向苏联，西克斯又奉命担任苏联组组长，计划在占领莫斯科之后，接管全苏联的安全档案。但莫斯科也到不了手，等待之际，西克斯及其手下被调往斯摩棱斯克，追捕犹太人、苏联人民委员及游击队。生性谨慎的他很快申请调回柏林，进驻党卫军忙着渗透的外交部——先从文化司着手，接着是蜜丝服务的情报司。

凯蒂娅·克莱因米歇尔来向我借鞋子，因为她所有衣物都在空袭中被毁。幸好我的鞋她能穿。

1月6日，星期四

和罗玛莉·舍恩贝格赶去教堂。弥撒极美，但参加的人很少。我们及时赶回办公室，我去见西克斯博士。他先对我嘘寒问暖一番，要我“服用救丘吉尔一命的药”（丘吉尔去年冬天在卡萨布兰卡感染肺炎），接着进入正题，坚持现阶段全民投入战力，并威胁将“所有的懒骨头”都调去军需品工厂，或派去做电车售票员，云云。最后命令我立刻前往克鲁曼修柏。啊！好可怕的一个人！

我搞不清楚自己是高兴还是难过？近来感觉自己所做的每一个选择都将决定我一生的命运，最好还是别刻意抗拒时势；但我又很想留下来，和朋友们在一起。

1 月 7 日，星期五

以前大部分朋友居住的城区现都已惨不忍睹。到了晚上，街上一盏灯都没有，只见一片被烧毁的房子，一条街接一条街，没有尽头。塔蒂阿娜说马德里在经过内战后，常有不良少年藏在废墟里，夜晚出来攻击路人。柏林似乎不会出现同样的情形，但那种空旷死寂，实在诡异。

133 下午，克劳斯·凯克布希和克莱门斯·卡格内克突然来我们办公室，后者毛皮领上挂着他受颁的骑士铁十字勋章。他正在返回俄国的途中，看见他们这么英俊，笑得这么开心，我有点担心大老板西克斯会突然出现，但他们不肯走，我只好安排他们坐在楼梯旁的木头板凳上。克莱门斯拿出一瓶白兰地，我们轮流喝。法官里克特正好经过，他也认识克劳斯，便加入我们的庆祝会。

稍后我去汉斯·弗洛托家，他邀请朋友去家里喝酒。他的公寓奇迹似的没受到损害。接着克劳斯用借来的奔驰车载我去车站，并且送我一瓶苦艾酒，因为我的生日马上就到了。再过两天他将前往巴黎，紧接着再去滑一个月的雪，表面上是去教新兵滑雪。他这么会混，每个人都觉得不可思议。自从他的坦克车在法国被炸，令他严重灼伤，还有他小弟弟马克斯钦在俄国阵亡后，他便觉得自己理当过舒服日子。

我和艾伯特母女共进晚餐，她们已返回柏林，几乎每天都待在家里。艾琳的兄弟也从根西休假回家；他告诉我在英国陆军服役的查理·布吕歇尔驻突尼斯期间阵亡。塔蒂阿娜知道了一定会很难过，战前她住过他们家。

布吕歇尔兄弟的父系祖先为拿破仑战争时代著名的普鲁士陆军元帅，母系（母亲是蜜丝母亲的远房表亲）祖先则是波兰的拉齐维尔家族。他俩都在英国受教育，后来入英国籍，大战爆发后投效英国军队。

1 月 8 日，星期六

今晚在波茨坦只有我和戈特弗里德·俾斯麦在家，海因里希·维特根斯坦来吃晚餐，看起来苍白又疲倦。报纸现在对他的战果突然大肆宣扬，前几天晚上，他在半个小时内击落了六架轰炸机。可是他看起来却好羸弱。他留下来过夜，幸好警报没响。

1 月 11 日，星期二

今天是我生日。早上和办公室另外一个女孩躲在腓特烈街车站的地下部，空袭开始时，我们正打算去位于泰格尔的谢尔出版公司 134
的照片档案室。隧道里非常拥挤，因为正巧碰上午餐时间。有人说挤一点没关系，只要别碰上女人突然临盆生宝宝就成了。我们选了一个觉得最安全的角落，待在几根粗铁条下面，希望那些铁条能撑得住重压。警报在一阵激烈射击（现在变得司空见惯）之后解除。我们继续上路，却很快发现必须花四个小时才到得了目的地，便空手返回办公室去面对满脸不悦的老板。西克斯博士只希望看到结果，并不在乎你用什么手段。

晚上 7 点回到波茨坦，发现梅勒妮·俾斯麦竟然替我准备了丰盛的生日晚餐，有路格·埃森送的契斯特菲尔德牌香烟，很多香槟，和一个真正的、插了蜡烛的蛋糕，令我十分感动。

1 月 12 日，星期三

今天我再度前往警察局总部去取一些轰炸灾情的照片。肢解尸体的景象向来被公认为最能打击士气，所以这类照片都没有公开。

我差点和海尔多夫伯爵的高级副官起了口角，他是个英俊的年轻人，却很自以为是，不准我调阅照片，说必须经过长官授权。我也装腔作势地对他说，明天早上我就会跟他的长官见面，会亲自跟他讨论这件事，他听了眼睛鼓得像铜铃；我掉头就走。

1 月 13 日，星期四

海尔多夫伯爵一直更改我们的约谈时间，最后终于在门口出现，领我走进他的私人密室。我们先天南地北闲扯了很久，然后提到不久前他希望我做他秘书的事。我想他大概不信任自己的随从，希望能找一名亲信；老天爷，他的确很需要！我说我需要时间考虑。我必须先找亚当·特罗特商量，这件工作的远景令我害怕。因为他过去曾是纳粹高阶层人士这一背景，使很多人不信任他，但戈特弗里德·俾斯麦却喜欢他，也尊敬他；而且他们俩似乎很亲近。对于他所谓我的“菜单”，我有很多问题。他给我许多忠告，尤其针对皮克勒伯爵向盖世太保揭发母亲一事。他一点都不惊讶。这些人全像是铁打的，好像对任何事都见怪不怪！我感觉不论碰到任何紧急状况，他都一定会帮助我，但我认为在目前这样动乱的情况下，最好还是
135 不要改弦易辙。他送我出门时，正好撞见那位自以为是的副官，后者愣得说不出话来。

1 月 14 日，星期五

一整个早上都待在泰格尔的谢尔出版社里找照片——这次同事和我终于去成了！我找到两张俄国大革命的旧照片，列入我的私人搜藏中；还发现几张以前没见过的俄国最后一位皇帝及家人很不错的照片，我也允许自己“征收”了——或许罗曼诺夫家族仅剩的几

位生还者也会想保留几张副本。那栋建筑没有暖气，等我们看完时，已冻得全身发僵。我们搭便车回城，换了几辆私家轿车，甚至还搭上一辆鲜红色的邮车走了一段路。

保罗·梅特涅今天到柏林。我们一起到格斯多夫家午餐，然后他去波茨坦。他看起来精神很好，似乎得到了充分的休息。想到他马上得回俄国待几个月就觉得可怕。

从波茨坦车站出来走路回家途中，突然有几枚炸弹落在不远处。我拔脚狂奔了至少一里路，跑到官邸时警报才响。罗玛莉·舍恩贝格和我一样非常紧张，男士们却拒绝下地窖，我们只好坐下来吃晚餐。这次空袭时间较短，我必须承认，有戈特弗里德和保罗在家，我们俩觉得有依靠多了。

1月15日，星期六

早上六点起床替保罗·梅特涅做了些三明治。等我去格斯多夫家吃午餐时，却很惊讶地发现他也在那里，原来他的飞机引擎故障，又掉头飞回来了。亚当·特罗特也在那里。

我在办公室里闹革命，想争取在柏林多待几天。老实说，投入一个完全陌生的环境令我害怕。目前我的顶头上司布特纳态度坚决，甚至跟其他上司闹翻。

回家途中，我去城里极少数还在营业的美容院之一洗头，同时尽量搜购化妆品，因为克鲁曼修柏绝对没有。

稍后，罗玛莉·舍恩贝格、保罗和我，挤进托尼·绍尔马的车里，逛遍城里所有幸存的餐厅，想点生蚝吃——生蚝是少数不用粮票的可口食物之一。这样在夜里到处游荡，便是1944年柏林的夜生活！我们试了侯切尔，希望能买些葡萄酒，结果侯切尔已经关门了。最后男士们把罗玛莉和我放在伊甸旅馆残破的酒吧内，继续上路搜 136
寻。我们摸黑穿过大厅，走到前厅，到处一片凌乱：水晶吊灯砸在地上，家具破破烂烂，碎物满地。过去几年，我们太常在那儿流连，此刻感觉仿佛像是自己的鬼魂重游旧地一般。旅馆方面已在讨论重建计划！

1月16日，星期日

早上5点起床，第二次送保罗·梅特涅离开，然后回床上睡到9点。本来想跟路格·埃森（他已返回柏林）一起去骑马——现在我们没办法做别的运动——抵达马厩之后，才发现那里已荒废。我们垂头丧气回官邸吃早餐，发现保罗又回来了！这一次飞机居然在他眼前起飞，所以他得再待一天。路格表示可以让他坐上一架飞往里加的瑞典飞机，但罗玛莉·舍恩贝格很明智地说现在列宁格勒前线的战况愈来愈糟，保罗在路上耽搁的时间愈久愈好！

我和布特纳打仗打输了，明天就得启程去克鲁曼修柏。

早上大部分时间都在收拾行李，和保罗及罗玛莉聊天。接着安富索来接我们去他城外的住宅吃午餐。他现在担任墨索里尼的驻德国大使。饭后罗玛莉睡了个午觉——她觉得不太舒服——安富索和我则沿着湖散步。战前我在威尼斯就认识他；最近齐亚诺及其他11名法西斯当权分子被处决，令他胆战心惊。齐亚诺和他一直很亲近，他自己亦是极少数仍然对墨索里尼效忠的意大利高级外交官。墨索里尼垮台后，众叛亲离，安富索的决定虽然未必明智，但我敬佩他这一点。他是个聪明人，但他的工作却很难做，特别是他根本不同意德国人的作为。他借了几本介绍克鲁曼修柏的书给我。

安富索（生于1901年）终身从事外交工作，自1937年至1941年担任齐亚诺内阁的外交部长，驻派匈牙利。1943年9月意大利倒戈之后，奉派担任墨索里尼设在德国

的萨罗共和国的驻德大使。大战结束后，成为法国战犯，
因法国指控他为1934年刺杀南斯拉夫国王亚历山大一世
及法国外交部长路易·巴尔都的共犯。获得无罪开释之后，137
他返回意大利，并重返政界，成为意大利国会中的新法西
斯党代表。

齐亚诺伯爵（1903—1944）娶了墨索里尼的女儿“埃达”为妻，从头到尾都反对意大利参战。虽于1943年初辞去外交部长一职，却仍留在法西斯大委员会中，因此也在1943年7月25日投票反对墨索里尼。但巴多格里奥政府指控他贪污，他逃往北方，被德国人交给设在萨罗的新法西斯政府。1944年1月11日，他和同样在1943年7月反叛墨索里尼的另外11名法西斯党资深领导人，在墨索里尼勉强同意之下，一同受审，然后枪决。

稍后去亚当家与保罗碰面。由于我到时已经6点了，我们一起喝了下午茶、鸡尾酒，接着喝汤。彼得·比伦贝格也来了。晚上亚当打电话给住在克鲁曼修柏的冯·德·舒伦堡伯爵，讨论我抵达后该住哪里。以前是德国驻莫斯科最后一任大使的伯爵，好比外交部在那儿的“大家长”。他住的房子很大，愿意收容我，不过我和同事分开住或许不太好，至少一开始不应该，所以我打算先跟同事住一阵子。亚当还打电话给他另一位朋友，赫伯特·布兰肯霍恩；此人我并不认识，他负责礼宾司及安排外国使节住处，因此手中有许多房子可供调度。

克鲁曼修柏　1月17日，星期一

办公室所有职员都在今天撤往克鲁曼修柏。开车进城的人只有路格·埃森和我，保罗·梅特涅决定搭火车返回前线。天色很暗。

路格帮我把两个很重的皮箱拖到等待的卡车上。之前我拒绝先寄行李过去，怕因此失去唯一的财产。后来得知贝茨先生是我们的小组长，大松一口气。他将担任克鲁曼修柏的人事室主管，他人非常好，很愿意帮忙。卡车把我们及行李统统放在格尔利茨车站，和另外 30 位由老板布特纳亲自带领的职员会合；布特纳脸色惨白，态度不善，他的秘书悄悄告诉我，他本来以为我不会出现。显然我们俩都非常讨厌对方。我看到一个名叫伊尔丝·布卢姆（因为表情甜美，外号叫“玛丹娜”*）的漂亮女孩，带的行李比我还多，不禁松了一口气。大家都对我们俩大皱眉头；我们在巴士驾驶员的协助下，帮着彼此
138 把所有行李抬上车。接着主管拿出名单点名，整件事突然变得像是学校出外旅行似的。贝茨紧抓一把雨伞，臂膀上吊着一根象牙柄拐杖，扶我们登上火车。我因为很气布特纳对我恶脸相向，遂和玛丹娜跑到另一个车厢去坐；那是个三等车厢，座位很硬。（这年头大家身上都没什么肉，屁股坐得很痛！）

我们在下午 3 点抵达希尔施贝格，克鲁曼修柏支线即从该站岔出。当地的军需官来迎接我们，身穿滑雪服——好一个反高潮！大家换搭当地的小电火车，半小时后便抵达克鲁曼修柏。

当地外交部一半的职员都来迎接我们，我在人群中瞧见舒伦堡伯爵，头戴一顶神气的阿斯特拉罕羔羊皮帽——可能是来自莫斯科的纪念品。他特地来接我，让我觉得众目睽睽，完全违反我想默默登场的初衷。起先我们找不到分配给我的宿舍“克莉丝塔小屋”；找到后把行李放好，先回伯爵的住处喝下午茶。喝极香醇的咖啡，吃烤面包涂沙丁鱼。然后舒伦堡的助理 S 先生再送我回宿舍。

克鲁曼修柏村颇迷人，坐落在一片陡峭的山坡上，木屋分散，每家周围都环绕种满杉树的花园。我对空袭的恐惧感开始慢慢消褪。办公室在山脚下，所以大部分的人都乘小雪橇上班，下班后再拖回山坡

* Madonna，即圣母玛丽亚。

上的家。据我观察的结果，地位愈重要的人，住宅地势愈高。我们情报司的人似乎来晚了一步，大部分人分到的小屋都比较丑。

> 一位当时去探访克鲁曼修柏的人士描述说："外交部共计500人撤退到克鲁曼修柏……所有宿舍及旅馆设施都极简陋……舒伦堡（伯爵）……住宅设备亦极简陋，每周必须到蜜丝·瓦西里奇科夫的住处去洗一次澡。由于该地所有仆役皆为捷克人，锯木厂内的工人则全是塞尔维亚人及巴多格里奥的意大利人，克鲁曼修柏因此成为间谍的天堂。以该地作为紧急总部其实并不适合，不仅因为该区自空中鸟瞰可一览无遗，因此容易遭受空袭，而且苏军进占亦极方便，就地形来说，相当危险。"（汉斯·格奥尔格·冯·施图德尼茨）

由于我并未指名想跟谁合住一间房，所以被分派与一位K博士 139
同住。她人很好，但我跟她一点都不契合。我发现她总是神情落寞地瞪着一大间没有暖气、外面有个阳台的房间。室内光线极差，没有床头灯可供夜间阅读，更糟的是，上级居然通知我们说因为这间房面积大，可能还得再容纳一个人。果真如此，那我一定闹革命，接受伯爵的提议，搬去他的木屋住。此外，克莉丝塔小屋其实挺好。我们部门总共有11个人，七位女性，四位男性，组长是W先生，在柏林的时候，大家都很讨厌他，不过一来这里，他摇身一变，表现得像大家的好父亲，语气和善，鼓励大家发挥"团队精神"。甚至连晚餐都挺丰盛的，吃完后大家回房休息。我决定做一个难相处的室友，这么一来，就算我必须离开，她也不会想念我。第一步先坚持打开所有的窗户；K博士也不甘示弱，整晚打鼾。醒来时，我们俩都冻得全身发紫。

1 月 18 日，星期二

早餐后，我们下山去察看临时办公室——设在离车站不远、一间名叫“塔奈霍夫”的客栈里。雪地很滑，因为新降的雪立刻被大家的雪橇压平。

我突然有个机会可以选择搬家。曾经跟父亲学俄文的一位学生珍妮特·S 太太不仅在此地工作，同时还拥有一栋房子，她愿意收容我。贝兹先生认为这比搬去跟舒伦堡伯爵住好些；虽然他没有明讲，但“舆论”显然不苟同“贵族沆瀣一气”。无论如何，我反正决定明天搬家。

1 月 19 日，星期三

外交部已接管附近所有小客栈，塔奈霍夫将作为办公室之一。大家集合之后，布特纳本来想发表演说，但半途作罢，因为客栈里挤满东倒西歪、猛灌啤酒的士兵，他们无意离开，都充满兴味地听我们讲话。

当地居民似乎并不欢迎我们的来到，因为害怕克鲁曼修柏从此变成轰炸目标，而且旅游业也将大受打击。

下午我把行李捆在雪橇上，拖去珍妮特·S 位于一片树林中的小
140 木屋里。然后和舒伦堡一起去蒂佩尔斯基希夫妇家，他们是伯爵以前在莫斯科的老部下，之后大家一起搭火车去最近的小城看一出戏。演得很好，演员全来自莱因兰一家著名的戏院，遭轰炸后撤退来这里。

1 月 21 日，星期五

玛丹娜·布卢姆和我决定利用闲暇时间认真学滑雪及演奏手风

琴。我们俩都有一把手风琴。

大部分从柏林来的同事到此地都变得颇滑稽。以前总看见他们伏案埋头工作，像典型的蠹虫；一来这里却镇日穿着宽松长裤，戴着色彩鲜艳的厚手套、毛线帽，身后拖着小雪橇走来走去，一副很不自在的样子。

俄国北方前线的战况激烈，我替保罗·梅特涅担忧。塔蒂阿娜的来信都有点歇斯底里。

1 月 25 日，星期二

工作步调极紊乱，我们八个人共用一个小房间。为了建立新的照片档案，上级派给我一位秘书。照片大批大批从柏林寄来，每张都需要加标题，秘书负责大部分加标题的工作，我则负责选照片及建档。因为我准她回家打字，她很喜欢我。其实这样大家都多一点空间。

今晚和舒伦堡伯爵（这里的人都称呼他“大使”，虽然这儿的大使有好几位）一起晚餐，吃到一半，他漫不经心地宣布说海因里希·维特根斯坦已经阵亡了。我整个人僵住，他很惊讶地看我一眼，因为他并不知道我们是很熟的朋友。几天前我还在柏林的时候，海因里希才打电话到办公室来；他刚去希特勒的司令部，“全能之神”亲手为他的骑士十字勋章加配橡叶。他在电话里说：“我刚去看我们的达令。”然后补充说他很惊讶，因为在晋见之前，居然没人来取走他的手枪（现在这项预防措施已变成常规），所以他本来有机会当场“把他干掉”！他愈说愈起劲，我不得不提醒他，这样的话题最好拣别处说。稍后我们约了见面，他开始计划下一次再碰上和希特勒握手的机会，将引爆炸弹和元首同归于尽的可能性。可怜的男孩，那时他一定没想到自己只有几天日子可活！他看起来如此羸弱，总是让我替他担心。自从他变成德国战绩最辉煌的夜间战斗机飞行员后， 141

便不断出任务，显然体力透支。他常提到被迫杀人令他感到痛苦不堪，因此只要情况许可，总是设法射中敌机某个部位，让对方组员有机会弹出机舱逃命。

> 德国空军少校海因里希·冯·赛恩-维特根斯坦在被一架英国长程蚊式战斗机击中阵亡前，总共击落83架盟军飞机，其中六架是他在一次著名的单机出击中一举击落的。他阵亡的那天晚上又击落五架飞机。

1月27日，星期四

一位女同事从柏林来此地出差几天，带给我几张海因里希·维特根斯坦的照片。以前她经常看见他来办公室找我，因此连带打听他死时的情况，但军方至今尚未发布任何细节。他的父母都住在瑞士，必须先通知他们。

1月28日，星期五

昨天柏林又遭到猛烈轰炸，我们至今尚未得到任何消息，因为所有通讯都中断了。

终于在附近一家小客栈的灯笼下和布兰肯霍恩见了面，当时正下着倾盆大雨。我们爬上山坡去他家，然后坐下来一边分享一瓶葡萄酒、吃巧克力，一边长谈。我觉得他是个头脑非常灵活的莱因兰人。说他预言德国将一败涂地，那是太轻描淡写了；应该说他很“期待”德国失败，同时对德国在战败后未来国土的分割、创造不同独立的自治区等，都有极明确的想法！

布兰肯霍恩博士的这些想法，果然成为战后德意志联邦共和国的宪法基本架构；他本人则成为阿登纳总理最亲近的顾问。

苏军已攻进列宁格勒，该城遭围困的时间长达三年。

列宁格勒从1941年9月8日开始，被围长达872天。该城南方的补给线被德军及西班牙“蓝色师团”切断，北方则被芬兰军队切断，唯一能够通往苏联其他地方的路径，便是渡过拉多加湖。尽管有50万人走这条水路撤出该城，但仍有约100万居民在城内丧生，大部分饿死或冻死。“列宁格勒之役”因此与“斯大林格勒之役”一起成 142
为苏联“伟大的爱国战争”中的传奇。

1月30日，星期日

我得到了一副白色滑雪板；本来预定送到俄国给那儿的部队，显然没赶上。

下午舒伦堡伯爵带我去拜访冯·里希特霍芬男爵，他是前驻保加利亚首都索非亚的公使，娶了一位迷人的匈牙利女士。他们住在乡间，离村子蛮远。他们家气氛很轻松，谈话也很自由。

但我的情绪异常低落：塔蒂阿娜仍没有保罗·梅特涅的消息，海因里希·维特根斯坦又死了……

1 月 31 日，星期一

昨天柏林又遭猛烈轰炸，据说是自从 11 月那几次密集轰炸后最惨的一次。每次同样的情形一发生，我们这里的通讯就完全中断，不禁令人怀疑外交部怎么可能继续运作？

雪已融化，天气好似春天一般。我走路到另一个村子去看一位我在柏林认识的美国混血女孩；她也在负责建立一个档案。我去的时候她还在床上睡觉。大家在这里似乎都很会打混。她借给我很多英国和美国杂志。

2 月 2 日，星期三

布特纳去柏林两天又回来了。他家房子被炸中，全毁，现在脾气比以前更恶劣。

2 月 3 日，星期四

舒伦堡伯爵今天在滂沱大雨中背了一个背包来找我，背包里装满喝的东西。他和“小明星型”、爱咯咯笑的珍妮特·S 非常投缘；她很喜欢老绅士，也很迷父亲，经常写信给他。我们烤了些蛋糕，庆祝了一顿。

2 月 4 日，星期五

今天在另一间办公室打文件时，突然有人从柏林打电话找我，原来是亚当·特罗特的秘书。我们在沃伊什街的别墅已被炸得粉碎，我最好赶快回去善后。柏林方面甚至已经派了一个女孩来代理我的工作。我怀疑那并非紧急召我回去的唯一理由。布特纳又不在，但人事室副主任准我离开。

柏林　2 月 5 日，星期六

早上 5 点起床，走到车站后发现布兰肯霍恩也准备搭同一班
火车去柏林；他也是个半逃兵。上面有一项白痴规定，若没有特 143
别许可令，不准任何人离开这个村庄，可是大家都不断犯规，因
为没有人能够忍受长期困在这里，而所有的朋友都身陷危城。开
往柏林的火车爆满，我们从头站到尾，但有车在柏林车站接布兰
肯霍恩，他送我去办公室。亚当·特罗特和亚历克斯·韦特仍在
工作。

亚历克斯是个极端正直又聪明的人；算我们运气好，他在房子被炸毁后，被分派去和顶头上司西克斯博士同住，虽然大家都厌恶、鄙视西克斯，但只要亚历克斯还跟他住在同一个屋檐底下，就能运用他的影响力替我们疏通，所以现在司里气氛比以前好很多。亚历克斯很不满意布特纳的表现，让我心上的石头放下一块。

晃眼看去，柏林令人消沉。自从 1 月 30 日的空袭后，似乎一切都停摆了。

然后亚当陪我去沃伊什街看玛莉亚·格斯多夫。虽然那条街以前就遭到严重破坏，但现在更像整个坍了似的，我们站在人群中看一群工作人员把一面残存的墙拖倒。屋前小广场已彻底烧毁，只剩下一栋房子还站在那里——格斯多夫家的房子！

和亚当一起午餐，然后整个下午都和他在一起。他的状况一点都不好，我真希望他能跟我们一起去克鲁曼修柏，但我知道他绝对不会在这时离开柏林。他给我几本书，然后开车送我去车站，让我搭车去波茨坦。只有戈特弗里德和梅勒妮在，感觉就像回家一样。

2月6日，星期日

回柏林，上了教堂，徒步穿越半个城市。现在大部分的库达姆大街已毁。我去找西格丽德·格尔茨，她家就在这条街后面；结果她那栋房子也是唯一幸存的一栋。我走上楼梯，但楼梯到一半就不见了，而她在顶楼的公寓也消失了。没人知道她的下落。和汉斯·弗洛托一起午餐，他家也遭到严重破坏。他把公寓里剩下来的家具全搬往别处，设法撑起歪倒的墙，然后像游牧民族一样搭帐篷住。之后，我回玛莉亚·格斯多夫家，她跟我讲了一个恐怖的故事：

12月26号那天，我们区里的那位老邮差（她让他住进我以前
144 在屋檐下的那间破烂房间）得了肺炎，他的家人早已撤出城外，所以玛莉亚和海因茨就把老先生弄下楼，在厨房里临时帮他搭了张床。结果找不到医生，他在28号死了。整整三天，没有人来领尸体。他就挺尸在厨房桌子上，周围点满蜡烛。后来格尔布兰教授来看玛莉亚，被眼前的景象吓了一跳，立刻通知有关当局；但是仍没有人来领尸体。30号，炸弹再度如雨点落在我们的小广场上，四周房子全着了火，我们这一栋之所以没着火，得感谢基克·施图姆和他几位朋友的帮忙，他们抬水将屋顶浇湿。忙进忙出的救援小组不断撞到尸体，玛丽亚则在死人脚边替饥饿的救援小组做三明治。几位邻居志愿把尸体丢进一栋正在燃烧的废墟里，玛莉亚却希望能在所谓的“花园”（其实只是一小条垃圾场）里挖个洞。就这样，可怜的邮差又在屋里挺了两天，然后才终于被抬走。

戈特弗里德和梅勒妮·俾斯麦从他母亲的乡间别墅，舍恩豪森府邸回来。海因里希·维特根斯坦的飞机就在那里被击落。梅勒妮带回来一把泥土和一些飞机残骸，像是挡风玻璃和引擎零件。她认为他住在瑞士的父母亲可能会想留下一些遗物；我不同意，徒然触景伤情罢了。当初大战爆发时，他们根本不应该送三个儿子回德

国！他们家祖先多为法国人和俄国人，德国血统并不多。据说海因里希坠地时人已昏迷，因为他的降落伞根本没有打开，而且他距离飞机遗骸颇远，脚上没穿鞋。通常他都只穿一双没鞋带的轻便鞋子，在便服外披一件外套。我记得有一次，他在晚宴服外面罩一件雨衣就上飞机了。因为他大牌，所以爱怎么样就怎么样。他的组员都活了下来，因为飞机一被击中他就命令他们跳机。或许他最后跳机时撞伤了头，否则就是受伤了，无法扯开降落伞。梅勒妮也给了我几片金属碎片，留做纪念，或许它们会让我接受终于真正失去他的事实。

2 月 7 日，星期一

塔蒂阿娜接到一封电报，说保罗·梅特涅在列宁格勒城外的前线染上重病。我在这里打听不到任何消息，自从西班牙使馆武官罗卡莫拉离开之后，似乎没有人知道保罗所属西班牙“蓝色师团”的最新状况。

费德·基堡从维也纳回来，说那儿的生活似乎还无忧无虑，和 145
柏林相较竟有天壤之别，令他震惊。自从他被海军踢出来之后——因为他是哈布斯堡家族的一员——他的生活仿佛就失去了目标。胡德号与俾斯麦号双双沉没的那次著名海战发生时，他正在欧根亲王号上服役。现在他在维也纳大学就读。

稍后在波茨坦俾斯麦家享受美好的晚餐。

路格·埃森从瑞典回柏林，带回来龙虾、美国《时尚》杂志，等等。简直是另外一个世界！

晚上接到罗玛莉·舍恩贝格从维也纳打来的电话。她逾假不归，现在又惹了麻烦。接着电话又响，是舒伦堡伯爵从克鲁曼修柏打来的。他先叫我不要害怕，但他替我拆开了一封办公室寄来的信：布特纳准备炒我鱿鱼，因为我没有得到他的允许，擅自前来柏林！幸亏我请他们替我拆信，因为怕有保罗的消息。也许我可以乘机跟亚当·特罗特和亚历克斯·韦特讨论我现在的处境。老伯爵本来好担心，后来听我的口气一副毫不在乎的样子，也跟着放心不少。

2月8日，星期二

罗玛莉·舍恩贝格从维也纳回来了。

亚历克斯·韦特听到我被开除，非常生气地骂："滥用职权！"云云。我开玩笑说，现在尘埃未定，乘机休个小假也不错；可是据说顶头上司西克斯博士不想管这档子事。

我抓住机会去美容院做头发；或许该乘机辞职！不过现在若不在政府机关做事，立刻就会被分派到军需品工厂——或者去更可怕的地方。走一步算一步吧！

2月9日，星期三

早上罗玛莉·舍恩贝格和我一起心虚地去办公室。我被开除的人事令仍未驳回；她则不请假失踪整整三周。可笑的是，以前我总是警告罗玛莉对于"全面战争"不可掉以轻心，现在她没事，被炒鱿鱼的却是我。

亚历克斯·韦特立刻叫我进西克斯博士的小房间去捋虎须。面谈结果：我假装什么事都没发生，回克鲁曼修柏上班，21号再回柏林来拿更多的资料，布特纳那边由这里处理。

146 回波茨坦途中，买了些郁金香，结果一路上好多人问我是在哪里买的。大家仍这么努力地想维持文明生活的假象，可怜！

晚上家里只有戈特弗里德·俾斯麦和我，我们打电话去卡纳里斯海军上将的办公室，因为哈索·埃茨多夫告诉我军事情报局里有一位上校刚从保罗·梅特涅驻扎的那段前线回来，或许他知道保罗的情况。多亏哈索帮忙，我终于和那位上校讲上话。刚开始他以为我是塔蒂阿娜，语气有点保留，令我担忧。后来他听说我即将离开柏林，坚持要见我一面，令我更忧心。我们约好明天在阿德隆旅馆见面。戈特弗里德为了逗我开心，说他可能只想看看漂亮女孩，但我可吓坏了。

2 月 10 日，星期四

路格·埃森载我们进城。军事情报局的那位上校人很和善，把他所知道的情况全讲给我听：保罗·梅特涅得了两侧肺炎，现在住在里加基地的医院里，一旦可以移动，军方立刻会把他送回德国，但他现在病情严重，只能等。那位上校努力用乐观的口吻说，或许这是福不是祸，因为他那一团在最近俄军发动攻击期间，损失惨重，而且保罗说这还只是战役的开始而已。

稍后我和柏林人事室主任汉斯-贝恩德·冯·海夫腾长谈。他已接到开除我的所有公文，但他的态度非常公正，表示虽然事情已经摆平，但他仍希望我向布特纳道歉："……毕竟他自己也不好过……你没有得到他的允许就擅自离开……他负重伤……遭到枪击，神经受伤……"离开时，我竟在楼梯间撞上布特纳本人，因为想赶快做个了断，便开口向他道歉，结果，空袭警报就在那个时候响起，他喃喃说："现在不谈这个，现在不谈这个。"这件事就此结束。

亚当·特罗特开车送我到车站，结果在途中迷路了，因为走在废墟中很容易迷失方向。他陪我待在火车上，直到火车开动才下车。火车照例爆满，我站在通廊列车里，就连那里也挤。结果在希尔施贝格没搭上转乘火车，直到午夜才回到克鲁曼修柏，已精疲力竭。

克鲁曼修柏　2 月 11 日，星期五

积雪几乎深达 1 米。到塔奈霍夫总部露面后，上山去看舒伦

147 堡伯爵，并在他的帮忙下试着打电话给塔蒂阿娜。得知她又住进德累斯顿的医院，决定这个周末去找她。老先生人真好，有他在这里简直是个神迹！跟他一起吃午餐，然后回办公室。发现了一封哈索·埃茨多夫发给塔蒂阿娜的电报，证实了保罗·梅特涅病情严重，但他附加了一句："已脱离险境"；令人稍微心安些。

塔蒂阿娜寄给我一些新鲜的蛋，令珍妮特·S高兴得如上云端。

2月12日，星期六

工作了一整个上午，下午两点前往车站。幸好我随身带了些三明治，因为去德累斯顿那一路恐怖极了，每班转乘火车都没搭上。接着又搭错了电车，直到午夜才抵达医院。可怜的塔蒂阿娜已睡着，被我叫醒后，立刻泪如雨下。她这次来做例行检查，但人感觉很虚弱。听到保罗·梅特涅的消息后感觉更糟。

2月13日，星期日

整天陪伴塔蒂阿娜。我从办公室带来几本《闲谈者》杂志，她认出好几位战前认识的老朋友。双亲现在随时在她身边盯梢，她变得有点不耐烦，我并不怪她。我建议她到克鲁曼修柏来看我，暂时离开一阵子，对她一定有好处。

2月14日，星期一

今早从德累斯顿回来，旅途又是没完没了。我们的办公室已从塔奈霍夫迁到几排装配式军营里，我便直接过去。之前虽然办公室还没完全准备好，但大家已把所有档案都搬了过去，甚至还摆了些颇具水准的家具。快走近时，我发现军营的排列有点怪异，后来才发现原来有一整排房屋全部不见了——烧光了！我们那栋建筑也消失无踪。原来这批营房在星期六晚上着火，一个小时内便烧得精光。附近劳工营派来的男孩抢救出不少家具，可是我宝贵的照片档案却再度被毁。布特纳所有的档案也完了（活该！），还有一张属于西克斯博士的珍贵照片，以及许多办公室设备和一台价值十万马克的影印机。这场火可能是某位满怀敌意的战俘的杰作，意味着我们又得重新开始。有人告诉我当柏林的西克斯博士听到这个消息时，禁不住捧腹大笑，谁叫他们老远把我们送来这里躲避“战争的不可预期性”呢！

我反正没事做，便回家早早上床。一到这里就变得很爱困，想必是山中空气的关系。

2月15日，星期二 148

我们又搬回塔奈霍夫。一位同事帮我将仅存的东西拖进楼上一个房间里，把那个房间安顿成我的办公室。那里景观极好，还有窗户直通屋顶，很适合做日光浴。两名俄国战俘帮我们把家具抬上来，我给他们买面包的粮票和香烟。

我的照片档案景况堪怜，大部分照片被水浸湿，不能再用，其余则黏成一团。我花了很多时间将它们一张张分开，铺在床上晾干，然后成叠摆在同事座椅下，希望把它们压平。

母亲发来电报：“求救！塔蒂阿娜想去里加陪保罗。快阻止她……”塔蒂阿娜星期四就会来这里看我，我决定等到那个时候再好好跟她谈。舒伦堡伯爵为了想见她，特别将返家时间延后。

2月16日，星期三

吃过午餐，玛丹娜和我跟一位名叫赫林可的捷克乐手上第一堂手风琴课，他演奏得好极了。

2 月 17 日，星期四

塔蒂阿娜今天抵达。

著名的蒙特·卡西诺修道院已遭盟军炸毁。

2 月 18 日，星期五

玛丹娜·布卢姆的老板（一位非常好的老绅士，以前是驻伊斯坦布尔的总领事）很气愤，因为他家被炸毁，却找不到临时住处安顿家人。我提议请塔蒂阿娜安排他们去住柯尼希斯瓦特。这年头没有哪个私人住宅不是挤得满满的，就连陌生人也会受到欢迎。

2 月 19 日，星期六

和塔蒂阿娜一起午餐，然后跟玛丹娜·布卢姆去一座陡坡上滑雪。雪道在一幢极豪华的大房子后面，谣传外交部长冯·里宾特洛甫将搬进去住。回家时，发现塔蒂阿娜和珍妮特·S 正忙着做三明治，因为舒伦堡伯爵要带他助理过来吃晚餐；今天是他助理的生日。珍妮特甚至烤了一个蛋糕，同时把刚从柯尼希斯瓦特带来的葡萄酒拿出来，所以场面颇热闹。后来玛丹娜表演了手风琴，但不久便昏倒了，可能是享受盛宴加上下午滑雪摔跤撞到头的结果。

149 2 月 20 日，星期日

午餐过后，天气变得极好，我们五个人一起出去玩。玛丹娜·

布卢姆和我滑雪，其他人坐雪橇。我们得自己爬坡，因为这里没有小缆车。

上山后，听见远处山谷响起空袭警报；感觉好不真实。住在这里有时很难想象外面仍在打仗。

塔蒂阿娜接到保罗·梅特涅寄来的一封情绪低落的信，抱怨说他无法入睡，胸口疼，等等。舒伦堡伯爵答应塔蒂阿娜，若保罗无法很快撤回德国，他会设法把她送去里加。我反对，因为现在搭火车旅行的情况太混乱，尤其是往东欧走。

从苏联前线传回来的消息互相矛盾，敌我两方照例都宣称打了胜仗。

此时苏军已重新占领波罗的海各国，并且抵达大战前的波兰边界。南方有十个德国的师在切尔卡瑟附近遭到包围，刚刚被歼灭。经过斯大林格勒之役，德军的确发动了几次成功的地区性攻势，但在库尔斯克之役（1943年7月—8月）——此乃有史以来规模最大的一次装甲部队战役，德军损失了将近3000辆坦克——之后，德军的胜利完全局限于小规模策略战，而先发控制权都掌握在苏军手中。到了10月，苏军已抵达第聂伯河，解放了基辅。接着又在1944年3月底进入罗马尼亚。

2月21日，星期一

本来今天应该回柏林向西克斯博士报告建立新照片档案的计划，但他出城了，所以行程延后。

今晚我们去看一部中世纪的战争片：《公牛之战》。看到人们用木棒彼此对敲，真令人心安，打了五六个小时，战场上只躺了七具尸体！

2月23日，星期三

今天中午去“金色和平”午餐，虽然缴了粮票，却只领到小得看不见又难以下咽的肉。塔蒂阿娜开始抱怨，结果我们换到了一点点香肠。

晚上布兰肯霍恩过来吃晚餐。他答应打电话给保罗·梅特涅在里加的医生，教人放心不少。因为舒伦堡伯爵已回家，要待一个星
150 期，我们跟他的助理并不是那么熟，而且答应发给塔蒂阿娜前往里加通行证的那位党卫军又刚出车祸撞死了。

15日柏林再遭猛烈轰炸。一枚巨型炸弹炸中城里少数几家幸存的旅馆之一布里斯托尔旅馆，当时馆内正在举行一场官方晚宴，结果有60个人被活埋，包括好几位著名的将军。工作人员花了50个小时才把他们全部挖出来，那时大部分人已经死了。

2月24日，星期四

布兰肯霍恩无法联络上里加。

2月25日，星期五

早上布兰肯霍恩打去里加的电话终于接通。保罗·梅特涅似乎已脱离险境，但医生仍然认为他太虚弱，不宜旅行。

下午我发高烧，不得不回家上床休息，令布特纳大乐。据说他瘸着腿在塔奈霍夫客栈里跳来跳去，猛搓手咯咯笑道：“终于给我逮到她了，终于给我逮到她了！”怪异！

2月26日，星期六

现在换塔蒂阿娜卧床了。

2月27日，星期日

终于收到一封保罗·梅特涅比较开心的信。

2月28日，星期一

今天早上仍无法上班，实在不舒服。布兰肯霍恩听说我们的情况后大为震惊，答应要替我们找位医生。医生下午出现，年轻力壮，令珍妮特·S一见倾心，他显然也有同感，答应很快再来——看“她”！布兰肯霍恩说保罗·梅特涅的肺里长了一个脓疮，他说这种情况非常危险，也极罕见。

2月29日，星期二

回办公室上班。

兰曹夫妇从布加勒斯特寄给我一条极棒的火腿，兰曹被派到该地大使馆工作已有一段时间。这份礼物好比天降的恩赐，因为我们的粮票已用得差不多，正在发愁不知拿什么喂仍卧病在床的塔蒂阿娜。

舒伦堡伯爵昨天回来，真好！

3月4日，星期六

罗玛莉·舍恩贝格似乎又惹了麻烦。我刚接到柏林人事室主

任汉斯–贝恩德·冯·海夫腾的一封信，希望我运用影响力说服她
151 辞职。目前的政治情势愈来愈危险，她的鲁莽作风令每个人都忧心忡忡。她刚从维也纳写信给我，说她即将返回柏林。她回去后一定会大吃一惊。

3月5日，星期日

塔蒂阿娜今晨离开。

丘吉尔最近发表的一场演说，和盟军一般的态度都令布兰肯霍恩沮丧。他本来希望德国能与盟军“在特定情况下”达成协议，如今眼看是不可能了。他们坚持“无条件投降”。疯了！

> 2月22日丘吉尔在下议院发表演说，宣布盟军战胜后，波兰必须将德国占领区割让给苏联作为赔偿。

3月6日，星期一

柏林再遭猛烈轰炸，这一次发生在大白天里，因为美军也加入轰炸阵营，他们的飞机可以飞得比英国飞机高很多。白天的空袭比晚上更糟，因为大家都在城里，不然就在路上。听说乌发电影公司（U. F. A.）在巴伯尔斯贝格的摄影棚被毁，我很担心距离那里不远的波茨坦也遭到池鱼之殃。

> 盟军早在1943年初，便已开始对德国进行昼夜不停的轰炸——美国空军负责白天，英国皇家空军负责夜间出

动。两天之前，美军首度启用 29 架 B-17“飞行堡垒”轰炸柏林。蜜丝所记录的这一次空袭，是美国空军在整个欧战中损失最惨重的一次轰炸任务，出击的 658 架飞机中，总共被击落 69 架。

我收到越来越多卡西诺战役的照片。那座美丽的修道院被毁后的景象恐怖极了；佛罗伦萨、威尼斯和罗马未来的命运又将如何？它们还会存在吗？好奇怪的感觉：以前没有人能够想象这场战争会演变到今天这种地步，如此血腥、毁灭性如此之大……

3 月 7 日，星期二

打电话去维也纳，本企图阻止罗玛莉·舍恩贝格回柏林，但她已经离开了。

3 月 8 日，星期三

柏林又发生严重的白昼空袭。我们跟那边的电话通讯中断。

珍妮特·S 和我都在等包裹。我在等葡萄酒，她在等黄油，但 152
至今什么都没接到。

塔蒂阿娜寄给我一大包信，有许多封是保罗·梅特涅寄来的，描述他在里加的生活；他们喂他吃很好的东西：蛋酒、炒蛋、真正的咖啡，等等，令人垂涎三尺。他现在情况好转许多，但仍非常虚弱。医疗委员会调查了他的病例，大感兴趣，因为他左肺长了个脓疮，还蔓延到心脏，无法开刀，之所以能活命，是因为脓疮自动破了。

安托瓦内特·克罗伊从巴黎写信给塔蒂阿娜，说乔吉前一阵子才被盖世太保召去，讨论父亲寄给他满是“忠告”的信。有时候真希望做父母的能够少干预我们的生活，谨言慎行些，因为我们不会把所有的事都告诉他们。

盖世太保将拆开过的信拿给蜜丝的弟弟看，他的父亲在信中表示对于传闻他所参与的“活动”十分忧心。依照逻辑推论，“活动”当然指政治活动，也就是反抗活动。乔吉努力避重就轻，表示他父亲所谓的“非法活动”可能指的是黑市买卖，当时在法国很多人都做黑市买卖。

3 月 11 日，星期六

和玛丹娜·布卢姆一起滑雪去寻找蔬菜，她将在家里烧野兔给我们大家吃。

3 月 12 日，星期日

克鲁曼修柏这里对于生活细节的安排一片混乱，几乎没有煤炭（而我们却身在西里西亚，产煤的心脏地带）；有煤炭的时候，办公室又热得像火炉。所以我们不是冻死，就是被烤死。

玛丹娜·布卢姆烧的野兔美味极了，客人们都待得很晚。我明早 5 点就得起床，因为必须去波兰的布雷斯劳拿一些替代照片重新建档。

3 月 13 日，星期一

在黑暗中起床更衣，好久没穿裙子，感觉很怪。

幸好开往布雷斯劳的铁路交通照常运作，我10点抵达。那个小城虽然到现在都没遭到轰炸，却十分荒凉。我很快办完正事，迅速游览市集及大教堂。本想在当地一家餐厅吃午餐，但食物实 153
在难以下咽，我胡乱吞下一点不知什么玩意儿做成的汤，赶紧回车站。

几位女士跟我合用一个车厢，其中一位老太太因为在一次空袭后大受刺激，不停摇头晃脑；另外一位失去半条手臂，却还挺乐天的，她将去乡间的一家医院。我觉得到处都脏兮兮的，有人似乎看穿了我的心思，拿出古龙水在车厢里喷了一圈。抵达希尔施贝格后，一位在外交部工作的女孩加入我们，她刚从柏林来。见到了罗玛莉·舍恩贝格，听说她现在想来克鲁曼修柏跟我一起住。

3月14日，星期二

母亲来信。她很久没有伊连娜的消息，意大利现在的情况似乎很混乱。我突然陷入低潮，到教堂里坐了好一阵子，把所有的事情想清楚。伊连娜一个人待在罗马似乎变得既焦虑又绝望，渴望在战争结束前来和我们相聚——那可就大错特错了！

3月15日，星期三

罗玛莉·舍恩贝格来信证实她的确想搬来这里。我们会寄给她一封正式信函，邀请她永久加入我们的工作小组。她在柏林的表现太急躁，危及许多重要人士。

去普鲁士客栈吃晚餐。他们刚宰了一头猪，每个人都狼吞虎咽猪的内脏，我仍坚持只吃奶酪。

全德国的电报服务都已中断，如果你希望传出去的信息遗失的话（现在常有这个需要），发电报倒是个好办法。

3 月 16 日，星期四

仍未收到食物包裹，所以晚餐吃烤面包沾火鸡的鸡油。

昨晚军方广播发言人迪特马尔将军坦承东线上的战况并不乐观，因为“泥季”来临，对俄国人有利——我们必须对战果严重逆转有所准备，他说。

盟军方面则轰炸了罗马及斯图加特。最近他们放柏林一马。

3 月 17 日，星期五

舒伦堡伯爵送来一只火鸡，其他没什么特别的事情发生，我们牛一般的存在因此波纹不生。

154 3 月 18 日，星期六

和玛丹娜·布卢姆出去滑了一整天的雪，积雪很厚。回家时看见珍妮特·S 正挣扎着想把大使助理及司机刚用雪橇送来的一箱梅特涅葡萄酒拖进家里。我们立刻开了一瓶，度过一个安静的夜晚。我送了半箱给珍妮特，感谢她殷勤款待。

3 月 19 日，星期日

仍旧出去滑雪。

回家时发现舒伦堡伯爵已到。他刚接到从土耳其寄来的一个装满坚果、葡萄干和干无花果的包裹，还带来一些咖啡和白兰地，我们庆祝了一番。

珍妮特·S 打算回柏林一个星期，因为最近那儿没发生空袭，她甚至想带跟她一起住在这里的小女儿回去，我认为这么做有欠考虑。

3 月 21 日，星期二

今天下午是自从布特纳开除我之后，大家第一次跟他开会。他努力示好，大概决定尽弃前嫌吧。

舒伦堡伯爵的助理告诉珍妮特·S，德军已侵略匈牙利，苏军则占领了罗马尼亚。这个消息尚未正式发表。大好远景！

3 月 22 日，星期三

大清早起来，早餐时喝真正的咖啡，然后珍妮特·S在舒伦堡伯爵助理的殷勤陪同下，带着小孩、冒着小雪出发。能够独处一段时日，我很高兴。现在打算去整理衣服，顺便整理一下房子。

从某些方面来说，克鲁曼修柏的确有一种朴拙的魅力；今早出去买食品，在附近一条小巷里被邮差先生拦住，他在面包店里看见我，然后找遍村里所有的客栈，却寻我不得，只因为有一封寄给我的挂号信。真令人感动！

加班到很晚。成堆的照片和办公室用品从布雷斯劳运来，我们现在想找一辆马车把这些东西拖上山。外交部特别准备了一批香烟，用来贿赂当地人替我们扛东西，因为附近太缺乏交通工具。

我打算趁着还剩下几瓶葡萄酒邀请朋友来家里聚聚。我们仍然缺煤，房子里愈来愈冷；招待客人时，我会把两台气喘咻咻的电热扇全打开。

3 月 23 日，星期四 155

消息正式公布：匈牙利已被"我军"占领。新任首相是前驻柏林公使斯托捷，我曾在瓦莱丽·阿伦贝格家的晚宴席上见过他几次，因为瓦莱丽也是匈牙利人。印象中的他似乎并不擅权谋。

匈牙利虽然和纳粹德国保持友好关系，收回了一次世界大战后所失去的大部分国土，但两国之间的关系并不热络，匈牙利派兵前往东线支持希特勒作战的人数亦有限。斯大林格勒之役使匈牙利部队全军覆没，善用计谋的摄政王霍尔蒂海军上将开始与盟军接触。这一情况被希特勒获悉，于 3 月 17 日将霍尔蒂召至贝希特斯加登。趁他不在国内，指示德军占领匈牙利，并指派斯托捷陆军元帅担任首相。

3 月 24 日，星期五

我的食物存量越来越少了。

晚上顺道去看舒伦堡伯爵，他给我看一封发自马德里的电报：17 日晚间从巴黎开往昂代伊的特快列车遭法国反抗军爆炸破坏脱了轨，奥亚尔萨瓦尔夫妇遇害。电报上没有说明细节，只说葬礼将在马德里举行。他们俩度完假正在返家途中，玛莉亚·皮拉尔刚去瑞士萝实学院探望他们的小儿子；他就是塔蒂阿娜婚礼上的纱童。此噩耗对我们全家都将是一大打击，因为他们曾是我们最亲密的朋友。晚上待在家里，感到极度消沉。

3 月 25 日，星期六

中午办完公，更衣后，和舒伦堡伯爵及他的助理一起坐上由外交部马匹拖的雪橇，前往我们山谷中央的一个森林小丘普法芬山。

外交部现在养了一匹十分神气的种马；相貌像是亚洲人的马夫则是来自阿塞拜疆的苏联战俘。这里的战俘人数不少，因为德军不愿派他们去东线。他们都穿着不合身的德军制服，看起来很别扭，不过一般来说人都很好。

　　自从德军对苏联发动攻势后，便不断有大批苏联战俘
志愿替德国服劳役，令德军大为惊异。这些人来自苏联各
地，尤以非俄罗斯人的少数民族居多（如蜜丝提起的这位
阿塞拜疆人），他们的土地最近才被划入苏联，不仅在民
族情感上，同时在宗教上（如穆斯林）都对莫斯科的无神 156
论统治者非常反感。有些人投效德国纯为机会主义，只是
为了不想在战俘营中饿死；但有许多人的动机却是意识形
态上的认同。到大战结束时，这群人的数目竟高达150万
到250万之间！

　　好几位德国陆军将领早在对苏战争初期，便了解到赢得东方战争唯一的方法，必须争取反对共产主义统治者之俄国人民的支持，很快地，穿着德军制服的前红军部队开始出现，起先担任后方辅助部队，后来成为正规作战单位，置于部队前列，以吸引更多的变节苏军。1942年，曾因保卫莫斯科战功彪炳的苏联将领弗拉索夫被俘，之后他和其他几位苏联将领——皆致力于掀起解放俄国的运动——虽然获得多位德军将领，甚至包括某些党卫军高官（最后亦包括希姆莱本人）的支持，却因希特勒坚持反对而始终没有结果。希特勒的计划自始至终不能容纳俄国人，除非用他们做奴隶，反共的俄国人亦然。一直等到1944年11月（苏联军队已包围德军），他才准许弗拉索夫设立“俄国人民解放委员会”，以及一支由两个装备简陋的师所组成的

"俄罗斯解放军"。该军团唯一的成就，便是在苏联军队长驱直入之前解放布拉格。他们接着往西走，向盟军投降，但后者援引"雅尔塔协定"，把他们交给斯大林处置。这批"雅尔塔协定的受害者"之中，有许多人宁愿自杀，也不愿回国。剩余者或就地枪决，或被送往古拉格劳改，生还者寥寥可数。弗拉索夫本人和他的几位高级将领则于1946年8月在莫斯科被绞死。

山顶上矗立一座小城堡，主人是X男爵。他招待付费的客人，只要预先订位，便可去那儿吃晚餐。我们到达时，男女主人出来迎接，态度迷人，可是当晚餐准备好时，他们却先告退了。我们被带进一间极可爱的小餐厅，铺满褪色的蓝色与白色印花棉布，加上柔和的灯光，全是住在山脚下简陋村庄里的我们许久没接触的东西。晚餐可口极了，最后以水蜜桃和起泡奶油做结束。大家都高兴得像参加派对的小孩子。餐后男女主人再度出现，带我们参观城堡。他们甚至有一间温室，很骄傲地给我们看培养出来的第一朵玫瑰。喝完白兰地后，雪橇来接我们回克鲁曼修柏。

3月27日，星期一

兰曹又寄给我一条火腿。上帝保佑他！

157 3月28日，星期二

上星期五柏林又发生严重空袭，令我担忧，因为珍妮特·S自从离开后便音讯全无。

去玛丹娜·布卢姆家晚餐。稍后漫画家布伦斯来串门子，我们三人合奏三把手风琴。他来此地停留两周；通常都在夜间工作，白天滑雪，或在我们工作时演奏手风琴给我们听。他才华洋溢，能弹奏的曲目极多，给我们不少指点。他个子很小，很会画画，我猜想其实他是位地下共产党员，对于当今的德国有极“独到”的见解。

3 月 29 日，星期三

雪下个不停。

汉斯–贝恩德·冯·海夫腾从柏林打电话给我，问我塔蒂阿娜是否能够收留里克特一家到柯尼希斯瓦特住；他们家也被炸毁了。空袭发生时是白天，法官坐在办公室的掩蔽壕里，一枚空雷击中他家，他的家人四散奔逃。幸好没有人受伤，感谢上帝！可是现在却无家可归了。我设法联络塔蒂阿娜，但长途电话一直打不通。

3 月 30 日，星期四

柏林来信要我复活节过后去一趟。我很高兴，因为离开“活动心脏地带”这么久，令我难受。我们在此地静态的存在方式，只对疗养身体有好处。

今晚玛丹娜·布卢姆和我正在煮马铃薯当晚餐时，珍妮特·S 和她的小女孩拖着一个大皮箱回来了。就在她抵达柏林的那个晚上，一枚最重型的炸弹击中她在城里的房子，地窖坍塌，活埋了 11 个人。但他们奇迹似的都被救出来了，可是现在她母亲已无处可去，所以我必须搬出去，让出房间。柏林一定可怕极了：停水（每家每天可分配到两桶水，由士兵运送），停电，停煤气……珍妮特好几次在街上引人侧目，因为她化了“挑逗性”的妆，现在大家认为化妆便是不爱国的表现，也没人戴帽子了，最多只能在脸上围丝巾，遮挡烟尘。

3 月 31 日，星期五

整个司忙得焦头烂额。明天西克斯博士、法官里克特和其他几位资深长官将来此地，巡视每一间木屋及小客栈。为了迎接这么重要的活动，煤炭不知从何处大量出现，入冬以来，办公室首次有了暖气，
158 而且塔奈霍夫还上了一层新漆，铺了新地毯。布特纳兴奋得发抖，特别下令星期日从 9 点到 12 点，每个人都必须坐在自己的办公桌前。让人以为教宗圣驾咧！

天气好不容易开始转晴，因此，大家都非常有生气。

4 月 1 日，星期六

因为明天被迫加班，所以今天故意迟到，结果看见布特纳已经在那儿来回逡巡了。他强调说他 8 点就来了。自从他放弃和我作对之后，现在已将目标转向米歇尔教授；后者每次遭到攻击时，总喜欢回嘴说：“你只能从我这里得到一个疲倦的微笑！”

4 月 2 日，星期日

9 点刚过，抵达办公室。天气又晴又亮。布伦斯的手风琴破天荒被藏了起来，每张桌子上都端端正正摆了识别牌，诸如“照片档案”、“手稿”，等等，以显示我们各有所司。每个人都紧张兮兮站在那儿，等待大人物驾临。我、布伦斯和一位柏林来的女同事跑到外面阳台坐下晒太阳，结果被拖回办公室——布特纳想讨论某些照片标题及内文！

讨论到一半，由西克斯博士领头的大队人马走了进来，后面跟着仿佛肚子疼的法官里克特、伯姆、布兰特和西克斯的秘书，索伊斯特太太，再加上克鲁曼修柏的当权人士，如贝兹等。柏林来的众男士都有点儿衣衫不整，因为不习惯滑溜溜的冰雪地面，显然都在

来办公室途中摔了几跤。接着大家到阳台上集合，布特纳开始发表关于我们各项“极端重要”活动的冗长演说，令每个人都十分难为情。简直像一出大闹剧！结果西克斯一声不吭开始恶瞪他，他变得不知所措，讲话开始结巴。我站在最后面，靠在门上。等布特纳终于讲完了，西克斯简短说了几句，指示要多腾出一点儿空间建立照片档案（也就是给我！）。说完后又领着大队人马踉跄走下山坡，我们则冲出去滑雪。

接下来三天，西克斯都会在别处忙，所以不会有人来烦我们，但他宣布星期三还要再来巡视一次。

昨天他的秘书索伊斯特太太出其不意来找我，恳求我今天早上 159
务必要到，显然他们都怕我跑出去滑雪！他们疯了吗？有这样一只老虎在我们中间，我怎敢在这么危险的人面前掉以轻心？而且我若在这个紧要关头冒犯他，岂不大错特错，误了即将发生的大事?!

法官和另外两位从柏林来的男士，一路上帮索伊斯特太太提最重的包裹，所以她答应请他们喝咖啡。我提议她邀请他们来我们家，因为她没有场地可用。玛丹娜和我及时赶回家，才刚脱掉靴子，并且警告珍妮特之后，法官、伯姆和布兰特就来了。由索伊斯特太太提供咖啡，我提供葡萄酒，大家聊得很愉快，因为这三位男士是我们司里仅剩的正派人士。他们不知道该带西克斯去哪里，竟问我们吃过晚餐后能不能再带他过来？或许这正是搞好关系的良机。

晚上他们果然带他来了，聚会拖到很晚才结束，唯一感到轻松自在的人是珍妮特。

4月3日，星期一

兰曹夫妇把他们较有价值的财产全从布加勒斯特寄来给住在这里的嫂子。他们那里似乎已随时保持警戒，因为前线愈来愈逼近了。

4 月 4 日，星期二

天气迅速转坏，我趁着法官里克特在这里，计划和他一起去柯尼希斯瓦特过周末。他终于把家人送去塔蒂阿娜那儿安顿好了，我则巧妙地争取到陪他一起去探望家人。不过坐火车会很辛苦，以前只需要五小时的车程，现在得坐 18 个钟头。

4 月 5 日，星期三

法官里克特不仅说服西克斯博士批准我陪他去柯尼希斯瓦特，而且借着要和我讨论公事的理由，安排我们星期五就出发。

今天阳光很暖和，索伊斯特太太和我爬上办公室阳台的屋顶，在那儿闲聊，不久法官和米歇尔教授也加入我们，布伦斯则打着赤膊躺在角落里晒太阳。法官突然意识到布伦斯从未参加过任何会议，因为每样东西一送来这里，都会立刻贴上"最高机密"的标签，所以大家一致决议，等一下我们爬下屋顶，布伦斯必须立刻发重誓，成为"特殊机密"。

160 4 月 6 日，星期四

早上听说西克斯博士喝完咖啡想单独见我。我不太确定"喝完咖啡"是什么意思？幸好出去吃午餐时撞见他本人。他故意很夸张地看看表，难道是我离开太早了？你永远猜不透这个人！也不知道该如何跟他相处，又很难戴上"我才不在乎咧！"的面具，隐藏你对他的厌恶和恐惧。稍晚法官里克特来我的办公室，告诉我，五点他想见我们两个人。还好，不用单独面对他！西克斯在塔奈霍夫接见我们俩，请我们吃圆面包、喝咖啡和白兰地，先讨论一般事务——如果那也可以称作"讨论"的话——不论提到任何事，他都以他是部里薪水拿最高的人做结束，也就是告诉你，他有权决定一切！

4 月 7 日，耶稣受难节

早上 5 点起床，到了车站，看见西克斯博士和法官里克特正准备上火车，克鲁曼修柏的掌权人士（贝茨等）集合站在月台上替“我们”送行。幸好坐到格尔利茨便和他分道扬镳。法官和我想搭的那班火车进站时已爆满，就连从窗户爬进去也不可能，我们只好等下一班。多等了三个钟头。经过将近 12 个小时的车程，终于在晚上 11 点抵达马林巴德；幸好一路上法官兴致高昂，时间过得很快。

到城堡后，我迅速更衣，吃了夜宵。这时母亲出现了，见到她，我非常高兴，因为自从圣诞节我一直没回来过。但我们立刻为了某个政治观点开始争执；被迫过这种无所事事的生活，对像她这样活力充沛的人来说很难挨。保罗 · 梅特涅昨天才从里加回来，看起来很疲倦，不过没有我想象得那么瘦，而且心情很好。

柯尼希斯瓦特　4 月 8 日，星期六

天气美极了。这里下的雪比克鲁曼修柏少很多。我跟母亲一起散步健身，进村去看里克特一家。吃过丰盛的午餐——这年头能拥有一处乡间别墅真好！——之后，大家开车出去兜了很久的风。真是可惜，克鲁曼修柏离这里这么远，我不能常来！梅特涅夫妇希望今年夏天能去西班牙——保罗拿了病假。他甚至想开他母亲的车去；那辆车自从大战爆发便一直藏在这里的一座谷仓里。能在私家轿车禁止上路的时候自己开车，令他非常得意。

161 4月9日，复活节，星期日

里克特一家来吃午餐。法官讲话很有道理，知道外交部现在还有值得信任的同事，令人心安。

克鲁曼修柏　4月11日，星期二

早上4:30起床。火车爆满，一路上被空袭警报追着跑。晚上7点抵达克鲁曼修柏，直接回家，看到很多信件及包裹。

4月12日，星期三

包裹是汉尼·耶尼施寄来的，里面是黄油、培根和香肠，令我非常感动。我们立刻请朋友来分享，餐后喝咖啡。

下午大家在营房里集合，听西克斯博士这次来视察后的错误检讨，其中一条：他发现大家不遵守上班时间。不过，如果在这里碰到空袭，大家可以自由疏散，随便去哪里。很好的建议，他反正别无选择！

和舒伦堡伯爵一起吃晚餐，然后去看电影。

蜜丝当时并不知道西克斯在4月3、4日视察克鲁曼修柏期间，曾经针对德国对欧洲外交任务发表了一次讨论“犹太问题”的专题演讲，主题为：“犹太民族之政治结构”，表示“消灭欧洲犹太人将褫革其生物性储备池”。

4 月 13 日，星期四

今天早上汉斯-格奥尔格·冯·施图德尼茨打电话来。他陪同外交部国外新闻司司长施密特全权大使来此地会见斯洛伐克的全权大使兼宣传部部长加斯帕尔博士。稍晚，汉斯-格奥尔格来办公室找我，我们坐在长凳上晒太阳。他讲了一大堆柏林的逸闻，我猜大部分都是他自己编的。不过他很会讲故事。

午餐时间，他陪我走上山，去看舒伦堡伯爵替我找到的一间小木屋；我得让出房间给珍妮特的母亲住。那间木屋设备简陋，却有自来水，是一大优点。罗玛莉·舍恩贝格马上就要搬来了，我们俩一起住，或许可以把这里布置得挺舒服。结果我们在俯瞰瀑布的桥 162
上巧遇施密特全权大使；他出乎我意料，竟然很年轻。他将在泰克曼鲍德客栈替国外新闻司开一个正式的宴会，邀请我去参加。

我和玛丹娜·布卢姆及另外几位同事，一起乘坐马车去那里。

宴会中除了我们之外，所有女孩都在国外新闻司工作。大家围坐几张长桌，我坐在施图德尼茨旁，他继续讲他的柏林故事。当大家玩到一半时，施密特全权大使竟然洒了一杯酒在玛丹娜的膝盖上。接着他的斯洛伐克外宾加斯帕尔，邀请我们去他的国家玩，并承诺要送我他最近出版的一本书《一千零一个女人》——他是位诗人兼剧作家。宴会中的酒种类繁多：有白兰地、各式各样的葡萄酒和香槟；三明治也极可口。克鲁曼修柏的市长也在场，他悄悄附耳对我说，觉得我非常神秘。我真不知道自己在这滩浑水里混什么?！宴会预计开到很晚，到了半夜 2 点，我提议我们这一小群人先离开。

4 月 14 日，星期五

春天来了，到处可见番红花从土里冒出来。

玛丹娜·布卢姆和我决定搭汉斯-格奥尔格·施图德尼茨他们的

巴士回柏林。巴士明天出发。玛丹娜有假，我则是逃兵。

4月15日，星期六

早上5点起床，到约定地点与玛丹娜·布卢姆会合。一辆白色的煤炭引擎大怪物出现，驾驶员是位乐天派的奥地利人；另外三名乘客也是奥地利人。那辆巴士本来可以载30名乘客。其中一段路程必须走高速公路，但我们却一路走走停停，等待驾驶员替锅炉加满煤炭。开到柯尼希斯沃斯特豪森，停车让一位乘客下车，结果碰上空袭，很多架战斗机在头上盘旋，路旁已出现许多炸弹坑。幸好警报很快解除，巴士继续开往柏林。驾驶员让我们在因斯布鲁克广场下车。

我回格斯多夫家，看见玛莉亚和科尔夫男爵。玛莉亚帮我煮了几个蛋，这时，父亲突然走进来；他来柏林参加俄国复活节庆典。我打电话给戈特弗里德·俾斯麦，他告诉我罗玛莉·舍恩贝格现在住在腓特烈街火车站附近的中央旅馆。现在很难找到旅馆房间，显然是靠海尔多夫伯爵的关系，我打电话请她也替我订一间房。几乎
163 整个下午都在陪玛莉亚。然后走路穿过蒂尔加滕区去旅馆，蒂尔加滕现在一片荒凉，整体来说，柏林的破败景象令人沮丧，触目惊心。

我经过了菩提树下大街上的布里斯托尔旅馆，乍看之下，它损坏的情况并不严重，旅馆正面，包括阳台，都没倒，可是后面便一塌糊涂：电话机、浴室瓷砖、水晶吊灯、地毯碎片、碎镜子、破雕像，散得满地都是。

到了中央旅馆，接待员对我毕恭毕敬，而且立刻就给我一个房间。我点了晚餐，然后跳上床睡了个午觉。两个小时后，罗玛莉、托尼·绍尔马，以及戈特弗里德的外甥女亚历山德拉·冯·布雷多与基克·施图姆和另外一位朋友出现，我们一起喝白兰地，聊到午夜。

西格丽德·格尔茨虽然想尽办法藏匿她的犹太母亲，她的律师朗本博士（他亦受到怀疑，现在已正式下狱）也非常能干，但她母

亲还是遭到了逮捕，而且这次不可能再放出来。大家都束手无策，我为她感到非常难过。我想起两年前和她及罗玛莉待在伦多夫家厨房里的那次难忘的聚会，当时我们就在讨论这些可怕的反犹太迫害活动。那时不知谁送我一瓶饭后甜酒“本尼狄克丁”，我们用啤酒杯喝，一边吃所谓的晚餐——干香肠。那是我唯一喝醉的一次，醒来时发现自己仍在伦多夫家，罗玛莉则在客厅里替自己铺了张床。

卡尔·朗本博士一直和以前大使冯·哈塞尔及前普鲁士财政部长波皮兹博士为中心的反纳粹团体走得很近。同时他借偶尔必须赴瑞士出差的机会，充当与盟军集团接触的联络人。不过他同时也和希姆莱接触，因为波皮兹希望能说服后者反叛希特勒。朗本于 1943 年 9 月被捕，遭到残忍的酷刑，最后被处决。

柏林　4 月 16 日，星期日

我空着肚子赶去教堂领受圣餐，却败兴而归。那儿挤了一大堆人，多为来自苏联的难民和被递解出境的人，我连教堂大门都摸不着。然后又有个粗鲁的家伙挤进我正在使用的电话亭，想把我推出去，我跟他打了一架，终于打成电话给罗玛莉·舍恩贝格，然后返回旅馆。不久，托尼·绍尔马便开车来载我们去伊甸旅馆吃午餐。
现在大家都走职员入口，因为前门还没装回去，不过旅馆里却已有 164
50 个房间可以住人了！我们很快便找到一张桌子，吃了一顿难得的大餐，包括黄油烧萝卜和极美味的炸鹿肉排（不用配给）。先喝鸡尾酒，接着试了几种葡萄酒，再喝香槟，最后以托尼自备的一瓶白兰地结束，已经好几个月没有这样饱餐一顿了。

我们用纸巾把一部分餐点包起来，带到玛莉亚·格斯多夫家，戈特弗里德·克拉姆和父亲也在。戈特弗里德情绪低落，因为瑞士方面不准他再去。以前他经常去那里，因为他和老国王是好朋友，两个人都热爱网球。是不是英国人从中作梗呢？

我们在玛莉亚家待了一整个下午，然后托尼先离开，我独自返回旅馆。因为星期一早晨就得赶回克鲁曼修柏，绝不能错过火车。

克鲁曼修柏　4 月 18 日，星期二

搬出珍妮特的小木屋，迁入我的新房间。距离办公室步行需半小时，因此好处很多。这个房间阳台很大，景观极美。

我在村子里撞见贝茨夫妇，坦白招认自己回柏林过周末，其实似乎没有人意识到我不见了。

然后，罗玛莉拖着一个巨大的皮箱出现。我们俩合力把皮箱拖上山。这里优美的环境令她惊喜，不过她仍坚持只打算暂时停留。

4 月 22 日，星期六

我开始了解和罗玛莉·舍恩贝格共事是多么辛苦的一件事，尤其我们俩又是这么好的朋友。

4 月 24 日，星期一

和罗玛莉·舍恩贝格长谈，因为她竟然怪我害她被调来克鲁曼修柏，一个人在生闷气。我很难跟她坦白，其实是因为她行事鲁莽，待在柏林可能危及许多比她涉及即将发生的大事程度更深的人（她当然不自知）。吃晚餐时，我们又长谈了一阵，气氛总算好转了些。

明天将回柏林两周。

柏林　4月25日，星期二

罗玛莉·舍恩贝格送我去车站，帮我抬行李。火车开抵格尔利
茨之前的那段路都挺舒服，我甚至还有座位。但一到格尔利茨，我 165
们这节车厢不知为何缘故，必须被解开，乘客因此得离开车厢另找
座位。从那里开始我便一直站到柏林。

再度见到亚历克斯·韦特和亚当·特罗特，非常开心，仿佛旧日时光又回来了似的。和他们聊了很久，才去法官里克特的办公室。每个人都正在气头上，因为上面把他们调到隔壁一栋房屋里工作，那儿设备极端简陋，甚至连电话都没有，所以他们决定搬去仍有空房的卡尔斯巴德旅馆。亚当带我回他家喝下午茶，然后载我去搭高架火车。

回波茨坦时，时间已晚，戈特弗里德·俾斯麦、路格·埃森和让-乔治·霍约斯却在等我吃晚餐。梅勒妮去乡下住了。希特勒的口译官，保罗·施密特大使刚出了车祸，头部两处骨头断裂。我希望他能够平安康复，因为他是个正派的好人。同时胡贝上将因为搭乘的座机发生空难已身亡，他刚获颁钻石橡叶十字勋章。

4月26日，星期三

西克斯博士想发行一本新杂志，我仍在为版面设计挣扎。

晚上和玛莉亚·格斯多夫在一起。现在我和他们夫妇见面的时间极少，但他们总是对我这么好！他们把楼下整理得挺像样，客人可以坐在那里，只不过还是很冷。房子前面的小广场景观亦改善不少，废墟里的桃树和风信子现在都开花了，像个小绿洲。

4月27日，星期四

今早去见海尔多夫伯爵。有一位粗鲁的军官想阻止我，但还是

被我挤进去了。他一如往常，对我彬彬有礼，我实在很难判断他到底是个什么样的人？有太多朋友都不信任他。不过我一直相信戈特弗里德·俾斯麦的判断力，决定喜欢这个人。后来，他开车送我去阿德隆旅馆，我坐在驾驶座旁边，后座还坐了两名警察局的高官，令我感到非常“安全”，因为全柏林的警界就属这三个人官阶最高。

和图图·施图姆一起午餐。阿德隆旅馆就像《创世记》里的巴别塔，最后一批莫希干人便来此聚集。现在鸡尾酒会已成违法活动，以前我在宴会派对里认识、至今仍幸存的人，大家每天至少都会来
166 这里晃一下。像是今天，我就碰见弗朗茨-埃贡·菲尔斯滕贝格、海尔格·内林、莱莉·霍斯特曼、弗里茨·舒伦堡（他曾经在海尔多夫手下担任过柏林警署副局长）、洛伦兹姐妹、卡尔·扎尔姆，等等。那种“最后据点”的气氛有点怪异。

午餐后去瑞士公使馆找珀西·弗雷；偶尔能站在中立国的土地上感觉真好。然后再去看住在尼可拉斯湖的艺术家利奥·马利诺夫斯基。尼可拉斯湖在柏林郊区，这个季节很美，番红花和杏花到处绽放。

坐在利奥的小公寓里和他一起喝咖啡，他和年长却迷人的母亲一起住；典型的俄国知识分子家庭气氛。利奥的情绪极端低落，他最好的朋友之一本来替戈培尔的《帝国周刊》做事，戈培尔也常去我们办公室，最近在狱中自杀。利奥怀疑他是被迫的。碰到这种时候，艺术家最难熬。年轻的若没有死，也全部被征召入伍，年纪大的全躲了起来。不消说，他们的观点是最与众不同的，所以不论如何，都很难生存下去。

我喝了太多咖啡，接下来一整天视线都有点模糊。现在，咖啡是唯一我一有机会便尽量喝的东西，它似乎能够取代其他所有缺乏的物资。我几乎已经戒烟了。

然后我直接回波茨坦。只有戈特弗里德·俾斯麦一个人在家。他真是一个可以无话不谈的对象，永远这么善体人意。可是一旦被他不喜欢的人包围，他就会变得像匹紧张兮兮的马，动不动就受惊似的。

4 月 28 日，星期五

每天早晨路格·埃森都开车载我进柏林，很不幸，他很快就要调回斯德哥尔摩，再也不回来了。我们一定会非常想念他，他就像狂风巨浪里的一块磐石，烟斗永远不离嘴。他的同事现在开始轮流替他开饯行派对，他每天凌晨直到酩酊才回家。

到办公室后，发现每个人都显得很焦躁——“空袭警报 15 级！”意味着极严重的空袭即将开始。怪的是，直到下午 2 点都毫无动静。西克斯博士和亚历克斯·韦特提议我陪他们去外国新闻司的俱乐部午餐，谈公事。俱乐部位于郊区，本来位于城中心的那栋神气建筑已经被炸毁了。我们开车经过柏林一片片瓦不存的区域。 167
到了以后，巧遇亚当·特罗特和两位朋友也要进去午餐。我们的桌子在房间正中央，周围坐满德国报界人士和外交部职员。汉斯-格奥尔格·施图德尼茨的上司，施密特全权大使也在那儿；他跟西克斯处得不好（谁又跟他处得来呢？）。为了故意气西克斯，施密特走过来跟我握手，还刻意大声地对我耳语说：“别告诉他，我们在克鲁曼修柏怎么讲他！”

多亏有亚历克斯·韦特在场，午餐吃得还算融洽。我们讨论了克鲁曼修柏的人事问题，有些女职员调去那里之后变得焦躁不安。西克斯现在似乎很习惯在柏林碰到我，即使出乎他意料之外，他也只问我来干什么，打算什么时候离开，并不过问其他。

到施图德尼茨住处和贝恩特·穆姆及沃尔拉特·瓦茨多夫吃晚餐。汉斯·弗洛托特别把他的公寓借给施图德尼茨，我是席间唯一的女孩。有施图德尼茨的派对，气氛总是很热闹，他脑筋极快，舌锋如剑，最喜欢加油添醋，随时可以牺牲任何人。聊天时，我们笑得前俯后仰，我几乎都快抽筋了。这样的机会还真难得，对我有好处。

4月29日，星期六

一大早天气就很好。路格·埃森送我去乌发电影公司在城中心莱比锡街上的摄影棚，我打算去拿一些德国女演员的照片。我刚开始翻资料，警报便开始嚎叫，很快地，大家全被赶进一间又深又宽敞的地窖里；里面挤了500个人，全是乌发电影公司的职员。我坐在靠近入口的地方，旁边两个女孩忙着背诗，我则专心阅读塔布依夫人的自传《人们叫她卡珊德拉》。这时突然传来一声巨响，灯光熄灭，但辅助发电机立刻开始运转。虽然这个公司显得极有效率，但想到我可能会被活埋在这里，而没人知道，仍令我极度沮丧。高射炮不断射击，炸弹不断在附近爆炸，几名护士拿着急救包到处穿梭，而且每隔十分钟就需要两位男士志愿去压气泵，送新鲜空气进地窖。

一小时后，空袭结束。我赶紧选了一批有漂亮脸蛋的照片，继续前往“德意志出版公司”，就是旺德夫尔兄弟以前打扫的地方；但该公司现在已变得一团糟，因为几个月前被几枚炸弹炸中。

168 这时空气里早已烟尘弥漫，令我的眼睛刺痛难忍。本想赶搭电车回办公室，但看见莱比锡街和毛尔街交叉口上的一个大炸弹坑，立刻作罢；一枚空雷刚在那儿爆炸，炸毁了电车轨道。坑洞大约有四米深、四米宽，四周的建筑都正烧得起劲。幸好当时是大白天，所以看起来还不算太恐怖。

我走了一个多小时才走回办公室。这次轮到城里的行政中心遭到轰炸。经过我们办公室本来打算迁过去的卡尔斯巴德旅馆时，看见那里一片骚动。旅馆被三枚炸弹炸个正着，建筑本身已不复存在。我撞见神色惊惶的卡纳普太太，空袭时她和汉内莱·乌恩吉尔特躲在走廊右边那间地窖里，结果左边那间被击中，死了两个女孩，受伤的人也很多；后来听说工作人员花了48小时才把他们全部挖出来。汉内莱说一切发生得太快，她们甚至没时间感到害怕。隔壁那栋陆军人员办公的房子突然倒塌，压住几位站在街上抬水管的人，其中一个男人被困在里面好几个钟头，不断尖叫："让我昏迷吧！"但没有人能够得着他。

我进办公室露了个面，立刻赶去玛莉亚·格斯多夫家吃午餐。在那儿碰见戈特弗兰德·克拉姆、巴格夫妇和其他人。后来汉斯-格奥尔格·施图德尼茨也来了；他说现在有一辆车停在威廉街上，等着载我们去普菲尔夫妇家。我们将在那里过周末。

大伙儿先走地下道，朝威廉街出发，但后来仍需走上地面，因为前方的路被炸毁了。安哈尔特车站的后方看起来一副凄惨样；今天早晨空袭期间，一辆燃烧得像把火炬的特快火车冲了进去，站里早已停了三辆火车等着离站，后来有两辆赶在被炸中之前开出去，但另一辆却被堵死了。

等大家终于走到威廉街，却得知并没有车子在那儿等。我们满怀希望地等了一阵子，最后决定搭火车。

结果在车站碰见布兰肯霍恩，背了个背包。他的心情极佳，因
为刚从意大利回来，现在准备绕道去瑞士。我突然想起自己在忙乱
之际，竟把塔布依夫人的自传留在售票亭柜台上，立刻引起大恐慌， 169
因为那本书在德国是禁书！后来终于在售票亭那儿领回它，某位乘客捡到后还了回去，但同时我们却错过了两班火车。汉斯-格奥尔格开始打电话向他所有的朋友求救，最后终于有一位好心的助人为乐者出现，送我们去 C.C. 普菲尔家。我们吃了一顿丰盛的晚餐，又喝了咖啡，全都是用一盏酒精灯烧的，燃料是古龙水，因为没有其他的燃料可用。

C.C. 普菲尔家附近的别墅全都租给城内住处被炸毁的国外使节。我们住在阁楼里，因为其他房间全被西班牙人和罗马尼亚人占满了。

4 月 30 日，星期日

和 C.C. 普菲尔雇用的两位俄国女佣长谈。其中一位 24 岁，在

一次空袭中失去了丈夫和独子，如今孤零零一人留在世间。她人很好，很和善，有机会讲俄语让她很高兴；她对自己目前的处境和未来看得很清楚，头脑十分冷静。另外那个女孩才18岁，穿着一身黑衣，围白围裙，每次别人跟她讲话，必定弯膝行礼；人长得极漂亮，就像是戏剧里的法国小女仆。她刚从基辅来，交谈时我们必须混杂俄语、波兰语、乌克兰语，不过却沟通无碍。扬斯费尔德宅邸内的仆役有如民族大会串：俄国女佣、德国厨子和护士、服侍外交官的西班牙人，加上一位法国仆役长；他支配所有的人，大家都尊称他为“先生”。

午餐后，大家收听官方发言：称昨天的空袭为“恐怖轰炸”。我怕父母又会担心，因为我无法打电话向他们报平安。稍晚，托尼·绍尔马开车载我们去布科夫同霍斯特曼夫妇喝下午茶。西班牙大使比达尔和费德里科·迭斯也在那里。后者描述玛莉亚·皮拉尔及伊格纳西奥·奥亚尔萨瓦尔夫妇遇害时的悲惨细节；他是奉命去辨认尸体的人。奥亚尔萨瓦尔夫妇和另外一对西班牙夫妇玩扑克牌，赢了他们的睡铺，结果赌输的人倒逃过一劫。唯一令人安慰的是他们当场毙命。韦达问我许多关于克鲁曼修柏的问题，因为所有外国使馆迟早都会迁去那里。我却怀疑他们是否等得到那一天。莱莉·霍斯特曼说伊丽莎白·恰夫恰瓦泽现在在摩洛哥管理一个盟军的救护车单位；战前我们俩是非常亲密的朋友。

晚上大家在扬斯费尔德，围坐炉火旁议论沙皇宠臣拉斯普京。

170 5月1日，星期一

返回柏林，天气仍然很坏。谣传英国皇家空军丢了一个花环在海因里希·维特根斯坦的坟上，令这一切的杀戮更显得荒谬而毫无意义。

下班后到玛莉亚·格斯多夫家和戈特弗里德·克拉姆谈了很久；

我们现在成了好朋友。刚认识时他有诸多保留，现在我却发觉他原来感情丰沛。他给我看一个红皮的照片框，里面夹了三张同一个女孩的照片，我认出那是芭芭拉·赫顿。

晚上和珀西·弗雷一起去听莫扎特的歌剧《后宫诱逃》，然后去阿德隆旅馆吃夜宵。跟珀西相处很自在；他总保持超然的态度，却又具有极含蓄的洞见，基本上比较像英国人，不像瑞士人。他陪我步行穿过蒂尔加滕回家，后来被我们房子周围的瓦砾绊了几跤，不时还得爬过碎砖堆成的小丘，令他感到惊异；我却没有同感。我们活得像养兔场里的兔子已经太久了。

汉斯（“珀西”）·弗雷博士，当时负责瑞士驻柏林公使馆内的一个部门，该部门的职责是保障几个与德国交战国家的利益。

5月2日，星期二

早上我设法用珀西·弗雷的过期肉票换到一条大香肠，然后到办公室举行小型拍卖，一个女同事用比市价稍低的价钱买走，不过却付给我有效的粮票；可以把它再还给珀西。我为自己感到骄傲。

工作到很晚，然后搭亚当·特罗特的车回他家，跟他吃晚餐。我们俩的友谊有时让我不知如何招架，所以我一直努力避免这种情况。他是个完全超脱世俗的人，一切思想和作为的焦点都集中在高层次的道德及价值观上，显然和目前德国，甚至盟军那方面的时势潮流格格不入。他属于一个更文明的世界，可惜如今交战的两方皆非文明国家。很晚他才送我回家。

5月3日，星期三

到戈特弗里德·俾斯麦住波茨坦的姐妹汉娜·布雷多家晚餐。
星期六空袭时，汉娜的女儿菲利帕人在空军最高指挥部，空袭开始
后她飞奔而出，门房本想拦住她，但她寄了一个皮箱在艾斯布勒拿
171 旅馆内，急着去抢救。结果总部大楼被18枚炸弹炸中，有些炸弹从
七楼顶楼一直穿透到地下，地窖里（本来她应该躲进去的）死了50
个人，伤者无数。当时我自己也在那栋建筑附近，也很可能躲进去。
所以说，凡事都看运气。

布雷多家15岁的男孩，赫伯特，即将被征召进入高射炮单位。他的眼睛美极了，倘若能活过这场战争，将来一定不知迷死多少女人。他的早熟程度和对目前政府的强烈厌恶令人惊异。去年他母亲替我看手相，预言我将离开德国，永远不再回来。这次我再度要求她替我看手相，她仍重复上次的预测。

5月4日，星期四

下午返回波茨坦前，和亚当·特罗特到格林瓦尔德散了一个长步。虽然阵雨不停，但毕竟春天已经到来，尽管春寒料峭，然而到处可见鲜花绿芽绽放。亚当对我叙述他的初恋故事，以及在英国、中国的生活种种，他总是有令人发掘不完的另一面。

5月7日，星期日

清早起床去动物园附近的俄国东正教教堂。教堂里没有地窖。我排队等待告解时，警报响了。当时教堂里人不多，大多数都是“俄国劳工”，有些人干脆大声祷告，表情相当坚决。没有人移动，唱诗班继续歌唱。站在那里比瑟缩在不知名的掩体里好太多了！圣

像周围的蜡烛全部点燃，圣乐令人深深感动。我向一位不知名的神父告解，他劝我“当你回家时”、“爱你的邻居”，等等——这期间空袭警告仍然嗥个不停。起先外面一片寂然，我以为敌机已经掉头了，可是突然之间机群就从我们头上飞过，一波接着一波，数不清。因为天气阴霾，无法射击高射炮，敌机都飞得很低，引擎声响就和炸弹落地的声音一样喧嗥，令人无从分辨；让人感觉仿佛站在一道铁路桥梁底下，听一辆特快火车轰隆驶过一般。突然间，圣诗班噤口，信徒们勇敢地继续唱，但歌声断断续续。有一刹那我双腿发软，蹭到圣坛前跌坐在阶梯上。我旁边站了一位修女，脸蛋很美，靠近她带给我极大的安慰。她弯下腰对我耳语道：“你不要害怕，因为上 172
帝和所有的圣徒都与我们同在！”看我面露疑色，她又说：“神圣弥撒进行时，任何事情都不会发生的。”她是如此地有把握，我立刻感到十分安心。迈克尔神父对外面的噪音充耳不闻，继续吟唱。等到领受圣餐时，喧嚣逐渐平静。礼拜做完，我觉得自己仿佛已老了50岁，精疲力竭。

后来听说那天早上有50架敌机飞到柏林上空。作战初期，来30架就让我们觉得够危险了。奇怪的是，虽然在理论上我已经完全认命，坦然接受可能会死在炸弹底下的命运，可是一听到飞机引擎声和炸弹爆炸声，仍会怕得全身瘫软，不能动弹，而且这种恐惧感似乎随着每一次空袭愈演愈烈。

到格斯多夫家午餐，只有玛莉亚和戈特弗里德·克拉姆在家。戈特弗里德被困在一个地窖里，本想阅读叔本华，却忍俊不禁，因为周围坐的老太太全用毛巾捆紧下巴，里面塞的湿海绵突出来，仿佛长了胡须似的；想必是预防被燃烧弹灼伤的措施。

稍后我们到城中心走了一圈，菩提树下大街、威廉街、腓特烈街全部灾情惨重，到处都在冒烟，且出现了许多新的炸弹坑，不过美国炸弹——美国人白天来，英国人晚上来——所造成的损害似乎比英国的少些。美国炸弹以水平方向爆炸，英国的炸弹却比较深，因此遭到美军轰炸的建筑物较不容易倒塌。

5月8日，星期一

很早便到办公室，一片冷清。外面再度发布“空袭警报15级”——最危险的指数。我本想调出一批“重要”文件，秘书却不肯给我，因为所有文件都必须留在安全的楼下，等待危机解除。结果在《生活》杂志里看到一篇报道，大大恭维我们司的工作成绩，贬了美国类似的情报机构一顿。

亚历克斯·韦特刚出差回来，带来一大罐雀巢咖啡。大家坐下来吃第二顿早餐，再抽根烟。

后来听说机群已飞往别处，大家才刚坐定准备开始工作，警报
173 就开始呜咽，众人鱼贯走下楼，进入广场内的掩蔽壕，诺伦多夫广场的地下车站——一个小得可笑的四方水泥盒子，由几阶楼梯通往地心。车站里有数不清的走道，头顶上铺一层薄薄的泥土。沿着走道全是用小块瓷砖参差不齐砌成的石墙；仓促建成，都只达普通墙高度的一半，显然是准备在被炸中时分散空气压缩力……

我们试着避开上方有建筑的地点，选择站在街道下方；这么一来，除非被炸弹击中，否则不会被别的东西压住。进来躲避的人潮络绎不绝，我和法官里克特待在一起。待爆炸声愈传愈近，法官开始全身发僵；他现在状况不好，总是替家人担心。我试着跟他闲扯，想分散他的注意力，却被他打断：“如果屋顶被炸开，你一定要立刻趴在地上，用双臂抱住头……”另外一位同事选在这个时候告诉我们，昨晚他家被炸弹直接命中全毁的血腥细节。这次空袭似乎很严重，但警报很快就解除了。

回到办公室后，发现水管爆了。我下楼到街角的抽水机接了一罐水，因为大家想用亚历克斯的咖啡提振一下士气。

珀西·弗雷和我约好一起午餐。我们穿过街道，走去伊甸旅馆。

有三枚炸弹炸中旅馆内的中庭，将内部炸个粉碎，但外墙还站着。经理和侍应生腋下夹着餐巾在街上跑来跑去，毫无效率地试图清理碎砖和灰泥。街道正中央多了一个巨大的炸弹坑，就在地窖出口附近。由于所有水管都爆了，困在地窖里的人此刻正游出炸弹坑。柏林又承受了不知多少枚炸弹，街道似乎都被炸沉了，同时整个城弥漫一股浓重的煤气味。

我们继续走到施泰因广场旅馆，在那儿午餐，然后在雨中走回办公室。珀西会去柯尼希斯瓦特过圣灵降临节。

晚上克劳斯·B 来玛莉亚·格斯多夫家接我，晚餐后开车送我回波茨坦。这是个民胞物与的时代，我终于在逃避他多年之后，开始跟他讲话。最早的时候他先在街上跟踪我，有一天干脆踱进我们办公室；他的厚颜令我咋舌。我一直不清楚他的背景和他的工作，他长得很英俊，可是像他这样年龄的男人居然可以自由地在欧洲到 174
处旅行，而不被征召入伍，实在可疑。他一再尝试想跟我做朋友，甚至自愿担任我们的“家庭邮差”，替我们和住在巴黎的乔吉和表亲们传信（他似乎常去巴黎），但全被我礼貌却坚决地拒绝了。不过他仍然设法和我在巴黎的表亲们见了面，并且带了一封信给我。他也认识安托瓦内特·克罗伊。不过他的职业至今仍是个大问号。

5 月 9 日，星期二

明天回克鲁曼修柏。亚当·特罗特载我回他家吃晚餐。他帮我提我得带回克鲁曼修柏的一大堆书。稍后，他一位年轻朋友，维尔纳·冯·海夫腾（我们人事室主任的弟弟，现在陆军补充部担任参谋）来访，两人到另外一个房间去谈了很久。然后亚当送我回波茨坦。回家后警报开始响，不过又是一次“骚扰空袭”；许多架飞机在空中盘旋，漫无目标乱投炸弹。我乘机收拾行李，等到飞机离开之后才上床睡觉。

克鲁曼修柏　5月10日，星期三

6点起床，吃了一顿极丰盛的早餐，然后拖着一个极重的皮箱离开。我因为没有特别旅行证，本来很怕得从头站到尾，幸好一位好心的乘务员让我使用为“铁路管理人员”预留的私人车厢，把我反锁在里面，我就这样一路独自躺在椅垫厚实的座椅上。阳光照进来，很舒服。

下午3点到达克鲁曼修柏，发现罗玛莉·舍恩贝格还赖在床上自怨自叹。

她决定无论如何都要回柏林，不计一切后果，甚至不惜撕破脸。我了解如果一个人待在这个地方太久，一切都会变得十分遥远而不真实。算我运气好，从现在开始，每个月我都必须在柏林待上至少十天。

苏军已收复塞瓦斯托波尔。德军的反抗似乎并不激烈。

5月12日，星期五

舒伦堡伯爵从巴黎回来，带给我们许多小礼物。罗玛莉·舍恩
贝格的阿姨葛蕾特·罗翰邀我们去她们在波希米亚的别墅西希罗城
175 堡度周末。伯爵已同意同行，但我们都很想摆脱他的助理。后者是
不是上面派来监视他的内线？

西希罗　5月13日，星期六

到餐馆吃了一顿极美味的烤鹅午餐后，启程赴西希罗。自从1939年3月德国兼并捷克后，现在想进入所谓的“保护地”，必须持有特别的通行证。舒伦堡伯爵替我弄到一张，有效期七个月。穿越山区那一路上景色极美：广袤无人烟的森林绵亘，山顶覆雪。驻守捷克边境的警卫仔细检查我们的驾驶员；他是一名士兵，而现在有很多逃兵都躲在保护地境内。当局时常突袭检查各村庄，希望借此捉住他们。

到达西希罗时，她们家六个女儿里只有一个在家，原来全家都去隔壁小村庄“图尔瑙”探望刚割了阑尾的小女儿。她们似乎并没有预期我们会来，令人有点尴尬。幸好罗翰伯爵和舒伦堡伯爵一见如故。我刚刚享受了一个难得的、真正的热水澡。

5月14日，星期日

上教堂，唱诗班用捷克语唱圣诗，极美。接着参观城堡产业。天气不冷，但著名的映山红与杜鹃花尚未盛开，不过这里的春天来得仍比克鲁曼修柏早，草地上到处可见冒出来的郁金香和黄水仙。葛蕾特·罗翰和我们共进午餐。午餐前我先去看他们替母牛挤奶，其中一位女儿，玛莉珍，发了一些给佃农，我也偷偷地喝个过瘾。

饱餐一顿野味佐蔓越橘酱之后，大家全躺在草坪上晒太阳，居然把皮肤都晒红了。可惜明天一大早就得离开。

克鲁曼修柏　5月15日，星期一

罗翰家的小孩在上课前先来道别。她们从8点上到下午1点，然后再上整个下午，非常认真。有好几位家教都住在别墅里。另外还收容了许多从各个遭到轰炸城市来的难民。

我们吃了一顿很悠闲的早餐，直到11点才回到克鲁曼修柏。虽然已预先通知办公室我们将迟到，但有人看见我们从舒伦堡伯爵的座驾里钻出来，立刻引来许多嫉妒的白眼。显然很多人都看不惯我们和伯爵走得这么近。

5月16日，星期二 176

盟军随时可能入侵欧洲，报上充斥“我们有备无患”的报道，令人无心工作，只能过一天算一天。同事们陆续因为“家庭事故”消失，通常都意味着房子被炸毁。

5 月 17 日，星期三

我的手风琴大有进步。

5 月 18 日，星期四

刚发现有人趁我去柏林期间，撬开我的柜子，偷走了我的洗礼项链和十字架，还有我存的咖啡。失去十字架令我绝望。我告诉管家，她报了警。晚上我们在家等布兰肯霍恩，突然有一位留髭须的中士大剌剌踱进来，但他对我的手风琴琴艺似乎远比窃案感兴趣。他写了一份报告，搜查了我们的两个房间，什么都没发现。这时布兰肯霍恩出现，还以为警方要来逮捕我。

5 月 19 日，星期五

布兰肯霍恩建议罗玛莉·舍恩贝格和我搬去所谓的“访客宿舍”；那是一栋位于一小片树林中央、十分漂亮的大木屋，专门为某批重要访客准备，但这批访客却一直没有出现。

柯尼希斯瓦特　5 月 26 日，星期五

和罗玛莉·舍恩贝格一起溜到柯尼希斯瓦特住几天。舒伦堡伯爵载我们去，因为他也打算回他自己的乡间别墅，那地方距离梅特涅城堡不远，省了我们坐一趟恐怖的火车。虽然我已向办公室请假，但我们仍然像密谋者似的偷偷在车站后碰面，罗玛莉和我分头走，免得引起太多人注意。我们甚至只提了装衣服的包包，免得被人看见我们提皮箱。

天气虽然不太好，但乡间美极了，丁香和苹果树都开满了花。我们在路旁吃午餐。路程因为罗玛莉耽搁不少时间，她不断看见亲戚的城堡，不时提议转进城堡里去“喝下午茶”，令司机十分气结。后来我们终于在特普利茨停了一下，同阿尔菲·克莱里和他姐姐伊莉莎莱克丝·贝耶-拉图尔喝茶。能再见到他们，我非常高兴，自从1940年对法战役后，我就没来过这里。那个时候，他们好替儿子担心，如今本来前程似锦的长子罗尼已在俄国阵亡，马库斯与查理又都在前线，我发觉可怜的阿尔菲变了好多。伯爵让我们在马林巴德 177
下车，星期天他会来柯尼希斯瓦特玩。

抵达城堡时我们已经饿瘪了，父母亲和汉斯-格奥尔格·施图德尼茨（他从柏林来这里度周末）陪我们吃点心。接着保罗·梅特涅和塔蒂阿娜也从维也纳回来。塔蒂阿娜带回来好多新衣服。我们一直熬到凌晨5点才睡。保罗仍然很瘦、很紧张，不过心情很愉快。

5月27日，星期六

很晚才起床，无所事事混到午餐时间。家里愈来愈热闹：梅利·克芬许勒和汉斯-格奥尔格的太太，玛莉亚蒂·施图德尼茨将在今晚抵达。天气变得极棒。

和父母长谈沟通，好辛苦。他们似乎对过往的历史比对当今正在发生而且将影响我们每个人未来的事件更感兴趣；同时他们很替乔吉忧心，乔吉在巴黎的情况的确极不稳定：在巴黎政治大学读书，手边却没有存款；而且听说参与了危险的活动。

蜜丝的弟弟于1942年秋天搬往法国后，很快便加入反抗组织，直到1944年8月巴黎被解放为止。

珀西·弗雷在晚餐后抵达，由保罗·梅特涅和塔蒂阿娜接待。每次我介绍新的男性朋友给母亲，他们都看不顺眼。

5月28日，星期日

做完清晨弥撒后，每个人都带着小地毯到花园里躺下，尽情享受阳光。汉斯·贝尔赫姆和舒伦堡伯爵来和我们吃午餐，他们陪父母聊得很开心。我们乘机用提篮装了下午茶，坐马车溜出去野餐。

来度周末的访客人数不断增加，房子里的空房愈来愈少。今晚我将睡在塔蒂阿娜的起居室里。法官里克特也来了，陪他小孩在花园里散步。

5月29日，星期一

白天仍在室外度过，父母亲因为我陪他们的时间不够在生气。他们无法了解我们每天面对恐怖的生活，任何短暂倏忽的悠闲快乐时光，都仿佛是上帝的恩赐，必须好好把握，尽情享受。

178 玛莉亚蒂告诉我们，她所收留的轰炸灾民的种种恶行，听了令人心寒。这场战争已经把很多人都变成怨毒的动物了。

克鲁曼修柏　6月3日，星朗六

罗玛莉·舍恩贝格今天早晨返回柏林，不再回来。她非常高兴，因为她痛恨这里。我却情绪低落。虽然她带给我们很多麻烦，但我知道自己一定会想念她。

本来一直担任德国驻巴黎大使阿贝茨左右手的施莱尔全权大

使，刚刚调任我们的人事室主任，接替汉斯-贝恩德·冯·海夫腾（他最近经常生病）。比起海夫腾和更早以前的兰曹，恐怕在施莱尔管理下我们有苦头吃了。据说他为人可憎，而且他在巴黎的行径恶名昭彰。至少他看起来便非善类：像头肥海狮，留一道希特勒式的小胡子，戴一副玳瑁边眼镜。他已抵达克鲁曼修柏检阅我们。今天大家奉命到塔奈霍夫集合与他见面，听他发表情绪激动的爱国演说。

R. 施莱尔博士本来经商，法国沦陷后，成为该地的纳粹党组织领导，接着奉派担任阿贝茨大使之代理人及监视者（因后者偶尔会不服从柏林政策）。大战末期，里宾特洛甫指派他筹备国外的反犹太驱逐活动，结果他在1944年夏天执行了消灭匈牙利犹太人的行动。

今天晚上在金色和平餐厅举行“联欢晚会”，每个人都必须参加。幸好在场还有几位具有幽默感的同事，大家可以偶尔互挤一下眼睛，尤其是在齐唱爱国歌曲之后。玛丹娜应听众要求，表演了手风琴。我拒绝表演，令大家非常失望。

6月4日，星期日

盟军今天占领罗马。不知伊连娜情况如何，是留在那里，还是去了威尼斯？至少对她而言，战争已经结束了。

6月6日，星期二

企盼已久的“攻击发动日”（D-day）终于来了！盟军已在诺曼

179 底登陆。大家对著名的“大西洋长城”早已耳熟能详，照理说那道防线坚不可摧；现在走着瞧啰！不过一想到必须为战争最末期而牺牲的人，又觉得很可怕。

> 的确，欧战还得再拖八个月，再夺去几百万人的性命，方才结束。

今天大家都过得很安静，只到彼此家中喝茶聊天。我似乎是待在这里，唯一并非全然不快乐的人。想到能够一觉睡到天亮，不被惊醒，便觉得是一大解脱。当然，我的情况特殊，只要我开始感觉有闭塞的压迫感，亚当·特罗特随时可以从柏林发电报过来，或者我自己编个名目，不用得到任何人的允许，便可跳上火车离开。理论上这是违规的，不过大家早已习惯我不时便会失踪个一两天，就连布特纳也懒得抱怨了。

柏林　6 月 14 日，星期三

今天早晨抵达办公室后，听说西克斯博士明天要我去见他。我搭下午的火车，在夜里抵达柏林，却发现罗玛莉·舍恩贝格刚被踢回克鲁曼修柏，我们错过了。

6 月 15 日，星期四

住在格斯多夫家。现在我每次来柏林只停留几天，宁愿住在城里，免得必须来回通车赶回波茨坦俾斯麦家。

两餐都和玛莉亚一起吃。今晚只有我俩在家，因为海因茨必须在司令部值班。又是一次全面空袭，敌机投下比炸弹更令我害怕的空雷，不过他们每次只投大约80枚。

6月16日，星期五

西克斯博士人在斯德哥尔摩，我必须等他回来。现在类似情况经常发生：他突然大发雷霆，把我从克鲁曼修柏召来；等我来了以后，他通常气已经消了，忘了为什么想见我，我因此可以乘机休息个几天。

法官里克特因为西克斯老是这样烦我们，甚感焦虑，但亚当·特罗特却认为我们的问题跟他现在正忙着的事比起来，简直微不足道，他说得很对。我经常感到既惭愧又丧气，因为自己没有更积极地参与真正有意义的事，但是我这一个外国人又能做什么呢？

到了这个阶段，就连希姆莱对德国战胜也失去了信 180
心，开始企图与盟军秘密接触。西克斯博士于1944年6月在亚历克斯·韦特的陪同下，赴斯德哥尔摩之行，便肩负这项任务，却无功而返。因为英国方面拒绝与他接触。

6月17日，星期六

西克斯博士今天回城，立刻将法官里克特和我拖进他办公室，讨论他想发行的附插图出版物。他似乎不了解我们现在根本缺乏技术支援，不可能出版任何东西，不论有插画还是没插图！我们所需要的人才全部被征召入伍了，只能纸上谈兵罢了。

8 日，星期日

一位朋友来自巴黎，带来乔吉和安托瓦内特·克罗伊写的信。她刚嫁给一位胸前佩满勋章、非常神气的军官，名叫尤尔根·冯·葛纳。

6 月 19 日，星期一

早上去办公室。我现在已不固定待在那里，因为那栋建筑不断遭到轰炸，大家挤得要死，我不多占一张桌子，并没有人反对。通常我都去法官里克特的秘书处挤，但那四个女孩非常聒噪，有时甚至放留声机或互相算命，我根本无法工作。所以我只去那里打听最新情报，看看朋友，尽量多拿几本外国杂志，然后返回克鲁曼修柏。

和西格丽德·格尔茨一起吃午餐。她母亲被捕后，至今没有消息，据说已被送往德国东部的犹太区。

这里指的是特莱西恩施塔特的“模范犹太区”；那是一个“波将金式庄园”*的集中营，偶尔允许国外人士参观。除了有警卫把守之外，表面上看起来就像普通的殖民村。冯·格尔茨伯爵夫人为极少数幸存者之一。

和朋友一起吃晚餐，我是席间唯一的女性。现在类似情况经常发生，因为空袭频繁，大部分女人不是离开，便是已被迫撤出柏林。

* Potemkin Village，1787 年，在叶卡捷琳娜二世出巡因俄土战争获胜而得到的克里米亚途中，主战的格里戈里·波将金将军在第聂伯河两岸布置了可移动的村庄来欺骗女皇和随行大使。现在这个典故常被用来比喻给人虚假印象的建设和举措。

克鲁曼修柏　6 月 20 日，星期二

搭早班火车回克鲁曼修柏。回家后发现罗玛莉·舍恩贝格和她一位匈牙利表亲已搬进我们的房子里。

罗玛莉和我们的管家处得不太好，管家不断打电话向布兰肯霍
恩抱怨，后者说他觉得自己像个奶妈。罗玛莉有时候实在教人受不 181
了，洗了毛衣湿淋淋便丢在床上，又忘了拿开。隔天早晨就连床垫
都湿透了。我们实在很幸运，是布兰肯霍恩好心特准我们住在这里，
真希望她能够多体谅别人些。

6 月 21 日，星期三

布兰肯霍恩宣布今晚要来为我们朗读。上次他读龙萨的作品；他很有品位，读得也好——德文比法文好！又是个有趣的谈话对象，思想完全独立，不过你会觉得他不等到彻底坍台，是不会冒险出面掌舵的。这一点他和亚当·特罗特很不一样，或许这正是他俩投契的原因。

6 月 22 日，星期四

罗玛莉·舍恩贝格正在设法弄一张可以让她回柏林的医师证明，否则西克斯不会准她离开克鲁曼修柏。我们准备了最浓的咖啡，装满一个保温瓶，又煮了一些鸡蛋，体检之前让她全吞下肚去，她希望这样做能让她脉搏加速，改变她的新陈代谢机制。现在的医生通常都很严格。不过我无权埋怨，因为医生曾经两次规定我进山中休养，还有一次甚至送我去意大利。星期一我又得回柏林，去参加一次“非常重要的”会议。

柯尼希斯瓦特　6 月 23 日，星期五

今天早上准时进办公室，和不同的人长谈，让大家都感觉我到了，然后安心赴柯尼希斯瓦特去度周末。我跟人事室说，我只打算在赴柏林途中顺道去那里停留一下。

车程很恐怖。在格尔利茨等了好几个钟头才等到开往德累斯顿的火车，却几乎挤不上车。然后某人将一个扭来扭去的婴孩塞在我怀里，自己却跳去另一截车厢，我不得不一路抱着婴儿直到德勒斯登。那个婴儿不断尖叫扭动，令我痛苦万分。再加上我失策带了手风琴，令我的行李更加笨重。这一次我计划把很多东西留在塔蒂阿娜那里，因为我打算很快正式搬回柏林，和朋友们一起度过这个特别的时刻。既然想回柏林，一定得轻装简行。

182 到了德累斯顿，婴儿被母亲领回去，我又等了三个钟头才等到开往埃格尔的火车。抵达柯尼希斯瓦特后，难得地发现城堡里只有家人在。

6 月 25 日，星期日

这个周末大部分时间都在为未来计划。每次来这里，大家都感觉这很可能是最后一次见到我。

6 月 26 日，星期一

昨天塔蒂阿娜、保罗·梅特涅和我，在午夜坐马车去马林巴德，赶搭自维也纳开往柏林的火车，结果我们把马车停在车站前，坐在车里直到早晨 5 点——没有火车！后来才听说稍早的一班火车在皮尔森附近脱轨，整条铁路线被切断。现在我们决定放弃，因为反正我绝对赶不上柏林预定在下午 3 点开始的那场会议。

这一次我真的觉得很不好意思，而且很担心，因为这个会议好像真的特别重要。发了一封电报给法官里克特：“火车脱轨。”听起来仿佛像在恶作剧。母亲起床后，看见我们全倒回床上，非常惊讶。

柏林　6月27日，星期二

今天火车准时抵达，却在距离柏林只有半个钟头车程的地方，突然在一片玉米田中央停下来，因为刚刚听说有严重的空袭。几百架飞机可能会从我们头顶上飞过，这个感觉十分不好，因为他们大可以投几枚炸弹在火车上。所有乘客都变得非常安静，各个面无血色。坐在火车上碰到空袭是最糟的情况之一，你觉得自己完全暴露无遗，困在车中，无能为力。保罗·梅特涅似乎是唯一满不在乎的人。起先每个人都探出车窗，后来一位愤怒的老先生开口大骂道：“他们正好可以瞄准你们这些反映阳光的脸！”一位年轻女孩立刻回嘴：“尤其是你的秃头更明显！”列车长很快命令大家进入田野散开。塔蒂阿娜、保罗和我坐在玉米田中央的一道小沟里。从我们坐的地方，可以听见炸弹落在城里的声音，也可以看见烟尘和爆炸的火花。等了六小时后，火车才开动，而且到了柏林还在城外绕圈子，最后被迫在波茨坦下车。再一次错过会议——如果会议果真顺利举行的话。

我们走路去帕拉斯特旅馆；戈特弗里德·俾斯麦家里已住满了人，所以在那儿替我们订了房间。波茨坦本身并没有遭到轰炸，但整座城却因为柏林的大火而弥漫浓浊的黄烟。

梳洗更衣后，一起搭乘高架火车进柏林，我直接赶去办公室， 183
他们俩去格斯多夫家。不知是我运气奇佳还是奇背，西克斯博士竟然还在那里。法官里克特说，他为了我不知生了多少白头发，叫我立刻去见西克斯。

我向他保证火车的确出轨了。他似乎因为今天的灾难软化不少，态度谦恭。基本上我知道他总在我背后数落我的不是，但当着我的面却总是保持礼貌。亚当·特罗特对他的仇恨根深蒂固，警告我不论他装得多么和善可亲，我们永远不可忘记他所代表的一切。西克斯似乎很不情愿，却又不得不承认亚当是位极杰出的人才，对他极感兴趣，甚至有点怕他，因为亚当是他属下仅剩的一位随时都敢直言无忌的人。他总以纡尊降贵的姿态应付西克斯，奇怪的是，西克斯竟能照单领受。

那天晚上半夜1点发生另一次空袭。因高射炮已开始猛烈发射，我催促塔蒂阿娜与保罗。等他们终于穿好衣服，一起下地窖。那地方很凄冷，有点像座老地牢，既窄又深，全是热水管，令人想到万一被炸中将泡在滚水里的可怕情景。现在碰到空袭，我变得愈来愈紧张，甚至无法与塔蒂阿娜聊天，因为“禁止交谈”的告示贴得满墙都是，可能是怕遭活埋时氧气用罄。老实说，有保罗和塔蒂阿娜在旁边，比我独自一人躲警报更令我害怕，这感觉很奇怪，可能是因为你还替其他的人害怕，情绪更紧绷。保罗就跟我一样，现在特别想守着我，总是编些来柏林的理由。他对周遭骇人的噪音充耳不闻，埋头苦读一本讲述他祖先、著名的奥地利首相梅特涅的砖头书。两个钟头后，我们走出地窖。

6月29日，星期四

今天早上11点开大会。西克斯博士坐在桌首，我坐长桌另一端——亚当·特罗特和亚历克斯·韦特中间。他俩是我唯一的支柱，若没有他们，我一定会感到茫然无助。亚当不断将“最高机密”的文件从桌子底下塞给我，大多是国外新闻稿。我们三个人不停小声交谈，继续抽烟，其他的人则轮流挨批。今天早上西克斯情绪特坏，可怜的法官里克特坐在他右手边，很辛苦地想扮演和事佬。亚当却趁着西克斯暴怒稍歇，说了不少冷嘲热讽的话，西克斯当着所有人的面，全吞了下去。我喜欢亚当反驳西克斯的方式。后来亚当干脆交叉双臂开始打盹。我却在一旁做心理准备，等着轮到我挨骂。亚历克斯在旁悄声鼓励我，提醒我一位朋友，霍恩博士太太，每当西克斯对她狂吼，她不知该如何让他住口时，便站起来扯着嗓门尖叫“西克斯全权委员先生！”——后者总会吓了一跳，立刻噤声。果不其然，虽然我是名单上最后一位，还是挨了一顿好批。他梦想出版一份德国的《读者文摘》，想在克鲁曼修柏成立一间印刷厂。他指控我总是以所有技术人员都已动员的借口推诿责任，但那是不争的事实啊！依照惯例，开了三个钟头的会，毫无结果。 184

到格斯多夫家午餐，接着托尼·绍尔马载塔蒂阿娜、罗玛莉·舍恩贝格和我到城里转一圈，看昨天空袭造成的灾况。这一次腓特烈街车站周围整个区完全被掀掉，包括中央旅馆和大陆旅馆。上次来柏林，我还跟罗玛莉一起在中央旅馆里住了两天。

我因为必须到阿德隆旅馆内留一个口信，结果在前厅巧遇希奥尔希奥·奇尼。他老远跑来柏林，想贿赂党卫军放他父亲——老奇尼伯爵——自由。去年意大利倒戈后，他父亲（一度担任墨索里尼的财政部长）在威尼斯遭到逮捕。过去八个月来，一直被囚禁在达豪集中营一间地下牢房内。他患有狭心症，现在状况很糟。奇尼家族是百万富翁，只要能救他出来，再多的钱希奥尔希奥都愿意付。和战前比，希奥尔希奥自己也变了很多，显然忧心如焚。他极爱他的父亲，之前很多个月既不知道他的下落，也不知道他是否还活着。现在他在等某盖世太保的大人物。谁知道呢？秉持这样的决心和意志力，再加上金钱，或许他可以成功。他希望他们同意先将他父亲转入一家党卫军医院，再从那里把他送回意大利。其他家人都待在盟军占领的罗马，但他似乎还和德国方面保持联络。

后来希奥尔希奥·奇尼成功地买回他父亲的自由，自己却在战后一次意外中死亡。威尼斯的“奇尼基金会”便是他父亲为纪念他而成立的。

弗利德利斯鲁　7月1日，星期六

185 我把波茨坦的旅馆房间退掉，搬回城内，现在住在阿德隆旅馆内。奥托·俾斯麦邀请保罗·梅特涅、塔蒂阿娜和我，去他们家族在汉堡附近著名的产业弗利德利斯鲁过周末。我们从来没去过那里，以后也可能不会再有机会去，所以便答应了。早上待在办公室，然后赶去车站和他俩会合。抵达时，俾斯麦夫妇竟十分惊讶，原来他们根本没收到我们接受邀请的电报。穿着睡衣的奥托正在睡午觉；安·玛莉和希奥尔希奥·奇尼在花园里。希奥尔希奥穿了一件极帅的淡蓝色衬衫，让我想起五年前在威尼斯最后一个和平的夏季。

7月2日，星期日

奥托·俾斯麦安排了一次小型的狩猎会——猎野猪，但没人射到任何东西。我们看到的唯一一头野猪跟头小牛一样大，大剌剌从保罗·梅特涅站的台子旁走过。保罗当时正和安·玛莉·俾斯麦聊得起劲，听到我们的尖叫声才胡乱开了几枪，野猪当然跑了。奥托很生气，因为他把位置最好的看台给了保罗。

晚餐后，我们和一位著名的动物学家详细讨论除去希特勒的最佳办法。他说印度土著将老虎胡须剁碎，拌在食物里，受害者会在数天后死亡，没有人能诊断出死因。可是我们去哪里找虎须呢？

弗利德利斯鲁维护得极好，很美。

柏林　7 月 3 日，星期一

清晨 4 点起床，准时赶回柏林。很不幸，把行李放回阿德隆旅馆时，竟撞见我们可憎的新人事室主任施莱尔，因此被他看见我出城了（当局不鼓励私人旅行）。

克鲁曼修柏　7 月 4 日，星期二

回到克鲁曼修柏，发现母亲（我邀她来看我）已经到了。她暂时先跟我们住，但不能待太久，因为我们无权邀请客人。舒伦堡伯爵不在村内，罗玛莉·舍恩贝格去了柏林，这次不再回来。上级甚至准许她去柏林休假养病。施莱尔这么体谅她，令每个人都十分惊讶。

7 月 5 日，星期三

和母亲散了个长步，她觉得乡间的风景极美，不断拍照。我怕她会觉得和我在一起的时间不够，因为我的工作时间很长，而且下个星期又得回柏林。

玛丹娜·布卢姆为她举行一个小型晚宴，餐后我们俩合奏手风 186
琴。舒伦堡伯爵的助理去瑞士后没有回来，推说是滑雪摔断了腿，但显然这并非真正的理由。我怕舒伦堡可能会因为他的缘故招惹麻烦。

柏林　7 月 10 日，星期一

已回柏林，住阿德隆。希奥尔希奥·奇尼仍在这里。

亚当·特罗特和我在旅馆内吃晚餐。我们跟侍应生领班讲英语，他有机会练习英语，显得非常高兴；但隔壁桌的人却开始瞪我们。

餐后，亚当载我出去兜风，途中我们谈到即将发生的大事，他虽然没有讨论细节，却告诉我随时会进行。我们俩在这方面意见不尽相同，我一直觉得大家浪费太多时间在筹划细节上面，对我来说，现在唯一最重要的事，便是除掉那个人。至于他死后德国的未来该如何，以后再讨论不迟。或许因为我不是德国人，总觉得事情很单纯，但亚当却认为一定要确定德国还有继续存在的机会。今天晚上我们为了这件事竟然大吵一架，两个人情绪都很激动。真悲哀，到了这个时候……

亚当·特罗特所谓“随时会进行”的大事，是指本来计划在隔天谋刺希特勒的行动，但临时取消，因为他们打算一起除去的戈林及希姆莱并不在希特勒旁边。

7 月 11 日，星期二

去看玛莉亚·格斯多夫的大夫格尔布兰教授。我的健康情况显然出了问题，瘦得不像样。他诊断是甲状腺分泌失调，建议我休个长假。

克鲁曼修柏　7 月 12 日，星期三

舒伦堡伯爵被里宾特洛甫召去萨尔斯堡，刚刚回来。他奉命去希特勒在东普鲁士的司令部报到。他们似乎终于想咨询他的专家意见了；走到这个田地，似乎为时已晚。不过谣传他们想在东欧进行全新的谈判（自从三年前舒伦堡伯爵从莫斯科调回国之后，这是希特勒第一次想召见他）。

伯爵借我前罗马尼亚外交部长加芬库写的书《东方战争的开 187
端》，非常有意思，书中经常提到伯爵，因为战前加芬库和他同是驻莫斯科的大使。不过加芬库显然记错了某些事件，舒伦堡在日内瓦纠正他，他极谦恭地全部接受。不过真要修改必须等到战争结束，因为修正的部分全是对元首的攻击，现在改肯定会造成丑闻。

这里的一切都在分崩离析中，我很高兴下个星期我也将离开克鲁曼修柏，计划永远不再回来。

7月13日，星期四

舒伦堡伯爵和我们一起午餐，然后离开（蜜丝再也没有见到他）。

亚当·特罗特来信，希望我别在意上次的误会。我立刻回了一封信。他已启程赴瑞典。

俄军的攻势突然变得非常迅速。

> 结果亚当·特罗特并未获得许可前往瑞典。他最后几次瑞典之行都发生在1944年6月，那时未能自西欧盟国方面得到反纳粹密谋集团一直想得到的承诺，本来计划通过米达尔教授与苏联大使亚历山德拉·柯伦泰夫人接触，后来临时决定放弃，主要是怕苏联驻斯德哥尔摩大使馆已遭德国情报局渗透。

7月15日，星期六

倾盆大雨。和母亲及玛丹娜·布卢姆去看电影。

当局发布新法令，不准平民搭乘火车，两天后执行，母亲必须立刻离开。

7 月 18 日，星期二

母亲在今天早上离开。昨晚我们和玛丹娜·布卢姆一起吃晚餐，在回家的路上去找村里照顾马群的那群俄国哥萨克人聊天（因为村里没有汽车，马车便成为高级长官的交通工具）。玛丹娜送他们香烟。他们又唱又跳，为了能够讲俄文而乐不可支。这批可怜人被夹在交战两方中间，进退不得，既已选择背弃共产主义，却又不为德军接受。

到办公室看见事先请亚当发来的电报：柏林方面要我明天去报到。

188 哥萨克人一直是最强烈反共的民族，也是对德军最具向心力的俄国志愿军。他们带着全家，甚至全村，一起投效德国。所组成的兵团在潘维茨将军及一群由德军、前红军及白俄移民混成的军官队伍率领之下，在南斯拉夫境内进行反游击战，多方奏捷。到了大战结束前最后几周，他们一路战斗，穿越奥地利，最后总计约六万人向英军投降。结果英国比照对待弗拉索夫将军所率领之“俄罗斯解放军”的方式，先诱骗将遣送他们至国外居住，继而引用“雅尔塔协定”强行将他们交到苏联手中。许多人（包括妇孺）因此自杀，高级将领皆被吊死，低级军官则被枪决，其他人被送往古拉格，生还者极少。

1944年

7月19日至9月

这个部分全是在1945年9月依照当时以速记写的日记重新写成的。 189

——蜜丝注

柏林　7月19日，星期三

今天离开克鲁曼修柏——我想应该不会再回来了。已收拾一切，但尽量少带行李，其余物品都将寄放在玛丹娜·布卢姆处，待确知未来去向后再通知她。

11点抵达柏林。因为最近空袭频仍，车站一片混乱。巧遇前皇帝的第四个儿子奥古斯特–威廉老王子，他好心帮我提皮箱。我们好不容易搭上一班巴士，整座柏林城烟尘弥漫，到处堆积破砖碎瓦。终于在格斯多夫家下车。

夏天来了之后，他们都在楼上的起居室用餐，不过家里仍然没有窗户。客人还是固定的那群老朋友，加上亚当·特罗特。

稍后和亚当长谈。他看起来苍白而紧张，不过见到我似乎很高兴。罗玛莉·舍恩贝格回城令他惊骇，她不断想拉拢她认为可能会支持我所谓“密谋”的人士，那些人很多其实已经涉及很深，都想尽办法避免遭到怀疑。她不知用什么方法，也发现了亚当参与其事，现在不停骚扰他及他的随从，他们给她取了个绰号，叫她“洛善”（Lottchen，为刺杀法国大革命时代政治家马拉之夏绿蒂·科黛的别名）。她的确对很多人的安全造成威胁。亚当还告诉我，她甚至埋怨我不愿积极参与筹备工作。

其实我和他们之间存在一项最基本的歧见：因为我不是德国人，
190 所以我只在乎一件事——除掉那个魔鬼！我从来不特别在乎以后的事。
他们因为爱国，都希望能够同时设立某种过渡性政府，拯救德国免于灭国。我却不相信盟军会接纳这样的过渡政府，因为他们根本拒绝分辨“好”德国人和“坏”德国人。当然，这是盟军犯的大错，或许我们都得为这个错误付出惨痛的代价。

我们同意等到星期五再见面。等他离开后，玛莉亚·格斯多夫说：“我觉得他看起来好苍白、好疲倦；有时候我觉得他不会活太久。”

大战拖延不决，所吞噬的欧洲国家愈来愈多，死伤人数、物资破坏及百姓疾苦愈演愈烈，同时有关德国人虐行

> 暴政的报道亦不断增加，同盟国愈来愈难分辨希特勒及其走狗与所谓的“好德国人”，也愈来愈难同意让肃清纳粹分子后的德国重新加入文明国家的阵营。再加上除了得自少数个体的保证及承诺之外，从来没有任何可靠的证据显示，希特勒并不代表整个德国。诚如艾登爵士 1940 年 5 月所说：“希特勒并非一独立现象，而是一个显示大部分德国国情的病征。”丘吉尔接着在 1941 年 1 月 20 日指示英国外交部，忽视所有来自德国国内的和平试探性接触：“我们对于这类询问及提议，一律应以沉默回应……”
>
> 亚当·特罗特及他参与反纳粹活动的朋友们所面对及努力想克服的，便是这样一堵不信任与充满敌意的墙。1943 年 1 月，罗斯福总统更在卡萨布兰卡做了最后的答复：“无条件投降！”坚决反纳粹的人士面对如此的绝境，别无选择，只能铤而走险。

阿加·菲尔斯滕贝格来和我们吃晚餐。她已搬进男演员维利·弗里奇在格林瓦尔德的一栋可爱小屋里。弗里奇在一次空袭中精神崩溃，仓促离开。据说他躺在床上啜泣了一整天，被他返回柏林的太太发现，带着他离开德国。现在阿加和担任外交官多年、迷人的乔吉·帕彭海姆合住；后者刚从马德里被调回来，可能是因为他姓氏的关系（帕彭海姆是德国最老的姓氏之一）。他的钢琴弹得极好。

我获准请四周病假，不过可能必须分两次休，而且得先训练一 191
位助理，好在我休假期间代理我的工作。

7 月 20 日，星期四

今天下午罗玛莉·舍恩贝格和我正坐在办公室楼梯上聊天，戈特弗里德·俾斯麦突然冲进来，双颊绯红，我从来没看过他这么兴奋。他先将罗玛莉拉到一旁，然后问我有何计划。我说上级并不确定，但我希望能尽早离开外交部。他要我别担心，说几天后就会尘埃落定，每个人未来的情势都将明朗化。然后，他要我跟罗玛莉尽快一起去波茨坦，说完便跳上车开走了。

我走回办公室，拨电话给瑞士公使馆的珀西·弗雷，取消我跟他的晚餐约会，因为我宁愿去波茨坦。等待电话接通之际，我转向站在窗边的罗玛莉，问她戈特弗里德为什么那么激动，是不是和“密谋”有关系？（当时我还拿着听筒！）她悄声说：“没错！就是！已经完成了！今天早上！”珀西就在那个时候拿起电话，还拿着听筒的我又问：“死了？”她回答说：“对，死了！”我挂上电话，捉住她的肩膀，两人绕着房间跳起华尔兹来，然后我抓起几份文件，把它们塞进第一个抽屉里，对着门房大叫道：“我们要出去办公事！”便奔去动物园车站。去波茨坦途中，她附耳告诉我细节，虽然车厢里挤满了人，我们却无意克制兴奋及喜悦的情绪。

希特勒在东普鲁士拉斯滕堡最高司令部召开会议，一位担任高级参谋的上校克劳斯·冯·施陶芬贝格伯爵在他脚边放了一枚炸弹。施陶芬贝格等在外面，直到炸弹爆炸，看见希特勒浑身是血躺在担架上被抬出来后，才跑回他藏在附近的车子上，和他的高级副官维尔纳·冯·海夫腾一起开往当地机场，飞回柏林。当时一片混乱，并没有人注意到他已逃脱。

一抵达柏林，他径自前往班德勒街上的国防军陆军总司令部，陆军总部已同时被密谋者接管，戈特弗里德·俾斯麦、海尔多夫及其他许多人都在那儿集合（指挥部就在沃伊什街的运河对岸）。今天
192 晚上6点收音机将对全国广播希特勒已死，新政府已形成。新的帝国总理将由前莱比锡市长格德勒担任；他的背景为社会党员，同时是公认的杰出经济学家。我们的舒伦堡伯爵或冯·哈塞尔大使则将出任外交部长。我的第一个反应是：用最杰出的人才组成过渡性的

临时政府，可能是一项错误。

37 岁的施陶芬贝格加入反纳粹阵营的时间较晚，1943 年 7 月才被吸收。年轻时，他也和许多爱国的德国人一样，相信希特勒能够将德国从辱国的“凡尔赛和约”中拯救出来。后来他在隆美尔麾下赴非洲作战，负伤严重，失去一只眼睛、右臂及左手的两根手指——这样的残疾使他的戎马生活中辍。1944 年 6 月，他奉派担任后备军的参谋长，该部队的副指挥官奥尔布里希特上将便是资深的反纳粹密谋者。施陶芬贝格因为职务关系，必须定期亲自向希特勒汇报。由于希特勒的随从之中没有人能够或愿意刺杀他，施陶芬贝格决定择机自己下手。

头两次的刺杀计划——分别订在 7 月 11 日及 15 日——皆临时取消。适时军中不断有人遭到逮捕，显然盖世太保已展开肃清行动。7 月 20 日，希特勒再度召见施陶芬贝格，他便决定不计一切，采取行动。

等我们抵达波茨坦官邸时，已超过 6 点。我先梳洗，罗玛莉冲上楼去。才过几分钟，我便听到门外拖沓的脚步声，她走进来说：“收音机刚才广播说：‘一位施陶芬贝格伯爵企图谋杀元首，但上帝拯救了他……’”

其实在 6:25 发布的第一次广播并未指名道姓，只说：“今天有人以爆炸物企图谋刺元首……元首本人除轻微灼伤及瘀伤之外，并无大碍，并立刻恢复办公，并依照行事历接见指挥官长谈。”只有在接下来的评论中，发言人才暗示（“敌方工作”）主事者是谁。不过刚开始希特勒并不知道那枚炸弹其实代表一次欲推翻纳粹政权的大密谋，
193 直到后来他得知柏林、巴黎及维也纳军部同时被接管之后，才恍然大悟。

我揪住她的臂膀，拉着她一起跑上楼，看见俾斯麦夫妇坐在会客室里，梅勒妮一脸震惊，戈特弗里德则不停踱着方步；我都不敢看他。他刚从指挥部回来，嘴里不断重复说：“不可能！这是个圈套！施陶芬贝格看见他死了！”、“他们安排了一场闹剧，让希特勒的替身出面！”然后他进书房去给海尔多夫打电话，罗玛莉跟了进去，留我一个人陪梅勒妮。

她开始呻吟：戈特弗里德是被罗玛莉逼的；她唠叨了他好多年；如果他现在死了，是她，梅勒妮，得独自把三个孩子带大；罗玛莉或许不在乎，但哪一个孩子能够忍受没有父亲呢？别人的孩子或许可以，她的绝不可以……真可怕，我完全无言以对。

后来戈特弗里德踱回会客室。拨给海尔多夫的电话没接通，但他得到进一步的消息：最主要的广播电台已失守；电台先被反抗人士接管，但他们不知如何操作机器，现在又被党卫军夺了回去。不过郊区的几所军官学校都已拿起武器，现在正朝柏林前进。果然，一个小时后，我们听到克拉普尼兹坦克训练学校的装甲车滚过波茨坦街头，朝首都开去。我们探出窗外观看，心中不断祈祷。街道上空荡荡的，几乎没有人迹，没有人知道到底是怎么一回事。戈特弗里德不断重复说他不相信希特勒没有受伤，“他们”一定在耍诈……

过了一会儿，收音机广播说，元首将于午夜对全国国民发表谈话。我们知道必须等到那个时候，才能确定这到底是不是骗局。戈特弗里德仍不愿放弃希望，他认为即使希特勒还活着，他在东普鲁

士的最高司令部距离这么远，鞭长莫及，只要其他地方一切按照计划行动，大家还是有机会在希特勒重新控制德国前推翻目前的政府，但我们都觉得十分不安。

早在1943年，位于柏林班德勒街之“国防军陆军总司令部”便设计出一个暗号为“女武神”的紧急计划，目的在于应付内部骚动，或镇压由当时在德国工作之数百万名外国劳工发起的大规模颠覆活动。该计划主要仰赖后备部队及时调派军力进驻，或围守首都——由护卫部队进驻柏林，军官训练学校把守外围。最讽刺的是，“女武 194
神”乃经过希特勒亲自批准！奥尔布里希特、施陶芬贝格及其他潜伏在陆军总部内的密谋者，随后加上一条秘密附文，打算利用该计划推翻纳粹政权，确保新政府和平接掌政权。然而这项密谋一开始便有致命的缺陷；首先，奉命执行“女武神”的军事将领不仅必须接管德国，还需接管所有被德国占领的欧洲国家，但只有少数几位将领清楚密谋者真正的企图。并且密谋者指望其他人，从攸关该计划成败的关键人物即后备部队指挥官弗罗姆上将开始，在因元首死亡而解除其效忠领袖的誓言之后“立刻跟进”——也就是说，一切端视希特勒是死是活。同时拉斯滕堡与外界的通讯必须完全中断数小时，以防止反制行动。最后，计划中的刺客，施陶芬贝格，不仅必须杀死希特勒，还得安全返回柏林，监督“女武神”顺利执行。但一般德国士兵这时早已习惯服从军纪，密谋者根本无从预测他们面对占领祖国重要机关的命令，会有何种反应，使得问题更加复杂。

海尔多夫打了几次电话进来。勃兰登堡的市长也来电，问波茨坦的地方首长俾斯麦先生到底有何打算？因为身为市长的他，知道目前首都内正发生骚动，甚至叛变！戈特弗里德竟厚着脸皮告诉他，陆军总部已发出命令，元首希望所有高级长官少安毋躁，等待进一步的指示。其实他是希望叛军部队赶快前去逮捕市长。

入夜后，大家开始口耳相传叛乱行动并不如想象中那么成功。有人从机场打电话来："空军不打算跟进！"他们要求戈林或元首亲自下令。戈特弗里德的语气这时才首度显得有些疑虑，他说这种事必须速战速决，每拖一分钟便失去一分优势。现在早已过了午夜，希特勒仍未出面。整件事令人太沮丧，我觉得再熬下去亦无意义，便上床睡觉；罗玛莉不久也跟了上来。

半夜两点，戈特弗里德探头进来阴沉地说："是他没错！"

> 希特勒终于在7月21日凌晨1点公开谈话，表示：
> 一小群和德国军人及德国民众毫无共通之处、野心勃勃、
> 195 无荣誉感又愚蠢的军官，阴谋策划想除去他，同时推翻军
> 部指挥。一枚由冯·施陶芬贝格伯爵上校（唯一指名者）
> 放置的炸弹，在距离他两米外爆炸，他的忠心幕僚有数名
> 严重受伤，一名死亡，但他自己除了轻微刮伤、瘀伤及灼
> 伤之外，并无大碍。他认为这再度证实了上帝的旨意，希
> 望他继续追求他生命的目标，即创造伟大的德国。至于这
> 一小群罪犯，会立刻全部处决，绝无宽恕。接着他便指示
> 各项重新建立秩序的措施。

黎明时，我们再度听到克拉普尼兹军官学校坦克车经过的声音；徒劳而返，正在返回军营的路上。

密谋者对克拉普尼兹坦克训练学校寄望很高，希望他们协助接管柏林。他们接到陆军总部传来希特勒已遭党卫军刺杀身亡、开始执行“女武神”计划的消息之后，便移师柏林，进驻预先指示的据点。可是当他们的指挥官（并未参与密谋）得知希特勒并没有死，而且他的同僚中有人企图发起兵变之后，便召集所有坦克车，率领他们开回军营。

7月21日，星期五

早餐时得知戈特弗里德与梅勒妮·俾斯麦已开车进柏林（大概去见海尔多夫）。罗玛莉·舍恩贝格看起来像死了似的。我一个人回柏林，留她窝在床上。我们仍然不清楚这场灾难波及的范围到底有多大，那批人的处境到底有多危险？

进城途中，我在格林瓦尔德阿加·菲尔斯滕贝格的住处停了一下，留下我的过夜小包。波茨坦太远，格斯多夫家又经常遭到轰炸，我决定去她那里住。整个事件令阿加感到困惑，她显然完全被蒙在鼓里，不知涉案的人有谁。虽然很难，但我们从现在开始必须假装毫不知情，就连对朋友也绝不可露出半点口风。

才在办公室里待了一下，便前往玛莉亚·格斯多夫家。她显得十分绝望，告诉我说施陶芬贝格伯爵昨天夜里，在班德勒街的陆军总部遭到枪决，他的高级副官维尔纳·冯·海夫腾也被处决了。本来将出任国家元首的贝克上将已自杀。另一名主要密谋者，即早先 196
取代举棋不定的弗罗姆上将，成为后备部队司令的奥尔布里希特上将，亦和其他人一起被枪决。

施陶芬贝格在拉斯滕堡的行刺计划一开始就不顺利。希特勒的每日简报本来都在一间地下掩体内举行，但因为那时天气炎热，改在一间地上木屋内进行，结果炸弹爆炸时木屋的墙全往外坍，爆炸力量因此疏散不少。施陶芬贝格因为只有一只手，只能启动一枚炸弹（本来计划在他的公事包内放置两枚炸弹），因此爆炸威力本来就不大。当施陶芬贝格离开房间去接听一通预先安排好的电话时，一位参谋发现了摆在希特勒弯身看地图的桌子底下的公事包，便将它移到一道厚重木台的另一边，等于替希特勒形成一道屏障。

12:42，传来一声巨响，木屋在一团火舌及烟幕中瓦解。施陶芬贝格及其高级副官海夫腾本来站在远处，和另一名密谋者——希特勒的通讯指挥官费尔吉贝尔将军聊天，这时立刻跳进车里，一路编造理由穿过立即接获警报的岗哨站，抵达机场，然后从那里飞回柏林。

费尔吉贝尔的任务为打电话到柏林，向奥尔布里希特上将报告希特勒的死讯，然后彻底切断拉斯滕堡与外界的通讯。但他却大吃一惊地看见希特勒从破木堆里蹒跚走出来，虽然满身尘土，瘀伤累累，而且裤子撕裂多处，但显然还活得好好的。他的时间有限，只能以保守的口气通知柏林“刚才发生一桩可怕的悲剧……元首还活着……”然后通讯网就被党卫队接管了。这时密谋的两项成功要件——希特勒的死亡与掌握拉斯滕堡通讯网——都已宣告失败。而且刺客身份暴露，全德国都已接到逮捕施陶芬贝格的电报。

一周前“女武神”计划本来已箭在弦上，却因施陶芬贝格延后前两次谋刺行动而临时取消。因此这一次，奥尔布里希特将军在接获费尔吉贝尔语焉不详的口信之后，并未立即下执行命令，决定等到确定情况后再说。

下午3:50，施陶芬贝格的飞机在一个偏远的军事机
场降落，但他的司机却还没赶到。海夫腾打电话去班德勒
街查询状况，奥尔布里希特问他希特勒死了没有。得到肯
定的答复之后，他才走过去要求弗罗姆上将准许启动“女
武神”计划。但弗罗姆立刻起了疑心，他打电话去拉斯滕
堡，与凯特尔陆军元帅联络上，后者证实的确有人企图谋
刺元首，但行动失败。就在这个时候，施陶芬贝格和海夫 197
腾冲进房间，弗罗姆表示已不需要进行“女武神”计划，
施陶芬贝格大怒，说凯特尔撒谎，希特勒已经死了，是他
亲眼看见的，而且炸弹就是他亲自放的！而且现在取消计
划为时已晚，“女武神”已经启动了。“是谁下的命令？”
弗罗姆问。“我们！”奥尔布里希特和施陶芬贝格回答。
弗罗姆气得脸发白，更畏惧自己前途不保，便下令施陶芬
贝格举枪自尽，奥尔布里希特立刻取消“女武神”；结果
却被这两个人缴了械，关进自己的房间里。

下午5:30，已经不能走回头路了。陆军总部终于在比原定计划晚五个小时之后，开始对各个军事指挥部发出执行“女武神”的电报。这时又出了另一项差错；因为拉斯滕堡列在原计划的通讯名单上，而且没有人想到要将它划掉，所以这时希特勒竟是由密谋者本身那儿得知他们的计划内容。一小时之后，全德国的广播频道便已发布叛乱者企图谋杀及失败的新闻，同时宣布了第一波的报复措施。

这时其他密谋关键人物陆续抵达班德勒街集合：贝克上将（密谋中未来的国家元首）、维茨勒本陆军元帅（预定接管陆军）、赫普纳将军（预定接替弗罗姆）、海尔多夫、戈特弗里德·俾斯麦，等等。很多人抵达之后又离

开——有些人非常愤怒，所有人都感到惊慌，因为大家发现情势愈来愈混乱，却没有人知道下一步该怎么走。贝克与施陶芬贝格不断催促各指挥部遵循柏林的榜样，却没有结果。就连柏林本身亦后继乏力：克拉普尼兹学校的坦克车已开到又开走了；主要广播电台被占领之后又被弃守；警备营开始接管，政府机关却半途而废。

那天待在柏林的纳粹资深领袖只有戈培尔一人，他等于拯救了希特勒。当战功彪炳的警备营指挥官雷默少校奉柏林警备司令冯·哈泽中将之命，前来逮捕戈培尔时，后者打电话到拉斯滕堡让雷默直接和希特勒通话；希特勒当场擢升雷默为上校，命令他前往班德勒街重新建立秩序。雷默抵达时，叛乱行动已宣告结束。

因为这时效忠希特勒的军官已接管陆军总部，释放了
弗罗姆并逮捕密谋者。贝克上将获准自尽，在两次尝试都
失败之后，由一位士官了结。奥尔布里希特及其参谋长默
茨·冯·库伊尔恩海姆上校、施陶芬贝格与海夫腾则在接
受临时军法审判之后，立刻被架入中庭，在一排车前灯照
198 耀下遭枪决，行刑前，在拒捕过程中受重伤的施陶芬贝格
竟然还奋力大呼：“神圣的德国万岁！”几具尸体起先埋在
教堂内，隔天由希姆莱下令掘尸，剥除制服及勋章之后火
化，骨灰撒在风中。

几个月前罗玛莉曾经告诉我，在她又一次“吸收行动”中，曾经拜访过奥尔布里希特将军，因为她听说他是“积极分子”。结果他私下对她泄露，他手中握有好几袋、超过三万封、寄自 1943 年在斯大林格勒之役中被俘德国士兵写的家书，可是希特勒却下令把它们全部烧毁，因为官方已发布那场“光荣战役”并无生还者。罗玛

莉有一位兄弟自从斯大林格勒之役后便下落不明，虽然她苦苦哀求，奥尔布里希特却坚持不让她看那些信。

玛莉亚跟施陶芬贝格是点头之交，他有几位表亲是她极亲密的朋友。现在她替他们感到非常害怕。我自己曾在亚当·特罗特家见过年轻的海夫腾一面，那天晚上只有我和亚当在他家里吃晚餐，一位卷发的英俊上尉突然冲进来，自我介绍后便将亚当拖出房间。他们在外面谈了很久。之后亚当想知道我对他的印象如何，我回答："典型的密谋者，就跟童书里描述得一模一样。"当时我并不知道他将扮演什么样的角色。现在玛莉亚和我都无法不替戈特弗里德和亚当忧心，昨天他们俩都曾经去过班德勒街，消息会不会走漏出去？同时又得随时装出一副惊讶，甚至关心的模样，却不能露出害怕的神色……

其实亚当·冯·特罗特、亚历克斯·韦特，以及汉斯-贝恩德·冯·海夫腾，一整天都待在外交部位于威廉街的主要办公室内，等待叛乱成功后立即接管外交部。

晚上珀西·弗雷来接我。因为我不想吃晚餐，我们便开车进格林瓦尔德的树林内，下车散步。我试着向他解释这是一场多么可怕的大悲剧。他渐渐明白之后，感到既震惊又同情。之前他也一直相信官方的说法，认为这只是一两名叛军的作为。

我一定要见亚当。虽然我们约好今天见面，但我仍然不敢去找他。

7月22日，星期六

今天早上每份报纸都登出一则启事：任何人只要透露一位名叫 199

“格德勒”的人的下落，便可获得100万马克的奖金。太好了！表示他并没有被捕。

谣传克劳斯·施陶芬贝格的太太和四个小孩皆已遇害。她原是冯·莱兴费尔德男爵之女，也是母亲的教女，因为一次世界大战之前她的双亲都住在俄属立陶宛境内。

依照不久前才实施的“连坐法”，兵变失败后几天之内，不仅施陶芬贝格的太太及小孩，甚至连他的母亲、岳母、兄弟、表亲、叔伯、姨婶（以及他们的丈夫、妻子和小孩）全部遭到逮捕（关于他们最后的命运，请读后记）。

希姆莱于8月3日在波兹南对纳粹党各地方领导人发表演说，替“连坐法”报复手段辩护：“没有人能够对我们说，你们的做法是布尔什维克的做法；不！这并非布尔什维克主义，而是一项极古老的德国传统……当一个男人成为法外之徒，众人会说：这个男人是叛徒，他体内流着坏血，血里带着背信与不忠，这血必须被根除。因此，整个家庭，包括最远的远亲，都必须根除。我们也将根除所有的施陶芬贝格族人，包括他们最远的远亲……”

早上走进法官里克特办公室时，看见海夫腾的哥哥汉斯–贝恩德（我们的前任人事室主任）坐在他桌子后面，还在吃装在纸袋里的樱桃。而他的弟弟昨天才像只狗似地遭到枪决！他笑着跟我闲谈，仿佛什么事都没发生。等他离开之后，我问法官他知不知道自己弟弟的事，法官说他知道。法官倒显得既担心又不快乐，不过他若知道关于亚当·特罗特的真相，一定会更担心。

我接着下楼去亚当的房间，他的一位助手也在房内，但很快就离开了。亚当往沙发上一倒，指指自己的脖子说：“我脱不了干系的！”他看起来糟透了。我们俩一直悄声说话，看见他反而令我更不快乐，我老实告诉他。他说他知道，但这件事对我来说，只像失去了果园里最心爱的一株树，对他来说却是失去了一切的希望。这时室内通话机响了：我们的老板西克斯博士要见他。和他约好今晚再见面，然后我留了张纸条给他秘书，告诉他我会等他电话。

到了玛莉亚·格斯多夫家之后，我告诉她，我为亚当感到十分焦虑。

“为什么呢？”她问。

“他跟施陶芬贝格只不过是点头之交而已，不是吗？不，我确定他的牵连并不深！”

“不，”我说，“他根本没参与！” 200

亚当打电话给我，约好6点钟到阿加·菲尔斯滕贝格的住处来找我。我先去阿德隆旅馆和罗玛莉·舍恩贝格和阿加见面。阿加正怒不可遏，因为她在街上碰到哈索·埃茨多夫，他竟然转头不认她。我想他涉案一定也很深。我们一起去阿加家，在草坪上喝茶。托尼·绍尔马和乔吉·帕彭海姆也在。稍后亚当也加入我们。他刚见过西克斯博士，努力试着消除他的疑虑。他看起来像死了似的。我陪他开车回家，坐在阳台上晒太阳。等他换好衣服。这时空袭警报响起，就像一窝蜜蜂吵得令人心烦意乱，如此而已。等亚当出来以后，我们坐在屋外，他又告诉我一些内情。

他说施陶芬贝格是个了不起的人，不仅非常聪明，而且生命力过人。他是密谋者中极少数经常被希特勒召见的人。他已带着他的炸弹去过最高指挥部两次，但每次都遇到障碍，否则就是希姆莱、戈林或其他几个他想和希特勒一起干掉的人临时缺席。第三次被召见时，他通知同谋的人无论如何这次一定会下手。他承受的压力太大，这也难怪。如果换一个能够开枪的人来行刺，或许就能成功了。可是施陶芬贝格的残疾太严重。亚当说他已失去最好的朋友。

他似乎整个人都垮了。

20 号那天，亚当一整天都待在威廉街的外交部办公室，等待军事接管成功。他说他知道自己一定会被逮捕，因为他涉案太深；我并没有问他到底有多深。他已辞退家里的女佣，因为她目睹过太多会议，若被提讯，可能会招供。他害怕海尔多夫也会因为受不了酷刑而招供（我记得海尔多夫曾经对罗玛莉说过他自己也怕这一点……）。

亚当若有所思地说，他不知道是不是该写篇文章让《伦敦时报》发表，解释这批人所代表的理想。我不同意这个想法，因为德国人的直接反应会认为，这些人都已被敌方买通，尤其现在计划又失败了，舆论更不会支持他们。

201 亚当接着告诉我，1940 年法国刚战败不久，他收到老朋友洛锡安爵士（当时担任英国驻华盛顿大使）的一封信，催促他致力于德国与英国的和解。洛锡安所指的德国是否为铲除纳粹后的德国（他当然明白亚当痛恨目前的政府），亚当并不确定。不过对他而言，只要希特勒仍然在位，两国之间就算能达成任何“交易”，也丑恶至极，所以他从来没有跟任何人提过这封信。后来他常想，当初自己是不是做错了。

我们整夜没睡，一直聊天，同时聆听屋外若即若离的各种声响。每次听见汽车放慢速度，我都可以从他脸上看到他心里在想什么……

我实在不忍心丢下他，如果我在的时候他们来逮捕他，至少我还可以去警告他的朋友。亚当说亚历克斯·韦特知道一切，如果他被逮捕，亚历克斯知道该怎么做，他觉得西克斯博士也起了疑心，一直催促亚当去瑞士。我也坚持他应该立刻离开，但他不肯，因为顾虑妻子和小孩。他说就算被逮捕，他也会否认一切，希望出狱后能重新再试。凌晨 4 点，他开车送我回家，并答应我早上会再打电话，让我知道他没事。

洛锡安爵士所属的保守政客集团——所谓的“克利夫登帮”——规模虽小，却一度颇具影响力。这群人虽批评希特勒的做法，却颇同情希特勒欲扫除“凡尔赛和约”（他们一直不同意该和约内容）所带给德国耻辱的企图，以及他解决国内经济问题的显著成就。最重要的是，他们不愿意看见欧洲刚经历过1914—1918年的浴血战争（这些人中有许多都是退伍军人），马上又卷入另一场全面战争；这样不仅将严重削弱欧洲的力量，为海外殖民帝国敲响丧钟，甚至可能摧毁西方文明，让共产主义征服世界。但他们寻求和解的努力，却因为希特勒在国内愈形残酷的政策，以及他不计任何代价想使德国成为欧洲霸权的决心而一再遭遇挫折。这群人中后来有很多被冠上“姑息分子”的恶名。

亚当从未对我解释他参与密谋的实际工作内容。我只知道他每
次出国（赴瑞士或瑞典）都借出差之名，锲而不舍地试图与盟军建 202
立和平谈判共识，希望一待行刺希特勒的行动成功后，便立刻开始谈和。

他衷心相信盟军一旦面对“正派的”德国政府，态度必将软化。我不断想打消他这种幻想，坚持唯一最重要的事，便是除掉希特勒这个人，没有别的！我相信接下来发生的许多事件都证明我是对的。

——蜜丝注（1945年9月）

蜜丝直到临终前，都不愿承认她在施陶芬贝格伯爵发动“七月密谋”之前，到底知道多少内情。但根据她各项

无意中的暗示，从1943年8月2日首次提及“阴谋”一词，到密谋者不断要求她协助将罗玛莉·舍恩贝格支开柏林，最后更在1944年7月19日的日记中，泄露“我们（即亚当·冯·特罗特与她）同意等到星期五再见面”，都显示她所知道的其实远比她明说出来的多，而且她甚至知道计划行动的确实日期！

7月23日，星期日

亚当·特罗特依约来电，目前一切平安。我告诉他，我打算去波茨坦，会从那边打电话给他。

抵达官邸后看见戈特弗里德·俾斯麦穿着泳衣在喷水池里玩水，天气极热。梅勒妮和罗玛莉·舍恩贝格也在。梅勒妮似乎冷静不少，甚至打算回乡间，好让职员与仆役们觉得生活一切如常。

我告诉他们我很替亚当·特罗特担心。戈特弗里德并不认为他会遭到逮捕，他说现在处境最危险的人是海尔多夫。他在兵变中扮演的角色太明显，而且他提不出不在场证明。

我们讨论到大使的侄子弗里茨·舒伦堡，他以前在海尔多夫手下担任柏林警察局的副局长。谣传星期四他也在班德勒街遭到枪决。战前我在东普鲁士见过他，还记得他年轻时的模样。虽然他曾经是纳粹党员，却早已唾弃当今的政府。昨晚亚当告诉我，他见到了施陶芬贝格的秘书，她描述弗里茨如何奔出他在陆军总部的临时办公室，但在走道上背后中弹受伤，然后被拖进中庭遭枪决毙命。

203 结果这是讹传。舒伦堡在班德勒街被捕，成为第一批上“人民法庭”受审的人。被判死刑，1944年8月10日

被绞死。

下午，我们都睡了个午觉，因为压力令人疲倦。之后，罗玛莉告诉我，戈特弗里德从他办公室壁柜里拿出两大包东西给她看，他不知该如何处理。她问那里面装了什么东西，他说是“做炸弹剩下来的炸药”。她求他赶快扔掉，因为当局一定很快就会来搜，他却不肯，说当初这些炸药非常难弄到，他想留到下次再用。最后她说服他，把包裹藏到地窖里。

打电话给亚当，他仍然没事。和珀西·弗雷吃晚餐。

那批炸药成分为德国军事情报局所用的黑索金炸药与三硝基甲苯，早在1942年便由密谋者冒险取得；因为大部分密谋者都是参谋，很难自圆其说为什么需要炸药。当时一部分炸药已用在较早几次的谋刺行动中，引信则来自英国，是从被俘的法国反抗人士身上掳来的。

7月24日，星期一

梅勒妮·俾斯麦请我要求俄国教堂，为星期四的受难者举行一场追思会，并为身在险境中的人祈祷。有太多人了：亚当·特罗特、戈特弗里德·俾斯麦、海尔多夫……她不敢请天主教或新教徒教堂做这件事，认为俄国东正教教堂比较不引人注目。我答应去找夏可夫斯克神父谈，并说好只有我一个人去参加，尽量不声张。

早上在办公室里工作。中午亚当虽已在职员餐厅吃过午餐，我仍说服他陪我去玛莉亚·格斯多夫家。我给他一个圣徒撒罗夫的圣像，并告诉他，梅勒妮想举行弥撒的主意。他说我们不必操心；克劳斯·施陶芬贝格是极虔诚的基督徒，全德国的人一定都在替他望弥撒。当时其他朋友也在，我们试着谈别的事。分手时，亚当告诉我和罗玛莉·舍恩贝格，如果没有一个人活下去，就没有人会再去尝试，所以
204 从现在开始，我们必须非常、非常小心，不可再见面，因为我们都受到监视，云云。这些人似乎都在讲同样的话：他们一定要继续尝试！

晚上戈特弗里德载我们去波茨坦，和他一道晚餐。他告诉我们，海尔多夫今天早上被逮捕了。警察局拒绝提供任何消息，只表示：“局长今天早上出去之后，没有再回来。”

晚餐后，戈特弗里德的姐姐汉娜·布雷多大步走进来。她这个人实在很有意思；她抓着一把雨伞，坐下来说：“戈特弗里德，我想知道这档子事你到底牵涉有多深？你不可以再瞒着我，我心里清楚得很。我必须知道我们现在的处境！”戈特弗里德含糊其辞，搪塞了一顿，什么都没说。汉娜很替她19岁的女儿菲利帕担忧，她跟施陶芬贝格的副官维尔纳·冯·海夫腾（与施陶芬贝格一起遭枪决）走得很近，海夫腾似乎对她毫无隐瞒。稍晚，汉娜用纸牌替我们每个人算命；她算得很准。结果我们三个人的大限似乎都还没到。然后我们一起去她家。乔吉·帕彭海姆弹钢琴给我们听，弹得极好。然后，他、阿加·菲尔斯滕贝格和我一同返回格林瓦尔德阿加处过夜。

早在7月16日，布雷多家里就已开始谈论，那个星期希特勒的司令部将被炸毁。

发生空袭，我们全被拖下床。这一次炸弹就落在我们住处附近，只好进掩体躲藏；所谓掩体只不过是搭在草丛下面一栋可笑的木头建筑而已。两枚链在一起的空雷掉在距离不远处，因为用降落伞吊

着，所以坠落的时间颇长。我们全蹲在地板上，头上戴着钢盔，阿加的钢盔歪得不像话，最紧张的时刻我还是忍俊不禁。厨子福气好，耳朵全聋，外面的噪音一点都听不见，学我们的样儿趴在地上。

下午去见约翰神父。他认为在俄国教堂内举行追思太危险，但他公寓里有个小教堂，我们在那儿举行仪式。只有我一个人参加，从头哭到尾。后来我告诉罗玛莉，我忘了海尔多夫的教名，她震惊地大叫道："蜜丝！是沃尔夫钦！"

7月25日，星期二 205

一早打电话去亚当·特罗特家，他还好好的。可是等我去他办公室时，他人已经不在了！房间里只有他的秘书——她人很好，也是我的朋友——满脸惊惧！很快在玛莉亚·格斯多夫家吃过午餐，赶回办公室。这一次亚当的秘书想把我推出他房间，我挤了进去，看见一个穿便服的小个子站在他桌前搜他的抽屉，另一个人斜坐在扶手椅上。猪猡！我仔细瞄他们，想看清楚他们的扣眼，后来才想到盖世太保都把徽章戴在里面。我故意大声问秘书："冯·特罗特先生呢？还没回来吗？"那两个人都抬头看我。走出房间后，秘书用充满哀求的眼光看我，同时把食指按在嘴唇上。

我一步三阶地冲下楼梯，闯进法官里克特的办公室，表示我们必须立刻采取行动，阻止亚当回办公室，盖世太保已经来搜了。法官痛苦地看了我一眼说："太迟了！今天中午他们已经把他带走了。幸好当时亚历克斯·韦特跟他在一起。他开另一辆车跟在后面，希望很快就会回来，查出亚当为什么遭到逮捕。"法官显然仍未起疑心，他说早上亚当去威廉街外交部参加每日会议，盖世太保在那个时候走进他办公室，问他人在哪里。秘书本想溜出去警告亚当，却被捉住不准离开房间，结果亚当直接走进陷阱里。国务秘书开普勒尔（他是在外交部任职的一位纳粹党高官，曾经担任解放印度司司长）本来跟他约好下午1点在阿德隆旅馆吃午餐。目前西克斯博士似乎有意救他出来，已派副官去打听罪名。但我怀疑西克斯不会努力太久。

我离开办公室，奔去玛莉亚·格斯多夫家。但丹麦代理大使斯蒂恩森也在那里，所以我不能多说；只拼命流眼泪。玛莉亚试着安慰我：一定是搞错了，他不可能涉案的，云云。她若知道真相就好了！但我绝对不能做任何解释。

过了一会儿，海因茨·格斯多夫回家。他自己也有麻烦，因为他的上司，柏林警备司令冯·哈泽将军（我们去战俘营看吉姆·维
206 耶曾斯基就是他安排的）是参与兵变的重要人物，在和戈培尔会面发生严重争执后已遭到逮捕。为什么哈泽不当场就把那个鼠辈给毙了？

好几个人已经自杀；包括将位于东普鲁士的产业拉斯滕堡让给希特勒做最高司令部的伦多夫伯爵。哈登堡王子听说有人去逮捕他，开枪射中自己的胃，伤得很严重。他很早便参与反抗活动，因为施陶芬贝格和维尔纳·海夫腾最后一个周末是去他家过的，所以受到怀疑。结果逮捕他的两名盖世太保，在返回柏林途中发生车祸死了——这是目前唯一的好消息！我们部里的汉斯-贝恩德·海夫腾今天早晨也遭到逮捕，据说他们还发现了名单。

晚上睡在格斯多夫家客厅的沙发上。他们还是没装窗子，不过天气炎热，反正也没有差别。空袭在午夜开始，机群很快便飞到头顶上，我们几乎没时间穿衣服便仓皇钻进隔壁房屋（去年11月烧毁）的地窖里去。敌机投下空雷。这么多年来，这是我头一次一点都不觉得害怕。

事实上，伦多夫先遭到逮捕，到了柏林成功脱逃；但后来又被逮住，之后被处绞刑。

有些名单不可避免（诸如为进行“女武神”计划，必须列出各军事指挥部内负责联络的密谋军官）；有些（譬

如未来政府的组成人员）却不可宽赦，像是冯·德·舒伦堡大使被列入名单，事先根本没跟他商量过。

7月26日，星期三

早晨法官里克特依旧保持镇静；显然并不知道亚当·特罗特和汉斯-贝恩德·海夫腾涉案有多深，认为一切都是误会，很快就会化解。可是当亚历克斯·韦特走进来，只绝望地看着我，我的眼泪又夺眶而出。法官和莱波尔特都一副惊愕的表情。

我实在没办法待在办公室，决定回家。玛莉亚·格斯多夫已经慌了，彼得·约克·冯·瓦滕堡伯爵（他妹妹是玛莉亚的挚友之一）也被逮捕了。

约克·冯·瓦滕堡伯爵为资深公务员，长期参与反抗活动。他的名字列在密谋者的内阁名单上。

午餐过后，珀西·弗雷来看我。我领他走到屋外的废墟里，告 207
诉他以后我不能再和他见面；常在玛莉亚家出入的人，现在可能都遭到监视，他那辆挂着外国牌照、全新的汽车太引人侧目。现在我们都不应该和外国人交往。他同意最稳妥的做法是，偶尔打电话去“狮窝”（也就是办公室）跟我聊聊。

晚餐前，我一个人在格林瓦尔德里散步，独自坐在长凳上一整个晚上，愈想愈悲哀，不管路人怎么看我。

晚上戈培尔再次在收音机上广播，谈这次谋刺行动，尽可能恶毒地攻击每一个人。不过舆论似乎并不支持政府。街上的行人看起来各个脸色惨白，心情沮丧，甚至不敢直视别人。一位电车车长大声批评戈培尔的谈话，对我说：“真令人作呕！”

但“安全局”对于当时大众反应的报告（战后才公布，且可靠性出奇的高），却显示一般民众及前线部队都不支持该次兵变，就连各教会亦正式发表谴责声明。

毕竟德国境内的反抗运动规模一直不大，只有少数由个人或小集团发起的独立行动，互无关连，又少互通声息。这些行动从谴责不公平待遇、协助遭威胁或迫害的人士，到策划兵变及谋刺希特勒不等。最后的这个极端手段，就连许多最坚决反纳粹的人士都认为是不道德的做法，不可接受。

7月27日，星期四

今天法官里克特告诉我亚当·特罗特的案子愈来愈不乐观。检察官在过滤目前搜集到的证据之后，向西克斯博士的副官证实他们的确找到名单，而且亚当是负责外交事务的副国务卿人选！西克斯似乎仍有意救他出来，亚历克斯·韦特更夜以继日地催促他这么做，至少现在他尚未落井下石。他们希望能争取第三中立国出面干预，但我觉得这样反而对他更不利。

208 戈特弗里德·俾斯麦每天都进城，和我约在我住处附近的废墟里见面。今天他仍满怀希望，不认为他们会杀亚当，可是他说海尔多夫必定难逃一死；希特勒特别恨他，因为他不仅是纳粹党老党员，还是褐衫军将领之一。据说瓦格纳军需署长已自杀。

戈特弗里德打算明天开车去他在波美拉尼亚的农场赖因费尔特城

堡，因他觉得已经在家里乖乖待了一个星期，证明他没什么好怕的，或许现在该离城一段时间。他希望我和罗玛莉·舍恩贝格也一块儿去，但我不可能。我必须假装一切如常，每天仍去上班，即使我根本什么事都没做。

反纳粹多年的瓦格纳将军因提供施陶芬贝格逃离拉斯滕堡的飞机，绝不可能脱罪，便于7月23日举枪自尽。

7月28日，星期五

今早去美容院烫发。

戈培尔宣布将“全面参战”，意味着关闭所有“不必要”的商店，全民动员，显然希望借此征召所有成年人口，断绝人民在后方推翻政府的可能性。本来编制整齐的后备部队，因受到这次案件的牵连，现在司令官已换成希姆莱；部队内不再行传统军礼，改为伸出右臂，喊叫：“希特勒万岁！”这令每个人都气愤填膺；实施这一连串疯狂的法令已到了荒谬的地步。

目前仍没有人知道前后备部队司令弗罗姆将军的消息。戈特弗里德·俾斯麦说密谋者并不信任他，因为他从未明确表示愿意加入，所以兵变一开始便逮捕他，把他锁在他自己的办公室内，班德勒街指挥部由奥尔布里希特将军接管。

结果警备部队（该单位负责所有政府机关的守卫工作）里的一位指挥官雷默少校把他放了出来。行动之前，他们本来打算将雷默支开，海尔多夫曾经这么提议过，但军队里的密谋者却没有听从他的警告。其实雷默一开始似乎也有意加入，后来戈培尔召见了他，并且安排他直接和希特勒通电话。

209 吃过中餐后，戈特弗里德和罗玛莉·舍恩贝格开车来道别，他们将前往波美拉尼亚，希望一个星期后能够回来；他们又试着说服我一起去。这两个人处境都极危险，却一副毫不在乎的样子。托尼·绍尔马已回他在西里西亚的家。所有好朋友都离城了，只有我还留在这里；但我必须留在柏林城内。

弗罗姆将军并没有因为在兵变当天临阵退缩而得到任何好处。隔天他遭到逮捕，被囚禁长达数月，受到各种酷刑，最后于1945年3月处决。

7月29日，星期六

亚当·特罗特的处境悬宕不决。很多人都做了努力，现在只能静观其变。我会想办法去普菲尔家过周末。

早上办公室的电话铃响，原来是罗玛莉·舍恩贝格。“你在哪里？”“阿德隆。我跟梅勒妮（俾斯麦）住在这里，千万别告诉任何人，吃惊吧？是不是很棒？”这只代表一件事：戈特弗里德·俾斯麦还是被捕了！我说我会在午餐时间赶到。到了阿德隆旅馆后，看见戈特弗里德的长兄奥托，他昨夜刚从弗利德利斯鲁城堡赶来。他们正打算回波茨坦。梅勒妮虽然脸色惨白，却很镇定，决心不计任何代价也要把戈特弗里德救出来。她说她试着跟所有人联络，奥托则试图联络戈林。后来罗玛莉告诉我经过情形：昨天出城时，戈特弗里德的车子抛锚，他们转搭火车，先到赖因费尔特城堡，凌晨3点才刚吃完晚餐，三名盖世太保便走进来逮捕了戈特弗里德，同时还搜索了整座城堡。他们给他时间联络梅勒妮，然后直接载他回柏林。梅勒妮对我说，有人警告她格斯多夫家已受到监视，电话亦遭窃听。她求我别再和珀西·弗雷见面，我答应她至少绝不会再带他去格斯多夫家。

下午刚从里斯本回来的罗拉·沃尔夫走进办公室。她即将临盆，特别赶回德国生产。她看起来简直像从外星球回来的：新衣服、精神饱满又整洁。这里发生的变化令她瞠目结舌；结婚前她曾替法官里克特工作，那时塔蒂阿娜和路易莎·维尔切克都还没结婚，兰曹还在这里工作。哎，恍如隔世！

到动物园车站和珀西·弗雷及提诺·索达提会面，他们开车载
我去距离柏林一个小时车程的普菲尔家，阿加·菲尔斯滕贝格和乔 210
吉·帕彭海姆已经先到了。

曼斯菲德　7月30日，星期日

一谈起7月20日的事件，C.C.普菲尔就变得特别谨慎。我提起某一个细节，他一副震惊的表情，我立刻改变话题。不知事前他是否已有所闻；就算他知道，我也不觉得惊讶，因为他在军事情报局工作，那里有很多人参与密谋。不过这种时候，每个人都难免提心吊胆，如履薄冰。

下午珀西·弗雷开车载一些人去布科夫的霍斯特曼家，但我留在家里，什么人都不想见。

柏林　7月31日，星期一

回来上班后发现办公室一片混乱。戈培尔最近宣布“全面参战”殃及全国，我们情报司必须交出百分之六十的职员，男人上前线，女人进军需品工厂。伊迪丝·佩法尔、厄施·冯·德·格勒本和罗玛莉·舍恩贝格都被解职，我被留下；令人有点纳闷，因为支援我做照片档案的最后一批技术人员、摄影都已离开了。

其实我也注意到，自从亚当·特罗特被逮捕后，西克斯博士对我关爱有加，有时候甚至让我想跟他谈亚当的事，可是法官里克特求我千万不可以松口，因为西克斯其实非常愤怒。他表示亚当被捕，连累了整个外交部。他从来没有公开提过亚当的名字，只在一次会议里宣布说：“我们司里有两匹害群之马！”指的当然就是亚当和海夫腾。他大概觉得至少应该公开表态一次吧，其他时候则绝口不提。亚当的名牌到现在还挂在他办公室门上，令我感到安慰，仿佛是保证他仍活着的一个象征。我害怕名牌被拆掉的那天终将来临。

自1944年春天开始，希姆莱通过瑞典方面，小心放
出求和的试探风声，西克斯博士多次赴瑞典便为执行那项
任务。就连希姆莱都开始怀疑德国不可能战胜，向来讲求
实际的西克斯更心知肚明。他在“七月密谋”前后对特罗
特，甚至对蜜丝的态度判若两人，很可能是因为他老谋深
211 算，希望战争结束时，能够利用这两个人与盟军阵营的关
系。西克斯的亲信之一蒙克博士便作证指出，西克斯曾命
令他和另一位党卫军高官施米茨博士，草拟一封致希姆莱
的信，建议某些外交部遭到逮捕的官员（指特罗特及海夫
腾）虽然罪行重大，但明智的做法或许不该予以处决，应
将其收押，作为来日与盟军协商的筹码。据称希姆莱本人
赞同这个做法，但当他上呈希特勒时，后者暴跳如雷，大
吼道：“外交部最坏，应该把里面所有的人统统吊死！”

午餐吃到一半，保罗·梅特涅从阿德隆旅馆打电话来。他选在这么危险的时候来柏林，把我吓坏了。但他实在太替这里的朋友们担心；他说他没有告诉塔蒂阿娜他来这里，假装是为了处理捷克另

一片产业的问题赶赴布拉格。又告诉我希奥尔希奥·奇尼又来了。我很高兴有保罗陪伴，但这个时候待在柏林实在太危险了！

稍后，去阿德隆和保罗及希奥尔希奥见面。奥托·俾斯麦和罗玛莉·舍恩贝格也在那里。阿加·菲尔斯滕贝格这次玩笑又开过火了，见到保罗时，她老远从旅馆前厅的另一头大叫道：“你也是密谋者之一吗，保罗？怎么一张苦瓜脸？”现在向来口无遮拦的她和托尼·绍尔马，成了我们的“麻烦鬼”。兵变隔天，托尼在街上遇见另一位军官，竟然自我介绍说他是“施陶芬贝格”！

奥托很快便带着希奥尔希奥返回弗利德利斯鲁。罗玛莉趁着保罗在和别人说话的当儿，把我拉到角落里，告诉我这两天她的经历。

戈特弗里德在被盖世太保带走之前，抓住机会告诉她，施陶芬贝格用剩的炸药被他藏在波茨坦官邸的保险箱里，并把钥匙塞给她。她立刻搭送牛奶的火车，赶在戈特弗里德与警卫之前抵达官邸，取出两个包裹——她说两个包裹都跟鞋盒差不多大，外面包着报纸——推出一辆自行车，把其中一个包裹小心放在龙头上，骑进无忧宫公园内，途中撞上一位送货男孩，跌下车来，包裹也掉了。为了怕引起爆炸（她对炸药当然一无所知），还很勇敢地扑在包裹上，但当然什么事都没发生。最后她把包裹丢在公园里的一个池塘里，但包裹不断浮出水面，她不断用树枝往下按。后来在绝望之余，只得把包裹捞出水面，埋在一丛树后面。正打算骑自行车离开时，抬 212
头一看，赫然见到一个男人站在池塘后面看她。他看了多久？会不会去告密？她像一阵风似地骑回官邸。但这时已紧张过度，没办法再如法炮制处理另一个包裹，只得把它埋在花园里的一个花床下面。俾斯麦家的女仆安娜帮着她埋，一副完全不好奇的样子。罗玛莉很可能因此救了戈特弗里德一命，因为几个小时后第一批警察就来了，对整栋房子做了地毯式的搜查。

虽然，罗玛莉有时候狂热得近乎危险，但我的确佩服她的勇气和机智。

保罗到玛莉亚·格斯多夫家吃过点心后，坚持要去波茨坦一趟，让梅勒妮和戈特弗里德知道朋友们一定会支持到底。我们很晚才抵达，只有奥托和罗玛莉在家。我们坐了一个小时左右，才搭最后一班火车回城。一路上我觉得非常不舒服，好几次趁火车进站走到月台上呕吐，保罗极有耐性地陪在旁边。或许是我的身体终于开始对这几天紧张的情绪起了反应。

保罗给了我极大的支持，他一如往常，沉静且讲求实际。他说得没错，现在的情况是不可避免的结局，我们爱莫能助。兵变既然失败，所有涉案的人当然必须付出代价。这样反而给了纳粹一个大好机会，除去他们向来最痛恨又畏惧的人。

保罗现在总是随身带根手杖，那是他祖先梅特涅首相留下来的遗物。但保罗并不习惯用手杖，所以时常被绊倒。那根手杖看起来很轻，外面包着一层木质，其实是用铁做的，非常沉重，若掉到地上，就跟发射手枪一样响。我第一次听到时吓得跳了起来。保罗说若必要，他会用它。

> 另外一名参与密谋的关键人物崔斯考少将在兵变失败后自杀。死前留言："我们都没有权利抱怨，无论是谁，参与了反抗活动就等于已破釜沉舟。然而一个男人真正的价值，正决定于他是否随时准备为自己的信仰牺牲。"

8 月 1 日，星期二

保罗·梅特涅今早离开。现在他已知道一切，催促我赶快请医
213 生建议的病假，去柯尼希斯瓦特和家人相聚。由于听说初次审判要等到三个星期后才开庭，我决定听他的话。

奥托·俾斯麦来玛莉亚·格斯多夫家午餐，他已用尽各种办法想帮助戈特弗里德，但直到目前为止，他和梅勒妮还没见到任何一位在台上的人。他们通过盖世太保送食物进去，却不知道他拿到了没有。亚历克斯·韦特送了一个皮箱进去给亚当·特罗特，我们也不知道结果如何。

晚上我和珀西·弗雷在废墟见面，讨论各种逃亡的可能。罗玛莉·舍恩贝格一直想说服珀西替那些成功逃脱的人弄到瑞士签证。梅勒妮的姐姐，爱丽丝·霍约斯也从维也纳赶来，帮忙打听他们到底被关在哪个监狱里。

然后珀西载我去万湖。墨索里尼的大使安富索邀请奥托和我去他那里晚餐。只有安富索和他的新婚太太在家；她是个漂亮的匈牙利女孩，名叫内丽·塔斯纳蒂，有点像塔蒂阿娜，不过是金发。

之前我没有机会问奥托是否打算提戈特弗里德的事，但很快便看出来他不打算谈。其实我有点惊讶，因为他和安富索算是很好的朋友；不过，安富索也是在墨索里尼垮台之后，少数还对他效忠的意大利大使；我尊敬他这一点。吃过晚餐后，我们坐着聊天。安富索一直谈论“炸弹事件”，因为那件事刚发生过后，他便陪同墨索里尼去拉斯滕堡做官方访问。他说那天晚上希特勒是唯一还保持镇静的人，其他的随从仍显得十分混乱。安富索开玩笑说，一开始他自己也如坐针毡，因为他怕刺客是支持巴多格里奥的意大利人，后来听说是德国人自己干的，才大松一口气。他不断讲俏皮话；奥托和我努力装着一副满不在乎甚至还觉得好笑的样子。

我们很早便告辞。奥托自己开车，叫他的司机坐后座，然后用英语问我最近有没有见到罗玛莉，因为梅勒妮今天晚上也在波茨坦被捕了。两个男人和一个女人去官邸逮捕她；当时她还住在那里，因为戈特弗里德仍是名义上的地方首长。他们搜了房子，不过没搜花园；感谢上帝！幸好罗玛莉已搬去阿德隆旅馆。奥托相信下一个被逮捕的亲属一定会是她，他要我陪他去阿德隆，如果警方已在那 214

里等候，我可以通知他留在弗利德利斯鲁的太太安·玛莉。回到旅馆时已过午夜，奥托小心检查过前厅和信箱，然后问工作人员有没有人找他；一切似乎还好！我们约好明天早上 10 点由我打电话给他，如果听说他出去了，就等于出了状况。

8 月 2 日，星期三

现在我也搬进阿德隆旅馆跟罗玛莉·舍恩贝格一起住。在昨天约定的时间打电话给奥托，一切平安。我同时跟塔蒂阿娜联络上，保罗·梅特涅已平安返回柯尼希斯瓦特，我告诉她我很快就会去。

今晚又发生空袭。我们因为太疲倦，懒得下楼，但后来突然听见两声巨响，这才赶紧穿上长裤和毛衣，冲到掩蔽壕内。所有客人似乎都在仓促间胡乱穿衣，平常总是衣着光鲜的卡拉扬此刻光着脚丫，披着一件风衣，毛发根根倒竖。

8 月 3 日，星期四

罗玛莉·舍恩贝格现在每天大部分时间都待在阿尔布雷希特王子街上的盖世太保总部。她说她找到了一位“联络人”；那人是希姆莱的高级副官，很多年以前跟她认识。她现在设法从他口中套出戈特弗里德·俾斯麦和亚当·特罗特的情况。听他的口气一点都不乐观，他说:“那群猪一定会被砍头！”很懂得适时讨好别人的罗玛莉，故意天真地跟他辩论。她真正的目的是想查出监牢里有没有可以收买的守卫，同时也想设法见到党卫军中将沃尔夫。据说他是党卫军所有将军中较“温和”的一位，他曾赴意大利访问了几次，担任凯塞林元帅的副指挥官。另外一位洛伦兹中将，依据“他们”的标准，也算正派，素来负责重新安顿从东欧调回来的德国人；他也是亚历克斯·韦特妻子的叔叔，有两个很可爱的女儿，以前乔吉常跟她们玩在一起。据说他正尽力替亚当说情，不过已引起许多同僚不满。或许正因为他不像其他人这么坏，所以也没多大用处。罗玛莉勤于跑盖世太保总部，有一次竟在走廊里撞见亚当本人，他戴着手铐，显然正被带往审问室；他认得她，却毫无反应。她说他脸上的表情就像已经身在另一个世界似的。他们肯定都受到酷刑。 215

有一次罗玛莉还在楼梯上看见冯·哈塞尔大使。他身穿紧身夹克，手臂上绑着吊腕带。几天前她才和他吃过中餐，那时他的手臂好得很。意外相遇时，双方都不敢露出认识对方的迹象。

许多被逮捕的人的确遭到毒打及酷刑，最普遍的刑法为夹手指、用长钉刺腿，甚至用中世纪的“拷问台”（将犯人往两边拉）。但只有少数参与“七月密谋”的人招了供，令人钦佩折服；这也是为什么虽然紧跟着发生浴血肃清，但仍有许多人幸存；而且一直到大战结束，盖世太保仍然不知道全部真相的主要原因。

哈塞尔跟冯·德·舒伦堡伯爵一样，也出现在密谋者的名单上，是未来的外交部长人选之一。兵变失败后，他在柏林街头逛了好几天，后来返回办公室，沉着等待被捕。当时大部分逃亡的人都拒绝投奔朋友，怕连累别人；更有些人故意被逮捕，以拯救家人免遭“连坐法”的报复。

今天早上我在办公室里“工作”时，彼得·比伦贝格突然走进来。他和亚当一向很亲近，今天来找亚历克斯·韦特，但韦特出去了。我们坐在楼梯上，我把我能讲的全告诉了他，他坚持一定有办法救亚当出来。他说亚当现在被关在柏林城外，但每天都会由一名守卫押送，从监牢到阿尔布雷希特王子街的盖世太保总部接受审讯。

彼得认为我们应该伏击押送人犯的汽车，然后将亚当偷偷送到德国占领下的波兰，把他跟波兰游击队藏在一起；彼得在该地管理一家工厂，他和游击队有联络。听到有人愿意采取行动，甚至敢对抗党卫军，我感觉十分欣慰！其实参与密谋的关键军官这么多，并非所有人都已遭到逮捕，这个计划听起来的确可行。

> 因“七月密谋”遭逮捕的人犯，最初被关在阿尔布雷希特王子街盖世太保总部的地牢里，后来因人数增加，被移往两千米半之外、位于莱特街所谓的莫阿比特监狱内，再从那里被押回总部接受审讯。

216 我们慢慢得知，兵变除了在柏林失败之外，其他地方几乎都成功了。巴黎一切依照计划进行，所有党卫军高官都遭到逮捕，眼看着整条西线即将由密谋者接管。如今指挥驻法德军的冯·史图尔普纳格将军已举枪自尽，却没有死成，只是瞎了双眼。西线的总司令，冯·克卢格元帅曾几次和戈特弗里德长谈，但直到现在似乎仍未受牵连。罗玛莉告诉我，隆美尔也有份，可是他在 7 月 20 日之前突然发生车祸，现在仍住在医院中。

> 西欧有许多高级将领参与密谋，从西线总司令冯·克卢格陆军元帅开始，以及法国的军事首长史图尔普纳格将军。7 月 20 日下午 6 : 30，贝克将军从班德勒街打电话给史图尔普纳格，问道：“你支持我们吗？”“当然！”几个小时之内，未发一枪，1200 名党卫军及盖世太保重要军官，便在党卫军中将、希姆莱驻法代表奥贝格带头之下，

全部被收押。到了深夜，希特勒仍然活着，以及柏林兵变失败的消息传来，克卢格的随从催促他径自与盟军签订停战合约，但他决定放弃，下令释放党卫军。巴黎兵变于是也在午夜时分告终。

史图尔普纳格在座车经过凡尔登时（第一次世界大战他曾在该地作战），他命令司机停车，让他“伸伸腿”。司机很快听见一声枪响，冲过去发现将军手握着枪，双目已瞎，但仍活着。虽然他受了伤，却仍被拖上弗赖斯勒主持的“人民法庭”。1944 年 8 月 30 日，他和“西方集团”另外几个人一起被处绞刑，之后还有许多人陆续受害。

至于一直受到希特勒宠爱的隆美尔元帅，虽然密谋者不断与他接触，他亦表示同情，却从未做出任何正面承诺。不过在盟军登陆诺曼底之后，他曾经对希特勒下了一道最后通牒，要求立刻终止西欧的战争。两天之后，他在从诺曼底前线乘车返回途中，座车遭盟军战斗轰炸机炮轰及扫射，他严重受伤。回德国疗养期间，他与密谋者的接触曝光。10 月 14 日，轮到他接获最后通牒：自杀，或与家人一起遭到逮捕及接受审判。隆美尔选择服毒。希特勒为了顾全颜面，仍为他举行军事葬礼。

维也纳的接管行动亦进行顺利，不过只维持了 48 小时。但所有参与的人到那时已涉案极深，几乎没有一个人逃脱。

维也纳的军事接管和巴黎情况相同，非常成功。但过 217
了几个钟头之后，当地指挥官了解到“女武神”只不过是推翻政府的一个幌子，立刻放弃，让党卫军及盖世太保重新接管。

事实和蜜丝想的正好相反，密谋者推翻政府的呼吁，不论在德国境内或德国占领的欧洲各地，都未获得积极的回应——再一次证明就连德军部队也不支持他们。

今晚罗玛莉、乔吉·帕彭海姆、托尼·绍尔马和我一起去阿加·菲尔斯滕贝格住处晚餐，吃腌碎牛肉，甚至还有威士忌——是乔吉从西班牙带来仅剩的食物补给。餐后托尼载我和罗玛莉回阿德隆。多亏他一条腿受伤，到现在还获准使用汽车。现在他成了我们不可或缺的精神支柱，总是爱开玩笑，总是很愿意帮忙，充满了勇气。现在像他这样的男人太少了。

亚当被捕之后，我一直尝试与哈索·埃茨多夫联络；我现在知道他也很早就参与密谋。这当然就是他一直不可捉摸，甚至对我都闪烁其词的原因。我听说他在柏林城内，希望他能给我一些建议。几天前他的座车在库达姆大街上经过我身边，他命令司机停车，下了车走回头来跟我打招呼，然后挽着我的手臂，带我穿过著名时尚摄影师弗格被炸毁的房子，走上后面楼梯，然后才开口讲话。他证实弗里茨·舒伦堡留有密谋者及未来政务人选名单的传言。真是疯狂！我告诉他我拼命想找他，必须仰赖他的帮助，他表示现在最糟的一点，是没有在位的人可以求助；不过他仍然承诺会尽力而为。我感觉他自己似乎也准备随时被逮捕，不断四下张望，一听到声响就噤声住口。他答应过几天会来找我，可是到现在仍然没有下文。

柯尼希斯瓦特　8月5日，星期六

今天早上搭早班火车赴柯尼希斯瓦特。我打算用医生证明请病假，尽量久待。

8月6日，星期日

在德累斯顿受训的汉西·维尔切克来度周末。他太太西吉整个夏天都待在这里和塔蒂阿娜一起接受治疗。大部分时间我们都躺在小岛上晒太阳，讨论7月20日发生的事。保罗·梅特涅把他最好的葡萄酒全搬了出来。汉西的体重直线上升。下午茶时间，一辆极大的豪华轿车开进中庭，保罗忠实的大管家兼秘书丹豪福将所有的门 218
都堵了起来，大家都相信一定是警察来了。塔蒂阿娜下去迎接他们，装得一副满不在乎的样子。结果车门打开，西吉的姐姐，瑞妮·施廷内斯跨下车，原来是她开她男朋友的车来看我们。他是黎凡特人*，挺讨人喜欢，大概在从事黑市交易。瑞妮留下来喝下午茶，向我们描述布达佩斯；她刚去那里买衣服，听起来像个绿洲。

8月8日，星期二

今天所有报纸的头条新闻：冯·维茨勒本陆军元帅、冯·哈泽中将、赫普纳上将、斯蒂夫少将、彼得·约克·冯·瓦滕堡伯爵，还有其他几个人——总共八人——都已被解除军职，押上恐怖的“人民法庭”接受审判。这批人肯定会被判死刑。遭枪决或处以绞刑。新闻标题为“叛国重罪”。其他我们认识的已遭逮捕的人，名字都未上报，让我们还怀抱一丝希望，或许政府不愿闹大。

> 早在7月24日，博尔曼便已警告纳粹党各地方首长，希特勒极关切暗杀事件的报道方式，不希望演变成对军方全面性的攻击，应强调暗杀为一偶发事件，而非涉及广泛

* Levant，指中东或近东。——译者注

的阴谋。军中各高级将领立刻回应，压制一切对军方不利的报道。8 月 4 日，一个特别成立的荣誉法庭在声誉卓著的冯·伦德施泰特陆军元帅主持之下，先剥下所有涉案的军事官员的军服，再将他们交到刽子手的手中。

盟军方面的广播毫无道理：他们不断指名道姓，报道他们认为参与密谋的人士，很多人根本还没被政府通缉。

我以前常警告亚当·特罗特这种情况一定会发生。他总希望盟军会支持“正派”的德国，我却一直强调到了这个地步，他们只想摧毁德国，不管是什么样的德国，绝不会费心思去区分“好”德国人与“坏”德国人。

当时盟军的广播记录现在已极难取得，不过那些报
219 道的确导致许多本来可能幸存的人遭到杀身之祸。所有负责或参与战时英方对德国广播的节目策划人，一致宣称他们对此事一无所知，然而盟军做了这些广播却是不争的事实。彼得·比伦贝格的妻子克丽丝特贝尔在其出版的《逝去的自我》中写道：“没有人表示支持……丘吉尔志得意满地旁观‘德国人自相残杀’；埃恩斯军中广播电台得意扬扬的组员，过去向来扮演丑角，现在却成了恶作剧的童子军，大为开心地落井下石，把所有他们能想到与所谓‘和谈密谋’有关的人全扯进来……”唯一曾经提起过这类广播的人是巴尔福，他在《1939—1945 年间之战时宣传》（*Propaganda in War:1939-1945*, Routledge & Kegan Paul, 1970）一书中写道：“加来军中广播电台除了助长关于涉案人士的谣言之外，亦促成纳粹党与德军之间的猜忌，成

果有目共睹……”埃恩斯与加来广播电台都利用曾经由德方控制的频道，对德国播出“黑色”即打击士气的宣传广播，由伦敦情报司负责运作。

除了类似菲尔比在其著作《我的秘密战争》(*My Secret War*, Granada Publishing, 1969)中所告白的，英国情报局恶意使许多反纳粹人士和平试探的努力成为泡影的幕后操作之外，反纳粹人士本身对这些具毁灭性的广播也难辞其咎，他们为了博取盟军的支援，夸大支持密谋的人数及官阶。

盟军对德国反纳粹活动的暧昧态度，在“七月密谋”事件发生前便令许多密谋者大失所望，兵变失败后这种态度亦无改变。虽然密谋失败，但由苏联赞助的“解放德国委员会”早在7月23日便公开向德国军队及平民大众呼吁支援反纳粹活动；英方却一直不表示支持。并且BBC接获指示，刻意不把该事件诠释成一场内战的发轫，只强调它再度证实了德国将领面对不可避免的失败，已无心恋战的事实。当布拉肯向丘吉尔报告“七月密谋”的消息时，后者只说：“德国人自相残杀得愈厉害，愈好！”

8月9日，星期三

保罗·梅特涅收到艾伯特·埃尔茨寄来的一张明信片。埃尔茨刚去过柏林，只停留数小时。“亲爱的保罗，我现在柏林，感到十分绝望。多么大的悲剧！多么混乱！我们所有的希望都已化成灰烬！你对有人企图暗杀元首做何感想？感谢上帝，我们伟大的领袖又再一次获得神佑！艾伯特上。”

220 **8 月 11 日，星期五**

报纸登出“人民法庭”对第一批被告初审及交叉讯问证人的细节。发布的答辩似乎全属捏造，俨然是“斯大林摆样子公审”的再版。有时候根本词不达意，令密谋者在国人眼前显得荒唐无稽。庭上的法官是个名叫弗赖斯勒的家伙，是只典型的犬儒猪。历史会永远记得他！

所有被告一律被判绞刑。冯·哈泽将军和他的家人都是我们的好朋友；尤其是母亲，常去看他们。他们甚至来过这里。约克伯爵是亚当·特罗特的密友，他的兄弟姐妹已全遭到逮捕，只有已故冯·毛奇大使的遗孀例外。

弗赖斯勒博士（1893—1945）曾是共产党员（第一次世界大战以战俘身份在西伯利亚接受思想改造），参与了1942年1月20日所举行、决定德国占领下欧洲之犹太人“最终解决方案”的万湖会议。1942年8月，他奉派担任“人民法庭”主席，该法庭在摄影机前审判所有反对第三帝国的罪犯，在被告无上诉权的情况下，做出最后判决。

审判的基本原则由希特勒亲自制定:“最重要的是，绝不能给他们时间发表冗长的演说；这点由弗赖斯勒负责。他便是我们的维辛斯基！”——指的是“斯大林莫斯科摆样子公审”的主要检察官。为了让被告在经过挑选的观众前出丑，不准他们打领带或佩戴吊裤带及皮带，弗赖斯勒因此可以不时嘲讽他们必须抓紧裤腰的窘态。

弗赖斯勒并适时打暗号，指示启动摄影机，然后开始高声谩骂污辱被告，讨好观众——尤其是讨好希特勒，因为胶片一洗出来，便会立刻送去给元首欣赏。技术人员常抱怨他的狂吼令影片声带模糊不清，但他并不理会。就连一手制定许多第三帝国最残酷法令的司法部部长提拉克博士（在盟军占领德国之后自杀），都为他用词下流的辱骂讥嘲感到震惊，曾对博尔曼抱怨弗赖斯勒的表现“值得商榷，且有损如此重要场合的尊严”。本来戈培尔打算利用每周新闻短片播出时段，播放这些影片，但第一次试放，便令经过挑选的纳粹党观众大倒胃口，于是作罢。最后只有一卷拷贝幸存：30多年后在民主德国发现，1979年7月由联邦德国电台播出，令当时的观众瞠目结舌。 221

8月12日，星期六

玛莉亚·格斯多夫来信，语气模棱两可，显然不能放心多说……“一切都令人悲伤沮丧……”我希望她指的是第一次审判，不过仍然觉得忐忑不安。

安托瓦内特·克罗伊和她丈夫开车从卡尔斯巴德来这里，告诉我们巴黎的最新消息。她常和乔吉见面；他主动提出要从反抗军那里弄一张假身份证，好让她取消婚礼，留在法国，直到战争结束。他甚至带着那张证件赶去车站，希望她在离开前的最后一秒改变主意。

8月18日，星期五

我们在湖里裸泳。大家在这里的生活看似悠闲惬意，其实内心的焦虑仿佛套在头上的铁箍，愈箍愈紧，我的病假想必对我的健康有益，但再过三天就将结束。怪的是，我竟感觉轻松无比，因为这里的平静生活反而令我无法忍受。有时候跟父母相处也很困难，因为他们完全不能体谅我，或许因为他们一无所知，又心生怀疑吧，所以总是替我担忧，逼我多说。但我没告诉他们什么，因此更令他们生气；恶性循环！

柏林　8月22日，星期二

一早抵达柏林，直接赶去玛莉亚·格斯多夫家，她正在吃早餐。我问她最新情况，她惊讶地瞪着我说："难道你不知道？亚当、海夫腾、海尔多夫、弗里茨·舒伦堡和其他很多人都被判死刑，上个星期五已经吊死了！"我立刻打电话给罗玛莉·舍恩贝格，她却什么都不肯讲，只说马上赶过来。玛莉亚说罗玛莉现在集中心力，想查出老舒伦堡伯爵的下落，因为他昨晚失踪了。

罗玛莉来了以后，我们坐在楼梯上呆瞪着眼前的一片废墟。最近发生的事令她感觉瘫痪了似的。她并不相信亚当已经被吊死了，谣传他是刑期唯一往后延的人。

222 8月11日，外交部接获通知，特罗特将在下一次"人民法庭"举行的审判中（8月15日星期二或16日星期三）被判死刑。后来博尔曼接到命令，表示，"特罗特显然还隐藏了许多事实，'人民法庭'因此决定延后执行死刑，让有关单位继续进行审讯。"

托尼·绍尔马去旁听审判，大吃一惊，因为只准经过挑选的观众入席。罗玛莉坐在他车里等在法庭外面。他出来后放声痛哭；所有的被告都坦承他们想杀希特勒，海夫腾说如果再给他机会，他还会尝试。他认为希特勒领导下的德国是个诅咒，亦是罪恶的渊薮，将他的祖国逼上绝路；他们都将为德国的灭亡负责。法官弗赖斯勒问他，明不明白他所说的那番话是叛国重罪，海夫腾说他知道自己将被吊死，但他并不会因此改变想法。

> 虽然汉斯–贝恩德·冯·海夫腾曾经为道德理由反对刺杀希特勒，不过他和特罗特不同，自从兵变失败后，他从未怀疑过自己只有死路一条。他先驾车赴乡间与家人道别，然后便返回柏林，成为遭到逮捕的第一批人之一。

亚当说希特勒靠舞弊得到大权，很多人被迫宣誓对他效忠。他说他的确希望能够结束战争，并承认曾在国外与敌方代表会谈。海尔多夫表示，自从“斯大林格勒之役”后，他便希望希特勒下台，因为他替德国带来太大的危险。托尼说他们每个人看起来都非常苍白，他不能确定他们是否真的受到酷刑；我却相信这是一定的，因为我们最后一次见面时，亚当曾经告诉我，他打算否认一切，好等待出狱，重新再试。否则就是罪证确凿，他们都决定放弃了。

我拖着沉重的脚步去办公室，上楼进法官里克特和亚历克斯·韦特的房间，没有别人在。我们悄声交谈。亚历克斯说他确信亚当还活着，因为他们和一位在行刑现场的警察有联络。其他的人都死了。海尔多夫是最后一个受刑的人，因为他们要让他看着其他人死。据说他们并非被吊死，而是用屠夫用的挂肉勾吊着钢琴琴弦慢慢将犯人勒死的，而且为了延长他们的痛苦，还注射了强心剂。谣传行刑过程全被 223
拍成影片，希特勒没事就拿出来在司令部里放映，独自暗笑。

> 行刑场在距离莱特街监狱不远的普罗增西监狱，因为德国没有绞首台（一般处决方法为砍头），狱方于是将普通

的挂肉勾吊钉在行刑室（为监狱内一栋独立建筑）天花板上的铁栏杆上。绞刑过程被拍成影片，并有聚光灯照亮场景，出席者计有帝国检察长、两位典狱长、两名摄影师，以及死刑执行者及他的两位助手。桌子上会摆一瓶白兰地——给观众喝的。死刑犯一位接一位轮流被带进来，行刑者将钢圈套上他们的脖子（希特勒指示用钢琴琴弦代替绳索，好慢慢将死囚勒死，而非拧断他们的脖子）；然后在死囚痛苦挣扎期间（有时长达20分钟），摄影机辘辘运转，以具有恐怖幽默感闻名的行刑者，则在一旁说下流猥亵的玩笑。影片随后以急件送往希特勒的司令部，博元首一笑。该建筑现已成为纪念馆。

亚当的太太克拉瑞塔也已被捕。亚当被判刑后，当局不准她去见他。我跟她并不熟，因为过去两年，她大部分时间都住在乡间公婆家。他们的女儿也被盖世太保带走，现在没人知道她们的下落，但亚历克斯正想尽办法找到她们。

亚当的妻子克拉瑞塔在得知他被捕的消息之后，赶赴柏林，希望能见到他，却苦无结果。盖世太保趁着她不在家，把他们的两个小女儿——一个两岁半、一个九个月大——带走。亚当受审当天，韦特企图偷偷带她进法庭，不幸被一名打杂女佣发现，向党卫军警卫告发。但该名警卫竟然反过来想帮助克拉瑞塔混进法庭，可惜不成功。但她仍然对他表示谢意，他只喃喃说道：“我们都了解！”两天后，克拉瑞塔亦被逮捕。

我现在和罗玛莉一起住在托尼位于库达姆大街上的公寓里。公寓里有两个房间，除了两张沙发之外，几乎没有家具，再加上一个厨房和一间浴室。平日托尼在乡间的服勤单位和柏林城之间往返，他主要是想看住罗玛莉，因为他坚信下一个被捕的一定是她。晚上也不敢留我们俩单独在家。家里床单不够，不过天气热，也无所谓。

罗玛莉当然有危险；她几乎每天都去盖世太保总部打听内部消 224
息。奥托·俾斯麦联络上负责管理戈特弗里德个人档案的盖世太保督察，他表示戈特弗里德的案子“非常严重”；元首不愿饶恕与“七月密谋”有关的任何人，已到了发狂的地步。每天都打电话去盖世太保总部，想知道又有多少人被绞死了。罗玛莉的内线说，有时盖世太保虽想拖延时间（可能想查出更多有关密谋的内情），元首却会暴跳如雷，坚持要他们速战速决。

我曾经想过搬去波茨坦的布雷多府邸内住，戈特弗里德的姐姐汉娜虽然不在城内，但我却听说布雷多家三个女儿已遭到逮捕。他们先带走小海夫腾的女朋友，19岁的菲利帕；然后打电话给20岁的亚历山德拉，叫她送毛毯去给妹妹，却乘机扣押了她；接着又打电话给第三个女儿，黛安娜。黛安娜大胆地反问，叫她带床单被枕给全家人不是更干脆吗；他们回答说，的确如此！唯一没受到骚扰的女儿是玛格丽特，她在一家医院里当医生。盖世太保总部不断传唤她去，每次他们一开始问问题，她便极不以为然地抗议说，还有满满一整间病房的伤患等着她去看顾。至于布雷多家的男孩，长子已在前线作战，其他的还太小。

8月23日，星期三

今天报上刊载了极长一篇有关亚当·特罗特审判内容的报道，列出所有被告的名单，接着表示所有人都当场处决。报纸称亚当为“施陶芬贝格的外交事务顾问”。奇怪的是，新闻报道的日期极少与实际情况吻合，可能是想混淆仍在逃的反对人士的视听。这则新闻登出后，亚当办公室门上的名牌终于被拆了下来，换上别人的。他的车仍停在花园里，没人敢用，看起来已像一堆废铁。虽然西克斯博士已接获正式通知，说亚当已和其他人一起于18日问吊。亚历克斯·韦特却告诉我，他相信亚当仍然活着。

罗玛莉·舍恩贝格目前在进行另一项计划。一位现在住在戈林
225 乡间别墅“卡琳宫”的纳粹空军上校，和她聊了一整夜；他认为他在将她改造成一名国家社会党员，她则设法说服他如果让她去见戈林，一定大有好处。戈林已躲着不露面好一段时间，甚至拒绝接见奥托·俾斯麦；以前他还常去弗利德利斯鲁城堡打猎。显然他极害怕自己也被牵连进去。

梅勒妮·俾斯麦在狱中流产，现在住进波茨坦医院，但受到警卫监视。他们不准访客去看她，只准和护士交谈。

自从舒伦堡伯爵在上星期二失踪后，我们一直没有他的消息。星期一他曾经从阿德隆旅馆打电话给罗玛莉，说他刚去过希特勒的司令部；后来她跟他吃午餐，把一切经过情况全告诉他。他似乎对这些最新发展一无所知，显得非常震惊，尤其为亚当感到难过。然后他俩在施莱尔全权委员虎视眈眈的监视之下（那些人都不太谨慎）在旅馆大厅里一起踱方步，最后约好隔天再一起吃中餐。隔天罗玛莉准时到达，伯爵却一直没有出现。她立刻打电话去威廉街，但他的职员都不知他的去向，而且也已开始担心，因为他们以为早上他会进办公室。我们都认为他已遭到逮捕，但被关在哪里呢？

格德勒在五天前被一名德国陆军妇女部队士兵认出来，经告发后遭到逮捕。当时他藏匿在波美拉尼亚一个村庄内。我们怀疑亚当之所以未被处决，就是因为他的缘故（他们一直密切合作），现在两人正接受交叉审讯。如果当初亚当及时离开德国该有多好！格德勒真的以为躲在德国境内行得通吗？当局悬赏100万马克捉拿他啊！

格德勒的通缉令早在兵变事发前，便于7月17日发出。他接获警告，开始躲藏，先躲在柏林（其中一位包庇他的人，犹太裔的前柏林代理市长阿尔萨斯博士，便为此赔上一条性命），接着下乡。他于8月12日被捕，9月8日被判死刑，却拖了五个月才行刑。期间他一点一点地招供，同时不断写下所谓“密谋者的未来德国计划”备忘录。盖世太保终于在1945年2月2日看穿他的计谋，予以处决。

只要能救出亚当和戈特弗里德，我什么都愿意做——还有舒伦 226
堡伯爵。我们不能一直被动地活着，等待刽子手的斧头落下来。现在就连密谋者的家人，甚至朋友，都遭到逮捕，许多人开始害怕，即使提起涉案者的名字，都会吓得将目光移开。为了达到目的，我想到一个新办法：我决定去试试戈培尔。罗玛莉也认为通过戈培尔或许有用，因为他还算聪明，或许他会意识到这一连串的屠杀是多么愚蠢。现在我还不知道该如何着手；我只认识一位跟戈培尔很熟的人，冯·德克森太太，但她一定马上就会猜出我的意图。或许更好的办法是，假装我对拍电影有兴趣。我决定打电话给詹妮·尤戈，她是德国现在最红的女明星。

8月24日，星期四

早上打电话给詹妮·尤戈。她听到我坚持要立刻见她一面，语气开始紧张，说她正在巴贝斯堡内的环球制片摄影棚拍戏，如果我搭高架火车，她会派车去车站接我。我在令人窒息的大热天里赶去，然后被一位留黄色长发、穿鲜艳衬衫的怪异年轻司机载到摄影棚。

抵达时詹妮正在拍戏，一名年轻男子跪在她脚旁。紧紧抱住她的膝盖。幸好那个镜头没有拖太久，她很快便回更衣室换衣服，并把女仆支开，好跟我谈话，但我们仍然不敢放大声量。

我告诉她我非见到戈培尔不可，她必须替我安排一次面谈。她说如果真有必要，她当然会想办法，不过她已经跟他闹翻了，已有两年没见他。“怎么回事，难道是塔蒂阿娜或保罗·梅特涅有了麻烦？”我说，“都不是。”她舒了一口气。我说：“是我上司。”然后说明他已被判处死刑，但我们怀疑尚未行刑，所以必须赶快行动。毕竟戈培尔是当今最大的英雄——兵变就是他一手压下去的！我会对他说，德国禁不起损失这么多特别有才干、能报效国家的人才，等等。詹妮一声不响听我把话说完，领我走进花园，然后她就爆发了：我的想法太疯狂！戈培尔是头猪，绝不会帮助任何人！任何人、事、物都不可能诱使他替那批人动一根小指头！海尔多夫被绞死之后，他甚至拒绝接见前者来请求暂缓处刑的儿子——而他们早年还
227 常玩在一起。他甚至懒得告诉海尔多夫的儿子他父亲已经死了！她说他是个残酷又邪恶的虐待狂，他对那些企图谋害希特勒的人深恶痛绝。我们根本无法想象，因为他天生就厌恶这批人所代表的东西，而且他是个躲在污水沟里的鼠辈。我若引起他的注意，肯定会拖累全家，保罗一定会被逮捕，我自己的麻烦也永无终日。她恳求我立刻打消这个念头，又补充说，乌发电影公司内部充斥戈培尔的奸细，都想打探出演员之中有谁可能会叛国。两天前公司内开政治会议，戈培尔走进大厅，赫然发现有人在他将站上去的红色讲台上，用粉笔写了两个大字“粪便”！但没有人敢上前去把它擦掉。她自己的电话也被人装了窃听器，每次她一拿起听筒，就会听见“喀啦”一声。和我吻别时，她对我耳语说，如果有人问起我来访的目的，她会说我想拍电影。

我精疲力竭又丧气地回到城内，发现罗玛莉·舍恩贝格和托尼·绍尔马都在公寓内；罗玛莉已处在完全歇斯底里的状态中。以

前我从来没看过她这个样子。原来今天下午警察来了；邻居抱怨我们窗子涂黑得不够彻底，虽然只为了这点芝麻小事，罗玛莉却崩溃了。托尼还有更坏的消息：西线总司令冯·克卢格元帅已自杀，意味着密谋者都受到刑讯，有人供出了克卢格，否则本来几乎没有人知道他也有份。

> 克卢格并没有因为在兵变失败当天变节而得到任何好处。他虽是希特勒最宠信且最成功的指挥将官之一，但他曾与密谋者密切接触的事实终究曝了光。8月17日，他接到卸职命令，奉命赶回德国，他怀疑自己也将受审，便在途中自杀。

罗玛莉歇斯底里的情况愈来愈严重。她说我们谁也逃不掉……他
们会给你打针，使你丧失意志力，你就会全部招出来。她求我嫁给珀
西·弗雷，立刻去瑞士。托尼这时也参一脚，表示他随时都愿意带她
去瑞士，因为他本来已打算这个周末逃走，不过他必须先去西里西亚
拿些贵重物品。托尼也开始替自己担心，有人举发他，曾在酒醉之后
到军营餐厅里对着元首照片乱开枪。罗玛莉说除非他们先结婚，否则 228
她绝不会跟他一起走，因为她父母会气疯掉。虽然当时气氛如此恐
怖，我却觉得她突然在乎起礼节来十分可笑。托尼立刻拒绝，说这
件事以后再商量不迟。大家的情绪愈来愈激动，最后围坐餐桌旁泪
眼相对。然后托尼跳起来开始踱方步，说他再也无法忍受这种压力。
面对这些眼泪，他已下定决心，要溜之大吉。我说随便他们想干嘛
都可以，但我会留下来，而且我觉得罗玛莉也该留下来，一旦到了
瑞士，她会和家人失去联络，必须熬到战争结束。这一点她绝对无
法忍受，最后每个人都决定留下。

稍晚托尼走进我房间，告诉我亚当受审的全部细节。亚当看见他，却没有露出任何认出他的反应，只凝视他很长一段时间，接着便从腰部以上前后晃动。他没有打领带，胡子刮得很干净，脸色苍白。托尼很仔细地察看过审判大厅，他的结论是，在那里绝对不可能强行救走任何一个人，就连大部分的“观众”都是便衣警察和职业杀手，而且全部配有武器。他没有等到宣判便离开了，因为他一开始就知道结果会是什么。

现在每晚都有空袭，但托尼给我们一张通行证，可以过街去西门子办公大楼的掩蔽壕内躲避。他们的地窖很深，在里面极有安全感。通常我们都会和值夜班的人一起熬夜，其中一位工人是个很好的法国人，我们常一起幻想着，战争结束后的巴黎将会多么的美好。

8 月 25 日，星期五

罗玛莉·舍恩贝格已从她短暂的忧郁症中恢复过来，现在又开始作战。我们终于发现监狱（是一座军方监狱）就在莱特车站附近。她已去过那里，并用珀西·弗雷提供的香烟买通了其中一名典狱长，请他传一张写满字的小纸条给戈特弗里德·俾斯麦。那人甚至带回一张回复，戈特弗里德抱怨牢房里虱蚤太多，要我们送些防虱粉给他，也要求一点食物，因为牢里只有黑面包，他无法消化。以前送进去的包裹他都没收到，所以唯一的办法似乎是，每天送三明治进
229 去。罗玛莉很想问那位典狱长亚当·特罗特是否也关在里面，但她必须小心，因为根据官方的说法他已经死了，如果我们表现得太好奇，可能会引起他们的戒心，不但令往后的脱逃计划更加困难，而且还可能提早他被处刑的日期。

知道亚当或许还活着，令我大为安心。但很多人，包括罗玛莉在内，却认为我的反应不可思议，都说早死早了，免得每天忍受酷

刑。我无法同意，仍希望奇迹出现。

我突然想起彼得·比伦贝格，他曾经提议伏击运送亚当去盖世太保总部接受审讯的车子。他最后一次来办公室找我时，仍满怀希望，非常乐观。于是今天我便搭巴士去他在达勒姆的住处，结果来开门的女孩满脸狐疑地上下打量我，堵住门口，又什么都不肯说；只表示彼得不在，要隔一阵子才会回去。我感觉她并不信任我，有所隐瞒，便告诉她我是外交部的职员，曾经替冯·特罗特先生工作。她一听到这句话，表情立刻变了，走进屋里，换另外一个女孩出来。这个女孩比较友善；她告诉我彼得失踪了，也没去城外的工厂上班。我问他的地址，说我必须立刻跟他联络。她说她了解，但写信也没用，因为他收不到的；意味着他也被捕了。

我头晕目眩地离开，坐在人行道上等待回城的巴士，沮丧得连站起来的力气都没有。不论我去找谁，似乎所有的人都一个接一个地失踪了，真的是求告无门。现在他们逮捕的人只是密谋者的点头之交，或是碰巧在同一间办公室上班的同事而已。我并不知道彼得是不是真的参与了密谋，只知道他和亚当在哥廷根大学念书时，参加了同一个社团，而且是好朋友。即使就这么一点关系，也可能被拖累。

“七月密谋”发生时，彼得·比伦贝格正在管理位于德国占领之波兰境内的一家工厂。7月25日，他获悉特罗特被捕，便前往柏林组织营救计划；他就是在那个时候和蜜丝谈起他的想法。可惜一等他返回波兰，并针对营救计划做最后的调度，自己竟也遭到逮捕，并被关进恶名昭彰的莱特街监狱。

然后我想起克劳斯·B。虽然过去我一直避免跟他变得太熟，因
230 为我从来不确定他的底细，可是现在，我决定如果他真是我怀疑的那种人，也许只有他能帮我。回城后，我找到一座还没坏的电话亭，打电话去他办公室，说我必须立刻见他一面，他叫我去动物园车站附近等他。我们沿着布达佩斯街走下去，经过被炸毁的威廉皇帝纪念教堂；我一五一十把所有的事情都告诉他。

他等我说完，停下来面带觉得好玩的微笑看着我说："原来你怀疑我跟'他们'是一伙的？"

"我希望你是，"我脱口而出，"因为这样或许你就可以帮忙了！"

他立刻一脸严肃，说他会尽量想办法去打听最新的状况，看看是否还来得及，并要我信任他。我们约好明天在伊甸旅馆的废墟外见面。

8月26日，星期六

今天我问施莱尔全权委员是否可以免我的职，因为我想参加红十字会，去当护士。万一我最后的两个朋友法官里克特和亚历克斯·韦特也出了事，我就得独自面对这帮走狗。我唯一的顾虑是，上级很可能视我这项决定为表明立场。施莱尔的回答令人丧气；他说西克斯博士绝不会让任何人自由决定他们的去留。我的结论是，唯一的解决办法便是再生一场病。

下午下班后赶去伊甸旅馆，克劳斯·B腋下夹了个用报纸包的大包裹，在那里踱方步。他一言不发，领我走到动物园废墟里的一张长椅旁，等确定四下无人后，才告诉我他已四处打听，但现在没有任何人尤其是像我这样的人能做任何事。希特勒复仇的心如饥如渴，没有一个涉案的人能逃得过；而且每个人都如惊弓之鸟，就算稍具影响力，亦不敢轻举妄动，生怕引起怀疑。他接着说，所有和密谋者有关系的人，现在都遭到监视，我的情况非常危险；一

旦面对他们的刑讯方法，我很可能会招供，连累其他仍在逃的人，所以我必须不计任何代价，避免被捕。这时他打开包裹的一个角落，露出一把小型轻机枪的枪管。“如果他们来抓你，你千万不要犹豫，把他们全部射死，赶快逃。他们一定料想不到你会这么做，或许你逃得成……”我忍不住笑了。“不，克劳斯。如果我真的走到那一步，最好还是别犯下谋杀罪，罪加一等……”他似乎非常失望。

和他道别后，我去波茨坦官邸拿我留下的东西，并找两位仆 231
人谈话。他们告诉我，住在俾斯麦波美拉尼亚产业上的某人向当局告发梅勒妮，说她擦脚趾甲油，而且在床上吃早餐，她因此还成了“反社会分子”，使她的案情更加复杂。他们说她现在非常虚弱，昨天在医院里第一次试着起床，结果晕厥过去，面朝下摔了一跤，跌断了下巴；听得我心如刀割。当局准许她哥哥让-乔治·霍约斯去看她，她只是不停地问：“他死了吗？”

稍晚，我骑自行车去果菜园，用咖啡换了两颗瓜，会想办法送进牢里去。

回柏林后，在格斯多夫家看见罗玛莉。她说今天守卫把戈特弗里德的脏衣服递给她时，她悄声问他：“冯·特罗特先生是不是还在这里？”他说：“呀！呀！他还在这里！”又说她也可以写张纸条给他；明天他会把回复交给她。她写道：“需要我们送什么东西给你？爱你的蜜丝和罗玛莉。”她问那人亚当是不是在挨饿；他说不，俾斯麦伯爵跟他分享他的包裹。如果我们能够确定那男人没有说谎，那该有多好！（亚当·冯·特罗特就在这一天在普罗增西监狱内被处绞刑。）

我们仍然没有舒伦堡伯爵的消息，只知道编号100号以上的牢房里面，关的人犯仍有活下去的希望；99号以下的人犯都已判处死刑。戈特弗里德被关在184号；亚当被关在97号。据说他们都戴了铁链。

亚历克斯·韦特已救回亚当的小孩，现在都住在乡间，可是他太太克拉瑞塔仍在狱中。施陶芬贝格的小孩已改名，住在孤儿院里，但消息走漏，所以日后或许有希望再找到他们。

> 密谋者的小孩总计有 50 名，有些还在襁褓中。纳粹最初计划将父母及较年长的兄姐都杀掉，让剩下的改名后寄养在党卫军家庭及学校内，教育他们成为纳粹党员。不知为何缘故，这个计划后来作废。1944 年 10 月，他们让其中一部分孩子回家，其他则藏在普通寄宿学校里。直到战争结束一段时间之后，所有的家庭才全部团圆。

232 据说戈特弗里德的侄女菲利帕·冯·布雷多也将被送上“人民法庭”受审；他们已逼她招供，她承认事前便从年轻的海夫腾那里得知企图暗杀希特勒的日期。

我和奥托及安·玛莉·俾斯麦长谈。他们俩也在格斯多夫家，正在设法见到当权的人。罗玛莉·舍恩贝格认为有些狱卒愿意接受贿赂，条件是必须带他们一起逃脱。她希望俾斯麦家族拿出传家的珍珠，我们自己也有一点贵重物品可以贡献。看来每位犯人都由六位狱卒看守。即使我们成功地贿赂了所有的人，日后还得设法将三名犯人和 18 位狱卒偷偷送出国境。我可以想象珀西·弗雷的脸色！安·玛莉突然爆出一句挖苦话：“干脆在滕珀尔霍夫机场开一场鸡尾酒会，列队替他们送行算了！”我们的这番讨论都是在阿德隆楼上私人房间内进行的。

戈特弗里德·克拉姆从乡间回来，看见他我并不高兴；又得多替一个人担心。我们上一次见面便在 7 月 20 日，他也是亚当·特罗特的朋友，所以至少说话不用忌讳。现在他说：“我不要听他们现在的情况，我只想知道他们是否还有机会活下去、出狱；谁还没被抓起来？什么时候打算再试一次？如果他们有这个打算，我一定两肋插刀！”同时他对施陶芬贝格的炸弹竟然炸死了一位自己人——战前著名的马术表演冠军勃兰特上校——非常不以为然。爆炸时勃兰特也在希特勒的会议室内，当场毙命。事后他先和其他“叛国罪行”受难者一起以军礼下葬，后来当局在某名单上发现他的名字，便掘尸火化，将他的骨灰撒在风中。

勃兰特上校为德国陆军总部作战部门内的资深军官，虽未积极参与密谋，却与许多密谋者友好，亦同情他们的理想。早在1943年另一次企图暗杀希特勒的行动中，他便差一点丧命；当时元首一行人从东线飞回拉斯坦堡，在飞机上开庆功宴，一瓶内装炸弹的白兰地并未如计划爆炸！7月20日当天，正是勃兰特在无意之间将施陶芬贝格的手提箱移走，救了希特勒一命。爆炸后，所有站在木台右方的人，包括勃兰特本人，非死即受重伤。

戈特弗里德·拉姆要我替他安排与亚历克斯·韦特会面。去办 233
公室当然不可能；我唯一能想到的地方便是格斯多夫家，但不知玛莉亚同不同意，她现在很替丈夫担心，因为海因茨和已死的冯·哈泽将军很亲密。

8月27日，星期日

我们花几乎一整天的时间清扫公寓。然后珀西·弗雷载我们去阿加·菲尔斯滕贝格的住处，大家坐在花园里晒太阳。

蜜丝从柏林写信给在柯尼希斯瓦特的母亲　1944 年 8 月 28 日

附上乔吉写的几封信，是他一位朋友在盟军进驻巴黎之前带来的。你可以看得出来，他过得很好……柏林城内及附近地区已好几个星期没有下雨，仿佛住在火炉里，而且生活中只见忧虑和悲苦。每晚都有空袭，白天几乎也都有，但没什么特殊状况……下个星期我可能会请几天假去柯尼希斯瓦特，否则病假就过期了。后天我将返回克鲁曼修柏两天。

克鲁曼修柏　8 月 30 日，星期三

一大早便前往克鲁曼修柏，结果在希尔施贝格错过转乘火车，等了三个小时。下火车时，我发现布兰肯霍恩跟在我后面。每次看见和亚当·特罗特有关系的人，我的第一个反应便是掉眼泪。把皮箱和以前留下的行李放在一起后，我走到外面的街上；布兰肯霍恩仍然跟在后面。后来他经过我身边，低语道："进公园，挑张长椅坐下，我待会儿过去找你。"我们从不同的方向，同时走到长椅旁。他一直等到那个时候才敢开口说话。

他告诉我，他和亚当 21 日那天曾在格林瓦尔德的树林里见了一面。他问亚当是否烧毁了所有的文件，亚当说他已经做了。但还是有些文件被搜了出来，大部分都是他出国时记的备忘录。怎么这么傻！我问布兰肯霍恩他们会不会杀亚当。他说："毫无疑问！"我告诉他舒伦堡伯爵也失踪了。这一点他并不知道；不过他说如果伯爵真被逮捕了，肯定也难逃一死。我说："不可能。这样会在国外造成太大的丑闻！""你想他们会在乎吗？"他告诉我格德勒之前在布里斯托尔旅馆内租了一个房间，把所有的秘密文件全藏在房内的保险
234 柜里。去年 2 月，布里斯托尔被一枚空雷炸毁，结果暗杀希特勒事件发生两个星期之后，有人意外在瓦砾堆里发现并掘出那个保险箱。

保险箱不仅完好无损，里面的文件一份也没少，而且有几份上面还有冯·哈塞尔大使亲笔的加注和修正；所以哈塞尔才会遭到逮捕。布兰肯霍恩说每天都有更多的人遭到逮捕。我们将搭同一班火车去克鲁曼修柏，但约好不再见面。我真高兴他还是自由身，祈祷他们别来抓他。

后天我将返回柏林，打算把所有剩下的东西全部打包，寄去约翰尼斯贝格城堡。虽然城堡现在只修复了屋顶的部分，不过一定有谷仓或别的地方可以暂时寄放我的东西。克鲁曼修柏仿佛与世隔绝，令我无法忍受；没有了舒伦堡伯爵，让我更觉得痛苦。我去找他的属下聊天；他们还不知道他已失踪，不过他的秘书席林小姐，和助理（感谢上帝，他没有待在瑞士不回来！）都已被召去柏林，想必很快就会发现。

因涉及“七月密谋”遭到处决的人数仍无定论。根据纳粹党官方消息来源，兵变后被捕总人数达7000左右，共5764人在1944年遭到处决，接着又有5684人在1945年纳粹统治下的最后五个月内被处决。这些人当中，约有160人到200人直接涉及密谋案，包括：21位将军、33位上校及中校、2位大使、7位资深外交官、1位部长、3位国务秘书、刑事警察局局长及数位高级首长、地方首长及警察局高官。

柏林　9月1日，星期五

大战爆发至今已满五周年。

午餐时间回到柏林，直接去玛莉亚·格斯多夫家。她看起来比平常苍白，平静地对我说："蜜丝，你必须在这里住下来。罗玛莉·舍恩贝格和珀西·弗雷把你所有的东西都搬来了，"她指指我躺在地下、露出几个沙袋的行李。"托尼·绍尔马昨天早上被逮捕了，"罪名是：曾经对着元首的照片开枪，而且在施陶芬贝格暗杀未
235 果之后表示："没关系，或许下一次运气会好些！"珀西已找到一名律师，他在他们办公室替瑞士人工作，保障敌方的利益。那位律师本身也以反纳粹闻名——或许这不是一个很好的选择——非常出色，而且就住在沃伊什街附近。罗玛莉已搬回阿德隆旅馆，也通知了托尼住在西里西亚的母亲。托尼现在关在莱特街监狱内，不过因为他是军官，所以将接受军法审判；这表示即使他被判死刑，也将被枪决，而非绞死——我们是否应该为此感到安慰呢？

9 月 2 日，星期六

罗玛莉·舍恩贝格也搬来玛莉亚·格斯多夫家，和我一起住在戈特弗里德·克拉姆以前住的房间里。她心情太坏，不该一个人住，而且我们宁愿一起面对警方，万一……

父亲进城两天，又回柯尼希斯瓦特了。他把曾曾祖父的十字架留给我，当初曾曾祖父参加拿破仑对俄战争，一直戴着它；父亲说当初十字架救了他，现在也会救我。

同时罗玛莉和莱特街监狱附近一家面包店主人交上了朋友，他在监狱里兼差当狱卒，已经送了些香烟和几封信给托尼·绍尔马。她现在每天都去那里，希望能拿到亚当·特罗特的回复纸条，可是替他传纸条的那位狱卒现在躲着她。不过两天前他还说："舒伦堡伯爵需要帮助，他的身体愈来愈虚弱了。"证明了他的确也被关在那座监狱里。我将负责送食物给他，因为我们必须尽量分开行动。

一整个下午，我们都在切面包和烤一只奥托·俾斯麦送来的很小的鸡。然后把所有食物分成三份，一份给大使，一份给戈特弗里

德·俾斯麦，一份给亚当。罗玛莉还准备了水果和蔬菜给托尼，因为后者不准吃面包和肉，或任何补充精力的东西。狱方故意饿他们，好逼他们“合作”！

珀西·弗雷开车来接我们，然后让我们在离监狱一段距离外的地方下车。罗玛莉教我该怎么做，但我仍然双腿发软。这是我第一次去那里。监狱是一栋红砖建筑，从外面看就跟普通军营一样。我们约好由我要求见伯爵，罗玛莉从另一个入口去找托尼。等我出现后，她再进去递送给戈特弗里德和亚当的包裹。

每座大门都由两名党卫军把守，进门后是中庭，然后是一扇巨 236
大的前门，也由两名党卫军把守，他们把我拦下。我说我想找盖世太保谈话，其中一名警卫便领我沿着一条宽阔的走廊一直走到一扇金丝雀黄的巨大铁门前，门的左方有一个小窗，窗后坐了一个胖子，也身穿党卫军制服。他问我想干什么，我拿出包裹，表示想把它送给冯·德·舒伦堡伯爵大使。他叫我等一下，然后就消失了。同时铁门打开好几次，走出几名警卫。每次我都乘机往里面瞄，看见一大块空地，上面搭起很多窄小的波状铁皮楼梯间，通往高低不同的平台；牢房便沿平台两边延伸出去，牢门都没接到屋顶，就像低级厕所的门。整个地方非常嘈杂，警卫穿着厚重马靴踱来踱去，彼此吹口哨、大声吼叫，景象令人作呕。不一会儿那名狱卒就回来了，问我伯爵的教名是什么。我迟疑了一下，但很快便想起是“维尔纳”。那人注意到我犹疑了一下，大吼道：“你对他这么感兴趣，起码该知道他的名字吧！”我的火气也上来了，回嘴道：“绝对不可能弄错的。大家都知冯·德·舒伦堡伯爵大使只有一位，而且他已 70 多岁，我从来没直呼过他的名字。”他接着叫我在一张纸上写下伯爵的全名，还有我自己的名字及地址等。我又加了几句问候的话，问他需要我再带什么来。交出那张纸时，我的心往下一沉，不过已经走到那步田地，也无所谓了；如果他们真想追查我，那可容易得很。那人再度消失前，我看见他跟两个同党商量了一会儿。后来他终于回来了，把包裹丢还给我，不屑地说："他不在这里！你若想打听别的事，去阿尔布雷希特王子街上的盖世太保总部问！"我觉得全身不对劲地走出来，然后在街角一家商店的窗前瞥见自己的脸：是绿色的。

我把经过情形告诉罗玛莉，决定先回家，让她继续去尝试递送她的包裹。等她回玛莉亚家时，似乎已过了很长一段时间。她一直在哭，说她在监狱里等那位替她传纸条给亚当的狱卒，后来他终于出现，却仍然不理她。她只好放弃离开。另一名狱卒一直在旁监视她，跟着她出来，一直走到地下通道，然后对她耳语道："为什么
237 你还每天都来？他们把你当傻瓜耍！我注意你很久了，看你传信进去，告诉你：他已经死了！"他指的是亚当；他大概以为她很爱亚当。然后他又说："我再也受不了看那些人受罪了。我快疯了。我决定回前线，当初我根本不想要这份差事。你送进去的那些纸条，其他人看了，都快把腰笑断了。求求你，听我的话，别再回去！尽快离开柏林。现在有人在监视你。替你传纸条的那名狱卒也已经被调回总部了，他们也不信任他……"当初就是那个人叫她写纸条给亚当的——"他一定会很高兴！"罗玛莉现在不知道该相信谁。

莱特街监狱于1840年建成，仿照伦敦本顿维尔监狱的设计，建筑呈星形，共有四道侧翼，其中一道为军方监狱，由军方管理，另外两道由盖世太保接管，囚禁政治犯。大部分"七月密谋"的涉案人犯都关在这里。

根据生还犯人后来的描述，狱中情况凄惨：四面墙、一张床（白天禁止躺下）、一把木凳、角落里钉一张靠墙的小桌、一个临时拼装的马桶——由警卫提供旧报纸做为草纸，没有纸笔，没有书，没有报纸，不准去中庭散步透气，看不见外面的世界。

> 警卫由一般狱卒担任，但他们也受到党卫军严密的监视；这些党卫军多为德裔外国人，从东欧迁回德国，因长期在俄国打游击战，早已习惯残暴的行为。打扫牢房、送饭及传送刮胡用具的工作，都由模范囚犯担任；他们多为犹太人、别的政治犯或耶和华见证人会的信徒。除了后者因信仰的宗教不允许他们参与政治，多数拒绝帮助受苦的牢友之外，其他的模范囚犯经常成为犯人与外界唯一的联系管道。
>
> 牢房内从傍晚到天明都点着灯，只有碰到盟军轰炸机群飞越上空才熄灭。空袭时警卫躲入地窖，犯人则戴着脚镣手铐待在牢房内。有一次，一道侧翼被炸中，许多人犯因此遇害。奇怪的是，好几位生还者都表示，遭到轰炸时其实是他们感觉最平静的时刻，因为那是唯一不受监视的时刻。
>
> 囚犯（大多信仰基督教）中有几位神职人员。天主教的神父借贿赂或与警卫友好，甚至能够接受其他犯人的告解及忏悔：由模范囚犯用密封信封传送告解内容，再用另一个信封带回神父的赦免词和一片圣饼。因此囚徒即使面
> 对单独幽禁以及绝对不准开口交谈的规定，他们对基督的 238
> 信仰仍在监狱中形成一股就连盖世太保也无法摧毁的强大力量。

每天我们都在珀西·弗雷的陪同下去看托尼·绍尔马的律师。他是个头发少年白的年轻人，公余时间是画家，可能是个同性恋，但肯定很聪明。今天他听罗玛莉·舍恩贝格说完她去探监的经过之后，两手一摊，说她非立刻离开柏林不可：这样去探监简直疯狂，到头来我们一定也会被逮捕；而且我们这样做对谁都没有好处！他

也认为亚当·特罗特还活着，但他接着说：“死了倒比他现在活受罪好。”我似乎是唯一一个盼望战争赶快结束，让他还有机会活下去的人。

我们决定罗玛莉必须回乡间去和家人住。她留在柏林并不能帮助任何人，反而一定会被逮捕，阿加·菲尔斯滕贝格将继续每天送东西给托尼；至少她是个新面孔。问题是现在除非持有特别通行证，否则很难离开柏林。不过罗玛莉刚接到一封电报，说她祖父病危，或许她可以靠这封电报买到车票。

9月3日，星期日

今天虽然是礼拜天，我仍得去办公室——值空袭班。我什么工作都没做，只不断练习手风琴。接近傍晚时，艾伯特·埃尔茨和罗玛莉·舍恩贝格来看我，我们坐着聊天，聊着聊着，艾伯特突然掏出手枪大吼道：“西克斯在哪里？我要取他的首级！”说完便想冲下楼去。我扯住他的空军制服，因为西克斯博士正好在他办公室里工作。

稍后我们去珀西·弗雷家吃晚餐。途中艾伯特不断停车，见到警察就问他们，对海尔多夫伯爵有何看法。他想看看他们知道多少，如果他们表示整个事件好比“猪舍”，他才继续听下去。他真的很疯狂！这种歇斯底里的表现，只能说是长期承受心理压力后的激烈反应。

晚上发生严重空袭；我们待在面对普尔西住处的地窖里，因为不敢再回托尼家。

9月4日，星期一

罗玛莉·舍恩贝格今天早上回家，她甚至懒得去申请官方通行

证。格斯多夫派一位家仆陪她去车站，看着她跳上一列已经开动的 239
火车；她买了一张月台票，混过剪票口。女仆说她看到的最后一幕，是一名乘务员对着罗玛莉大声喊叫。虽然我一直催促她离开，却很担心她这样鲁莽行动可能招致当局翻出她所有的旧账。不过托尼·绍尔马的律师和玛莉亚·格斯多夫都大松了一口气。

我打算再多待一阵子，因为明天托尼便将上军事法庭接受初审。律师对第二条罪状，即他表示“下次运气或许会好一点”，感到悲观。光是那句话就可以让托尼送命。幸好他的长官发给他一张褒扬状。律师说托尼身体很好，情绪也不太低落。他教他如何答辩，别表现得太具攻击性。我现在很后悔当初劝他打消逃亡瑞士的主意，否则他可能早就安全了。

我还记得托尼告诉我戈特弗里德·俾斯麦被捕当晚的情形；当时他正开车下西里西亚，警方设下路障，也把他拦住。他请警察抽烟，大家聊起天来，他们给他看一张通缉令，指示要逮捕一个驾着一辆银色太脱拉、载一位女孩的男人。他立刻猜到那便是戈特弗里德和罗玛莉，因为他知道那天晚上他俩准备去赖因费尔特。他觉得他们一定到不了，不过他们因为车子抛锚，便弃车改搭火车，才安全抵达赖因费尔特。

9 月 5 日，星期二

托尼·绍尔马第一天出庭。结果庭上立刻宣布将审判延后两周，以搜集来自西里西亚的资料。这年头能拖就是好事，不过律师很担心，因为证据愈积愈多，没有一条对托尼有利。现在就看法官为人如何。今天我也写了一封信给托尼，因为明天我将离城赴柯尼希斯瓦特。

尽管托尼的律师认为亚当·特罗特还活着，如今办公室里的朋友却都相信他已经死了。不论如何，没有一个人能够帮他或帮戈特弗里德·俾斯麦，或舒伦堡伯爵。多亏奥托·俾斯麦锲而不舍努力拖延时间，戈特弗里德的审判似乎也一再延期。报上到现在仍未提起他的名字。的确，一个姓俾斯麦的人居然也想杀希特勒，听起来实在难堪；就连“那些人”也了解这一点。我们只能祈祷和等待，盼望他能够活下去。

240 现在我也应该离开柏林了。我还剩下一些病假可以利用。能够离开令我安心，同时也令我沮丧。过去几周来，我们一直承受极大的心理压力，整天脑海里只想着最近发生的事，其他的事都无暇顾及。虽然痛苦不堪，但我早已习惯活在废墟里，日夜嗅闻弥漫在空气中的煤气味，混合着瓦砾堆、锈铁，甚至加上腐烂尸臭的味道，想到柯尼希斯瓦特翠绿的田野、宁静的夜晚和清新的空气，竟令我感到害怕。

往事历历，我的柏林生活似乎就将结束。保罗·梅特涅和塔蒂阿娜将在八天后和我在维也纳会面，到时候必定会努力说服我继续待在柯尼希斯瓦特，把身体养好。若身在远方，或许我还能抗拒家庭压力，一旦团聚，我可能就会同意。

这几周来，我一直害怕盟军会继续广播有关“七月密谋”的细节（跟刚开始时一样），暴露亚当出国旅行的真正目的，因而对他造成更大的伤害；不过盟军对亚当特别仁慈，态度谨慎，只在德国报纸宣布他已遭处决后才开始写他。

党卫队官方周报《黑色军团》最近大肆谩骂“流着贵族血液的猪猡和叛国贼”，但褐衫军的机关杂志《袭击》最近刊登的一篇文章语气却出人意料，表示在这场战争中，德国没有一个社会阶级在比例上，比贵族阶级做出更大的牺牲、承受更大的痛苦，以及付出更惨重的代价。看来有些纳粹党员已在替自己铺后路。

大战结束后，各方证据透露，德国面对即将来临的失败，就连党卫队——从希姆莱开始——也开始举棋不定。希姆莱早在1942年便曾问过他的芬兰按摩师克斯滕：“你觉得那个人是不是疯子？”他同时开始建立希特勒的医疗档案。斯大林格勒之役使他对希特勒的信心更加动摇，于是，如前文所提，西克斯自1944年便代表希姆莱向盟军提出和平试探。

有些党卫军高级将领的态度更积极。如刑事警察局长、党卫军奈比中将，虽然自己曾在东欧屠杀无数，却与“七月密谋”集团走得很近，后来亦被处绞刑。有一段时间，党卫军施坦因纳将军及迪特里希将军——后者担任希特勒私人护卫队队长多年，亦是1934年执行他所策划
之“长刀之夜”的主要领导人——曾共同计划突击希特勒 241
的司令部。接替卡纳里斯管理军事情报局及安全局合并后情报机关的党卫军舍伦贝格亦曾打算绑架希特勒，交给盟军。“七月密谋”事发期间与之后，希姆莱驻法国巴黎的党卫军代表奥贝格中将亦态度相当暧昧。轴心国军队在意大利投降，党卫军沃尔夫中将是关键人物。1945年春天，安排帝国行政总监希姆莱与瑞典的贝纳多特伯爵会谈的便是舍伦贝格，希姆莱因此在最后一刻决定结束战争。

皮策·西门子昨天来吃午餐；她是玛莉亚·格斯多夫的好朋友，还在为她和维茨勒本陆军元帅一起被绞死的兄弟彼得·约克服丧哀悼。以如此传统的方式纪念如此反传统的死亡，似乎完全无法表达一个人内心真正的哀恸。她问了我许多关于亚当的问题，因为他们都是朋友，但我们并没有提起他的兄弟。我会无言以对。

手上为了打开托尼在被捕前带给我们吃的生蚝所划破的伤口，至今尚未消失。

维也纳　9月6日，星期三

待在柏林的最后一晚与阿加·菲尔斯滕贝格与乔吉·帕彭海姆共度。乔吉陪我坐电车回家，一路吹奏口琴，令同车的乘客大乐。结果他留下来过夜，因为只有玛莉亚和我在家，我们怕又有空袭，希望有个男人在旁边。他睡在会客室的沙发上，我睡另一张。早上厨子老玛莎叫醒我时，哼哼鼻子说："我年轻的时候哪能这样！都是'七月密谋'，把整个世界都闹翻了！"

上：C.C. 冯 · 普菲尔和蜜丝的大姐伊莲娜 · 瓦西里奇科夫

下（从左至右）：蜜丝的弟弟乔吉 · 瓦西里奇科夫；蜜丝的二姐塔蒂阿娜 · 瓦西里奇科夫和蜜丝的母亲；蜜丝的姐夫保罗 · 梅特涅；蜜丝的父亲

上（从左至右）：巴伐利亚康斯坦丁王子和他的新娘，霍亨索伦家族的玛莉亚－阿德根德公主；锡格马林根城堡，康斯坦丁王子在此成婚

下：柯尼希斯瓦特城堡，梅特涅家族的财产

上：沃伊尔施街的格斯多夫别墅

下（从左至右）：玛莉亚·冯·格斯多夫男爵夫人；海因里希·赛恩－维特根斯坦

上（从左至右）：西格丽德（“西吉”）· 维尔切克伯爵夫人和安托瓦内特 · 冯 · 克罗伊女爵；朋友海伦 · 比龙和艾琳 · 艾伯特

下（从左至右）：雨果 · 温迪施－格雷茨；瑞典公使馆的路格 · 冯 · 埃森和他太太赫米内 · 埃森；蜜丝的表哥吉姆 · 维耶曾斯基，战时被关在德国的战俘营中

普鲁士王子布尔夏德、蜜丝和阿加·冯·菲尔斯滕贝格

罗玛莉 · 舍恩贝格和珀西 · 弗雷

上：赫伯特·布兰肯霍恩

下：外交部情报司的官员，从左至右分别为布特纳、姓名不详、亚历山大（“亚历克斯”）·韦特、里克特（外号“法官”）、亚当·冯·特罗特、乔赛亚斯·冯·兰曹

上（从左至右）：伊尔丝（“玛丹娜”）· 布卢姆和汉斯－格奥尔格 · 冯 · 施图德尼茨；亚当 · 冯 · 特罗特在人民法庭的被告席上

下：柏林警察局局长冯 · 海尔多夫伯爵

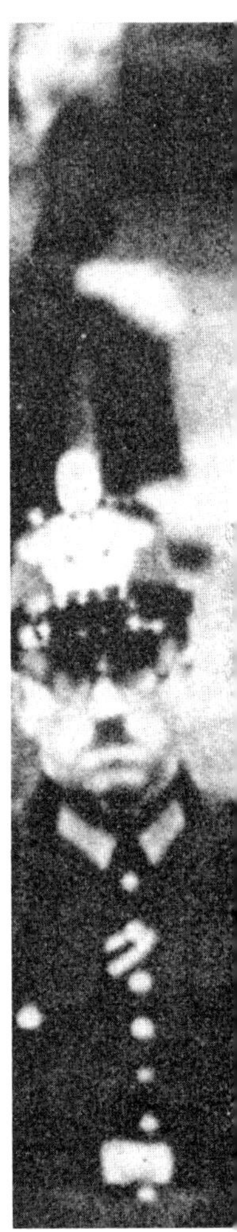

上（从左至右）：哈索·冯·埃茨多夫博士；蜜丝和冯·德·舒伦堡伯爵

下（从左至右）：戈特弗里德·俾斯麦伯爵和梅勒妮·冯·俾斯麦伯爵夫人；汉斯－贝恩德·冯·海夫腾在人民法庭的被告席上

戈特弗里德·俾斯麦在人民法庭上被审问

上：施莱尔全权大使（最左）和法国维希政府总理皮埃尔·赖伐尔（最右）

下（从左至右）：人民法庭法官弗赖斯勒；情报司大主管西克斯博士

维也纳歌剧院着火

上（从左至右）：蜜丝和西塔·弗雷德；格蒙登的柯尼金别墅中的马厩

下（从左至右）：格察·帕贾斯维奇伯爵；伊丽莎白（“西西”）·维尔切克女伯爵

战争结束时的蜜丝

1945年

1月至9月

自从1944年9月请病假离开柏林后，我一直和家人住在柯尼 242
希斯瓦特，努力振作自己，面对大家都心知肚明的大战尾声。赴柯尼希斯瓦特途中，我与塔蒂阿娜及保罗·梅特涅在维也纳停留数天，做了彻底的健康检查，结果埃平格教授诊断，我至少两个月无法工作。他发现我甲状腺肿大（所以我才这么瘦），多少是因为神经紧张的缘故。之后我便开始服用大量的碘。

——蜜丝注

柯尼希斯瓦特 1月1日，星期一

下了一场大雪，我们大部分时间都待在户外，笨拙地乘雪橇和玩孩子气的丢雪球游戏。家里食物很多，但我们都在厨房里用餐，因为仆人陆续消失——男的入伍，女的进兵工厂。现在由管家莉泽特下厨。我们把所有的晚宴服都收起来，平日玩玩游戏，享受保罗最好的葡萄酒，因为明天我们又得分开了。

1月2日，星期二

保罗·梅特涅将返回军团报到，医生宣布去年在俄国前线差点害他送命的那个肺部脓疮已经痊愈。我会再待一天，陪伴塔蒂阿娜，她心情低落。

维也纳 1月3日，星期三

今天是待在柯尼希斯瓦特的最后一天，轮流和每位家人长谈。看来真的必须等到度过“最后高潮”后，我们才能再度团聚。母亲希望我留下，但我的病假已结束，非走不可，否则“人力总动员委员会”会找我麻烦。塔蒂阿娜在午夜时分开车送我去马林巴德。

1月4日，星期四

243 昨晚在火车上，听大家谈论维也纳现在次数愈来愈频繁的空袭。通常来轰炸的都是从意大利基地飞来的美国机群，时间多半发生在大白天。城内唯一仍在运作的大众交通工具电车只开到中午。我有点担心，因为我的行李还是太多，而且还带了一只鹅（已拔毛）。幸好一名苏联前战俘志愿替我提行李，交换一大把香烟。在步行回家的漫长路程中，他告诉我，斯大林正计划下令大赦，“或许我们很快都可以回家了”；他又说最近他几乎没有任何东西可吃，所以等我们抵达目的地——安托瓦内特·葛纳·克罗伊位于摩登纳广场旁的两房公寓（我将和她住在一起）——之后，便把公寓里所有能找得到的食物全给了他。安托瓦内特人在南斯拉夫，去看她丈夫。

当地人力总动员委员会的召集令已寄到；他们真的连一秒钟都不浪费！

去布里斯托尔旅馆和弗朗茨·图尔恩-塔克西斯吃午餐。图尔恩-塔克西斯家两兄弟都因身为“贵族”，被军队踢出来，在这里的大学念书。布里斯托尔旅馆从四个月前，我和梅特涅夫妇一起来住过后，到现在一点都没变。阿尔弗雷德·波托茨基和他83岁却仍精神矍铄的母亲——女伯爵“贝特卡”，仍然坐在他们的角落里。苏军进驻波兰后，他们被迫放弃举世闻名的家族产业“兰卡特城堡”；兰卡特一直被视为东欧的凡尔赛宫，多亏戈林（战前他常去那里打猎）介入，向来只对德国高级指挥官开放，至今仍完好无损。

1月5日，星期五

去了人力总动员委员会一趟。他们建议我去当护士；其实战争刚开始时，塔蒂阿娜和我便有此打算，却因持有立陶宛护照被拒。现在他们显然严重缺乏护理人员，甚至不在乎我只受过24小时的基础急救训练。朋友们告诉我，现在当护士工作极辛苦，难怪他们看到我一副快乐的样子大吃一惊。

1月6日，星期六

进公寓时，被一堆行李绊了一跤；安托瓦内特和她丈夫，尤尔根·葛纳回来了。

她戴着满头发卷冲出来迎接我，忙不迭告诉我，她去布莱德的经过；尤尔根的部队在那里和南斯拉夫游击队作战。她显得十分兴奋，因为他们的座车在树林里遭到枪击，结果冷却器旁被射穿一个
244 大洞，内燃机被毁。她在那儿的生活想必很沉闷：从来不准出门，因为游击队喜欢绑架人质。不过她说那儿风景美极了。回家后她显然很高兴。

费德·基堡来看我。他也因为是“王室成员”被海军踢了出来，现在也在大学里念书。

1 月 7 日，星期日

今早上教堂。晚上葛纳正经八百地烤了我从柯尼希斯瓦特带来的那只鹅。他因为毫无经验，便一手握住汤匙、一手拿着食谱坐在烤箱前面。结果倒颇令人满意；我们分了一点给房东——一位德国太太，她先生是上校，在前线作战。应邀宾客为：弗朗茨·塔克西斯、费德·基堡和西塔·弗雷德（她在德国空军医院当护士）。

1 月 11 日，星期四

今天是我生日。

西塔·弗雷德已说服德国空军医院的医生让我进去工作。今早院长约我去面谈；他肤色黝黑，在印度住了 18 年。这是个好消息，因为空军医院算得上是维也纳最好的医院，不过我可能必须上课，因为院方希望，一般护士能在碰到紧急状况时，取代全部被调往前线的男性看护。训练课程包括火伤急救（若被派往机场工作便有需要）。我已领到一套红十字会的制服、一张新的身份证，和一枚金属名牌——我的名字在上面刻了两遍，万一“阵亡”，可以掰成两半，一半交给我的“至亲”——好奇怪的感觉！

晚上费德·基堡带了一瓶香槟出现，大伙儿一起庆祝我的28岁生日。

1月13日，星期六

和特劳特曼斯多夫夫妇一起喝下午茶，他们住在罗玛莉·舍恩贝格祖父的产业舍恩贝格宫内。那栋小巧雅致的18世纪城市宅邸是由当年最著名的建筑师，希尔德布兰特设计的，外面有大花园围绕，园里种满极美的树木，可惜位于城中不太好的地段内，附近的街道都有点破旧。宅邸内最具特色的地方，是一间正圆形的小舞厅。

阿尔弗雷德·波托茨基邀请我、加布里埃尔·凯瑟斯达特和利希滕施泰因家的三兄弟一起去看戏。他们的长兄是执政王子弗朗 245
茨-约瑟夫；都差不多30多岁，仍害羞得可怜。看完戏后，大家到布里斯托尔晚餐。可怜的阿尔弗雷德绞尽脑汁想引诱他们开口讲话。加布里埃尔就住在对街的帝国旅馆里，未老先耄的阿尔弗雷德无论如何不肯让我独自走路回家，利希滕施泰因三兄弟又没一位自愿送我，他便不知从哪里唤出一位老太太，说是每次他母亲想出去散步时都找她做伴。

1月16日，星期二

苏军已进占东普鲁士。

1月18日，星期四

我和一大群护士一起到空军管区指挥部集合，他们提议派我去萨尔茨卡默古特的巴德伊舍温泉小镇工作，令我两难：因我不想马上离开维也纳，但如果留下来，又可能永远都走不掉，因为苏军正稳定前进。最后我终于打定主意，告诉他们我宁愿留在维也纳工作。今晚我把这个决定告诉安托瓦内特·葛纳和费德·基堡，他们都吓坏了。

苏军已占领华沙。

1月21日，星期日

匈牙利已和盟军签订停战协议。

> 虽然国内被德军占领，匈牙利摄政王霍尔蒂海军上将却一直没有放弃停战的希望。1944年10月15日，他终止与德国的联盟，并命令阻挡苏军前进的匈牙利军队停止作战，结果他与家人立刻被送进德国集中营。德方指派法西斯党领袖萨洛奇作为傀儡接替他的职位。苏联很快也设立了一个匈牙利政府，并于1944年12月31日对德宣战；那时布达佩斯已被包围。1945年1月，布达佩斯被攻破，围城期间，约两万市民死亡，该城损失了三分之一的人口。胜利的苏军进城后大肆奸淫掳掠，再将成千上万的市民驱逐到苏联境内。

1月28日，星期日

去俄国教堂和圣史蒂芬大教堂。才刚回到公寓内，空袭警报就响
246 了。费德·基堡在不远处他舅舅霍亨索伦家中发现一间很坚固的地窖。其实我并不喜欢一个人去——因为我根深蒂固的恐惧感，就怕没人知道我被活埋了！但今天实在没办法。等我走出地窖时，发现附近灾情

严重。安托瓦内特仍不见踪影，我开始替她担心，怕她出事了。

我把蜡烛插在酒瓶里，坐下来写信；我们这一区已经停电好几天，再加上停水。稍晚到帝国旅馆，在加布里埃尔·凯瑟斯达特的套房里洗了一个舒服的澡。等安托瓦内特再度出现后，我和她踉跄走到街上的水龙头旁接水，各提两桶水回家。本来我们以为可以用水桶装满雪当水用，可是雪融化后却是黑色的，里面还浮满了马铃薯皮。

1 月 29 日，星期一

开始在空军医院上班。医院旧名为“商人医院”，一切都好，就是太偏远；位于城市边缘第 19 区，坐落在山丘上“土耳其战役纪念公园”的后方。光是坐电车去就得花上一个小时，而且现在大众交通工具行驶速度又慢得教人心慌，因为街道上不是炸弹坑，便是积雪，所以每天早晨 6 点就得起床。

我和另外两位助理一起在药局内工作，上司是蒂姆医生，每天要看差不多 150 位病人，包括做各种检查、照 X 光等。我负责抄录他的口头诊断。他来自柯尼斯堡，挺会讲俏皮话——或许该说是冷嘲热讽的话。晚上一直工作到七八点，中间有半小时的午餐时间，得喝一种极难喝的汤。

替我谋得这份差事的西塔·弗雷德在手术室里工作；她几乎从大战爆发后就一直在当护士，跟我们比起来，资格很老，而且战前还在西班牙内战期间做过两年护士。和她一起工作令我感到心安，她却因为我没被调去她的部门感到非常气愤，坚持说这是院方故意刁难，“因为他们不喜欢让我们这些贵族在一起工作！”不过她每天早晨都会下楼来看我，带三明治给我吃；因为她可以取得特别为伤患准备的食物补给，同时还走私一点牛奶给我喝，大约每天一小瓶；所以虽然工作辛苦，令我感觉非常疲累，不过仍希望能保持健康。讽刺的是，我因为健康理由离开柏林的外交部，结果却来这里上班， 247

工作量反而沉重许多。其实这样也好，我就没时间胡思乱想了……

西塔开始把我介绍给同事和病人。重病患者都住在楼下所谓“地窖单位”内，虽然病房不全建在地下，不过空袭时仍比较安全，因为那些人都不能被移动。医院里最优秀的三位护士都在这个特别病房内工作，其中有个女孩个性开朗，名叫艾格尼丝，是威斯特伐利亚人，我跟她已经挺熟了；另外一个女孩有点丑，名叫露琪，未婚夫是空军中尉，很年轻；这可怜的家伙两周前被送进来，打了这么多年的仗毫发未损，最近却在一次飞行训练中同时失去两条腿。他名叫汉尼，脸颇迷人，大约 30 岁，头发却白了。他和露琪虽然相爱，却不能表现出来，因为院方禁止护士与病人交往。

1 月 30 日，星期二

由于我尚未正式做护理工作，护士长（她人非常好）特准我不戴护士帽到处走动，别的护士却已经开始抗议，说我摆出“好莱坞作风”。如今在德国若想符合标准，必须整天灰头土脸才行！我才不管咧，只要医生和护士长不讲话，我就是不戴帽子！我好不容易才慢慢习惯不涂口红。西塔·弗雷德一看见我涂口红就大为紧张，不断哀求我擦掉。

今天护士长命令我去让负责替职员看病的医官蒂利克医生检查身体。西塔慎重警告我，绝不可掉以轻心。因为据说他是医院里的加里·库珀；她连得扁桃腺炎的时候都不让他碰一下。她甚至还去找护士长闹了一场，等到我去照 X 光时，她就站在旁边，双手叉腰，随时准备和那个魔鬼交锋。不过最后她还是得让我们单独相处，离开时，一脸的不情愿。蒂利克医生跟我聊了很久——我穿着“简略”的服装——谈论两年前我从马上摔下来，接着脊椎受伤的经过；整个过程中规中矩，不过他的确很有魅力。我猜他是埃平格教授的明星学生，当初就是靠埃平格开的证明，我才能离开柏林。

2 月 6 日，星期二

尤尔根·葛纳坚持要安托瓦内特现在就离开维也纳，免得以后 248
走不成。她住在威斯特伐利亚的家人也开始紧张，于是昨天她便启程前往巴伐利亚，去和一位老同学住。我一定会很想念她。昨天约根派他的勤务兵来帮忙，也替我打包好行李，因我不想单独跟欧伯斯特太太住。我打算搬回布里斯托尔旅馆（以前每次来维也纳都住在那里），跟他们长期租最小的房间（我的存款仍然很少）。或许这个办法可行，因为现在我在“战时必要单位”工作。

我的粮票快用完了，得向汉诺威的克里斯钦借一些。他眼下住在帝国旅馆，因为身为王族王子（而且还跟英国王室有亲戚关系）被陆军踢出来，后来进大学念书。

早上休假，和布里斯托尔的经理费希尔先生谈住房问题，似乎颇乐观。

2 月 7 日，星期三

今早又发生严重空袭。我躲在重患病房的地窖里，其实情况好不到哪里去，因为我们可以听见每一枚炸弹落下来的呼啸声，感觉到每一次的爆炸。碰到这种情况，我总是陪在伤势最严重的人身旁，看见他们那么地无助，自然会变得勇敢些。我替安托瓦内特·葛纳高兴，因为这次空袭炸断了主要的铁路线。

2 月 8 日，星期四

又一次严重空袭。

塔蒂阿娜从布拉格打电话给我，她此行仍是去接受治疗。听到她的声音真好。

费希尔先生通知我，这个周末便可搬进布里斯托尔。

2 月 10 日，星期六

空袭愈演愈烈。今天是近来第三次遭到轰炸。院长发布命令，指示所有能够走动的病患，以及较年轻的护士，遇到空袭时不可再待在医院内，必须走五分钟左右到贯穿土耳其公园的铁路隧道内躲避。但附近的人似乎都认为这个隧道最安全，每天都有超过八万人挤进去。人潮从早上 9 点就开始排队，等到警报声响时，入口处已挤得水泄不通，万头攒动，全往里面挤。没有人能每天忍受这种情
249 况，更糟的是，我们必须留在医院内，等到最后一分钟才逃出去，所以总是最后一批抵达隧道入口，所以到目前为止，我们才进去躲过两次。我必须承认自己的胆子（经过在柏林躲警报多年之后）还是很小，现在来维也纳，一听到投炸弹的声音就开始发抖。

2 月 11 日，星期日

利用假日搬进布里斯托尔，他们给我一个极小却一尘不染的房间。不过费希尔经理表示我可能住不久，因为旅馆里挤满了党卫军的人。我很不以为然；我也是勤奋工作、对社会有所贡献的劳工，为什么就不能拥有一个像样的房间？！

和弗朗茨·塔克西斯和海因茨·廷蒂一起吃午餐。弗朗茨的公寓被炸得很严重，已收拾剩下的财物，搬进隔壁的格兰德旅馆。我们在格兰德旅馆内发现两辆单车，先沿着旅馆内的走道骑了一阵子，接着骑回我的公寓；再把我的行李放在自行车上，推回布里斯托尔。经理告诉我们，上一次保罗·梅特涅来住的时候，留下两瓶拿破仑白兰地。既然酒可能会在空袭中不保，他便颇不情愿地交了出来，我们把酒也放在自行车上推进房里，开了一瓶。

2月12日，星期一

空袭。

2月13日，星期二

空袭。

2月14日，星期三

空袭。

维也纳唯一照常工作的团体是爱乐交响乐团，从医院下班后，我几乎每天都去听他们的演奏会。

盟军在雅尔塔举行的会议已结束。我的小收音机只能收听到德国的广播电台，报道当然有限。

谣传德累斯顿一连遭到两次猛烈轰炸，整座城已被夷为平地。

俄军已进入布达佩斯。

同盟国于2月4—11日在雅尔塔会面，举行战时最后一次高峰会议。丘吉尔、罗斯福与斯大林同意加强攻势，并划定战后的欧洲国界。

会议开始的前夕，盟军决定恢复对敌方重要大城进行轰炸，向斯大林炫耀强大的战力，同时打击德国民心士气，期望形成大批难民潮，阻断德军部队调度及补给线。 250
当时位于德累斯顿的少数军事目标及主要火药库都在轰炸范围之外，因此城内几乎没有战斗机或高射炮的防御部队；该城主要以巴洛克时代的建筑闻名。结果英国皇家空军及美国第八航空军自2月13日开始，持续猛烈轰炸该城到4月，等于将这个历史古城彻底炸毁。死于火风暴的市民及难民达9万至15万人（有人估计高达20万人）。今天的史家认为，对德累斯顿刻意的摧毁，乃是西方盟军在第二次世界大战期间最不公正的暴行之一。就连制定“无选择性地区轰炸政策”的始作俑者之一的丘吉尔，亦在获得胜利之后感到良心不安，从未公开褒扬过哈里斯空军元帅及其轰炸队指挥部。

2月15日，星期四

好像开始生病了。昨天因为空袭，工作被打断三个小时，后来一直加班到晚上9点，觉得极难受，趁着医生替一位病人检查时，量了自己的温度：39.4℃。蒂姆医生一边搓手一边轻快地说我只是累了，明天体温就会恢复正常，又可以回来上班。

收拾东西准备回家时，两名在昨天早晨被射下来的美国飞行员，分别被两名德国士兵一左一右扶了进来，伤势似乎都很严重，举足维艰。其中一个人脸部灼伤，黄发根根直竖。到目前为止，医院里已收容了大约30位美国飞行员，院方待他们很好，但只在碰到严重空袭时，才把他们抬到地下掩体里。我想跟他们聊聊，但院方禁止。有一位护士曾经在英国做过家庭教师，送了一束花给其中一位飞行员，结果当场被开除。不过有一次空袭期间，西塔·弗雷德带我去他们住的特别病房。有几位看起来人很好，但大部分伤势严重，几乎全身都包了绷带，几乎每个人都受到严重灼伤。

来我们部门的病人一般状况都很糟，大部分都超过50岁或不满20岁。通常都刚刚接获召集令。蒂姆医生必须决定他们是真的病了，还是装病。因为蒂姆医生有一种恶意的幽默感，所以他与病人的对话有时颇不堪，有时又令人捧腹。

回家的路程又极漫长。

2月17日，星期六 251

过去十天每天都有空袭，今天居然没有。下午醒来后发觉高烧已退，吃了很多片阿司匹林，然后蹒跚走去美容院，心里祈祷别在路上撞见任何医生。朋友们来看我。旅馆亦送餐到我房间，还算幸运。

2月18日，星期日

空袭。

早上待在医院地下室内，后来去看我们的加里·库珀，蒂利克医生。他诊断我得了扁桃体炎，叫我立刻回家，星期三再来上班。我已经完全失声了。

来医院上班后这么快就病倒，令西塔很生气："你这么娇弱，他们会怎么看我们这些贵族？"我倒从来没想到这一点。

2月20日，星期二

空袭。

2月21日，星期三

今天空袭特别严重，警报开始响时，我仍在旅馆。大家到地下室集合，尽量往下走；碰见文奇·温迪施-格雷茨、玛莎·普罗奈、波托茨基母子、萨佩哈夫妇、艾蒂·贝希托尔德和她母亲等人。外面的噪音震耳欲聋，爆炸声和玻璃粉碎的声音仿佛没完没了。

警报解除后，我和维克多·施塔勒姆贝格一起走到环市道路上，因为听说列支敦士登王宫被炸了。快抵达时，已瞧见王宫的屋顶不见了，不过建筑的其他部分似乎损坏并不严重。一架被击落的美国飞机残骸散落在王宫前的人行道上，仍在熊熊燃烧，不时发出小爆炸声，显然是机上的弹药。机上的组员几乎全死了，只有一个人设法弹出飞机，却被卡在一座屋顶的尖塔里，双腿都被切断。路人告诉我，空袭期间从头到尾都可以听见他凄厉的尖叫声，却没有人敢离开掩蔽壕；等他们把他救下来时，他已经死了。

我们继续往下走。一枚定时炸弹落在宫廷剧院附近，尚未爆炸，整个区域都被封锁起来，但我们仍然照常经过，并没有多想。整座城硝烟弥漫，隔着环市道路，我们旅馆对面的卡尔广场上多了一个巨大的炸弹窟窿。

2 月 22 日，星期四

252 声音仍极沙哑。自从上次空袭后，公共交通系统已瘫痪，我必须走路去上班，得花两小时。

2 月 23 日，星期五

晚上留在医院过夜。西塔·弗雷德值班，让我用她摆在她老板书房里的行军床。

2 月 24 日，星期六

又在西塔·弗雷德的行军床上睡了一夜。在医院里过夜比每天来回走数里方便多了。

蒂利克医生叫我去当他的助理，因为我在药局代班的那位护士即将回来上班。我不喜欢这个主意，虽然他人很好，又有魅力，但他兼任我们的政治医官，负责整饬职工士气。每个星期一，无论工作有多忙，我们都必须去小教堂听政治训话。我报到的那一天，他发表一场简短的演说，讨论“战争进入第五年身为护士的责任”；基本要义：别太富同情心，因为多数病患都在装病；医生必须严格，因为前线需要所有能够动员的人；不过，若观察到有病患受到不公平的待遇，我们也应该出面干预。他同时透露一位护士曾经替一位负伤士兵——是她已阵亡儿子的朋友——打了一针，令他暂时残废的药，他因此不必再被调回前线，结果，“她被判处十年徒刑！”我们无能为力，他补充说。我们没有选择，就算剩下最后一个人，也必须作战到底！……那番话听起来好冷酷，从此我没有再去参加集会，每次都用川流不息的病人当借口。我一直以为迟早会惹麻烦，但蒂利克医生到现在都没说一句话。

护士长则表示，可能派我去帮神经科主治大夫奥尔施佩格公爵工作；他有点古怪，不过也很有趣，是本地的名人之一。看来我的命运仍未定。

今天正准备回家，警报又开始响起。和朋友们一起晚餐，饭后梅利·克芬许勒带我去参加一个派对。他们请了一位查理·库恩兹[*]风格的爵士钢琴乐手表演，非常棒。熬到很晚，一边啃培根肉，一边听他演奏。

2月25日，星期日

去史蒂芬大教堂望弥撒。街上挤满人潮。现在每天有成千上万的 253
维也纳人从郊区涌进城中心，因为据说古老的地下墓窖是最安全的掩

* Charlie Kuns（1896—1958）是出生于美国的英国音乐家，他的演奏风格很独特，他会用钢琴将流行的乐曲轻松自在地辅以精妙的轻重音演奏出来，他自己称这种演奏方式为“有表情的旋律和节奏”。

体；大家都不信任普通地下室，太容易坍方，而且已有几百个人遭到活埋。大部分进城的人都来自劳工区，得徒步走几个小时。

和波托茨基母子一起吃午餐；这顿饭经过精心准备，因为主客是嫁给住在德国占领波兰境内罗兹一位德国百万富翁的赫兹太太；他们希望能从她那里打听到旧家的消息。食物美味极了，甚至还有鹅肝酱。

我现在吃的东西不是医院里淡得像水的汤，便是偶尔在旅馆里享受的大餐。如果我的粮票能维持久一点该有多好！每个月过完前十天就全用完了。艾格尼丝护士偶尔会喂我吃蛋酒，那是专门为重伤患调的；幸好他们对蛋酒的兴趣都没有我大，所以总会剩下一些。

过去四年都在霍夫堡王宫医院内担任手术护士的西西·维尔切克来看我。我们先去找朋友喝咖啡，然后出去散长步。星期三被击落的那架美国飞机，残骸仍散落在列支敦士登王宫前面，不过大部分零件已被捡拾纪念物的人拎走了。结果利希滕施泰因突然从门口冒出来，交给我一台淡紫色的大手风琴，他说他也打算离开维也纳，"不再回来！"

不知为什么，我现在成了所有想躲苏联军队、离开维也纳的人的财务托管人。反讽的是，其实真的应该躲苏联军队的人是我！等轮到我逃跑的那一天（是否逃得了还很难说），这些东西还不是得全部扔掉。

后来我们巧遇另外一位来自匈牙利的难民格察·安德拉西。他说他姐姐伊洛娜也是红十字会的护士；她拒绝离开布达佩斯。接着大家一起去赫林路上的维尔切克王宫坐了一会儿。之后我回家上床睡觉；现在每天都感觉非常疲倦，晚上几乎都不出门。

2 月 26 日，星期一

塔克西斯兄弟住在波希米亚家族产业内的家人寄给他们一只鹅，

今天大家在梅利·克芬许勒家烤了它。虽然我们总共有五个人，不过大家都吃得很开心，因为平常我们都营养不良。

“普卡”·菲尔斯滕贝格的父亲死了，他是奥地利老派的外交 254
官，很迷人。我发现曾经统治过奥地利帝国的上一代贵族，和现在这一代在遭到瓜分后、毫无前景可言的小国环境下长大的贵族之间，有天壤之别。后者基本上乡气很重，就算腰缠万贯，也几乎不会讲任何外国语言，而且都没有住在国外的经验。虽然他们也挺可爱，但一般来说都是轻量级人物，很少具有这一代优秀德国人才货真价实的学养；在柏林我就认识很多那样的德国人。1938年的德奥合并，及其各种后果（如种种强制性服军役、劳役等）以及马上接着爆发的大战，当然可能是造成这种现象的原因之一。

2月27日，星期二

今天比较早下班，抽空去看住院牙医。

晚上西西·维尔切克带格察·安德拉西来找我，三人在我房间里用我的小电热器烧晚餐，甚至煮了香醇的咖啡——这得感谢汉诺威的克里斯钦送我一台咖啡机。

2月28日，星期三

塔蒂阿娜来电话。她现在仍在布拉格，不过马上就会去汉堡附近的弗利德利斯鲁与奥托·俾斯麦夫妇相聚，因为保罗·梅特涅最近被调去城堡附近的吕讷堡。去年秋天被判无罪的戈特弗里德，最近终于从一直监禁他的集中营里放出来，据说也会去那里。我一直不敢相信他真的自由了，因为“七月密谋”他涉案这么深。塔蒂阿娜即将远行令我担忧，现在火车也经常遭到轰炸。

3月2日，星期五

两天前，我们必须在空袭期间替汉尼（被切断双腿的那位飞行员）换纱布。当时他的未婚妻露琪不在；因为停电，我必须提着两盏油灯替换纱布的医生及护士照明。每次清洗伤口，汉尼必须忍受的痛苦简直令人无法想象，因为他的两根断肢等于是被绞断的，骨头碎得到处都是，不断从肉里刺出来，得用镊子一片一片挑。西塔说如果我可以看着他的伤口而不感到恶心想吐，那我就什么都不怕
255 了。起先我还以为自己没办法，奇怪的是，我竟然能够忍受，尤其是在必须帮忙的时候，全神贯注，专心工作，和病患突然疏离，因此所有的感觉都被忽略了。感谢上帝！

3月3日，星期六

今天没有空袭，总算可以准时回家。

医院里变得很冷，因为煤炭烧完了。现在就连医院都无法享受配给煤炭的优先权。

3月4日，星期日

今天和汉西·奥普斯多夫走出史蒂芬大教堂时，警报声响起。现在汉西经常陪我，他因为声带遭到枪击，正在城内接受治疗，只能小声讲话。

稍后，我去看梅利·克芬许勒。她在军需品工厂工作，即使苏军进城，也不可能获准离开。不过她已从乡间的家族产业那儿偷偷弄来两匹马和一辆马车，万一我们必须在最后一秒钟逃难，可以用得着。

今天接到母亲1月2日从柯尼希斯瓦特寄来的一个包裹，被邮

局耽搁了两个月，打破了以前的纪录。

3 月 6 日，星期二

富格尔家族的老祖母死了。她的儿子“波弟”是德国空军的将军，前几天来维也纳。西西·维尔切克一直催我去拜托他，把我调到西边一点的空军医院。他的确有点影响力，因为他是第一次世界大战的明星飞行员，获颁德意志帝国最高荣誉勋章。西西自己将随所有职工迁往萨尔斯堡附近的格蒙登。不过她也不想立刻离开维也纳，正在设法拖延。汉诺威家族在格蒙登有一座城堡，现在改成医院。克里斯钦建议如果西西和我真的去那里，可以去他父母家（由马厩改建）住；并且答应为我们安排一切。听他这么说令人心安，如果我们真的必须逃难，肯定会非常仓促。

3 月 7 日，星期三

西西·维尔切克带我去见波弟·富格尔。他满头白发，脸孔却仍然很年轻；非常帅，极有魅力。他答应会去找本地的空军医官指挥谈我的事；此人对我们来说好比上帝，却正好是他朋友。其实我去求情主要是想让朋友们放心，他们都觉得维也纳守不了 256
十天，我竟然还待在这里，实在恐怖。的确，苏军前进速度稳定，就算不马上进城，也绝非德军能够抵抗，据说德军防守力早已疲软。

今晚弗拉希·米托洛斯基邀请我、加布里埃尔·凯瑟斯达特和弗朗茨·塔克西斯到萨赫旅馆的私人宴会厅内吃晚餐。整个气氛仍具有浓厚的“古风”：戴白手套的侍应生、吃由主人亲手射杀的野鸡、喝摆在冰桶里的香槟……等等。虽然敌军离他家门槛不到几千米，他却继续过富豪地主的生活。

3月8日，星期四

空袭。因此必须加晚班。

听收音机报道，盟军已渡过莱茵河，现在科隆及波恩附近作战。虽然到处都受到他们的包围，但德军在西线的抵抗似乎仍相当顽强。这点令我想不通。如果必须在两者中作选择，难道他们不想优先抵挡苏军吗？

3月10日，星期六

一位我从来没见过的穆尔巴克先生替我带来安托瓦内特·葛纳和费德·基堡（他也在上个月离开维也纳）写的信。他们俩都在慕尼黑，都恳求我立刻离开维也纳。我在旅馆前厅跟穆尔巴克先生见面，他本来应负责安排我离城的事，但这并不容易，因为一个星期前当局已下令禁止所有人做私人旅行。结果他递给我一份由慕尼黑军备单位核发的空白旅行证，我只需填上名字及地址便可。但光持有这张旅行证还是没用，除非情况变得一团混乱，否则我不可能离开医院；可是若等到情况大乱，火车一定停驶，那又可能来不及了。即便如此，安托瓦内特为我费的这番心思仍令我十分感动。

半夜，玛丽安·图恩替母亲从卡尔斯巴德打军用电话给我；她说母亲急坏了，我向她报告最新的情况。

回旅馆后，发现母亲发来一封电报。伊连娜从罗马、乔吉从巴黎分别捎来好消息。太神奇了，到现在私人的信息似乎仍能通过前线，或许是经过瑞士吧。母亲要我打电话给她，可其实我每晚都试着拨电话去柯尼希斯瓦特，从来没接通过。

3 月 12 日，星期一 257

今天是维也纳的黑暗日！

在医院工作时西塔·弗雷德冲进我办公室，通知我大群敌机正朝我们飞来。当时我手边工作实在太多，不能立刻跟她一起去隧道躲藏。她却喜欢趁着还不太挤的时候，早早赶过去。等我准备好时，她已失去耐心，说我们干脆留下来算了，让我觉得有罪恶感，仿佛都是我的错似的。其实留下来的人很多，地下室掩体内挤满伤患和护士。我跟伤患坐在一起；其中一位病人是鲍尔上尉，他是著名的明星飞行员，获颁橡叶十字勋章。他肩膀受重伤，不过仍能起来走动。我们聊了一会儿，但很快灯就熄了，外面的噪音打断所有的谈话。我往地窖里瞄，瞥见艾格尼丝护士蹲在一张桌子上啜泣，一位年轻的外科医生正在拍她的背。她平常总是和善又开心，可是每次碰到空袭都会崩溃。我走过去，坐在桌上陪她，和她紧紧抱在一起。外面的哨音及吼声不断，我从来没有在维也纳碰过这么可怕的情况。院方派了一位守望员待在屋顶上，他奉命无论如何不准离开屋顶，后来传下来一个口信，说隧道遭炸弹直接命中。我们立刻想到躲在里面的许多病患和护士。果不其然，大约十分钟之后，待轰炸噪音安静了一点，扛着担架的人潮便不断涌进，受伤的全是一个钟头以前高高兴兴走去隧道的人，看了教人心碎！有些人一直尖叫，其中一个人被击中胃部，抱住我的脚苦苦哀求道："麻醉药，护士，给我麻醉药！……"然后一直不停呻吟。医生当场就在地窖里替好几个人动手术。院长却在一旁不断咒骂不听从他命令留在医院里的人。他发现几乎所有职员此刻都集中在这里，变得怒不可遏："如果现在我们被炸弹炸中，我岂不是要损失所有的职员?!"据说当一部分病患走到隧道外面想透口气时，一枚炸弹正好掉在隧道出口前方；还有些人说，当时误传空袭警报已解除……总而言之，有 14 个人当场被炸死。大批幸存的受害者被抬进我们地窖的那一幕，我永远都不会忘记。

258 稍后，我们爬上屋顶，往城里眺望。奥尔施佩格教授说，他看见歌剧院在燃烧，可是当时烟尘弥漫，实在看不清楚到底发生了什么事。

晚上，维利·塔克西斯出现。他听说隧道被炸，很替我担心。他一直等我把工作做完，陪我走回城内；一路上满目疮痍。他说城市中心灾情严重——歌剧院、赛马俱乐部，甚至连我们住的布里斯托尔旅馆，都被炸了。我问他我的房间还在不在；他说不知道。等我们走到城市中心时，已经入夜，但很多建筑仍在冒着熊熊火光，你甚至可以在旁边看报纸。而且到处弥漫浓浓的煤气味，就和柏林最惨的日子一样。

我们先去在赫林街上的维尔切克家慰问他们。西西得了扁桃腺炎，又发高烧，躺在床上。每个人都有点歇斯底里，仿佛喝醉了似的。据说被炸得最惨的是赛马俱乐部，地窖里死了 270 个人；到现在建筑物本身仍在燃烧，无人能接近。乔丝·罗森菲尔德告诉我，在最紧张的时刻，她紧紧抓住波弟·富格尔，因为她觉得空袭期间，能躲在一位获颁勋章的空军将领旁才最安全！

波弟还留在城内，等待安葬母亲，可惜此事一直悬宕未决，因为棺材严重缺货。刚开始人们还凑合着用补窗棂的卡纸嵌板做棺材，后来连卡纸嵌板都找不到了。几天前，梅利·克芬许勒才对我说，她不准我现在死："你绝对不可以这样对待我们！"暗示替我办丧事会太麻烦！不仅棺材缺货，而且连掘坟都得亲戚朋友亲自动手，因为挖墓工人都当兵去了。结果很多地方都堆了一大堆等待下葬的棺材。幸好现在还是冬天，那景象仅仅怪异而已；天知道等春天来临，雪融之后会变成什么样子！前几天有人替一位死去的上校举行隆重的葬礼，甚至请来军乐队，结果棺材被降下墓穴的当儿木盖突然滑落，竟露出一位灰发老妇的脸孔——葬礼继续举行！

从维尔切克家出来后，我们继续查看灾况。歌剧院仍在燃烧；布里斯托尔没有一扇窗子完好如初，从街上一眼就可以看见里面的餐厅。外面万头攒动，每个人都衣衫不整，满身硝烟味儿。

我和波弟·富格尔及他女儿诺拉、他妹妹西尔维亚·明斯特一 259
起吃晚餐。波弟的前妻在战争爆发以前嫁给前奥地利首相许士尼格，现在两个人都被关在集中营里。

1934年7月，冯·许士尼格博士（1897—1977）继被刺身亡的陶尔斐斯成为奥地利首相。因为坚持反对希特勒于1938年3月执行之德奥兼并，与其妻一同遭到逮捕，大战期间一直被关在集中营内。1945年，美军释放了他，余生在美国教书。

布里斯托尔的管理阶层实在厉害：旅馆内停电，只得在每张餐桌上点蜡烛，此外，一切如常。饭后我们走路去隔壁彼得·哈比希开的店，观看仍在燃烧中的歌剧院。彼得眼眶里噙着泪水；对维也纳人来说，钟爱的歌剧院遭到摧毁，无异为个人的悲剧。

维也纳歌剧院于1869年在弗朗茨-约瑟夫皇帝御前，以莫扎特的歌剧《唐璜》揭幕启用。巧的是，该院被炸毁前演出的最后一出歌剧，竟是瓦格纳的《诸神的黄昏》。歌剧院被炸毁，连带焚毁总计120出歌剧的场景，及大约16万套的戏服。战后奥地利人生活虽十分艰苦，然而歌剧院的重建却一直被全国上下视为当急要务。歌剧院终于在1955年11月重新启用，不啻象征了“文明奥地利”的重生。

3 月 14 日，星期三

今天又得步行去医院上班；现在往返得花四个钟头！我非想办法搭便车不可，不过现在马路上到处堆满破砖瓦砾，没有车辆能够通行，每个人都是步行。

3 月 15 日，星期四

医院放我两天假，然后我将换工作，转到“部队顾问服务及福利”单位。我还不太清楚工作内容到底是什么，可能包括与本地空军管区通信讨论院内伤患升级及授奖事宜，同时替他们的私人问题提供顾问服务。这份工作必须和三教九流的人接触，院长似乎认为
260 我擅长此道。不幸我还得处理所有与死亡有关的事情，自从隧道掩蔽壕被炸的悲剧发生后，我们和许多死者的亲属会谈过。今天有一位死者的未婚妻来见我，所有血淋淋的细节她都想知道。

3 月 16 日，星期五

今天早上又有空袭。我穿越歌剧院广场走到萨赫旅馆，因为听说他们的地窖比布里斯托尔的安全。塔克西斯兄弟和海因茨·廷蒂也和我一块儿去，结果在里面待了四个小时，幸好一切平安，不过每个人似乎都比以前更紧张。警报解除后，尽管听别人说火车已停驶，乔丝·罗森菲尔德仍直接去车站（她们家在林兹附近有产业）。她变得歇斯底里，连在维也纳多待一晚都不愿意。她留了些蛋给我。

3 月 17 日，星期六

今天，西塔·弗雷德和我又在萨赫旅馆的地窖内待了几个钟头。

那个地窖看起来的确很牢固，不过炸弹到底会从哪个角度炸过来，谁也无法预料。

猛烈轰炸开始后，家人不断捎来家书，语气都急疯了，我却无法回信，因为维也纳对外邮件服务已中断。

3月18日，星期日

和汉西·奥普斯多夫一起上教堂，然后去探望仍卧病在床的西西·维尔切克。歌剧院被炸毁的那天，她叔叔卡里写了一封信给我，日期注明为“维也纳有史以来最悲惨的一日”。可怜，他伤心透了；西西的父亲也一样。弗朗茨·塔克西斯告诉我，维也纳对他们那一代的重要性就像卧室对我们：每个角落都“属于”他们，每一块石头他们都一清二楚……

和加布里埃尔·凯瑟斯达特及另一位波兰难民，塞巴斯蒂安·卢博米尔斯基王子在布里斯托尔吃午餐。波托茨基母子一直拖延离城的日子，终于在三天前离开。看不见他们感觉好怪；我们这群人已经变得如同一家人，每个人离开都会留下一片空虚感。餐后到对街加布里埃尔的旅馆内喝咖啡。她刚买了几顶新帽子——这是现在唯一不需用配给券购买的衣饰类。由于她持有利希滕施泰因家族的护照（她是执政王子的表妹），现在随时都可以乘汽车离城。

3月19日，星期一

又过了仿佛噩梦的一天。

这次敌机在医院内进行地毯式轰炸；当时我们躲在上次悲剧发 261
生的隧道内。自从上次事件发生后，院方从医院接了一条直通电话线到隧道内，传达在屋顶上守望人瞭望的结果。今天有三枚炸弹击中隧道；西塔·弗雷德大叫道：“蹲下！”——因为我比大部分的人都高，她怕我首当其冲，承受空气压缩力。起先病患惊惶失措，仿佛牛群般尖叫乱窜，过了一会儿，才慢慢平静下来。虽然每次爆炸都会震倒一批人，不过并没有人受伤，隧道也没有坍塌。另外七枚炸弹落在医院内，一枚炸中手术室，贯穿三层楼后才停下来，然后就在地下室掩蔽壕正上方爆炸，所有的窗子都被震碎了。

一架美国飞机坠落在附近的土耳其公园内，院方派了几名职员去把机上组员抬回来；他们只找到四个人，另一个人不见了。

我们奉命清除善后，在成堆破碎玻璃和瓦砾之间蹒跚踯躅。我将接替其职位的那个女孩歇斯底里发作：她在路上遇到空袭，不得不躲进一间小屋内。我先让她回家，然后继续捡拾炸烂的家具和窗棂。

快到六点时，我决定回家。走到一半，有人从楼上朝街心扔下来一扇破窗框，把我的手划破了一个大口子。结果一辆军用汽车停下来，把我送到维尔切克家；我本来想找西西，但她出去了，结果她父亲用一条毛巾包住我的手，让我撑回布里斯托尔旅馆，由萨佩哈夫妇接手照顾我。他们说我的伤口触目惊心。

现在日子变得很难捱，因为城里已停水几个星期。旅馆如何继续供应三餐，令我百思不得其解。现在也没人敢喝茶或咖啡。夜晚也没灯，西西送给我的圣诞蜡烛也都快用光了。晚上，我经常摸黑坐在房间里练习手风琴。

3 月 20 日，星期二

街上覆满一层碎玻璃。现在我都搭便车去医院。虽然不容易搭到车，不过我眼明脚快，连续两次拦下同一辆军用汽车，后来那位驾驶答应以后会注意找我，因为他每天都会经过我走的路线。彼
262 得·哈比希也答应把他新弄到的自行车借给我，因为他白天并不需要用车。有了单车我就可以独立了。

再度发生空袭，但未造成灾情。

3月21日，星期三

今天的空袭持续了五个小时，但未造成损害。敌机从意大利飞来，一直飞往柏林——挺大的成就！

居然接到乔吉寄来的一封信。他仍在巴黎，在一家新闻社工作，同时继续在科技学校念书。他建议全家人“守在一起”；俄国人会说这是“隔岸救火”的建议。此刻塔蒂阿娜和保罗·梅特涅在北方；父母住在柯尼希斯瓦特；我被困在维也纳城内！……不过乔吉当然是好意啦！

3月24日，星期六

每天晚上我都和塞巴斯蒂安·卢博米尔斯基走到地下室，用大果酱瓶装满水回房间；虽然旅馆每天会在房客的盥洗池里放一小杯水，不过因为空气里满是烟尘，很容易口渴。最近我都趁着空袭期间在医院里洗澡，不过现在这么做已变得太危险，我不敢了；况且就连医院里都缺水。所有战俘，包括那批飞机被击落的美国飞行员，只要还能走动，都被派去附近蓄水池提水。虽然大家都知道池里的水污染严重，仍照用不误，甚至用来煮饭。卫生标准每况愈下，护士亦开始接种霍乱疫苗，因为布达佩斯已经开始流行传染病了。不过我们都忙得焦头烂额，根本没时间多想或担心。

我即将搬去维尔切克家住。西西下周将与她的医院一同撤退，但她的哥哥汉西是预备军官，虽然负伤，仍须留守城内，直到苏军攻来。至少他能提供我苏军进展的最新消息。已开始运送行李到赫林街。

工作人员终于挖出一条路，通到赛马俱乐部坍塌的地窖内，并开始掘出尸首。那股臭味令人作呕，留在鼻内几天都不散。通常我都骑自行车绕到史蒂芬大教堂，避开那条街。

3 月 26 日，星期一

今天是接下新工作的第一天，非常忙碌。

263 昨天我和卡里·维尔切克叔叔正在前往史蒂芬大教堂望弥撒（昨天是受难周的第一天）的路上，警报响了。空气中烟尘弥漫，太阳已下山，我们坐在圣米歇尔广场的教堂石阶上，弗朗茨·塔克西斯偶尔会过来向我们报告敌机的方位。

上个星期六，卡里叔叔告诉我，当萨佩哈夫妇终于获准携带财产（是他们从波兰逃出来时，用一辆卡车运来的）离开维也纳时，半夜打电话给他说，车上还有些空间，可以带一些波托茨基母子寄放在列支敦士登皇宫内的东西走。卡里叔叔马上带一批可以立刻取出的箱子过去装车。等他们离开之后，他盘点了一遍。波托茨基家族的兰卡特城堡内拥有世界闻名的瓷器、家具及华托和弗拉戈纳尔的名画等，全是他们家族的祖先在法国大革命期间，凡尔赛宫遭掠夺时廉价购得的。多亏戈林出面干预，这些宝物才安全抵达维也纳。不过，卡里叔叔很不好意思地咧嘴笑了笑说，被萨佩哈夫妇的卡车载走的那批东西，却是波托茨基家族的交响乐队乐器！当然这些乐器也算得上是 18 世纪的古董，不过你可以想象可怜的阿尔弗雷德（波托茨基）开箱时的表情……

3 月 27 日，星期二

在医院里出了糗：我替几名士兵颁授勋章，却不知道只有院长才有权利颁奖。但公文放在我桌上，注明这件事必须立刻办！结果院长气坏了，因为他把这种事看得很认真。

回家途中，看见格察·帕贾斯维奇的汽车停在圣米歇尔广场上；他是西西·维尔切克的姐夫。我吓了一跳，手里抱的东西都掉了，因为这里没人有这么大的胆子，除非不怕死。他虽在匈牙利出生，却持有克罗地亚护照，因为他们家族的产业都在前南斯拉夫境内。他有一位兄弟本是克罗地亚驻马德里大使，后来投奔同盟国，他因此受到拖累，刚被克罗地亚外交部解雇。格察来接西西，如今却困在维也纳城内，必须等找到足够的汽油后才能启程。

稍晚我骑自行车去布里斯托尔拿我的手风琴，回来时想试另一
条捷径，结果那架该死的手风琴就在我经过赛马俱乐部时掉了下去， 264
我弯腰去捡，却撞见停在瓦砾堆前的一辆卡车。那地方还是一股可怕的臭味，我抬起头，赫然看见卡车后面装满没绑紧的布袋，最靠近我的那一袋里伸出一个女人的两条腿，虽然还穿着鞋，其中一只鞋的鞋跟却掉了。

格察载我回医院，我发现西塔·弗雷德的情绪极怪异。她溜进我办公室，悄声对我说，她有话不吐不快：自从手术病房被炸毁后，病患床位变得非常挤。以前地窖里有所谓的“水疗单位”，这是奥地利人的发明，非常有用，里面摆了很多澡缸，让脊椎受伤的病患日夜躺在温水里，甚至让他们睡在水里，从来不移动；不仅可以防止骨髓渗出骨头，同时能减轻许多痛苦。以前我常去那里探望一位俄国战俘；他非常年轻，伤势严重，整天都在哭。我希望用母语跟他交谈可以让他好过一些，果然没过多久他就开始吹口琴，感觉好多了。可是自从停水后，我们必须把这些病患抬回干床上。有一名塞尔维亚人不知染上何种坏疽症，味道非常难闻，不可能让他和其他病患住在同一间病房内，最后只好让他一个人住一间病房，让其他八张床空着。医生早就放弃他了，可是他一直撑着，院方急着用空床，经过“秘密会商”，现在决定让他“解脱”。西塔刚才发现这件事，情绪很坏。她带我去看他的情况有多严重。我们走到他床边，她掀起被单，让我看他已变得跟煤炭一般黑的手臂，西塔毫不费力气就可以用手指戳进他肉里。他一直用询问的眼光看我们，好可怕！

下班后格察来接我，我们把车开到卡伦山坐了一会儿，整理思绪，然后才返回城内，去向加布里埃尔·凯瑟斯达特告别；她终于

可以离城了。接着到布里斯托尔和弗拉希·米托洛斯基一起吃晚餐。我在去旅馆的路上，看见一个老人用一台小独轮手推车推一具棺材，上面写着“冯·拉瑞什先生”——可能是赛马俱乐部的受难者。我推着自行车从他身旁绕过，快要碰到他袖子时才想起来应该问他一件事——棺材是在哪里买的？

265 维尔切克宫内也逐渐人去楼空：西西的父母和汉西的太太蕾妮，已在十天前离城，如今家里只剩下卡里叔叔、汉西、西西、格察、塔克西斯兄弟（他们家两个星期前被炸毁）和我。

苏军已越过奥地利边境，正迅速推进中。听说德军几乎没有反抗。

维也纳赛马俱乐部会址所在，即位于著名的萨赫旅馆转角处的菲利普斯宫，其废墟于1947年被夷平，改建为公园。大部分受害人尸首一直没挖掘出来，仍埋在地下。

3月28日，星期三

西塔·弗雷德一直坚持要我去找院长蒂姆医生谈话，向他解释我身为一名白俄，万一红军进城时逮住我，将“很不健康”。今天我照她的话做了，结果他回答我，说他是业余的星相学家，根据他最近的计算，元首还会再活十年；也就是说：战争还没有失败！然后他愈说愈激动，最后还对我大吼大叫，警告我最好别到处散布谣言，扰乱民心，否则他会叫当局以“失败论者”的罪名逮捕我，云云。

走出他办公室时，我打定主意以后再也不提这件事，但只要我觉得时机到了，我就会逃走。姑且不论我个人的情况，院方对撤离病患与职员毫无计划，简直令人不可思议，同时苏军已抵达等于是郊区的维也纳新城了！

今天格察·帕贾斯维奇又来载我回家。

3月29日，星期四

西塔·弗雷德开始宣战了。今天她和院长“火爆会谈”，要求被调去拜罗伊特。院长立刻威胁道：“如果再听到别的职员散布失败主义论”，他打算把我们全调到前线去。

今晚我正安静地在办公室里工作，西塔突然冲进来报告最新消息：空军管区刚刚来通知，整个医院，包括伤患、职员及器材，必须立刻撤退到提洛尔去。

格察·帕贾斯维奇来载我回家，我试着发电报给家人，向他们报告最新的好消息，可是邮局不接受电报。火车也停驶了，整座城都陷入恐慌状态。

3月30日，星期五

整个早上在办公室里打包我认为最重要的东西，同时赶办急件。我 266
们奉命将所有不必要的文件焚毁；做这件事我挺乐的，因为反正它们全是官僚公文。但仍有许多伤患需要协助及建议，所以整天都很忙碌。

下午4点，护士长叫我们晚上9点回来报到，第一批伤患及职员将在那个时候离开。西塔·弗雷德和我都属于第一批走的人。格察·帕贾斯维奇和我赶回萨赫旅馆去通知西塔，因为今天她正好休假，但我们没找到她，只留了张条子，然后我便赶回家去收拾行李。

格察一直不相信医院真的会撤退，不断催促我跟他、西西·维尔切克及西塔一起逃走。但他必须先替他的车子取得通行证，而且我们也必须得到医院的许可，否则会被视为逃兵。

以前曾担任希特勒青年团领导人、现在是维也纳市长的席拉赫在城内贴满告示，宣称将把维也纳变成一座堡垒，反抗到底。

席拉赫（1907—1974）的母亲虽是美国人，却很早便成为狂热的纳粹党员，曾在1931—1940年间担任希特勒青年团领导人，接着奉派担任维也纳市长。尽管到后来他亦对希特勒丧失信心，但他仍然参与了对犹太人的迫害活动，而且在“七月密谋”发生后，亦追缉逮捕了不少反纳粹人士。

我在萨赫旅馆前面碰见波弟·富格尔的女儿，诺拉。她眼泪汪汪的，说约好来载她离城的卡车没出现。

西塔和我带着所有能带的行李赶去医院，结果发现院内一片混乱，根本没有人离开，而且没有人知道我们该离城了。西塔去找护士长谈，最后终于拿到我们的旅行证。院方不管我们用什么方法离城，但要求我们必须在4月10日到提洛尔位于施瓦察赫-圣维特的空军基地医院内报到，这表示我们有十天的旅行时间。现在到处兵荒马乱；碰到赫格勒教授，他说他准备留下，因为太多病患伤势严重，无法移动，很多大夫亦有同感。现在医生们在开会，谣传将给无望痊愈的伤患打针，免得他们落在苏军手中。

267 罗玛莉·舍恩贝格在战场上负伤的军官长兄当时便躺在布拉格医院中，几天后他被拖下病床，遭苏军冷血谋杀。罗玛莉有五位兄弟，全部都在大战中死亡。

3月31日，星期六

西塔·弗雷德回医院探望大家。部分伤患及较年轻的护士已经离开，其他人则很惊讶我们仍留在城内。

中午，当局公布一项笼络人心的政策：任何匈牙利牌照的车辆都不准离开维也纳，否则将被没收！格察·帕贾斯维奇的牌照便来自布达佩斯！他无视这项规定，继续搜寻汽油。我乘机四处向朋友道别。彼得·哈比希认为大家都急着离城是件奇怪的事；他打算留下来，不过他年事已长，冒的险并不大；而且他认为维也纳会跟柏林一样，拖很久。我并不同意。柏林是柏林，维也纳是维也纳！——完全是两码事。然后我在歌剧院废墟外撞见瓦利·塞贝尔，他戴着一顶大礼帽，手上甩着一把雨伞——虽然神气，却完全不合时宜。不过他是维也纳出了名的花花公子，他说："真可怕，不过你又能怎么办呢？我是不走的！"

我们最后再把行李整理一遍。西西·维尔切克不停重新打包她那 101 个背包，拉斯洛·斯扎帕里和欧文·舍恩伯来帮我们把最后几样东西塞进包包里。他们俩才刚从舍恩伯宫的瓦砾堆里爬出来；空袭时，他们还来不及躲进地窖里，一枚炸弹已落入王宫的中庭内。整栋建筑损坏严重，现在他俩想在瓦砾堆里找出厄文的射击纪念奖品；他有很多银座象牙，还有两头红毛猩猩标本，可能都毁了。拉斯洛打算回他自己的产业去，但那个方向已经可以听见枪声。苏军已逼近维也纳巴登。

格察此刻大显身手：他同时在三个不同的地点跟三批人约好见面；又不断到各个炸毁的地窖内跟可疑人物约谈，那些人都答应以天价美金卖他汽油，简而言之，他兴奋得要死，却让我们三个女人愁眉苦脸守着包袱，等待奇迹发生。

我带他去帝国旅馆找桑德罗·索尔姆斯；桑德罗是外交部官员， 268
将决定罗马尼亚、保加利亚等国傀儡政府人员的命运，把他们撤退到萨尔斯堡郊区去。我们不敢告诉他，格察已被自己的外交部踢出来，只拿出他的克罗地亚外交人员护照，作为他持有匈牙利牌照车辆的理由。可怜的桑德罗却向我们抱怨，自从席拉赫上台之后，他已被架空；他接着建议我们去包豪斯广场——过去是前奥地利帝国首相的王宫，现已改为席拉赫办公室。

格察进去捋席拉赫属下的虎须时，我坐在车里等；他去了很久，我本想跟进去找他，却怕车子被没收充公，不敢离开。后来他终于出现了，毫无进展！现在他才开始自责，把我们延误在维也纳全是他的错。他说那群下僚态度友善，立场却很坚定：所有证件都需市长亲自签名，但现在他不在城内。明天再来吧！

回到维尔切克府邸，发现每个人都极端亢奋。汉西的军营已进入全面戒备状态；形形色色的人潮不断经过门房小屋前方：提水桶的安妮·图恩、扛梯子的欧文·舍恩伯（他还想挖出他的红毛猩猩）；胸前戴满勋章，蓄一把黑色大胡子的弗瑞兹·霍恩洛厄刚从西里西亚逃出来，带回来一大堆描述苏军集体强奸女人、滥杀无辜的恐怖故事，听得在座男士，从卡里叔叔开始，惊惶失措。西西和我决定，如果格察明天还想不出办法来，我们俩将徒步逃亡，否则卡里叔叔可能会狗急跳墙，惹上麻烦。

大战末期，约有一亿德国人从他们位于东欧及欧洲中部的家园仓皇逃难，约有50万人死在路上，许多女人被强暴。

和弗朗茨·塔克西斯一起午餐，我们用塔蒂阿娜寄给我的最后一批粮票买来巨大的炸肉排，放在酒精灯上烹煮，虽然十分油腻，却极可口；并用塔克西斯家族上好的葡萄酒（都是弗朗茨从被炸毁的图恩-塔克西斯宫地窖内抢救出来的）冲下肚里去。虽然有点浪费，但留给入侵者更可惜。弗朗茨的兄弟维利，似乎参加了奥地利某地下反抗军组织，一副极神秘的样子冲来冲去。

这正是称为“05”的军事组织，他们与其他反纳粹地 269
下组织互通声息，协调行动。大战一结束，该组织成员便成为重建奥地利民主政府的主要人士。

晚上弗朗茨安排了一顿真正的送别晚餐。现在逃难队伍又多加了格察的姐夫：卡皮斯坦·艾当莫维奇——这么绝的名字！他刚带着老婆和许多孩子从克罗地亚逃出来，现在坐在这里，认定格察会带他继续往西逃。西西·维尔切克的表姐，吉纳·利希滕施泰因（她嫁给了执政王子）寄给她一瓶很特别的镇定神经的补药，我们轮流对着瓶嘴大口吞，很快就把整瓶喝光了。我不停用我的小酒精灯煮咖啡，保罗·梅特涅的最后一瓶白兰地也壮烈牺牲了。

卡塔林·金斯基和她的两个女儿，以及弗雷迪·保洛维齐尼因为也持有匈牙利汽车牌照，现在和格察同病相怜。吉嘉·贝希托尔德本来开了一辆装满粮食的汽车过来，半路上遭盖世太保拦截，没收了所有的东西，车子充公，叫他以后只能靠走。他年轻的时候可是风流倜傥的著名公子哥儿。帕里·帕尔菲也是，现在他也被困在城内。

这批人在大战期间一直活在过去的“黄金时代”中，住在商店里堆满商品的国家里（对德国占领之欧洲各地而言，布达佩斯直到前一阵子仍如圣地麦加），有宽敞豪华的家族产业可栖身，不用服劳役，不用吃苦，更不用担惊受怕；他们经常浑然不知或根本不在乎战争到底为何物。如今，在一夜之间，他们的世界整个垮了，苏军占领他们的家园，所到之处，无一幸存。随着苏军不断前进，难民潮的国籍亦不断改变，最新的一波来自多瑙河对岸的伯拉第斯拉瓦地区。

俄军已进驻但泽，那正是大战发轫之地。

4 月 1 日，星期日，复活节

去史蒂芬大教堂望大弥撒，不知日后是否还有缘再见，尤其舍不得右边小教堂内塔蒂阿娜最钟爱的那尊圣母像。稍后到凯恩特纳街上帕多瓦的圣安东尼小教堂内祈祷。

格察·帕贾斯维奇又去了包豪斯广场一趟，结果他们说席拉赫仍未回城。西塔·弗雷德听到这个消息后，秉持一贯作风，决定接
270 管大局；她说席拉赫现在一定躲在卡兰堡特别建造的私人掩蔽壕内，又说她认得他的高级副官韦斯豪夫，要亲自去对付他。说罢便领着格察开车走了，留下西西·维尔切克、梅利·克芬许勒和我，在充满悬疑紧张的气氛下午餐，吃附近茶室供应的难以下咽的三明治。

梅利依旧很平静，计划在最后一分钟驾着她的马车溜出维也纳。我们谈到在这里认识的年轻男士们，多数似乎都已化成空气消失了，甚至没跟我们道别，更遑论帮助我们。或许这也不能怪他们，因为男人的情况可能比我们女孩更危险。即使如此，我们仍忍不住慨叹身为所谓的“弱者”，并没有得到应得的保护。仅就这一点来看，老一代与年轻一代的差别再一次有天壤之别！要不是还有照顾我们无微不至的格察，谁会管我们呢？

一夜之间，席拉赫神经兮兮的宣告，便如雨后春笋般到处张贴，一再强调大家必须保卫“祖先的土地”，不受“最后一批野蛮人”的侵犯；他不断引用 17 世纪波兰国王扬·索别斯基战胜土耳其人的例子。

西塔与格察终于回来了。这一次，轮格察坐在车内，由西塔攻入圣地，将所有奴才小人推开，直接扑向席拉赫的高级副官韦斯豪夫——有时候弗雷德双胞胎姐妹结交的奇怪朋友还真有用处——韦斯豪夫很快带她去见席拉赫。西塔提起她与海因里希·霍夫曼的交情——霍夫曼是希特勒的御前摄影师，恰巧也是席拉赫的岳父，接着要求席拉赫核发特别许可证，让格察离城。起先席拉赫似乎愿意合

作，可惜在打了一通电话后，口气大变：“我刚才听说帕贾斯维奇伯爵已不再是代表克罗地亚的外交官了！”西塔表示她对这件事毫不知情，接着解释格察必须载三位护士去新单位报到。席拉赫答说他爱莫能助，但格察可以等他撤出所有大使馆时，跟他的旧同事一起走，否则只好留在维也纳；其他免谈！西塔回家见到我们之后，还为韦斯豪夫掉了一滴清泪，因为他在分手前对她说：“永别了！我们将死守在这里，直到城亡！”我十分怀疑，觉得他们很可能会在最后一分钟逃亡。

维也纳被苏军攻陷之时，席拉赫果然逃往西方，并轻 271
易混入美国人之中找到工作；后来自首，结果在纽伦堡大审判中因反人道的罪名被判处20年有期徒刑。他是少数认罪的人之一，自忏教导年轻一代的德国人信仰后来变成杀人魔王的希特勒。

格察当然不可能和他的旧同事一起走，他们彼此蔑视。最后，我们女孩子决定自己上路，减少格察的负担；若不必替三个女人担心，他的出路一定比较多。接着弗朗茨·塔克西斯（少数留下来的“忠实”男士）被派去车站查询火车出班表，回来后报告大部分火车都已停驶，但仍可试试往返于维也纳与林茨之间沿多瑙河行驶，经过各个种葡萄小村落的多瑙线。下一班预定凌晨4点发车。

我们叫西塔回萨赫旅馆去睡个午觉；西西消失在汉西房间内，与哥哥话别；格察和我则继续煮咖啡；没有人更衣。格察告诉我，他现在联络上三名党卫军内身份可疑的低级军官，愿意给他假的汽车行照及牌照，条件是载他们三个人离开维也纳——沉船上的老鼠都准备开溜了！格察很想冒险试试看，因为没有别的选择，而且照目前的混乱情势来看，这招或许行得通。

大家在赫林街道别，可怜的卡里叔叔看起来很不快乐；谁知我们何年何月才能重聚?！然后格察载我和西西去弗兰茨-约瑟夫车站，途中接了西塔。我们都没带重的行李，像是毛皮大衣等；格察答应会尽量替我们带，万一没空间，也只好算了！

恩斯河小城　4月3日，星期二

车站管制非常严格，所有人都必须通过检查。幸好我们都持有盖上官印的合法旅行证，可以合法旅行——有点出乎我的意料。我的证件上面写着:“德国红十字会护士玛丽·瓦西里奇科夫。奉派前往空军4/XVII医院工作”；接着注明任何与上述目的地方向不符的
272 旅行路线，将视同逃兵处理。

火车自然相当拥挤，西西·维尔切克和我挤进一节车厢，西塔·弗雷德挤进另一节。我们准时离站，但大家都十分惦挂格察·帕贾斯维奇。车行如蜗步，我们根本没东西吃，很快便饥肠辘辘。将近中午，刚离开克雷姆斯不久，第一批敌机出现，对我们颇感兴趣，火车立刻躲进隧道，待在里面长达六个钟头，敌军轰炸机就在这段时间内将克雷姆斯炸个粉碎。

她们搭上的那班火车是最后一班，因为那次空袭将剩下来的铁路线全部炸断。

西西除了携带一个背包及几个小包袱之外，还在胸前紧紧抱住一个鞋盒大小的包裹，里面放了几百万马克和数目差不多的捷克银币；那是维尔切克家族全部的现金财产。西西必须把它交给她在卡

林西亚的父母，我可以想象那个钱盒一路上一定会带给我们很大的麻烦。

在隧道内感觉仿佛就要窒息了，于是乘客纷纷下车走到出口外面。大家可以看见头顶上有大群轰炸机朝维也纳飞去。等到火车重新开动时，天色已黑。火车走走停停，每次停车，西西都会下去在车旁舒展一下筋骨；我们都开始抽筋，疲惫不堪。这时西塔也挤进我们这一节车厢，平躺在其中一条长凳底下。离城之前，她在赫林街秉持一贯作风，把所有西西不要的东西全捡起来，收进自己的包袱里：旧平底鞋、没盖的保温瓶、假珠宝……现在这些杂货全跟着我们；因为她说："你们怎么知道用不着呢……"

半夜2点，一辆货车在我们这列火车旁停下来。西西过去调查，得知它将早一点离站，我们决定换车。三人爬下车后，才发现忘了钱盒，又爬回去拿，再爬上货车。货车车厢都没有门，里面挤满裹着毛毯的人，全是从匈牙利逃出来的难民。西塔不小心坐在一个人身上，旁边的人立刻大叫："小心！他才刚刚动过手术！"火车终于开动了。晚上月色极美，却也冻得可怕。不久，旭日自多瑙河后方升起。我们在霍约斯家族，即梅勒妮·俾斯麦娘家的家族产业，施韦特贝格停了颇长一段时间，这时又听说原先那班车已迅速赶上来，
很快将超过我们。西塔又惊又气，逮住站长，给他看我们的旅行证， 273
并坚持应让我们先走；他只是漠然地瞪了她几眼。她接着去找火车司机，送他香烟——亦无结果。这时原先那班火车冒着烟进了站，长叹一声后停下来；我们又火速爬了回去。不久便朝恩斯河畔的圣瓦伦汀驶去，那将是这条线的终点。

到了圣瓦伦汀之后，我们踉跄穿越被炸断的铁轨，登上另一班驶往恩斯河小城（乔丝·罗森菲尔德家族产业所在地）的火车，并在早晨9点抵达目的地。我们已和格察·帕贾斯维奇约好在那里等他。那时我们已在路上奔波超过24小时，一点东西都没吃。乔丝的家距离车站还得再走半小时，饥饿不堪的我们一路举步维艰，最后

终于倒在乔丝脚旁，背包、包袱、钱盒散得满地。看起来一定惨不忍睹！

乔丝立刻开始照顾我们，先喂我们吃早餐，再让我们洗个澡。两个小时后，大家才慢慢恢复人形。她的宅邸和这一带许多乡间巨宅一样，建筑中央留有一块列拱的开放中庭，气氛典雅，诗情画意。乔丝和母亲及两位未出嫁的阿姨（全是好心却挑剔的老太太，看到我们都吓坏了！）住在这里，不过她并不打算留在这里等苏军攻来，早已开始收拾行李。两位阿姨拒绝离开，再加上寄住在这里的霍恩贝格家的两个小孩，一个 8 岁、一个 1 岁，连同他们的护士，使得情况更加复杂。孩子的父亲，即奥地利弗朗茨-斐迪南大公（他于 1914 年在萨拉热窝遇刺身亡，结果引发了第一次世界大战）的次子，恩斯特公爵，是德奥兼并后第一批被关入达豪集中营的人之一。孩子的母亲是英国人，现在双亲都留在维也纳，公爵希望日后能为奥地利效力。

大家都守在收音机旁，但维也纳并没有太大的变化。我们还帮乔丝把大量颇丑陋的银器装入洗衣篮内；一群在产业内担任农工的法国战俘，接着把这些篮子藏在水泥污水管内封死，埋入花园内。完工后，那批法国人（全来自法国南部）进屋里来和我们共饮一杯葡萄酒。整个过程都在蜡烛照明下完成，免得引起附近居民生疑。
274 掘埋工作虽然辛苦，倒是絮语笑声不断。

德国及奥地利各地农庄都雇用了这类法国战俘，大多数都非常和善，也帮了许多大忙。待战争结束他们恢复自由身之后，又常志愿保护急难中的人，陪伴以前的雇主逃往西方，担任他们的保镖。后来保罗及塔蒂阿娜·梅特涅便是在这样的情况之下逃难的。这些战俘不论政治立场为何（很多人是左派），多数选择徒步走回法国，而不愿留在东欧等待“苏军”来到。

4月4日，星期三

仍不见格察·帕贾斯维奇的踪影。我们决定再等24小时，若他还不出现，便先往格蒙登去。

格蒙登　4月5日，星期二

凌晨4点起床，趁天黑上路。乔丝·罗森菲尔德陪我们走了一段路；她想在附近的斯泰尔城内找到一家美容院。结果我们碰上两名酒醉的士兵，他们老远从匈牙利边界走来，一路通行无阻，可见德军阵营的混乱情况。

早上10点便抵达林茨。车站附近仿佛一大片废墟地，人潮万头攒动，看了令人十分沮丧。希特勒本来希望将林茨变成艺术大城，眼前却只剩下一片残破。

由于下一班开往我们下一个目的地阿特南-普赫海姆的火车下午2点才发车，又没地方寄行李，我们只好拖着行李鱼贯走进城里。天气燥热，西塔·弗雷德拖着大包小包塞满旧鞋、无盖保温瓶和西西·维尔切克其他垃圾的行李，落在后面。我们哀求她把那些垃圾全部扔掉，但她坚持不肯。

最后终于找到一家没被炸坏的旅馆，他们让我们进去梳洗及休息。然后再上街找邮局，想发电报给家人，却遍寻不得。我决定去找肉铺，结果非常自豪地带了半磅香肠回去。但西西和西塔都认定那是马肉或狗肉做的，坚持不肯吃；我只好把香肠送给女侍应生，令她大乐。喝了点稀汤后，西西和我到公园里坐在长凳上晒太阳， 275
四周全是炸弹坑。后来警报响了，我们奔回旅馆取出行李，带着西塔赶回车站。无论如何，我们都不愿被困在林茨，或躲进林茨的掩蔽壕内。

车站里闹哄哄的，没有人知道该往哪里去。西西眼尖，瞧见一列火车停在另一条铁轨上，正开始冒蒸气，而且似乎朝着我们要去的方向。我们赶紧爬上车，静观其变。结果我们非常幸运，火车为了躲避即将发生的空袭，提早离站。

阿特南-普赫海姆是通往格蒙登与萨尔斯堡的重要转车站。下车后我们先进村里，村里只有一条街道；红十字会已接管所有的客栈，发放中心请我们喝汤。据说伤患不断朝这个方向涌来。看见那些皮肤被晒得红红的、制服浆得笔挺，且态度友善的护士，令人惊喜。这里似乎离战争还颇遥远，当地邮局甚至让我发电报给母亲；只不过不知她是否能收到。塔蒂阿娜在汉堡，距离太远，根本不必尝试。

下午 5 点登上驶往格蒙登的火车，西西和我在那里下车，西塔则继续坐到艾尔特蒙斯特。下周我们再会合，一起前往施瓦察赫-圣维特。

我们对格蒙登的第一印象不太好，等了很久才等到一班电车，不过后来渐渐习惯不时的耽搁。电车载我们到湖滨大旅馆“施万”前的市集广场；广场上也一片混乱，一辆辆载满从维也纳逃亡人潮的卡车不停驶来，这些人无处可去，下了车后便拎着包袱席地而坐。我在人堆里认出一位西班牙外交官。

我们徒步走上一个陡坡，抵达柯尼金别墅。别墅最早由坎伯兰伯爵建造，现在属于汉诺威克里斯钦王子未出嫁的阿姨，奥尔加。那栋建筑乍看之下像是已荒废了，我绕到后面马厩去找人。西西则被一条巨大的猎狼犬困住，动弹不得；狗围着她绕圈子，吠个不停。产业内插了好几个“内有恶犬”的告示，让我们有点担心。后来终于有一位德国上校的太太开门让我们进去，她自己也带着两个小女儿在逃难。然后她唤来一位典型的旧式侍女——戴着夹鼻眼镜、头顶上梳个髻的施耐德小姐。后者领我们上楼，把我们安顿在主卧室内。主卧室很小，摆了一张窄床，床尾放一张长椅。我们俩抽签决定谁睡哪里。施耐德小姐很不开心；虽然克里斯钦通知她我们会来，她却不知道确实的日期，所以没做好准备。其实我们满心感激克里斯钦，哪还会埋怨呢?!那位上校夫人邀请我们一起吃晚餐，她人很好。饭后我们泡了一个舒服的澡。整间浴室从天花板到地板，都贴满了维多利亚时代欧洲皇族的家族照片。

这时我们突然听到汽车喇叭声，原来是格察·帕贾斯维奇！他和他姐夫卡皮斯坦·艾当莫维奇一起开车过来，一路平安，而且似乎把我们所有的行李和大衣都带来了。不仅如此，格察不知从哪里找来一辆拖车，挂在车后，上面堆满其他朋友留下来的东西。即使在这种非常时期，有胆识、有决心的男人仍能有志竟成！他唯一丢下的东西，便是我淡紫色的手风琴，和西西的一只皮箱。

我们坚持要他们留下来过夜，但睡在哪里呢？这栋房子虽大，但每个房间都堆满了从附近一座城堡（已改成医院）运来的家具。最后我们两个女孩挤在窄床上，格察睡长椅，卡皮斯坦则睡在浴室一张临时架起来的沙发上。他们叙述了维也纳自我们离开后的状况。

过去几天情势遽变，我们离开的那天下午，西西的哥哥汉西便领着部队移防到阿姆施泰滕。格察和卡皮斯坦次日早晨载着那三名提供汽油、证件及汽车牌照的党卫军逃兵离开，格察同时答应替他们运送所有的行李。令我们大吃一惊的是，这三名党卫军中，竟有一个人是我们的朋友，即布里斯托尔旅馆的副总经理，鲁施先生。他人这么好，实在不像一名党卫军，我因此怀疑他为了离城，可能也持有假证件。格察强调他奉派替盖世太保执行一项秘密任务，证件有效期为一个月，他们一行人因此得以自由出入整个萨尔斯堡区域。本来他应该在抵达圣吉尔根之后把车子交给那三个人，但他认为自己已仁至义尽，不打算那么做，于是便让他们在林茨下车。

277 ## 巴特奥塞　4 月 6 日，星期五

我们把车上行李卸下来，让男士们开车去接格察·帕贾斯维奇的太太阿莉（她是西西·维尔切克的姐姐）、他们的两个小孩，以及卡皮斯坦·艾当莫维奇的太太史蒂芙，和他们的四个小孩，这两家人一直住在巴特奥塞埃尔茨家。我们计划周末去找他们。

但首先，我们必须先申请留宿柯尼金别墅的许可证。格蒙登的纳粹地方党领导极不友善，但市长为人却颇正直，一听到我们的名字（汉诺威克里斯钦王子曾经跟他提过），立刻准许我们住下。克里斯钦也交代过园丁，让我们自由采蔬果，所以看来我们还有希望活下去。西西保持低姿态，因为她未来的医院格蒙登医院还不知道她已经到了。我们去施万旅馆吃午餐，一位刚从维也纳逃来的人告诉我们，苏军昨天已在维也纳郊区弗罗瑞兹多夫的树上吊死了一些纳粹党员。

下午我们搭火车去巴德伊舍温泉小镇，探望施塔勒姆贝格夫妇。格察再开车接我们回巴特奥塞。埃尔茨母亲仍然没有任何一个儿子的消息，但据说艾伯特就躲在附近的树林里。

4 月 7 日，星期六

全家人一起吃早餐，接着带孩子们出去采蒲公英，拌在沙拉里很好吃。然后去美容院做头发。史蒂芙·艾当莫维奇替所有人做饭，很困难，因为没有人有粮票。

格蒙登　4 月 8 日，星期日

早上在教堂碰见许多来自维也纳的难民，像是霍恩洛厄夫妇、帕尔菲夫妇等。午餐后，帕贾斯维奇夫妇载我和西西·维尔切克回巴德伊舍温泉小镇，路上被党卫军巡逻拦下，虚惊一场！格察拿出

他的假证件，他们也要求看我们的；我的证件上注明我应该去施瓦察赫-圣维特，方向跟这里完全不对，立刻引起他们的怀疑。他们问我为什么到这个时候，距离目的地还这么远？我解释我离开维也纳的日子比原订启程的日期晚很多。最后领头的上士表示，要不是他心地善良，早把我拉下车，派我去挖战壕了；我反唇相讥，说我以为
“六年战争”期间护士的用处应不只挖战壕而已！这场对话不甚愉快， 278
离开时大家都还在发抖。回到巴德伊舍温泉小镇后，西西和我搭火车回格蒙登；我们计划好好休息两天。

4月9日，星期一

天气美极了。我们坐在柯尼金别墅的阳台上晒太阳，享受湖光山色的可爱景观。很快西西·维尔切克就得去格蒙登医院报到了。

今天在施万旅馆碰见埃尔巴赫夫妇；维克托·埃尔巴赫是驻雅典的最后一任德国首长，他太太厄莎贝斯则是卡塔林·金斯基的姐妹。他们刚从匈牙利逃过来，告诉我们卡塔林在林茨被党卫军拦下，所带的东西全被没收——主要是培根、面粉和香肠——都是她老远从匈牙利带来，本来希望做小孩的粮食，维持到战争结束。埃尔巴赫夫妇一副惊慌失措的模样，可能会在旅馆里住一夜，让我们感觉很愧疚，自己住得那么舒服；然而未经汉诺威家族的同意（他们现在都在德国），我们不敢收留任何人。

4月10日，星期二

西西·维尔切克和由附近那座城堡改建而成的“坎伯兰医院”院长谈过话；他提议就让她在那里工作，这样对她很方便，她每天只需走路穿过公园便可；但她有点犹豫，因为那间医院内没有手术室，而她整个大战期间一直在手术室内工作。

4 月 11 日，星期三

陆军上校——他的家人就住在别墅后面改建的马厩里，从兰巴赫开车来看他们。他并不认为德军还能撑过两个星期，建议我最好别尝试赶去施瓦察赫-圣维特。他负责率领一个爆破小组，经常和林茨的地方首长埃格鲁伯见面，后者等于是奥地利这一区的国王，是个非常可憎的人物，很爱大放厥词，高谈“抵抗”、“荣誉”，云云。

已有消息传来：我们医院的伤患没有一名安全抵达施瓦察赫-圣维特，只有年轻的护士及一批医生报到。然后我有命令在身，尽管很想待在这里和朋友们一起面对“大崩盘”，但此刻的明智之举似乎仍是上路为妙。格察·帕贾斯维奇会开车送我一程。

4 月 12 日，星期四

279 上校载西西·维尔切克和我去格蒙登车站。虽然我一部分的行李已比我早一步运走，但我携带的包袱还是很重。开往圣吉尔根的慢车挤得水泄不通，我们只好把行李塞进车窗里，站在车厢外最低的台阶上，紧紧抓住任何可以抓住的东西。后来警卫走过来命令我们下车；我们绕到火车另一边，等火车开动，再赶快跳上对面的台阶，结果西西两只脚各踏一截车厢，就这样摇摇晃晃上路了，实在很危险。后来一位军医救了我们，他跳到我们后面，保护我们别因为撞上树枝或狭窄隧道的墙壁而掉下车去。抵达圣吉尔根后，格察和阿莉已在车站等我们。

罗斯福总统就在当天死于佐治亚州的温泉镇。

4 月 13 日，星期五

驾车开往拉德施塔特的一路上险象环生，到处都有路障，守卫若非陆军宪兵，便是党卫军。碰到后者，格察便拿出他的假盖世太保证件；碰到前者则亮出他的克罗地亚外交官护照。由于陆军和党卫军彼此仇视，他得分清两者，千万不能搞错。这点可不容易，因为从远处看，他们的制服几乎一模一样。我们已听说弗斯尔（里宾特洛甫以前的藏身处）附近的路障检查尤其严格，好几辆车已被没收，乘客被赶下车子。在一处党卫军设的路障前停下来时，有一群人便不怀好意地围上来，但看见格察的证件之后，却宣称他们是“盖世太保的拥护者”对我们挥手致意，甚至警告我们要多加小心，原来他们之中有一个人被一个伪装成宪兵的驾驶员击毙，他们正在追捕那名凶手。

开进拉德施塔特之后，我及时跳上一列正准备离站的火车。火车开动后，格察才扔给我一叠粮票。一个小时后，便抵达施瓦察赫-圣维特。途中经过一处名叫比绍夫斯霍芬的地方，赫然看见铁轨两边围满铁丝网，后来别人告诉我，那里是专门关俄国人和波兰人的集中营，战俘都挤在围栏后，目光呆滞地看着我们经过。

施瓦察赫-圣维特是个小村落，四周环绕丑陋的矮山。我下车时已 6 点，有人告诉我，院长蒂姆大夫正在某间客栈内吃晚餐，我最好去那里跟他报到。步入市集，艾格尼丝护士一把抱住我，她和
另外两名护士在一起，三个人都穿着可爱的阿尔卑斯山地农家少女 280
装。她尖叫着跟我打招呼，忙不迭向我报告最新的闲话：目前一切停摆，接下来两周都不用工作。这里的医院受两个敌对集团的控制，其中一个集团正迁往加施泰因温泉……

后来我终于找到蒂姆大夫，他正和另外六七位官员吃晚餐；他劈头便问我：“卡门人呢？”——指的是西塔·弗雷德。接着问我，找到住的地方没有，因为他已无空房拨给我，所有房间都住满了，

他只能让我去睡他自己的床！我怯生生地问他，那我可不可以离开，去别家医院工作。他说他以为西塔和我逃了，已向巴德伊舍温泉小镇空军管区指挥部报备——然后猛眨眼睛，补了一句："不，不，我一定要留你们在这里的手术室内工作。再过十天医院就开工了。"这段时间，我可以回格蒙登，但到时候一定得带西塔回来报到，不得有误！然后他建议和他一起吃晚餐的一位上校开车送我一程。我赶紧将所有行李搬来，包括我事先寄来的东西，和今天手提的几个包袱。我们在晚上 8 点启程，那位上校和他的驾驶员坐在前座，显得有点紧张。他说现在山区里藏有游击队。我们绕了一大圈经过萨尔斯堡，终于在深夜 1 点抵达格蒙登。

4 月 14 日，星期六

我虽然因为旅途劳顿已精疲力竭，仍然步行走去艾尔特蒙斯特——往返总计两小时——通知西塔·弗雷德这个好消息。

昨天苏军攻占了维也纳，听说德军根本没有抵抗。

> 其实"维也纳之役"，苏军自从 4 月 6 日便开始围城，战役虽持续不到一周，却历经整个大战期间流血最多、破坏性最大的巷战。

埃格鲁伯首长最近不断在收音机里叫嚣"奥柏多瑙"（纳粹替上奥地利省取的名字）必须作战到底，直到牺牲最后一个人；现在无论情况变得多艰苦，谁都不准逃亡，就连妇孺亦不许撤退，因为已无处可退！他常在演说中引述希特勒的话，不过至少他很坦白，
281 并不企图粉饰太平。同时他表示为了补偿民众，答应加发米及糖。

4 月 15 日，星期日

今天在家休息和整理房间。终于打开行李，把东西放好。

4 月 16 日，星期一

火车已停驶（缺煤），我骑自行车去 40 千米外的巴德伊舍温泉小镇，拿留在施塔勒姆贝格家的一件毛皮大衣和背包，往返花了我五个小时！附近乡野极美，可是路边有另一座集中营，可以看见远处的营房，周围全围着铁丝网。这座集中营名叫埃本塞，似乎没有人知道关在里面的是什么样的人，或有多少人，只听说它是全奥地利最可怕的集中营之一，光是靠近它就令我浑身难受。

埃本塞集中营为毛特豪森集中营的分营，以严苛待遇及高死亡率著称。巴顿将军率领的第三军团逼近时，党卫军指挥官决定将幸存的三万名人犯关进装满炸药的隧道内，全部炸死，但营中守卫（多为从东欧来的德裔人）拒绝服从命令，所有人犯才逃过一死。如今该营已改建为纪念公墓。

4 月 18 日，星期三

格察·帕贾斯维奇从圣吉尔根打电话来，说他碰见一个在柏林看见保罗·梅特涅的人。保罗终于被踢出军队，正打算回柯尼希斯瓦特。我们本来以为他老早可以离开军队，首先他是个爵爷（王族），而且他的母亲和妻子都是外国人，不过当局似乎最近才突然意识到这两点。塔蒂阿娜现在和他在一起。让我们祈祷他们能在柏林环城道路封闭前离开，敌军已逼近城郊了。

4 月 19 日，星期四

西西·维尔切克和我找不到足够的粮食。商店里缺货，客栈总是拥挤不堪，而且供应的食物都极可怕，而且我们俩都没在工作——医院里至少还有餐厅——两人都处在饥饿状态中。即使如此，西西仍设法拖延回医院的日子。她过度劳累，整天睡觉，看起来很
282 不健康；在手术室里工作五年后，现在终于累垮了。她长得这么漂亮，如今这副惨相，看了教人更心疼。

4 月 20 日，星期五

今天是希特勒的生日。戈培尔发表了一场可笑的演说：“元首常在我们心中，我们也常在元首的心中！”还有比这更肉麻的话吗？他接着说轰炸后的重建工程毫无问题。然而盟军现在正从四面八方逼近，空袭警报整天响个不停。不过至少像上校的太太就相信他的话；她坚信德国拥有某种秘密武器，将在最后一刻拿出来用，否则他们怎么敢发表这样的声明呢？她坚持要我们跟她一起吃早餐，真的非常好心，因为那便是我们一天里唯一的一餐。

4 月 21 日，星期六

早上 11 点，西西·维尔切克唤我爬上屋顶去看，天空里密布飞机，从四面八方飞来，在阳光下闪着银光。今天天气虽美，对山谷下方的阿特南-普赫海姆而言，却是悲剧性的一天。我们可以看到炸弹如雨点般落下，机群一直在空中盘旋，扔完炸弹后，又飞回我们头顶上绕了一圈才走。空袭时间长达三个钟头。我从未在这么近的

距离内观看整个轰炸过程，因为通常敌机来袭时，我们都瑟缩在地窖内。这一次我看得一清二楚，整片大地因爆炸而摇撼，那景象既恐怖又美丽。

4 月 22 日，星期日

倾盆大雨。我们去教堂做礼拜，回家途中一辆装满士兵的卡车经过我们身旁，让我们搭便车，没想到却突然转弯朝林茨驶去。我们好不容易才唤起司机的注意，请他停车。有些士兵身上佩戴着骑士勋章被调回前线。他们请我们吃培根。

昨天对阿特南-普赫海姆的轰炸显然造成极大的伤亡，车站里有好几列红十字会的火车停在侧轨上，让我想起两周前我们从维也纳逃出来，经过那里，那一群好心照顾我们、被太阳晒得红通通的年轻漂亮护士们！埃格鲁伯答应加发给饥饿民众的米与糖存粮也化成灰烬了。

俄军今天占领了埃格尔，意味着柯尼希斯瓦特也落在他们手中。家人都逃走了吗？

4 月 23 日，星期一 283

西西·维尔切克终于去格蒙登的医院报到了。我再一次骑自行车到巴德伊舍温泉小镇，在一间客栈里午餐，和一位 11 日才从维也纳逃出来的人聊天。他讲了几则民团和党卫军在最后一刻发生激烈冲突的恐怖故事。

4 月 24 日，星期二

西西·维尔切克今天一整天都在医院里洗脏绷带。医院里似乎没有手术设备。她现在发烧了。我仍在设法找食物给她吃。又下大雨!

4月25日，星期三

今天终于出太阳了。我们到阳台上晒太阳，想晒黑一点。下午去湖边骑自行车，坐在湖边休息时，周围的山峦开始发出低吼，仿佛在晃动。附近一定有地方遭到轰炸，却不能确定是哪个方向。听声音仿佛就在附近，却看不见飞机。回家后才听说，是50千米外的贝希特斯加登，听起来之所以这么近，是因为群山会制造回音的缘故。西塔·弗雷德打电话来报告最新状况，称贝希特斯加登为“磐石”!

这天美军与苏军在易北河岸的托尔高城外会合。纳粹帝国因此被切成两段。

4月26日，星期四

早上西塔·弗雷德开车来看我们。附近又发生空袭，我们只穿内衣躺在阳台上看飞机。稍后其中一架飞回来在湖上方绕圈子。由于敌机极少单飞，西塔认为那可能是一架被击中的美国轰炸机。起先我们懒洋洋地看着它转弯，后来它突然朝我们俯冲过来，我们拔起脚就往客厅里冲，心想它一定会撞上屋子，尚未回过神来，飞机已坠落在外面的公园里。我们赶紧奔出去，但机身已迅速燃烧，没有人能够接近。据说组员都已弹出机外，但时间短促，似乎不太可能。或许驾驶员想在草坪上迫降，却没有成功。我们都吓坏了。

上校派了几个人来公园里的菜园里种蔬菜。现在大家最大的恐惧便是饥馑。

那一天，墨索里尼和他的情妇克拉拉·佩塔西以及好几名法西斯领袖，一起遭意大利游击队枪决，然后用绳索绑住尸首的脚跟，倒吊在米兰大广场上。 284

4月27日，星期五

今晚回家时，看到门前停了一辆巨大的灰色汽车。我认出驾驶员正是安托瓦内特·克罗伊的丈夫尤尔根·葛纳（四个月前在维也纳替我们烤鹅的那个人）。尤尔根说他和安托瓦内特来巴伐利亚住了几天，现在奉命前往捷克投入舍纳尔陆军元帅麾下，但舍纳尔的军团眼看即将受围，而且尤尔根的部下都被困在克拉根福。他显然在拖时间。我们告诉他食物严重短缺的情况，他答应想办法帮忙。

收音机报道俾斯麦家族在弗利德利斯鲁的宅邸被炸坏，而且有好几个人死亡。幸好塔蒂阿娜和保罗·梅特涅已经不住在那里了，可是他们现在又在哪里呢？占领埃格尔和马林巴德的似乎不是苏军，而是美国人。俾斯麦家的人又去了哪里？

虽然盟军正从四方逼近，再继续打下去毫无意义，但驻扎在我们这一区的德军一般来说仍非常守纪律，服从命令。

4月29日，星期日

我们让尤尔根·葛纳和他的副官奥尔住在屋里，因为他们无处可去。汉诺威家族产业的经理施塔拉克先生看见这么多人进进出出，开始紧张；但现在是非常时期，他也不能说什么。而且直到目前为止，所有来暂住的人都是几位王子的朋友，他们绝对不会反对的。尤尔根觉得我不应该回施瓦察赫-圣维特，他认为顶多再过一个星期战争就会结束。

气候变了，又开始下大雨，甚至飘了些雪。我们骑自行车去教堂，其余时间都待在屋内。格察·帕贾斯维奇开车来找西西·维尔切克，讨论未来的计划。他已替家人弄到护照，将带全家前往瑞士，要西西也一起跟去，但她放声大哭，坚持不肯。

我去找坎伯兰城堡医院的院长谈过，但他表示，除非巴德伊舍温泉小镇空军管区的主任医官放我走，否则他不能雇用我，因为这附近的医院全属于陆军。我们三个人于是决定去巴德伊舍温泉小镇
285 请愿，若获得许可，我打算陪格察和西西去穆山几天。维尔切克家族在那里有一座城堡，他们计划待在那里等战争结束。然后我再回来工作。西西虽然不肯去瑞士，却同意和父母住。以后可能就没车子送她去穆山了，而且去那里她至少会有东西吃。至于西塔·弗雷德，她决定不理会任何命令，到本地医院做义工。

经过数月的秘密会商，党卫军中将沃尔夫就在这一天于卡塞尔塔率领所有驻意大利德军向盟军投降。

穆山　4月30日，星期一

我们在阵雨中出发。我仍拖拉着一大堆不必要的行李，万一在巴德伊舍温泉小镇的面谈不成功，还是得赶去施瓦察赫-圣维特。

抵达巴德伊舍温泉小镇后，费了好大的工夫才找到空军管区主任医官，他正和一群军官吃晚餐，幸好我穿着制服。他领我进他办公室，听我描述施瓦察赫-圣维特的情况后，立刻发给我一张证书，解除我对空军的义务；表示现在我可以自由选择任何一家医院工作。我立刻被他迷倒！

现在大家都可以前往穆山了。格察·帕贾斯维奇领队，载着阿莉、西西·维尔切克和我；史蒂芙·艾当莫维奇载着所有的小孩居中；第三辆车是雅各布·埃尔茨的，由卡皮斯坦驾驶。每辆车都载满各种稀奇古怪的行李，包括几袋面粉、米和一些罐头食物，全是帕贾斯维奇和艾当莫维奇家族从匈牙利大逃亡沿途搜集所得，而且奇迹似的全保存了下来。

驶过巴特奥塞时，居然瞧见迪基·埃尔茨。大家一阵惊喜，可惜他看起来一副茫然的可怜相；他说他只有一个愿望，就是想返回他们在巴尔干半岛上的家！

本来一切顺利，后来卡皮斯坦突然不见了。我们等了好久，终于决定下车伸伸腿，这时他才出现，大家继续上路。开了六千米后，西西突然尖叫一声：她把她的皮包和装有维尔切克家族现金财产的盒子，忘在刚才停车的路边了！史蒂芙载着她开回去，到了休息地点，她们看见钱盒，却没找到皮包；便继续往前开了一段路，赶上两位骑自行车的女人，其中一辆的龙头上正挂着西西的皮包。接下 286
来的对话极不愉快，那个女人坚持要把皮包交给警方，后来总算放手，我们这才继续上路。

经过拉德施塔特后，接着进入陶恩隘口；那里下大雪，我们的车子被困住，动弹不得。西西和我只好下去推车，凌晨4点穿着制服做这件事实在不太舒服。这时一辆由两匹马拉的马车突然从转角出现，上面端坐着梅利·克芬许勒，身边堆满大小包袱，俨然一幅难民图画。她果然按照计划，驾着马车从维也纳一路逃来，现在朝她们家族在卡林西亚区的奥什-奥斯特维兹城堡前进。后来总算所有人都穿过了隘口，下到山边，于凌晨5点时抵达目的地。

穆山城堡原来是一座中世纪防御城堡，整个村庄都在堡内，让人感觉仿佛进入世界末日一般。我们吵醒了汉西的太太蕾妮，她赶忙替我们安排一切。西西和我共用一张四柱大床，明天我们将出去打听情况，开始计划下一步……

希特勒就在当天，4 月 30 日，进入他柏林住处的地下室内自杀身亡。

几天后，西西·维尔切克和我返回格蒙登，一起进入公园对面的坎伯兰城堡医院内工作。但院内的工作环境极恶劣，我们俩几乎立刻同时感染严重的猩红热，原因是我们必须替自东欧撤退回来的数不清的士兵除虱，当然过度疲劳与营养不良亦使得病情更为严重。

我们躺在家里生病的同时，美军第三军团抵达格蒙登。对我们而言，战争已经结束了。

接下来的那段日子我没有写日记。所有留在德国与奥地利境内的人，在战后头几个月都置身于世界彻底瓦解的大混乱中，每个人都把全副精力集中在如何活命这件事上，其他的事全部抛诸脑后。对我个人来说，唯一支撑我活下去的渴望，便是我愿不计任何代价与分散世界各地的家人恢复联络。当时我没有任何一位家人的消息，忧心如焚，而且我知道他们也一定在替我担心。

——蜜丝注（1945 年 9 月）

287 巴顿将军率领的美国第三军团于5月4日抵达格蒙登，翌日所有驻巴伐利亚的德军全部投降。四天之后，即5月8日，欧战正式结束。

西西·维切捷克（现为格察·安德拉西伯爵夫人）对于这一段蜜丝没有写日记的日子描述如下：有一天，一辆载着两位美国军官的吉普车开上柯尼金别墅。由于产业经理施塔拉克及施耐德小姐都不会讲英语，当时在公园对面坎伯兰医院工作的蜜丝便被唤来充当翻译。两位军官很明显地立刻对蜜丝产生极大的兴趣，他们声称苏军正迅速逼近，希望保护她，极力想说服她跟他们一起离开。蜜丝婉拒，表示不愿丢下我一个人。但他们表示过两天他们还会回来，同时禁止我们离开别墅。两天后，他们果真回来了，这一次催促我们俩都跟他们一起走，我们拒绝。他们再一次禁止我们离开，并威胁说我们会被枪杀。这时我们已明白苏军逼近的说法完全是托词，其实他们另怀鬼胎。幸好我们再也没有看到那两个人。

很快地，我们俩都染上了猩红热，被装上一辆没有车盖的马车拉到格蒙登医院，也就是我原先服务的那家医院。我们俩睡在同一张床上，对周遭发生的事浑然不觉，只知道有一阵子外面传来很多刹车声，人们用美国英语大叫、发号施令。接着一批穿着陌生卡其色制服、戴钢盔的士兵，手持武器冲进我们房间，但立刻被医院内的医生及护生推了出去。几天后，他们告诉我们，战争已经结束了。

对于那段日子，我的记忆非常模糊。只仿佛记得有一次我们找到一本食谱，上面印有面包、牛奶及肉的照片，我们俩便开始梦想着享受里面所有的食物。另一次我爬下床，溜进花园里偷拔了一杯红穗醋栗，结果被一位护士当场逮住，她大骂我是贼，我只紧紧抱住那杯宝贝，冲回病房内，然后趁着别人还来不及进来，和蜜丝狼吞虎咽把红穗醋栗全吞下肚去。六周后，医院放我们出院，我俩已 288
濒临饿死状态。

回到柯尼金别墅后，才发现主栋已被美军反情报军团没收，指挥官为克里斯特尔少校。接下来那段日子，我记忆最深刻的，仍是不时折磨我们的饥饿感觉。蜜丝虽在病假期间，但仍是坎伯兰医院的员工之一，我们因此可以领到马肉等粮食配额，美国人允许我们拿到厨房里烹煮。我还记得那种每次看见别墅“客人”所享受的各种美食、让我们猛咽口水的感觉。最后在绝望之余，蜜丝和我想到一招诡计。每次等到美国人快要坐下来用餐的时候，我们便溜到餐厅窗前的花园里制造各种响声，像是搬弄花盆、剪玫瑰等等。当然他们几乎每次都会邀请我们跟他们一起用餐（战争刚结束的那段时期，美军禁止官兵与德国人建立任何形式的“友好关系”），然后总在吃下大量花生酱和喝下好几大杯道地的咖啡后，整晚兴奋得睡不着觉！

克里斯特尔少校是一位非常有礼貌又善体人意的正人君子，他不遗余力地保护我们，命令不断更换的属下规矩对待我们。由于别墅很快成为美军的“周末度假中心”，进行的活动可想而知（直到我们离开，即被遣散回乡之前，我们才搞清楚美军每晚都在一楼公寓内干什么），因此他的这项努力极有必要，也令我们非常感激。

遣散前，克里斯特尔少校特别替蜜丝担心。蜜丝曾经告诉他，她在柏林的经验，尤其是与“七月密谋”有关的那段日子，少校生怕她会因此遭到拘禁，接受审讯。幸好他的忧虑并没有成为事实。

有一天，我们和一群由无篷卡车及马车组成的车队一起离开，随行的是一群穿着党卫军制服的年轻男孩。我们在众多守卫严密监视下，被送去毛尔基兴，接受筛检。那群党卫军小孩几乎立刻被释放，显然都是在大战最后几周内受召入伍，在毫无训练的情况下穿上党卫军制服的。其余的人则需通过坐满三节火车车厢、各种不同审讯人员的质询；那些人不断问我们问题，同时不停拿出成沓的名
289 单与我们的名字核对，想确定我们的确不是重要的纳粹党员。不消说，每位审讯官都觉得蜜丝非常神秘，首先，她一口字正腔圆的英语，却又自称是俄国人。他们总会问她：果真如此，她为什么不留在俄国呢？显然他们都从没听过所谓的白俄难民！最后我们终于被放出最后一节车厢，临别时两腿还各被刷上一道白漆，表示已经“洗清”了。又等了很长一段时间，他们才通知我们可以自由离去。对我们俩来说，战争终于在这一刻真正结束了。

接着我们用徒步及搭便车的方式，走完漫长的归程。在同一天晚上回到柯尼金别墅，克里斯特尔少校为我们准备了可口的洗尘

大餐。

我们在格蒙登又多待了几个星期，探望许多来附近避难的亲戚朋友，像是去穆山城堡看我父母、去奥斯塞看埃尔茨一家……

四个月后，蜜丝重新开始写日记。

奥斯塞温泉　8月23日，星期四

西西·维尔切克和我离开了格蒙登，不再回去。

现在我打算想办法回德国和家人团聚，但愿他们都已成功逃出柯尼希斯瓦特（城堡现在落在捷克人手中）。

我把大部分行李都留在巴德伊舍温泉小镇施塔勒姆贝格家，陪西西去奥斯塞温泉一天，结果在车站碰见威廉·利希滕施泰因；他从瑞士来，想去施第里尔。他从手提箱里拿出培根、起司和饼干给我们吃。我们俩正饿得发昏，求之不得。他身上还藏有七小瓶白兰地，打算送给愿意让他搭便车的驾驶员。然后他在无意间告诉我，保罗和塔蒂阿娜·梅特涅如今正住在保罗位于莱茵河畔、已被炸毁的制葡萄酒产业约翰尼斯贝格内，那一区现在属于德国境内美军占领区。这是自从4月以来，我第一次听到关于他们的消息！威廉陪我们去奥斯塞，帮忙提行李。

施特罗布尔　8月24日，星期五

整个早上都待在奥斯塞温泉和艾伯特·埃尔茨的母亲聊天。她最
近获悉留在苏军占领之捷克境内的女儿斯蒂芬妮·哈拉克的消息。迪 290
基·埃尔茨于战争前夕被俘，现在还关在盟军设在巴伐利亚前线的

战俘营内；他们显然受到恶劣的待遇，而迪基其实是个彻底的亲英派！我会设法请吉姆·维耶曾斯基帮他忙；吉姆已被经过德累斯顿的俄军从战俘营中释放出来。

晚上两名美军从柯尼金别墅开车过来——他们俩都叫吉姆，请我们明天去格蒙登参加一个派对。其中一位吉姆跟一位法国女孩订婚了！

8 月 25 日，星期六

阿莉·帕贾斯维奇和我试着搭便车去圣吉尔根看出租房间，但路上一辆汽车都没有，我们最后坐上一辆由两名前德国士兵驾的马车；他们每经过一栋房子都会停下来，想找些秣草喂他们的马，结果都没找着。很快与他们分手后，我瘫在路边的阳光下，阿莉坐在马路中央，好阻挡来往车辆。后来我们终于走到了圣沃尔夫冈，再从那里拦下一辆吉普车。虽然这段路只有 12 千米，却花了我们三个钟头才走完。

几间出租房间都令人失望，我们正在发愁怎么回家，便碰上准备去接我们参加派对的两位吉姆。抵达会场后，看见很多女孩都经过刻意打扮，让我们觉得自己好像难民一般。一整晚大部分时间，我都和一号吉姆聊天，他即将前往维也纳，再度成为克拉克将军手下的幕僚。我自己则打算星期二出发，去约翰尼斯贝格城堡。

8 月 26 日，星期日

下午格察·帕贾斯维奇、西西·维尔切克、阿尔弗雷德·阿波尼和我，一起走了几千米路去探望罗玛莉的一位表亲，卡尔·舍恩贝格；他住在隔几个村落外的一栋农舍里，农舍原属于他兄弟，但后者在捷克失踪了。苏军占领初期，本来卡尔也留在那里，但接管他们家族产业的捷克主管人很正派，劝他离开，因为情势愈来愈危险。现在他在捷克的城堡已被改建成医院。他请我们喝可口的牛奶及白兰地，令我们非常感激。然后他又装了满满两袋马铃薯，要我们带回去给阿波尼一家吃。回程路上，格察不停抱怨他脚痛，因为他从来没走过这么远的路。最后一辆美军吉普车载了我们一程，西西和阿尔弗雷德一路唱岳得尔山歌[*]，令驾车的美军乐不可支。

8 月 27 日，星期一 291

西西·维尔切克和我睡同一张床，头对脚；有时鼻子会被对方的脚趾搔得很痒。不过因为染上猩红热时，医院就把我们俩扔在同一张床上，所以我们早已习惯这种“潜水艇组员”式的睡姿。

去萨尔斯堡见一位冯·兰先生。他正借奥地利当局的协助，试图将几百名大战期间自德国北部遭轰炸城市撤退至奥地利的德国难民小孩遣送回国。他建议我加入红十字会的护送队，但筹备时间不知要等多久。下午我和普卡·菲尔斯滕贝格的母亲一起喝茶；她是位迷人的匈牙利老太太，拥有一栋很漂亮的房子。她给了我几本英文书和一些通心面及沙丁鱼带回家，我非常感激地接受了。我们在这里都未经登记户口，没有人领得到粮票，已经又开始挨饿了。每天我们都进树林里去采草菇，那便是日常主食。前几天我赤脚，不小心把大脚趾给划破了，流血不止；格察·帕贾斯维奇坚持要替我把血吸出来，以防感染败血症。我们和阿波尼一家一起用餐，他们非常慷慨好客，但他们的存粮也很少。

8 月 28 日，星期二

今天我和阿莉·帕贾斯维奇坐阿波尼的马车去圣沃尔夫冈，希

* 这是流行于瑞士和奥地利山民之间的一种山歌，没有歌词，特点是用真假声急变互换。

望能用我在格蒙登领的粮票换些食物。施特罗布尔属于萨尔斯堡区，格蒙登则属于上奥地利省，所以这些粮票照理无效，却幸运地换到我一周的配粮：一条黑面包、四分之一磅的牛油和半条香肠。到目前为止，还算顺利。

我们接着去探望图恩夫妇，他们带着三个小孩和他母亲一起住在四个房间里，请我们喝茶，并描述从东欧逃难过来的惊险故事。回家路上，我们每经过一株梅树都会停下来，车夫帮我们用力摇树、捡梅子。

弗拉希·米托洛斯基（他也在最后一分钟逃出维也纳）给我一小罐沙丁鱼，这是非常珍贵的礼物，因为我并没有为返乡旅途做任何准备，而我很可能必须旅行数天。

8 月 29 日，星期三

午餐后，吉纳·利希滕施泰因（执政王子的太太）、她父亲斐迪
292 南·维尔切克、格察·安德拉西（西西·维尔切克未来的丈夫，他们俩刚宣布订婚）乘坐一辆插有利希滕施泰因家族旗帜的汽车出现。他们带来梅特涅夫妇的消息，是从加布里埃尔·凯瑟斯达特那儿听来的；加布里埃尔从特里尔去瓦杜兹探望家人，途中停留约翰尼斯贝格，见到了他们。

吉纳在晚餐后离开，留下几瓶琴酒，我们和阿波尼夫妇都喝得醺陶陶的。这是一场成功的话别派对。格察和阿莉·帕贾斯维奇明天即将前往艾尔特蒙斯特，最后定居瑞士，而我也终于要离开了。

8 月 30 日，星期四

阿莉和格察·帕贾斯维奇已离开；房间里少了他们的东西，显得空荡荡的。我也开始收拾行李。冯·兰先生给了我最后的指示，

我将随难民小孩的车队在明天下午 5 点出发。

冯·兰先生陪我们去米托洛斯基家，在那儿喝了一点葡萄酒。由于我搭的火车将直达德国不莱梅，克丽斯多·米托洛斯基怕我中途无法下车，给了我一个不莱梅的地址。大家待到很晚才走路回家，途中被巡逻的宪兵拦下，因为忘了带身份证，被骂了一顿。

离开的时刻愈来愈逼近，我也愈来愈紧张。从我逃离柏林后，时隔已一整年，终于将重返德国。

以下摘录自西西·安德拉西-维尔切克写于 1979 年的一封信：我最后一次看见蜜丝，是在施特罗布尔的火车站月台上，她即将随同难民小孩返回德国。拥别时，我们一起发了一个重誓：不愿很快结婚，尽量保持“自由身”！……结果还不到一年，蜜丝就食言了！

8 月 31 日，星期五（记于 1945 年 9 月，莱茵河畔约翰尼斯贝格城堡）

写了一封信给住在罗马的伊连娜，然后最后一次穿上刚洗干净的红十字会制服（我以护士的身份旅行），在施特罗布尔城内逛最后一圈，吃了午餐，然后在西西·维尔切克、艾伯特·埃尔茨及弗拉希·米托洛斯基陪同下去车站。

冯·兰先生在萨尔斯堡与我们会合。火车开了六个小时才抵达，因为两辆美军卡车在铁轨上相撞，花了很长一段时间才拖走。

到萨尔斯堡之后，他们要我去搭另一节指挥部职员乘坐的车厢。 293
上车后一位迷人的护士帮我安顿好；车厢里只空出两张长凳，其余空间塞满白面包、牛油、香肠和起司，全是美军赠送的礼物，亦是供应 800 名小孩和 40 位大人两个整天的食粮。因另外几百名小孩将从贝希特斯加登赶来，我们等了很久才终于全员到齐，出发上路。

总共有 45 节车厢，每节车厢里装着来自不同难民营的孩童及他们的老师。大部分孩子看起来都很整洁，吃得也很好，都因为即将回家而显得十分兴奋。自从不莱梅被炸毁，他们便被撤退到奥地利，过去一年都没有家人的消息。

指挥部职员包括冯·兰先生、一位医生、一位秘书、我和另外一名护士，还有一位带着 4 岁女儿寄住在兰先生施特罗布尔家中的太太，再加上由一位美国军官及四名男子组成的护卫队。

火车在巴伐利亚边界被拦下，等了很久，终于在深夜 2 点抵达慕尼黑。城内火车站只剩下一个巨大的铁骨架。当地红十字会替孩子们准备了咖啡和三明治，各车厢轮流分发。大家都睡得很差，因为空间太小，长椅又太硬。

9 月 1 日，星期六

大战于六年前的今天爆发；恍若隔世。

今天一早经过奥格斯堡，几位同车厢的旅伴试着就月台上的水龙头清洗一番，我则继续昏睡。火车继续驶过纽伦堡、班贝克及维尔茨堡。从车上看出去，每个城市看起来都一模一样：同样的废墟、同样的荒凉。我们在维尔茨堡停留了颇长一段时间，我下车彻底清洗了一番，然后和其他人开始准备食物，切面包（超过 800 条）、涂牛油、切香肠等等，一直忙到天黑。

每次停车都有人想挤上来，大多是刚退役的士兵。照理说任何人都不准上车，但我们那位美国军官人很好，让他们挤进行李车厢内。一路上我们都享用优先权，因为是特别车队，不过出发后我还没看见另外一辆载客列车，一般民众似乎都搭货车，而且发车时间也不一定。基本上，德国就是一副惨相。

294 旅伴和我猛看地图，想决定我在哪里下车最好，有些人劝我一直坐到不莱梅，再设法从那里去约翰尼斯贝格城堡。我因为好奇，的确想去那里看看（该区由英军管理），可是必须绕太大一圈，实在没道理。

今天我们找了一个地方停下来，开始分发食物。我站在外面，孩子们依不同难民营排队走过来领从火车上递下来的食物。他们看起来都很可爱，满怀感激，尤其喜欢白面包；不断向我们说“谢谢”。发完后，很多挤上车的平民也走过来，替他们的小孩要食物，因为粮食很多，我们也发给他们。然后我们将蜡烛插在马克杯里点燃，大家心情都变得比较好。尤其是另一位护士和那位秘书，她们都是萨尔斯堡人，再过两天就可以回家了。她们唱维也纳的民歌，我们应和。接着大家又开始讨论我该怎么办？其中一位列车长说他将在富尔达之前的某个车站下车，火车将在那里停两分钟，他建议我也在那儿下车；他会安排让我在车站内夜宿，隔天我再搭火车去法兰克福。他认为我应该避开富尔达，因为整座城几乎被炸成平地，已成了荒城，根本没有车站。

快驶进那个小站时，我们站到车门旁等待，那位列车长手提一盏油灯，冯·兰先生和两位女伴则抱着我的行李。火车慢慢驶过小站，却没有停下来，列车长跳了下去，狂乱地挥舞油灯，要司机停车让我下车。没想到车速却加快了。所以我还是得在富尔达下车。

冯·兰先生很生气，企图劝我打消这个主意，但我不愿去不莱梅。其他的人这时都去睡了。我们一直注意看前方，终于看到一个像是富尔达车站的月台在远方出现，我准备跳车，因为我不相信火车会停，不过至少车速减慢了，让我可以溜下铁轨。冯·兰先生随后将我的行李丢下车，并大叫，两周后他会经过约翰尼斯贝格，会去看看我是否已安全抵达。

我很幸运，正好跳进一位提着油灯的铁路工人臂弯中，他也刚跳
下火车，也打算去富尔达。他帮我提行李，我俩在漆黑的夜色中，踉 295
跄穿过被炸烂的铁轨、炸弹坑和缠住我们双脚的电线，朝车站废墟走过去。我突然感到十分绝望，想到一旦走到富尔达后，得在月台上待一整夜，更觉得恐怖。我的守望天使已消失在前方，他先去侦察情

况；这时我突然看见一辆火车头打着头灯朝我慢慢驶来，我狂乱地挥手，它果然在我前方停下。我问司机去哪里，他答道："哈瑙！"（哈瑙就在法兰克福附近）但他必须先将货车停去别的地方，但我可以先上车。

坐在火车头里开一整夜的车，似乎比待在被炸毁的车站内过夜吸引人些，于是我便在司机协助下，爬上车。火车头里另有两个男人，他们替我把行李挂在司机座位四周的铁钩上。这时我的第一位旅伴，那名铁路工人，也从黑暗里冲出来，大家又把他也给拉上车来。尽管火花不停溅到我身上，我却满心感激，因为坐在火炉旁很温暖，估且不去想我那身洁白的制服到明天会变成啥模样。三位男士脾气都很好，但刚开始都只用单音节与我对话。那名铁路工人家就在附近，即将下车，他提议我跟他一起下车，到他家去等开往法兰克福的火车，他可以请我喝咖啡、吃蛋糕，"全是美国北佬送的！"我很感动，但还是婉拒了，因为觉得待在火车上，早点抵达法兰克福的机会较大。

火车以我觉得吓人的高速度冲进黑夜里，周遭乡野满目疮痍，铁轨仿佛随时都会中断。我们驶进一个名叫埃尔姆的地方停下来。他们将后面的货车车厢卸下，然后两位司机就消失了，留我坐在火炉前的板凳上打盹。不久他们再度出现，显得非常气愤；虽然他们已连续工作 24 小时，但主管却不准他们回哈瑙，反而命令他们再拖另一列货车，回我们十个小时前经过的维尔茨堡。我差点没哭出来！个子又高又魁梧的主驾驶这时表示，既然已经答应要带我去哈瑙，他无论如何绝不会食言。于是他们先试着溜出车站，但转辙轨已经接好了；接着他们决定停留一整个晚上，如果有人过来查看，
296 我必须躲起来，否则可能会惹出麻烦。我本想在地图上找到我们现在的位置，却一片茫然，正符合了我对"荒原"的想象！我下车蹒跚走进站内，假装才刚刚进站，却听说下班开往法兰克福的火车后天才会到。

驾驶一直跟着我。突然对我说，以前他曾开过戈林和希特勒的专车，现在他已经替艾森豪威尔驾驶过两次火车，而且他们请他去美国工作，月薪 2000 美元（他现在每个月赚 400 马克）；在德国过的日子比狗还不如，他受够了！问我愿不愿意跟他去美国？“我好像已经爱上你了！你说妙不妙！”我又踱回车上，希望另一个家伙会保护我，却发现他已经睡死了。我开始觉得很冷，试着升火——没用！我把那个人叫醒，请他多加点煤。这时我的仰慕者已回来，他俩叫我放心，说德国现在几乎已经没有火车司机了，主管非听他们的不可，否则他们就罢工。我说幸好战争已经结束，否则他们这种表现等于犯了颠覆罪，会被吊死。他们都同意我的说法。

9 月 2 日，星期日

一个小时后，天开始亮了。两位司机抓起袋子就跑，向我保证马上就会回来。7 点，站长终于在打电话向各方报备后决定让步，打信号放我们出站，因为有别的车队即将进站。两位司机启动引擎，很快便加速朝哈瑙前进；我的包袱猛烈晃荡，车外的乡间景色迷人——至少在大松一口气的我眼里看来是如此。

早上 9 点抵达哈瑙，其中一位司机替我提行李，到站内一个挂了“闲人勿进”招牌的房间内。友善地道别、感激地握手，并且跟我最后一包香烟说再见！

管理那个房间的美军上士很惊讶地看我一眼，问道：“你要不要去清洗一下？”然后递给我一面镜子。我的脸上全是黑纹，围着白围裙的制服更是惨不忍睹。他用钢盔替我接了些水来，经过一番努力，我总算恢复人样。角落里摆了一张行军床，一个女孩坐在另一名士兵的大腿上。她告诉我，她等开往科隆的火车已等了两整天，不过现在似乎已安然接受完全不同的命运。

经过一番打听之后，我找到另外一位十分钟之后将开往法兰克福 297

的火车司机，他同意带我；这一次好几个人一起爬上火车。两位美国士兵帮我提行李，我们很快就上路了。火车缓缓穿过法兰克福——又是一大片废墟。我数数美因河上总共有六座桥，全已炸毁；由两座浮桥代替。抵达赫克斯特后，又等了三个半小时，接着坐一小时火车到威斯巴登，然后又等了两个小时；最后再转搭另一列火车到约翰尼斯贝格山脚下的小村庄——盖森海姆。和我一起下车的女孩，志愿帮我把行李提到附近的乌尔苏拉修道院。我们开始往山坡上走，穿过保罗·梅特涅著名的葡萄园，我心里一直祈祷他和塔蒂阿娜千万别出门度周末了。

走了很久，才走到被炸毁的城堡前；那景象也够惨的了，大门口只剩下一间警卫室。我看到的第一个人是柯尼希斯瓦特的管家，库尔特。他告诉我塔蒂阿娜和保罗已在十天前驾车前往萨尔斯堡——去找我！

那时我已累得哭不出来，倒在管家的客厅里。库尔特的太太莉泽特很快出现，让我突然觉得又像回到过去一般。在他们殷切的照顾下，我爬进一间看起来全新的卧室内唯一的一张床上。一切等明天再说吧，现在我只想睡觉，把所有的事都忘掉。

9月3日，星期一

今天我出去四处看看。这栋警卫室是1943年经过盟军轰炸约翰尼斯贝格城堡之后，剩下来唯一还算完整的建筑，我住的那间小套房本来是给管家住的，现在塔蒂阿娜和保罗·梅特涅就住在里面，管家则搬到楼上。套房里有客厅、一间卧室和一间浴室，窗外是一片圆形花圃（现在成了菠菜园）和一片宽阔的空地，通向被炸毁的城堡。通过城堡原为窗户的大洞，可以眺望下方的莱茵河谷。城堡内到处可见梅特涅家族的扈从及佃户，他们从现在又落入捷克手中的各个产业地逃来这里，希望能谋个一差半职，但大部分的人整天无所事事，看了令人沮丧……

我得知在美军抵达柯尼希斯瓦特两天后，塔蒂阿娜、保罗、父
母亲坐上一辆由两匹马拉的马车，由七名一直在保罗产业上工作的 298
前法国战俘护送离开。当地的美国指挥官恰巧是我们在美国一位表亲的朋友，他警告家人，美军很快必须将那一部分的捷克交给苏联，建议他们立刻离开。结果他们总共花了 28 天才穿越德国，晚上寄住在农舍或谷仓里，偶尔去朋友家住。现在照顾我的库尔特和莉泽特，带着他们的女儿、女婿，和保罗的秘书丹豪福在几个小时后，也乘坐另一辆马车随后出发。大部分财物都没带出来，令他们非常难过。塔蒂阿娜和保罗带的东西似乎也很少，到这里后甚至连晚上盖的毛毯都没有。这里的东西全在 1943 年被炸毁了。现在父母亲住在巴登-巴登，在法国占领区内（小时候我们全家在那里住了很多年）。

我听说我们家有两位在盟军服役的亲戚，曾经前来询问我们的下落，想帮我们的忙：一位是吉姆·维耶曾斯基，他现在替苏军与法军司令担任联络官；另一位是葛吉·谢尔巴托夫叔叔，他是美国海军少校，曾经担任雅尔塔会议的口译。

一整个早上都在设法申请许可证，去法国占领区探望父母。丹豪福与我寸步不离，甚至陪我去采蘑菇。他不信任美军；有一批人已经强占了隔壁穆姆家族的宅邸，而且举止恶劣，把很多家具和瓷器丢到窗外，还把奥莉莉和马德琳的衣服分送给村里的女孩。

稍晚布拉特·穆姆出现；他刚从位于法国理兰斯附近的盟军战俘营放出来。他在德国占领期间，回巴黎管理他们家族的香槟制造业（第一次世界大战结束后交还给穆姆家族），法国人不原谅他这一点。虽然他被囚禁了四个月，几乎没有东西可吃，不过看起来仍然很健康。现在他和家人住在法兰克福北边的怡森堡。他把我从奥地利带回来一部分的信带走了，答应会在法兰克福寄出去，让我心
头放下一个负担。他告诉我弗雷迪·霍斯特曼在苏军攻占柏林期间， 299
一直搭帐篷住在树林里，所以现在还活得好好的。

晚上，丹豪福带我去盖森海姆见卢齐厄·英厄尔海姆女伯爵；她现在替驻吕德斯海姆的美军指挥官加文少校工作，亦是去年7月企图行刺希特勒的施陶芬贝格的表亲。她答应替我想办法申请去巴登-巴登的许可证。

9月4日，星期二

奥莉莉·穆姆带着刚从英国占领区抵达的洛布科维茨来访。他说英军颇守纪律，却极不友善，而且会抢东西；像他从东欧产业带来的那几匹马就被“充公”了。

这里的食物种类不太平均；有极好的葡萄酒，足够的牛奶，自己种的水果和蔬菜，却一点肉都没有。但库尔特仍坚持戴白手套上我们节省的餐点，在我耳边低声念出葡萄酒的年份。每位仆人都争相服侍我，急切地想在这片荒废的产业上做点正事。

9月5日，星期三

布拉特·穆姆再度带来最新消息，阿尔菲·克拉里带着莉蒂从捷克逃了出来，据说就住在附近。我会立刻开始找他们。

去村里的补鞋匠店里取我寄放的鞋子，回家路上撞见我在格蒙登认识的一位美军，乔·哈姆林。他现在已升少校；说他在哈瑙碰见一位美国陆军女军官，向她提起我，说我曾经对他描述战时柏林的情况，他本来不信，后来亲自去柏林后才相信我说的话。那位女军官告诉他，她认识塔蒂阿娜，还把他们在这里的地址给了他。于是他开车到约翰尼斯贝格来找他们，想告知关于我的消息，没想到找不着他们，却碰到了我！他正打算直接开回奥地利，我求他载我一起去，但他不敢，因为盟军仍禁止与德国人“友好”，而我无论如何仍被视为德国人。不过他同意替我带信。我们俩一起喝完保罗的一瓶葡萄酒，然后他就离开了。

下午我走路去看邻居马图许卡夫妇，向他们借了几本英文书。他们一直非常幸运，美丽的城堡仍完整无缺，甚至到现在都不必供盟军住宿，不过那跟他一直从事反纳粹活动有关。

9 月 7 日，星期五

我开始重新整理日记。“七月密谋”之后，我一直用速记写日 300
记，而且记得非常潦草，我怕再拖下去，会忘了当时发生的事，或者根本看不懂自己的笔迹。

9 月 8 日，星期六

和库尔特一起出去采蘑菇，结果收获不多，因为蘑菇季节快结束了。这是个灾难，因为蘑菇是肉的代替品。

乔·哈姆林回来了。他见到了塔蒂阿娜和保罗·梅特涅，他们现在住在施特罗布尔的菲尔斯滕贝格家。他还带了信回来；他们要我寄 300 瓶葡萄酒过去，可能想当现金用。乔现在很后悔那时没载我一起去。他即将前往柏林，会设法替我找份工作，作为载我去奥地利与梅特涅夫妇聚首的理由。如果这个计划行不通，我便去巴登-巴登看父母。

今天汉斯·弗洛托出现了，从海德堡带了两位朋友来。他已开始工作，看起来很健康。柏林别后，我们一直没见过面。他说罗玛莉·舍恩贝格现在替美国反情报单位工作，地点就在我待在那辆火车头里一整夜、附近的一个村庄里。

晚上，一名退役军官从柯尼希斯瓦特带了几封信要给保罗。六周前，他和一位朋友回去，结果染上白喉，遭捷克人囚禁，后来又被放出来。听他描述，情况并不乐观。现在美军仍住在城堡内，经常开派对，邀请村里的女孩去参加。她们都带着空皮箱去，然后满载而归。现在开始拿我们的衣服了。柯尼希斯瓦特的园丁写道："眼看美丽的城堡被如此玷污，实在心痛。"那位军官还带来一封罗玛莉表亲——葛蕾特·罗翰写的信——居然以平信从捷克境内的苏联占领区顺利寄到柯尼希斯瓦特。她和她的五位姐妹（年龄从 15 岁到 22 岁不等）被迫到图瑙的一家旅馆当仆役。捷克人洗劫了她们家族的西希多城堡（1944 年我还去那里住过），把所有家具都搬去布拉格。我不禁想到那些由米尼亚尔、纳蒂埃和里戈[*]画的美丽家族肖像——它们全是罗翰家族在法国大革命期间从法国带到波希米亚的宝物——不知前途如何？葛蕾特现在急着想返回奥地利与她的未婚夫团聚，现在请弗朗茨-约瑟夫·利希滕施泰因王子的其中一位弟弟（他可以自由旅行），替她们想办法。

301 苏台德的德国人在 1938 年投票决定归并德国，此刻得付出惨痛的代价。捷克人现在毫不留情地驱逐他们出境，让捷克本国人移进他们的产业及家园。负责保罗产业的经纪人便遭到逮捕，妻小都被赶出国，而且当局不准他们带走任何财物。梅特涅家族位于捷克斯洛伐克普拉斯另一片产业的林务经理更惨，和他的姐姐及管家一起遭到谋杀，美国人只是冷眼旁观。

9 月 9 日，星期日

我的小收音机经过长途跋涉，终于壮烈成仁。送修之后，我对世界情势新发展一无所知，只能看书和整理日记。

* Pierre Mignard，1612—1695，法国画家，以画宗教题材和肖像知名；Jean-Marc Nattier，1685—1766，法国宫廷画家，以画贵妇画像而著名；Hyacinthe Rigaud，1659—1743，法国巴洛克画家。

9月10日，星期一

整天看书、写东西、睡觉，在美丽的树林里散步。其实有点诡异，因为一个人影都看不见。

9月13日，星期四

到英厄尔海姆夫妇家吃晚餐，施陶芬贝格家族的一位年轻人也在。他在达豪集中营内关了好几个月，表示有一位参与“七月密谋”的冯·施拉布伦多夫先生逃过一死，并保存了许多关于反纳粹活动的文件，他打算出版。的确，此刻应该把真相公诸世间，一般大众到现在对那次事件的了解仍相当有限，像是外传隆美尔“自杀”的内情，最近才被揭发。记得亚当·特罗特在被逮捕前，曾经考虑想让《伦敦时报》发表全部的内幕，当时我坚决反对，生怕会对密谋者造成更不利的影响。现在情况不同了，就算是对他们的牺牲奉献聊表敬意吧。

冯·施拉布伦多夫博士的著作《反希特勒的军官》于1946年出版，成为第一本描述德国反抗活动的目击纪录，直到今天仍是最可靠的史实资料。

9月14日，星期五

又有柯尼希斯瓦特的新消息。艾伯特夫妇已遭到逮捕，捷克人指控他们是间谍。为什么他们还留在那里？

9 月 15 日，星期六

今天早上向卢齐厄·英厄尔海姆借自行车，骑去威斯巴登拿我的收音机。路程漫长，而且空手而返。菲利浦牌的小灯坏了，无法换新的。本来带了一瓶保罗·梅特涅的酒，打算当作修理费用，后来又得老远拎回家。没有音乐听真可悲。

302 威斯巴登充斥驾着吉普车横冲直撞的美国士兵，他们大多身穿盟军制服。不过那里跟萨尔斯堡很不一样，一个俄国兵都看不见。城内满目疮痍。

回家途中在艾尔特维尔停留，去探望埃尔茨一家人。雅各布的母亲看起来仍然年轻美丽，她的母亲勒文斯坦公主也住在那里，再加上其他几位逃难的女士。我还记得在特普利茨城堡内看过萨金特替她和她美丽的姐姐，即阿尔菲的母亲，泰瑞斯·克拉里画的肖像。和她们现在的窘境相较，对比多么地强烈——爱德华时代的黄金时代不再！她们告诉我，阿尔菲与莉蒂现在住在布隆巴赫的勒文斯坦府邸。他们被迫在特普利茨的农田里挖了一段时间的马铃薯，后来平安逃了出来，唯一生还的儿子马库斯现在被关在苏联战俘营内。

9 月 16 日，星期日

时间又拨回一小时，我因此足足睡了 14 个小时。过去几个月的睡眠不足，现在慢慢补回来。今天上教堂做礼拜，本地神父——一位萨沃纳罗拉[*]派的小个子——情绪异常激动地讲了一段经，痛骂纳粹党。现在才骂！……

骑自行车去马图许卡家吃午餐。吃到一半时，约翰尼斯贝格城

* Savonarola，15 世纪意大利强烈反教宗的宗教改革家。——译者注

堡一位女仆骑自行车过来找我，说有一位美国将军开车去城堡，指名要见我。

原来是一直负责指挥柯尼希斯瓦特区域美军的皮尔斯陆军准将，最近才调走，他在返回美国前，特别开车过来，想向梅特涅夫妇报告他们产业的最新状况。现在捷克当局同意让美国大使斯坦哈特接收城堡作为夏季别墅，如此一来，至少可以保证城堡会继续存在下去，也可以保存剩下的财物。皮尔斯将军还带来一封艾伯特夫妇写的信，他们仍被拘留。

9月17日，星期一

陪马图许卡夫妇开车转了一整天，搞政治活动。一个新的基督教民主政党刚刚成立。

即基督教民主联盟；战后该党与巴伐利亚的相对党巴伐利亚基督教社会联盟，在德意志联邦共和国政坛上交替执政。

回约翰尼斯贝格城堡的路上，绕道施瓦尔巴赫温泉，穿过图瑙斯美丽的森林区。那儿的宁谧是如此完整、彻底，充满了安详平静 303
之感……

我的日记到此结束。

（差不多就在这个时候，我遇见了未来的丈夫，彼得·哈恩登。）

玛丽·瓦西里奇科夫-哈恩登

柏林 1940—伦敦 1978

尾声

蜜丝于 1946 年 1 月 28 日，在奥地利基茨比厄尔嫁给彼得·哈 305
恩登。大战期间，彼得在美国陆军情报单位服役，与蜜丝相遇时官拜上尉，在巴伐利亚美国军事政府内担任参谋。早期参与反纳粹活动，战后成为联邦德国著名政治家的汉斯·赫尔瓦斯是参加婚礼的宾客之一。他如此描述："由于蜜丝是东正教教徒，婚礼在一座哥特式天主教教堂内举行，由一位从苏联逃出的俄籍神父主持。那天艳阳高照，我们列队走进教堂，依照俄国传统，由我的孩子手持一座圣像前导，接着是蜜丝和身穿美军制服的彼得，然后是三名男傧相——穿法军制服的布罗斯伯爵上尉，以及都曾担任过德国军官的保罗·梅特涅和我——我们三人轮流握住一顶极重的皇冠，放在新人头上。每个人都强烈感觉到这场仪式的重要意义，它结合了来自四个不同国家的人，而这四个国家不久之前才在一场惨烈大战中浴血交战。”（摘录自《对抗两个恶魔》[*Against Two Evils*, London: Collins 1981]）

彼得退伍后，便和蜜丝定居巴黎，先参与“马歇尔计划”一段时间，之后成立自己的建筑设计公司，日后获得国际间的赞誉及认可。彼得于 1971 年在巴塞罗那过世后，蜜丝迁居伦敦度过余生。他们共育有四名子女，其中两位已成家。

战争结束后，又过了许多个月，分散世界各地的瓦西里奇科夫全家才开始彼此探望，再度团聚。

蜜丝的母亲于 1948 年 11 月在巴黎车祸死亡；她父亲则于 1969 年 6 月在巴登-巴登去世。

她的大姐伊连娜战后住在意大利。1980 年后定居德国。

306 约翰尼斯贝格城堡的重建工程大抵完成后，塔蒂阿娜与保罗·梅特涅夫妇便正式迁入定居。保罗直到近年仍活跃于各项国际赛车活动，塔蒂阿娜则热心参与红十字会慈善工作。

蜜丝的弟弟乔吉在战后成为一名国际会议口译，先参与纽伦堡大审，接着进入联合国服务。婚后育有两个小孩，目前从商。

巴伐利亚康斯坦丁王子也和其他德国“王族”一样，早在战争初期便被逐出德国陆军，因祸得福，不仅存活下来，同时也和大部分王族青年一样，完成了高等教育。大战结束后，他在德国茁壮新生的自由媒体业中从事新闻工作，同时固定赴美演讲，成为第一批功成名就的贵族之一。之后又进入政界，被选为波恩国会议员。他于 1969 年死于飞机失事。

彼得·比伦贝格被逮捕后，遭受盖世太保恶名昭彰的调查员兰格审讯长达数月，却始终守口如瓶。接下来，他一直被关在拉文斯布吕克集中营的单独监禁室内。如今他与家人住在爱尔兰。

虽然戈特弗里德·俾斯麦在狱中不断遭到毒打及酷刑，但他的律师成功地将他的审判拖延数月。他终于在 1944 年 10 月 4 日出现在弗赖斯勒法官所主持的人民法庭上，结果令所有人大吃一惊，被判无罪开释。后来大家才知道，这是希特勒亲自下的命令。但盖世太保很快又逮捕了他，并把他关进一座集中营内，直到 1945 年春天才被释放。当时希姆莱正暗中通过瑞典关系向盟军做求和试探，戈特弗里德在瑞典出生的姐姐安·玛莉，在瑞典则颇具影响力。战争结束后的头几年，戈特弗里德与妻子梅勒妮住在汉堡附近的家族产业中，结果在 1947 年赴约翰尼斯贝格城堡探望梅特涅夫妇途中发生车祸，双双身亡。

战争一结束，赫伯特·布兰肯霍恩立即成为基督教民主联盟政党的创立人之一，并在后来担任该党秘书长。他与首相阿登纳关系密切，在建立联邦德国政府与“欧洲煤矿与钢铁联盟”两项工作中都扮演关键性的角色。之后，他重返外交界，连续担任驻北大西洋公约组织（1955）、法国（1958）及英国（1965）大使。现已退休。

戈特弗里德·冯·克拉姆在战后重返国际网球球坛，并与芭芭拉·赫顿短暂结缡。他担任联邦德国国际草地网球俱乐部主席多年，307
1976 年在埃及死于一场车祸。

艾伯特与迪基·埃尔茨都在战后平安返乡，如今定居奥地利。

大战结束前几个月，哈索·冯·埃茨多夫奉派前往热那亚担任总领事，因此逃过一劫。“德意志联邦共和国”建国后，他重返外交界，接任一连串重要职位，包括驻加拿大大使（1956）、外交部代理副国务秘书（1958）及驻英国大使（1961—1965）。现已退休，住在慕尼黑附近。

1945 年 2 月 3 日，苏军距离柏林城外仅 100 千米；同时城内却在两个月稍事喘息、未发生空袭（因隆冬气候）的情况下，在白天遭受到美军最猛烈的一次轰炸。柏林居民因毫无防备，共 2000 人死亡（平均大约一吨炸弹炸死一人），12万人无家可归。其中一枚炸弹正中阿尔布雷希特王子街上的盖世太保总部，建筑毁于一炬；另一枚炸弹击中“人民法庭”，当时希特勒的“魔鬼法官”弗赖斯勒正在审问一名重要反纳粹人士冯·施拉布伦多夫博士，结果众法官、警卫、囚犯及观众一起冲下法庭掩蔽壕躲避。警报解除后，弗赖斯勒的尸首被发现压在一根倒塌的横梁底下，手里仍紧抓着施拉布伦多夫的档案。战争末期，施拉布伦多夫虽然一直被囚禁在集中营中，却因那次空袭捡回一命。

柏林指挥官冯·哈泽将军遭处决后，在其手下工作多年的海因茨·冯·格斯多夫即被征召加入民团。格斯多夫的妻子玛莉亚一直留在柏林，许多个月都没有他的消息。1945年，她听说他在保卫首都的最后战役中阵亡，终于精神崩溃，自杀身亡。海因茨本人一直活到1955年。

尽管在盟军连番轰炸后，霍斯特曼夫妇位于克尔岑多夫的乡间别墅毁坏严重，但弗雷迪却拒绝抛下他仅剩的收藏品。俄军抵达后，发现他与妻子莱莉躲藏在附近树林之中。即使到那个时候，他仍不愿逃走，最后终于遭到逮捕。他于1947年在民主德国集中营里饿死；莱莉出版的回忆录《只能哭泣》（*Nothing for Tears*, London,
308 Weidenfeld & Nicolson, 1953）成为畅销书，但不久亦在巴西去世。

帕贾斯维奇夫妇于1945年8月与蜜丝分手后，先前往瑞士，然后移居南美洲。格察至今仍然在世。

C.C. 冯·普菲尔先成为美军俘虏，后在德国地方政府内任职了几年，接着担任斯特拉斯堡欧洲议会驻波恩代表将近30年。现在过着半退休的日子，定居波恩。

于1941年向盖世太保告发蜜丝母亲的卡尔-弗里德里希·冯·皮克勒，在志愿从德国陆军调往党卫军后，步步高升，官拜党卫军准将，兼任希姆莱手下的布拉格警察局长。1945年5月，布拉格刚被解放后，他便自杀身亡。

1944年8月31日，苏军占领布加勒斯特，所有德国外交官员及家属立刻遭到扣押。后来妇孺被释放，但必须自己想办法返国，男性则全被遣送到苏联；据说乔赛亚斯·冯·兰曹便死在莫斯科的卢比扬卡监狱中。

战争结束后，法官里克特及其家人迁往威斯特伐利亚，他与妻子创立了一家口译及翻译社，生意兴隆。1949年，他投效格伦中将所主持的单位，该单位后来成为根据德国联邦共和国新宪法成立的新情报组织（B.N.D.）。他于1972年去世。

托尼·绍尔马在“七月密谋”发生后的肃清运动中逃过一死，多亏他的直属指挥官仗义相助，以“搜集进一步证据”为由，设法拖延其军法审判。终于开庭后，大部分罪证已变成间接证据，不足以定罪，又因为他作战负伤有功，仅被卸除军职。他于大战结束前几天，设法从位于西里西亚的家族产业逃往西欧，后来成为美军占领欧洲当局的雇员，担任卡车司机。不久他便拥有自己的卡车，然后数量慢慢增加，最后成立自己的卡车运输公司。现在他与家人住在巴伐利亚的一片农场上。

冯·德·舒伦堡大使从未积极参与过反纳粹活动。然而随着德国对苏战况每况愈下，他志愿替纳粹政府与斯大林居中调停。蜜丝在日记中记载，1944年7月他受召进入希特勒的司令部，大概就是为了这个原因。但他同时亦通过冯·哈塞尔大使与一些密谋者接触， 309
那批人未经过他的同意，径自将他与哈塞尔列入未来外交部长的人选。名单被发现后，他遭到逮捕，被关入莱特街监狱长达数月，终于在1944年10月4日被带到“人民法庭”上，和戈特弗里德·俾斯麦一起接受弗赖斯勒法官的审判。但他不如后者幸运，被判死刑，于11月10日问吊。

罗玛莉·舍恩贝格是另一名经过“七月密谋”奇迹般活下来的幸存者。1944年，她仓促离开柏林后，便躲在萨克森的家族产业中，直到苏军兵临城下，才被迫逃往西方。一旦战争结束，她很快便在美军反情报机构内找到工作，不久嫁给一名美国军官，并定居美国一段时间。晚年她热衷于环保工作，一如早期她献身于反抗纳粹主义，狂热投入。她于 1986 年 7 月在维也纳过世。

纵然犯罪记录累累，党卫军准将西克斯却也因为不同的理由，成为另一种幸存者。大战刚结束，他便与恶名昭彰的巴比及其他许多前党卫军，一同被美军反情报机构“吸收”；但他过去的行迹很快败露，于 1946 年春天遭到逮捕，因策划集体谋杀行动的罪名接受审判。他一再申辩自己“只是一位科学家，从来没做过警察”，却仍在 1948 年被判处 20 年有期徒刑。但他显然有后台撑腰，1951 年法庭将他的刑期减半，1952 年，便获大赦出狱。很快地，他又被格伦将军主持的联邦德国情报单位“吸收”，同事中有很多是他在党卫军及盖世太保时代的旧同事；这一批人都因不同的理由，接受格伦的保护，成为所谓的“专家”。西克斯的“专长”为吸收特定的苏联前战俘及难民，组成间谍小组，渗透苏联；同时他还担任大财团曼内斯曼公司的子公司保时捷机油公司的公关经理，作为掩护。艾希曼于 1962 年在耶路撒冷受审时，曾描述西克斯从自诩为“知识分子”堕
310 落成一名集体谋杀犯，战后又东山再起，俨然成为美国及德国政府两边吃香的机密顾问。

提诺·索达提战后功成名就，在事业巅峰期，担任瑞士驻联合国观察员及驻法大使。

虽然希姆莱在“七月密谋”后威胁将彻底执行连坐法报复，但施陶芬贝格家族只有两人丧命，即克劳斯本人和他的兄弟贝特霍尔德（海军法学专家）；两人都积极参与密谋。其余的家人先被关进达豪集中营，孩童都与父母分开，以“麦斯特”这个假姓氏藏在不同的集中营内。随着盟军逐渐占领德国，他们不断从一个集中营迁往另一个集中营，不止一次差点就遭到集体处决，后来终于在大战结束前四天，即 1945 年 5 月 4 日，由美军释放。

亚当·冯·特罗特·祖·佐尔兹的名字，与其他几名在二次世

界大战中牺牲的德国人，一同被镌刻在牛津大学贝利奥尔学院内的纪念碑上。他的遗孀克拉瑞塔于 1944 年 9 月被释放，很快与小孩团聚；后来成为著名的精神病医师，和两位女儿住在联邦德国。

法国被解放后，亨利·德·旺德夫尔便加入法国陆军攻往德国；于 1945 年 1 月，他 28 岁的时候，在阿尔萨斯阵亡。他的兄弟菲利浦则成为戴高乐将军的高级副官。

战后亚历克斯·韦特逃往苏联占领区，不久便遭到逮捕，在民主德国监狱内待了很多年。后来虽经释放，逃回联邦德国，并且经商致富，但健康状态从未恢复，死于 1970 年代中期。

西西·维尔切克于 1945 年 8 月与蜜丝拥别后，很快也违背了她俩共同的誓言，嫁给格察·安德拉西；现在住在瓦杜兹（列支敦士登）。

大战结束后的头几年，西塔·弗雷德和她的孪生姐妹迪基与母亲一起投奔住在阿根廷的娘家家族。后来西塔嫁给一位联邦德国外交官，亚历山大·祖·索尔姆斯-布劳恩费尔斯伯爵（蜜丝曾在她 1945 年在维也纳写下的回忆片段中提起他）。他在拉丁美洲担任大使多年，现在他们夫妇住在蒙特卡洛与慕尼黑两地。*

* 本文没有标注写作时间，估计应在本书第一版出版前不久，即 1985 年前后。

后 记

311 我第一次听说姐姐蜜丝有本战时日记存在，是 1945 年一个暴风席卷的夜晚，我正被困在慕尼黑和纽伦堡之间的高速公路上。我的吉普车坏了，需要在黎明前赶回纽伦堡。我站着，全身都湿透了，不停地颤抖，伸着手，试着靠竖个拇指来拦辆顺风车。后来是一辆很大的美国军车在我面前来了个急刹车，一个胖乎乎的有着粉色脸庞的陆军少校倾了身子，开门，示意我爬进去。

过了一会儿，他突然问我要身份证，说想检查一下。认真地审视了一会儿，接着他读出了我的名字，然后转身，怀疑地看着我，嚷嚷道：“瓦西里奇科夫？你和蜜丝·瓦西里奇科夫是有什么关系吗？”“是的，她是我姐姐。怎么了？”“那你穿着美军制服干什么？”因为我当时正穿着规定的工装绿，还带着一个三角形的为美国军队服务的文职人员徽章，我解释道我在纽伦堡的国际军事法庭工作。“这怎么可能呢？你的姐姐不是在纳粹外交部上班吗？”“是啊。那又怎么样？不过你是怎么知道她的？”“我之前读过她的日记，那是关于战争的记录里最被高估的一个！”接着，更讨厌的开始了：“我想知道的是，你是怎么做到在这种家庭背景下还穿着我们美军的制服的，这是到了纽伦堡之后我要立马调查的第一件事情！”他把身子转了回去，我们没再多说一句话。最后，在那个我被安排住宿的传说中的“大酒店”，他怀着明显的厌恶之情把我放下了车。

第二天一大早，我就向陆军少将汤姆·霍奇斯报告了昨天的经历。汤姆是一位受勋的老兵，我们本地情报中心的领导。我对他其实已经非常了解，他碰巧还是我未来姐夫、上尉彼得·哈恩登的朋友和前同事。军队，尤其是情报部门，不喜欢被外人干涉自己的内务，因此我那位胖胖的陆军少校（他显然从未听过挑衅的枪声）很快被警告少管闲事，关于此我并没有再听到更多事情。但是他提到过的蜜丝日记强烈地激起了我的好奇。当然，我当时并没有意识到在未来的岁月中，我将会和这本日记密切相关。

我待在战乱的柏林的那一年，住在姐姐的房子里。我常常可以 312
看到她在专心敲打她的打字机，并经常小声咕哝着什么。她时不时会给我讲讲她的打字稿并对之发表一些看法。她的日记内容有时候听起来很有趣，有时候又很搞笑，有时候又非常恐怖，但总是生动的。然后我离开柏林去了巴黎，蜜丝也曾短暂探望过我。但是后来，我们的人生走向了截然不同的道路——直到那一次，在那刚被占领的德国，大雨冲刷过的高速公路上，我邂逅了那个胖胖的陆军少校，我们的人生重新发生了联系。那次之后，我去慕尼黑拜访她和彼得，她给我读了她的日记。虽然那还是最初的草稿的形式，但我立即着了迷。不过我花了好几年的时间，才使她确信，这是多么独特的一份文献，是多么需要被出版的东西。

将近半个世纪以后，在姐姐临死前，她叫我在日记里添上一些必要的历史背景和注释。她因为疾病而太过虚弱，已不能亲手做这些了。

为了弄清楚战争期间和战后，蜜丝在日记里提到的各个“英雄”和“恶棍”身上到底发生了什么，我曾散发过一个简短的问卷。而得到的反应却很出人意料。一位至关重要的见证人（日记里无数次提到过的）“西西”·维尔切克女伯爵，在战争临近尾声时飞去了维也纳，和蜜丝一起驻守那个靠近格蒙登的医院。因为生病和饥饿，蜜丝中断了她的日记写作，四个月后才重新开始。西西是唯一一个可以告诉我发生了什么的人。我等她的答复等了几周，却完全没有音讯！接着一个共同的朋友告诉我西西正犹豫不决：“当然，我非常愿意帮忙，但是乔治并没有意识到我从没写过任何东西，甚至是信！”我去信解释现在只要写写最简要的草稿。后来，我便收到了数页文字，完全就是我想要的东西，它几乎未经编辑，被逐字照录在这本书里。

过了好几个月，我还是没有收到来自托尼·绍尔马男爵的回复，我曾与他在战乱的柏林匆匆见过一面，在 1944 年那个重要的夏天里，他是蜜丝最勇敢无畏的朋友。我听说他幸存了下来，并和“基卡”·冯·施图姆（蜜丝的另外一个圈子）的妹妹结了婚，住在奥地利的一个农场里。他同样也是数月都没有回信。接着，有一天他突然从苏格兰给我打电话——他和妻子正在那儿捕猎松鸡。我们约定等他返程时在伦敦见面。他为他自己的沉默道了歉，接着说：“但是你看到了，乔治，你的信让我非常心烦意乱，起初我甚至不想答复……”“但是为什么？蜜丝总是用最热烈的字眼写你。事实上，你确实是‘七月密谋’事件里的英雄之一！”“谢谢，但是这没有什么好说的。你瞧，当恐怖事件结束后，我只有一个愿望——就是把它们都扔在脑后，再也不想了，我要重新开始自己的生活。接着你一 313
来，全部给搅浑了！但是后来我对自己说："如果是蜜丝叫我做这个的话，我该怎么拒绝呢？而现在她都不在了，我更不能拒绝啊……因此，乔治，开始吧！"他的话被用在了蜜丝作品的后记里。

另一方面，在第一时间就给予我一切帮助和支持的是哈索·冯·埃茨多夫男爵。他是一个伤痕累累的"一战"老兵，战后他加入了外交部，被任命为上将弗朗茨·哈尔德的联络官——哈尔德是希特勒的总参谋长，但他本人完全反对独裁头子希特勒的战争计划。蜜丝提到哈索"据说是一个可靠的人"。在密谋破灭之后，他曾在街上遇到她，把她带去一栋被炸得面目全非的大楼，警告她要格外小心，因为"搜捕已经开始了"，即便只是和密谋者略有关系的人也都有被捕的危险。他自己幸免于难真是个奇迹。他在被任命为热那亚的总领事后，急忙赶到了那个地方，却莫名其妙地"被遗忘了"。"二战"后，他升任国家驻外事务处的要职。我再次见到他时，他是波恩的驻英大使。他非常乐于给我提供介绍、建议和帮助，并且邀请我去他那迷人的慕尼黑郊外度假小屋中拜访。到了那儿，他一边饮着美酒，一边告诉了我许多关于反纳粹抵抗行动和他知道的抵抗者们的趣事。我记得他说过关于他的前任参谋长哈尔德上将的一件事。显而易见，他们过从甚密，哈索男爵甚至一直力劝哈尔德把很多事情掌握在自己手上："你确信他（希特勒）最后会毁掉德国。你每天都看见这个人。你从来不会被搜查。你为什么不直接拔出你的手枪然后把他崩了呢？""我知道，"哈尔德回答道，"但是你知道，我亲爱的朋友，我们这种老派的德国军官，不是被训练来刺杀自己的领袖的！"哈索补充道："很有道理，你说的适用于全世界所有的军队。把我们训练成杀人机器，这不是犯罪！但想要干掉一个杀人如麻的刽子手——这个刽子手还碰巧是我们的'元首'，这就是犯罪！"哈索苦笑着。我后来也没再见过哈索。但是我送了他蜜丝的书，这使他高兴。

在德国，《柏林记忆》仍旧在席德勒和贝塔斯曼的书单上，我有过一段有趣的经历。他们曾委派能力出众、学识渊博的卡尔劳夫博士来编辑这本书的德语版。

尽管他见解开明，我却与他发生了意想不到的冲突。蜜丝写到过军人名誉调查法庭在“七月密谋”之后，匆忙地驱逐施陶芬贝格伯爵和其他参与过这个密谋的军人，于是把他们移交给了人民法庭
314 的法官弗赖斯勒和刽子手们。我在评注里，曾指认陆军元帅冯·伦德施泰特是他们的首长。卡尔劳夫删去了他的名字。“为什么？”我问。他解释说伦德施泰特在今天的德国仍是一位受尊敬的人物，这样的一条提示可能会使很多读者震惊。当时我就炸了：“这是政治审查，我永远都不会接受！要么保留他的名字，要么我收回这份手稿！”不用说，陆军元帅的名字留了下来——也因此被画上了应有的污点。

在巴黎，我遇到的是一个截然不同的典型法国式问题。他们的翻译其实不差，但是他们总是会抱怨“*ce n’est pas du bon Français*”，意思是蜜丝的写作风格不够“文艺”。我尝试解释她的风格在任何语言里都不是“文艺”的，即使在英语里也不是，但这就是她思考、讲话和书写的方式，而这种自然的感觉也正是这本书的魅力之一。最后，直到另外一个编辑接手了这本书才弄好。

在俄国，我遇到了一个特别的“后苏联”问题。对于我自己来说，1994 年秋出版的俄文版是所有版本中最重要的。俄国人打了自 1917 年俄国革命以后成就最辉煌的一场仗。他们会对一个在他们的苦难岁月中，跑到敌国外交部工作的俄国年轻人作何反应呢？我重写了俄文版的简介来解释蜜丝的困境。我想，最重要的是她主张“人的尊严”，而这又何尝有国别。这就是为什么纳粹主义不能被她接受，为什么反纳粹的抵抗者们亲近她，向她吐露密谋暗杀希特勒这种秘密的原因。这也是为什么 50 年后她仍旧吸引着读者的

原因。

我并不用担心，俄国的评论家们毫无偏见、通情达理，有些甚至满腔热忱。更甚的是，他们对于《柏林记忆》的同情态度，也延伸到了蜜丝正直的德国好友和同事那儿去。这让她当初最终同意了他们的出版。

1987年，当我带着我自己的子女和蜜丝的孩子们一块儿去柏林推出德文版的《柏林记忆》时，我们挨个拜访了两个“柏林”——这个城市仍然是分裂的——去她写过的各个地方看看。我们从“恐怖”开始——设立在班德勒街的国防军最高统帅部，密谋者曾占领了那儿数个小时；威廉街就是恺撒和独裁头子希特勒曾把他们的国家带至灾难的地方；还有莱特街监狱，入狱的抵抗者被暂时搁置，等着转到法官弗赖斯勒的“人民法院”去；还有普罗增西监狱，他们被绞死的地方。尽管由于盟军的轰炸及其后苏联红军的大批涌入破坏了很多地方，蜜丝之前居住和工作的很多地方都已被重建，但 315
把她的日记当作导览，我们仍能够将她50多年前看到的东西重现脑海。

国防军最高统帅部大厦所在的班德勒街现在是一个现代办公区。但是庭院里一个纪念碑提醒了人们，在这儿，被一排车前灯照亮的地方，伤势严重的施陶芬贝格伯爵还有他的同胞们被射杀。

穿过河，沃伊什街边上有个小广场，那个格斯多夫的别墅还仍旧存在，现在是一个给巴尔干岛的学生们住的破败的小旅店。在1941年到1942年间，我逃去巴黎之前的一段时间，曾在这里暂住。

大部分邻里的街区都被铲平重建，但是她经常提到的动物园城郊火车站却仍一直开着。依然矗立在那条大道上的还有那栋蜜丝曾和塔蒂阿娜合住过的一楼公寓，后来她在那儿先后接待过我和爸爸。但是霍斯特曼在施泰因广场附近的那所温馨的房子已经没有了，过去我经常在那儿吃饭和跳舞。蒂尔加滕公园附近那些可爱的大房子也都没了，我们曾常常在那一带的外交招待会上狼吞虎咽。蒂尔加滕公园本身已沦为一片不毛之地，而孤零零地仍旧树立在那儿的，就是臭名昭著的柏林墙，伴随着瞭望塔台，还有纪念那些当年尝试越过它而被枪杀的人们的十字架，因在很多惊悚片里出现过而变得很有名的“查理检查站”仍然在运作，我们数次穿过它到东柏林，只是为了找找感觉。从那儿开始我们沿着已然荒废的威廉街走，它是当年大部分纳粹政府部门所在地。往左走，就到了阿尔布雷希特王子街，我们看了一眼盖世太保的前指挥部以及它的地下拷问室。再往前，是一个用铁丝网围篱挡住的门径，通往希特勒曾经威严的总理府遗迹，希特勒曾在那儿施展着征服欧洲的蓝图，而最后一切都结束于灾难。在有“柏林的香榭丽舍大街”之称的菩提树下大街，正对着著名的勃兰登堡门，曾坐落着蜜丝经常提到的阿德隆旅馆，它是最后一个遗留着“柏林社会”风尚的酒吧，曾大受欢迎。我尝试拍摄它，却被多管闲事的民主德国警察追捕。

令人生畏的莱特街红砖监狱（或者说就像它正式为人所知的名字莫阿比特）也同样幸存。往后面略微高耸的地方一站，我往下看到了三个庭院，我尝试着辨认哪个是蜜丝和罗玛莉·舍恩贝格曾经携她们珍贵的食物包裹站过的地方。但是那所监狱有三翼，每翼都有着完全相同的绿色喷漆钢门。哪一个是她们徘徊过的，蜜丝没有说明。

普罗增西监狱的北边深处现在是个纪念中心。只有当你穿过那扇精心制作的门时，你才会看到那栋双子低楼的左侧原先的健身房，它曾被当作死刑执行室。第一间屋子的墙壁已被涂抹修复，挂上了
316 这个场地不同时期的照片，上百个受害者曾在这儿等待被砍头或登上隔壁屋的绞刑架。对于希特勒来说，花力气发明新奇的受刑方法，增加那些胆敢违逆他意愿的人的痛苦，让他们的死法变得多种多样，从来都不是什么亏本买卖：有的人他下令用中世纪斧刑砍头处决，有的要被放上小型断头台，对于那些他最讨厌的人——“七月密谋”的参与者——会被用挂肉钩上吊着的钢琴琴弦慢慢勒死，并用拍摄

新闻短片的摄影机来记录他们临死的痛苦挣扎。在隔壁的死刑执行室，那些绞死和勒死他们的带着挂钩的横梁仍然在那儿。这对于我来说是最酸楚的纪念，结果围绕在周围的花圈倒显得有些格格不入。那些在此丧生的人们是德国最棒的男人和女人们。

我们再次进入东柏林，沿着菩提树下大街出发，它像这个城市的其他部分一样曾被炸毁，而已然被翻修得焕然一新，少数商店已尝试使用西式风格的橱窗陈设。曾设在这儿的俄国——后来是苏联大使馆，加速了整个邻里街区的重建，也因为东柏林最好的酒店和饭馆也在附近。一如共产主义社会的一惯作风，那些在大道更深处的一流博物馆，是最早重新开放并重新挤满游客的一批建筑。相反的是，柏林最漂亮的一座教堂最近才刚刚重新开放，我们在那儿听了一场极其华丽的管风琴演奏会。在附近柏林大学的附属楼——1941—1942 年间我曾在这儿短暂地学习过一段时间，我听了一场极其迷人又暧昧的关于阿尔布雷希特·豪斯霍费尔的讲座。豪斯霍费尔曾是希特勒的副手鲁道夫·赫斯的密友，但同时也是一位秘密的抵抗者，他的《莫阿比特十四行诗》就是在莱特街监狱等待被执行死刑时写的，它已经成了反纳粹抵抗运动的典范。

菩提树下大街的下西区尽头，从博物馆再往前走，耸立着柏林警察局总部深褐色的巨大残骸。蜜丝曾去这儿拜访过柏林警察局局长海尔多夫伯爵。他参与了反希特勒的密谋。他是一个老兵，曾任“褐衫军”副总指挥，与戈特弗里德·俾斯麦伯爵是密友。他曾试图请蜜丝当他的私人秘书，可能是因为他知道她可靠。蜜丝非常明智地始终拒绝明确表态。接着“七月密谋”失败，海尔多夫被捕并被处决。

1939 年 9 月战争爆发，波兰东部地区遭受蹂躏，考那斯的英国公使馆（我们曾住过的地方）收留了络绎不绝的波兰难民。代办托马斯·普雷斯顿和他的家人都是我们的密友，他们叫我们帮忙照顾难民。有一天我在分发饮料时，发现新来了一个人—— 一位漂亮优

雅、穿着白裙子的年轻女士。她看起来点不着她的烟，也拿不了杯
子，因为她的手缠着绷带。她说，她带着她的三个小男孩，从波兰
317 东部的房子一路驾着马车，刚刚才到这儿，路上，指间的缰绳割伤
了她的手。她看起来非常腼腆，还有一点儿不知所措，从那时起，
我从没忘记过她。我去普雷斯顿家看过她好几次，后来听说她从瑞
典去了英国。

差不多 50 年后，伦敦的一个鸡尾酒会上，主办人是波兰人，那里当然也有很多他的同胞。一对被称为萨皮耶哈亲王及王妃的俊美年长夫妇走进了房间，在人群中四处走动寒暄。当那位女士走过来时，我有一个突如其来的直觉:“我们之前是不是见过？”“没有吧。我不这么认为……”“1939 年 9 月，在考那斯？”“对，但是我们可能是在哪儿见到的呢？”“在英国公使馆，你当时刚刚带着儿子从波兰逃出来！”“但是这么多年过去了，你是怎么会一直记得的？”“因为你非常美，而且我永远也忘不了你那双用绷带缠住的手！”她的脸像是被照亮了，但听到“绷带缠住的手”时她皱了皱眉。因为她记得“她逃出来后参加的第一个聚会”的所有细节，除了那个对于我来说最重要的。“绷带缠住的手？那个我可不记得。”后来她告诉了我她的故事。

她从英国去了法国，在那儿她加入了“自由波兰”武装力量，当法国沦陷后，她又逃去了里维埃拉。在那儿，她又加入了法国的抵抗组织，被意大利军队俘虏（意大利人占领了这个地区），被递解到了意大利并在那儿入狱。1943 年夏，意大利叛投同盟国，意大利北部被德国占领，意大利的囚犯又被转移去了德国的监狱。可能因为她的名字，她最后被安置在柏林的警察局总部地下室的一个小房间里，那时蜜丝刚好去拜访过海尔多夫伯爵！我给她看了蜜丝的日记，她很喜欢，但是她说，除了一点，就是读到蜜丝和海尔多夫在警察局总部彬彬有礼地交谈时，她有一种奇怪的感觉。因为同期，她却在他的地下监狱里，随时都有可能被吊死或者砍头！但是她在

战争中幸存下来了，与家人团聚并搬去了伦敦。共产主义在波兰失败后，她回到了她的祖国并从那时起一直住到了现在。

出乎我意料的是，当我尝试厘清蜜丝在“七月密谋”余波后的一次记录时，最没想到的问题跑出来了。她在日记中抱怨过 BBC 指名道姓了一些密谋参与者，有些甚至都不在盖世太保的嫌犯名单里。克丽丝特贝尔·比伦贝格也曾在她出版的《逝去的自我》中同样这么写过。亚当·冯·特罗特的遗孀克拉瑞塔，建议我应该与大卫·阿斯特核实，他是亚当在牛津时的密友，曾在《观察者》当编辑。他好心地安排我去见了一位英国战时对德广播的关键人物修·格林爵士。格林坚决否认 BBC 曾做过这样的事情，但是补充说另有广播电 318
台从事所谓的“黑色（分裂的）宣传”。在一位资深记者、德国专家塞夫顿·德尔默——他开办了自己的“黑色宣传”广播电台——的回忆录里，他承认了许多事情，但是对于这个特殊的话题（故意迫害那时尚未被怀疑的抵抗者们），他保持沉默。迈克尔·巴尔福在《战时宣传》一书里写的更接近真相，但是他还是羞于承认所有的事情。数年后，我收到一封信，来自一个做了那些事——比如，选出那些英国人想要除掉的杰出德国军人——的人，但后来不正是丘吉尔带头说出“德国人自相残杀得愈厉害，愈好”的吗？

刺杀希特勒未遂一事除了使战争几乎延长了一年之久，另外在那段时间里，不仅有上百万的德国人丧生，而且还有很多来自其他国家的人死亡，其中也包括英国。

乔治·瓦西里奇科夫

1999 年 6 月

（李骄阳译）

索 引*

* 索引中所示页码均为本书页边码，对应英文版（London: Pimlico, 1999）页码。

奥斯特　Oster，Colonel（*later* Major-General）Hans，19-20，21
奥亚尔萨瓦尔，玛莉亚·皮拉尔　Oyarzabal y Velarde，Maria del Pilar，36，81，118，119；被杀，155，169
奥亚尔萨瓦尔，伊格纳西奥　Oyarzabal y Velarde，Ignacio，36，118，119；被杀，155，169

B，克劳斯　B.，Claus，173-4；七月密谋后与蜜丝相关，229-31
巴本　Papen，Franz von，99
巴比　Barbie，Klaus，309
巴登-巴登　Baden-Baden，298，299
巴顿将军　Patton，General George S.（U.S. Army），281，287
巴多格里奥　Badoglio，Marshal Pietro，36，81，91，98，118
巴尔博　Balbo，Air Marshal Italo，22
巴尔都　Barthou，Louis，137
巴尔弗　Balfour，Michael，219
巴伐利亚的阿德尔伯特王子　Bavaria，Prince Adalbert of，71
巴伐利亚的康斯坦丁王子　Bavaria，Prince Konstantin of，31，32，35，64；大婚，66-70，72；战后生活，310
巴伐利亚的卢伊特波尔德公爵　Bavaria，Duke Luitpold in，69
巴伐利亚的玛莉亚-阿德根德公主　Bavaria，Princess Maria Adelgunde of，72
巴伐利亚的“沙夏”王子　Bavaria，Prince Alexander（‘Sasha’）of，68
巴格　Bagge af Boo，Baron and Baroness，168
爸爸　Papa，参见瓦西里奇科夫
柏纳索，阿戈斯蒂诺　Bennazzo，Agostino，7，17，18-9，21
柏纳索，埃琳娜　Bennazzo，Elena，7，17，21
班德勒街　Bendlerstrasse，117，191，193，195，196-8，202-3，208，216
保卢斯　Paulus，Field Marshal Friedrich 77，80

科尔夫男爵夫人　Korff，Baroness Maria von，162
科尔特，埃里希　Kordt，Erich，23
科拉尔托　Collalto，Orlando，94
科尔特，特奥多尔　Kordt，Theodor，23
科瓦，美智子　Kowa，Michi de（‘Michiko’），90，91
科瓦，维克托·德　Kowa（Kowarzik），Victor de，612，901
克尔岑多夫城堡　Kerzendorf（Schloss），92
克芬许勒，“梅利”　Khevenhüller-Metsch，Countess Helene（‘Meli’）von，177，252，253，255，258，270，286
克拉克　Clark，General Mark，290
克拉里，“阿尔菲”　Clary und Aldringen，Prince Alfons（‘Alfy’）von，15-16，176-7，299，302
克拉里，“查理”　Clary und Aldringen，Count Carl（‘Charlie’），15，176
克拉里，“莉蒂”　Clary und Aldringen，Princess Ludine（‘Lidi’）von，16，299，302
克拉里，“罗尼”　Clary und Aldringen，Count Hieronymus（‘Ronnie’）von，2，15-6，32；被杀，60，176
克拉里，马库斯　Clary und Aldringen，Count Marcus von，15，40，176，302
克拉里，泰瑞斯　Clary und Aldringen，Countess Thérèse von，15，302
克拉姆，戈特弗里德·冯　Cramm，Baron Gottfried von，92，120-21，164，168，170，172，232-3，306
克拉普尼兹（军官学校）　Krampnitz，193，195，197
克拉斯诺戈尔斯克战俘营　Krasnogorsk P.o.W. camp，80
克拉托夫城堡　Crottorf（Schloss），29-30
克莱道夫　Cladow，8，26，120
克莱稍集团　‘Kreisau Circle’，23，92
克莱因米歇尔，“凯蒂娅”　Kleinmichel，Countess Catherine（‘Katia’），4，

瓦茨多夫，沃尔拉特　Watzdorf，Baron vollrad von，167
瓦格纳　Wagner，Quartermaster-General Eduard，208
瓦卢瓦，罗斯　Valois，Rose，93
瓦西里奇科夫，莉蒂亚（“妈妈”）　Vassiltchikov，Princess Lydia（‘Mamma’）：抵达柏林，3-4；搬去罗马，6-8；营救苏联战俘，56，82-4，95；在塔蒂阿娜的婚礼，58；被盖世太保揭发和限制人身自由，82-3；在柯尼希斯瓦特，85-6，101，113，233；个性，160；和蜜丝的关系，177，256，275；去卡尔帕奇看望蜜丝，185，187；逃离柯尼希斯瓦特，297-8；去世，305
瓦西里奇科夫女爵，玛丽（“蜜丝”）　Vassiltchikov，Princess Marie（‘Missie’），23-4，140，147-50，153-4，156-7，175-6，251-3；搬去柏林，2；被柏林新闻广播电台录用，4-5，17，39；收入，17，25，76；关于柏林空袭，26-9，30-3，48-9，89-90，101-2，103-21，124-5，134，166-8，204，206；描写食物，37；关于德国外交部信息司的工作，38-9，47-8，130，178-9；关于意大利度假，47，59-60；炸毁，73；去巴黎，75-6；在基茨比厄尔度假，75-6；待在波茨坦，84-5；密谋早期，92-3；去安全局总部，96-7；翻译卡廷惨案文件，99；去柯尼希斯瓦特，62-4，86，123-4，176-7，181-2，217-8，240；撤退到卡尔帕奇，136-41，146-7，174；被解雇和重新被雇佣，145-6；和西克斯博士，157-61，179-80，183-4，210-11，230；离开卡尔帕奇，189；和彼得·比伦贝格，215，229；和戈培尔，226-7；营救被捕的密谋者，234-6；离开柏林，239，242；在维也纳作为纳粹德国空军护士工作，243-4，246-71；逃离维也纳，266-73；从纳粹德国空军卸职，284-5；恢复护士工作，288；猩红热，286-7；和美军，286-9；被遣散，286-7，291；重返德国，292-7；结婚和战后生活，303，305
瓦西里奇科夫，“乔吉”　Vassiltchikov，Prince George（‘Georgie’），1，6-8；抵达柏林，34；在塔蒂阿娜的婚礼，58；在柏林的生活，61-2，64；在巴黎，75-6，95，97，177，233，256，262；盖世太保的审问，

文
景

Horizon

社科新知　文艺新潮

柏林记忆

——逃离悲恸之地

［俄］玛丽·瓦西里奇科夫 著　唐嘉慧 译

出 品 人：姚映然
策划编辑：贾忠贤
责任编辑：章颖莹
装帧设计：周伟伟
版式设计：梁依宁

出　　品：北京世纪文景文化传播有限责任公司
(北京朝阳区东土城路8号林达大厦A座4A　100013)
出版发行：上海世纪出版股份有限公司
印　　刷：山东临沂新华印刷物流集团
制　　版：南京展望文化发展有限公司

开 本：890mm × 1240mm　1/32
印 张：14.75　字 数：335,000　插页：3
2018年1月第1版　2018年1月第1次印刷
定 价：69.00元
ISBN：978-7-208-14310-4 / K·2586

图书在版编目（CIP）数据

柏林记忆：逃离悲恸之地 /（俄罗斯）玛丽·瓦西里奇科夫（Marie Vassiltchikov）著；唐嘉慧译. —上海：上海人民出版社，2017

书名原文：The Berlin Diaries，1940-1945

ISBN 978-7-208-14310-4

Ⅰ. ①柏… Ⅱ. ①玛… ②唐… Ⅲ. ①日记-作品集-俄罗斯-现代 Ⅳ. ①I512.65

中国版本图书馆CIP数据核字（2017）第 020313号

The illustrations are from the author's own collection, or have been kindly lent from other private collections, with the exception of the photo of Herbert Blankenhorn (courtesy of the Presse und Informationsamt der Bundesregierung, Bonn); the photo of Dr Rudolf Schleier and Vichy France Prime Minister, Pierre Laval (André Zucca-Tallendier-Magnum Distribution); the photos of People's Court President Dr Roland Freisler and SS Colonel Dr Franz Six (courtesy of the Berlin Documentation Center, U.S. Mission Berlin); the photo of the Vienna Opera House on Fire (Lichtbildwerkstätte 'Alpenland', Vienna).